Jacques Berndorf

DIE GRENZGÄNGERIN

Jacques Berndorf

DIE GRENZGÄNGERIN

Roman

HEYNE

Zitat S. 7 aus Pierre Boileau / Thomas Narcejac,
Die Karten liegen falsch, Reinbek bei Hamburg 1965, übersetzt von
Justus Franz Wittkop, mit freundlicher Genehmigung des Rowohlt-Verlags

Vorbemerkung

Dies ist ein Roman. Die nachfolgenden Schilderungen erheben keinen Faktizitätsanspruch. Sie behandeln trotz gelegentlicher Nennung vermeintlich realer Namen typisierte Personen, die es so oder so ähnlich geben könnte. Diese Urbilder werden durch künstlerische Ausgestaltung des Stoffs und dessen Ein- und Unterordnung in den Gesamtorganismus Teil eines Kunstwerks und gegenüber den im Text beschriebenen Abbildern so stark verselbstständigt, dass das Individuelle, Persönlich-Intime zugunsten des Allgemeinen, Zeichenhaften der Figuren objektiviert ist.
Für die Leser erkennbar erschöpft sich der Text nicht in einer reportagehaften Schilderung von realen Personen und Ereignissen, sondern besitzt eine zweite Ebene hinter der realistischen Ebene.
Es findet ein Spiel des Autors mit der Verschränkung von Wahrheit und Fiktion statt, das bewusst Grenzen verschwimmen lässt.

FSC
www.fsc.org
MIX
Papier aus verantwortungsvollen Quellen
FSC® C014496

Verlagsgruppe Random House FSC-DEU-0100
Das für dieses Buch verwendete
FSC®-zertifizierte Papier *EOS*
liefert Salzer Papier, St. Pölten, Austria.

Umschlaggestaltung: Eisele Grafik · Design, München,
unter Verwendung eines Fotos von Topaz/F1online
Satz: C. Schaber Datentechnik, Wels
Druck und Bindung: GGP Media GmbH, Pößneck
Printed in Germany

ISBN 978-3-453-26672-8

www.heyne.de

Für meine Frau Geli.

Für meine Nachbarin Uschi Müller, für ihren Mut und ihre Energie.

In Dankbarkeit für meinen Freund Dr. Matthias Nitzsche, der mir die Möglichkeit einer ziemlich komplexen Sicht auf ein Frauenleben ermöglichte. Sollte ich trotzdem Fehler gemacht haben, so fallen sie auf mich zurück.

Dank auch an Robert Honnacker und seine Frau im fernen Thüringen, von denen ich lernte, was deutsche Polizisten im Programm haben müssen, wenn sie säumige Steuerzahler auf diesem Erdball verfolgen.

»Ich denke oft über diese Tragödien nach. Sie haben etwas ... Wie soll ich sagen? Etwas Tückisches, Verfängliches und Unerklärliches. Sie sind der schlammige und blutige Abfall beim Kampf im Untergrund. Ich habe Erfolge erzielen können. Ich habe sie vergessen. Dagegen verfolgt mich die Erinnerung an diese absurden Toten.«

Aus: PIERRE BOILEAU / THOMAS NARCEJAC,
Die Karten liegen falsch

ERSTES KAPITEL

Karl Müllers Stimme kam keuchend mit einem Rauschen im Hintergrund und war kaum zu verstehen.

»Ich habe noch immer keinen Kontakt zu Quelle Sechs.«

»Er hat sich auch hier nicht gemeldet«, erwiderte Sowinski. »Tut mir leid, Junge. Wir nehmen an, er ist tot, in irgendeinem Gefecht erschossen oder schlicht von den Rebellen massakriert. Vielleicht sogar von den eigenen Leuten, weiß der Teufel. Soll ich dich zurückholen, hast du die Nase voll?«

Immer wenn er einen Agenten direkt steuerte, war es unvermeidlich, dass er ihn duzte. In einer Konferenz war er deswegen einmal scharf angegriffen worden, hatte den Vorwurf fehlender Distanz zu Untergebenen aber wütend zurückgewiesen. »Sie sind einsam da draußen. Ich bin in einer solchen Situation schließlich so was wie ihr Vater, verdammt noch mal!«

Müller war seit vierundzwanzig Stunden in der Stadt, er antwortete gelassen: »Dafür ist es zu früh, ich will noch nicht aufgeben. Heute Morgen hatte ich so was wie eine Erscheinung, ich habe gedacht, mich laust der Affe. Ich habe Atze gesehen.«

»Wie bitte? Wo denn?«

»In meinem Hotel, hier in Tripolis. Er hatte allerdings keine Haare mehr, stattdessen eine spiegelglatte sonnengebräunte

Birne. Aber kein Zweifel: Er war es! Und er hatte eine junge Frau bei sich. Schön, schlank und ein bisschen wie aus der Retorte, mindestens zwanzig Jahre jünger als er.«

»Hat er dich erkannt?«

»Nein, ich glaube nicht. Er wirkte irgendwie abgehetzt und nicht sehr konzentriert. Er wird den Libyern in diesen Tagen die ganze Welt verkaufen, von Toilettenpapier bis zu Kühlschränken. Aber in erster Linie den ganzen Krankenhauskram, und natürlich Computer, vor allem billige und gebrauchte. Im Chaos läuft er immer zu Hochform auf.«

»Wo genau bist du jetzt?«

»In Gaddafis heiligem Bezirk, auf dem Gelände seines Palastes. Da gibt es eine Reihe von Garagen. Keine Autos mehr drin, aber Leichen, jede Menge Leichen ...«

Müllers Stimme versagte, und Sowinski wartete geduldig.

»Sorry«, sagte Müller schließlich, jetzt war er besser zu verstehen. »Aber in den Garagen ist er auch nicht. Gaddafis Leute haben jeden Rebellen oder alle, die sie für Rebellen hielten, einfach sicherheitshalber ohne Anhörung erschossen und weggeräumt. Quelle Sechs kann überall sein. Ist er jemand, der sich den Rebellen anschließen würde?«

»Sein Psychogramm gibt das eigentlich nicht her. Er war schon immer Teil der Machtstruktur. Wir haben uns auch gewundert, dass er sich nicht meldet, obwohl seit Urzeiten festgelegt ist, dass er bei jeder persönlichen und politischen Umstellung eine Eilmeldung absetzt. Quelle Sechs ist ein Familientier, seine erste Sorge gilt immer dem Clan. Wie ist die Lage?«

»Sie sagen, die Rebellen wollen jetzt Sirte ausräuchern, weil der große Sohn der Nation da geboren ist. Gaddafi wird dort von ihnen vermutet. Wir wissen mit Sicherheit, dass er da ist. Ich sehe häufig Kampfjets, sie greifen hier an, aber sie kommen auch vom Mittelmeer rein und stoßen auf Sirte, auf die Raffinerien und Öllager runter. Das sagen die Quellen hier, aber keine ist wirklich gut. Sirte wird die nächste Schweinerei werden, denn die Regulären, die noch bei Gaddafi ausharren, haben nichts zu verlieren, und sie glauben fest daran, dass sie ehrenhaft sterben. Habe ich endlich die Erlaubnis, die private Villa von Nummer Sechs anzulaufen?«

»Hast du. Wir sollten jetzt Schluss machen«, entschied Sowinski. »Diese Handys sind nach zwei Minuten zu orten. Scheißtechnik. Ich melde mich gegen Abend wieder. Oder, besser noch: Du rufst mich, wenn es bei dir acht Uhr ist. Nur über Festnetz. Und geh keine Risiken ein.«

»Haha«, sagte Müller höhnisch. »Sie Scherzbold!« Dann kappte er die Verbindung.

In etwa zweihundert Metern Entfernung sah er so etwas wie einen großen grünen Fleck, eine Oase, die in der Hitze flirrte. Niedrige grüne Bäume oder Büsche. Das war genau das, was er brauchte: auf dem Rasen liegen und Erde riechen.

Er hatte in der letzten Garage sechs Tote im Zustand fortgeschrittener Verwesung vorgefunden. Als er eine der Leichen umgedreht hatte, um ihr Gesicht sehen zu können, sorgten die entweichenden Fäulnisgase dafür, dass er sich auf der Stelle übergeben musste.

»Ich stinke wie ein Schwein«, sagte er laut und machte sich auf den Weg.

Das Grün war eine Illusion, das mickrige Gras unter den Büschen voller Glasscherben und Holzsplitter. Jemand hatte sehr viele alte, blutige Verbände liegen lassen. Das Blut war braun. Da lag eine menschliche Hand, abgerissen im Gelenk. Hier ein riesiger beigefarbener Ledersessel, neu, durchaus elegant und mit Sicherheit teuer, vollkommen in Streifen aufgeschlitzt, als habe man Gaddafi verdächtigt, ein paar Dollarscheine in dem Möbel versteckt zu haben.

Verblüfft stellte er fest, dass er plötzlich Hunger und Sehnsucht nach einer Tasse Kaffee hatte, aber er konnte unmöglich in diesen verdreckten und stinkenden Kleidern in sein Hotel in der Innenstadt zurück. Er konnte sich so nicht einmal in ein Taxi setzen. Es war schon absurd: Hier hockte er in Gaddafis Palast in Tripolis auf einem miesen Stück besudelten Rasens und machte sich Gedanken über sein Outfit. Dann begann er leise zu lachen, weil er sich vorstellte, wie er in diesem Palast etwas zum Anziehen auftrieb. Am besten eine dieser größenwahnsinnigen Uniformen, die Gaddafi für sich hatte erfinden lassen.

Karl Müller, designed by Gaddafi.

Langsam machte er sich auf den Weg, um eine Straße mit viel Verkehr zu suchen. Er musste unbedingt einen Laden finden, in dem er ein paar einfache Klamotten kaufen konnte.

Er sah eine kleine Gruppe von Männern mit Kalaschnikows schnell auf ein Gebäude zugehen. Er hoffte, dass sie ihn nicht bemerkt hatten, aber die Hoffnung zerstob in Sekunden.

Eine schmale Gestalt löste sich aus der Gruppe und kam auf ihn zu. In schnellem Lauf nahm der Junge die Kalaschnikow erst quer vor den Bauch, dann seitlich und schrie auf ihn ein: »Stehen bleiben! Bleib gefälligst stehen!«

»Immer mit der Ruhe«, sagte Müller laut auf Arabisch. »Ich bin ein Freund, Mann. Beruhige dich.«

»Was willst du hier?«, fragte der Junge. Er war vielleicht sechzehn Jahre alt. Seine Stimme war zittrig und klang leicht hysterisch. »Hast du etwa den großen Schweinehund gestützt?«

»Ich schaue mich hier nur um, ich bin neugierig, ich war noch nie hier«, sagte Müller. Dann nahm er die Plastikkarte, die vor seinem Bauch baumelte, und hielt sie dem Jungen hin. »Du kannst nachsehen, alles okay.«

Der Junge schaute auf die Plastikkarte und sagte: »Überall die gleiche Scheiße. Jeder hat so eine Karte. Was soll das? Woher hast du diesen Ausweis?«

Müller sah ihn mit festem Blick an: »Deine Leute haben mir den Ausweis gegeben. Ich bin nicht dein Feind.«

»Wer mein Feind ist, bestimme ich«, bellte der Junge zornig. Aber seine Wut war gebrochen, er konnte Müller schon nicht mehr in die Augen schauen und wandte sich ab, weil er im Grunde hilflos war. Dann setzte er sich in Trab, um seine Gruppe wieder einzuholen.

Müller atmete ein paarmal tief durch. Man konnte in dieser Stadt sehr schnell sterben, einfach so, ganz ohne Grund.

Er war unter einer der ständigen Legenden unterwegs, die für solche Zwecke gedacht waren: Dr. Kai Dieckmann, Sicherheitsberater der Bundesrepublik Deutschland. Das stand auch auf dem Plastikschildchen, das er an einem langen schmalen Baumwollband um den Hals trug, gestempelt von der vorläufigen Verwaltung der Rebellen. Er hatte eine ausreichende Menge an US-Dollar in seinem Gürtel und trug im Rückenfach seiner beigefarbenen Anglerweste aus Sicherheitsgründen einen 38er Colt Special, obwohl er diese Waffe nicht mochte: Sie war zu klein, und es war nicht einfach, damit sicher zu treffen.

Er ging im Palastbereich von Gaddafi über schier endlose schmale Asphaltpisten, vorbei an kleinen und großen Gebäuden, Ummantelungen von Klimaanlagen und offen stehenden Einstiegen in das Bunkersystem des Palastes bis zu einem großen schmiedeeisernen Tor, das entweder durch

Beschuss oder aber von einem aufgebrachten Mob aus den Angeln gerissen worden war. Dann stand er auf einem Gehsteig, vor sich eine Straße, auf der dichter Verkehr brauste. Er hielt einfach den rechten Daumen nach oben.

Beinahe augenblicklich stoppte ein Taxi, der Fahrer öffnete die Tür und sagte irgendetwas Unverständliches, wahrscheinlich in irgendeinem Dialekt dieser Stadt.

Müller beugte sich zu ihm hinunter und erklärte auf Arabisch, er sei dreckig und stinke nach Tod, und der Mann möge das nicht übel nehmen. Ob er ihm wohl neue, einfache Kleidung besorgen könne. Der sehr junge Fahrer nahm die angebotene Hundertdollarscheine und antwortete mit steinernem Gesicht, er würde das gerne tun und ob Müller so freundlich sein wolle, hier zu warten.

Mit Sicherheit würde er unterwegs anhalten und die Banknote einer genauen Betrachtung unterziehen. Echt oder nicht echt?

»And I need underwear!«, erklärte Müller mit erhobenem Zeigefinger.

Der junge Mann nickte lächelnd: »Okay, okay!«, und gab Gas.

Müller setzte sich auf einen großen, gelben Sandstein, der auf dem Gehsteig neben dem zerstörten Tor lag, und zündete sich eine Zigarette an. Normalerweise rauchte er nicht, aber Männer, die rauchten, signalisierten überall auf der Welt eine gewisse Sorglosigkeit. Nur deshalb trug er immer ein Päckchen in seiner Weste bei sich.

Erfahrungsgemäß war das Risiko, von dem jungen Taxifahrer betrogen zu werden, nahe null, richtige Kerle helfen einander. Und wo hundert US-Dollar riskiert wurden, um an lächerliche Billigkleidung zu gelangen, würde noch mehr zu holen sein.

Müller sah eindeutig europäisch aus wie all die unzähligen Journalisten, die auftragsgemäß zu beobachten hatten, wie Gaddafis Reich zerfiel. Er sah so aus wie all die Menschen ohne Namen, die im Laufe der Rebellion in diese Stadt gekommen waren und jetzt vom frühen Morgen bis spät in die Nacht irgendwelchen dunklen Aufträgen nachgingen, von denen sie so wenig wie möglich preisgaben. Irgendwann würden sie wieder verschwinden, und mit wenigen Ausnahmen würde sich kein Mensch an sie erinnern. Krise und Bürgerkrieg waren ihr Job.

Müller hatte einige CIA-Leute erkannt, ein paar Frauen und Männer des chinesischen Geheimdienstes, Männer des englischen MI6, Frauen und Männer des Geheimdienstes der Franzosen. Und zu seiner Erheiterung auch reichlich Personal des israelischen Mossad, das hastig irgendwelche Aufgaben hinter sich brachte, um bereits nach wenigen Stunden wieder ausgetauscht zu werden. Blitzschnell und ohne Spuren zu hinterlassen.

Einer von ihnen, ein schmaler Vierzigjähriger, war beim Frühstück hinter seinem Rücken vorbeigestrichen und hatte ihm leicht eine Hand auf die Schulter gelegt. »Mach deine Sache gut, Bruder!«, hatte er geflüstert.

»Wie immer«, hatte Müller geantwortet, und sie hatten beide gegrinst.

Müllers Haar war schütter, sandfarben, dünn, wahrscheinlich würde er spätestens mit fünfzig eine Glatze haben, jetzt war er vierundvierzig. Sein Gesicht war rundlich mit hellen grauen Augen und einem schmalen Mund. Er war knapp eins achtzig groß, schlank, körperlich in Höchstform, und er wirkte ungemein freundlich, wie alle Männer, die ein Kind liebevoll anschauen können. Müller hatte selbst ein Kind, und er wusste nicht, wie das Kind dachte und fühlte. Das machte ihn unsicher, manchmal muffig und wortlos. Er war nicht fähig, darüber zu reden, und gelegentlich kam es vor, dass er seinen Beruf dafür verantwortlich machte. Gleichzeitig wusste er, dass es ganz so einfach nicht war. Es war wohl so, dass er einen Fehler gemacht hatte, als er heiratete und Vater wurde. Für Agenten war ein bürgerliches Leben nicht geeignet. In ihrer Welt gab es einfach keinen Raum für herkömmliche Lebensweisen. Seine Tochter war jetzt zehn, und es bedrückte ihn, dass er so gut wie nichts von ihr wusste, nichts von ihrem Leben, nichts von ihren Wünschen, nichts von ihren Träumen. Er nannte ihre Mutter nur »meine Ex«, und auch von deren Leben wusste er sehr wenig. Selbst die Tatsache, dass er brav für dieses Kind bezahlte, machte die Sache nicht besser.

Er hatte viele Jahre in dem steten Bemühen verbracht, ungeheuer durchschnittlich und langweilig zu wirken, und die meisten Menschen, denen er begegnete, vergaßen ihn auch sofort wieder. Er war nichts als ein freundlicher, farbloser Mann.

Das Libyen dieser atemlosen Tage war ein Land der steinernen Gesichter, und noch herrschte Krieg. Niemand hier wusste, was morgen sein würde. Falls eine Stadt für Müller genau richtig war, so war es diese hier – Tripolis.

Der Taxifahrer kam nach einer guten halben Stunde zurück. Er rumpelte der Einfachheit halber mit seinem alten Toyota gleich auf den Gehsteig. Als er Müller drei sandfarbene Leinenhosen, drei T-Shirts in Militärgrün und zwei Garnituren Unterwäsche durch das heruntergekurbelte Fenster reichte, sagte er: »You can do it in my car!«

»Nein, nein, lass mal«, winkte Müller ab, »ich stinke wie der Teufel.« Er verschwand lieber hinter dem Tor und zog sich dort rasch um. Die Hosen waren etwas zu lang, er krempelte sie hoch. Die verdreckte und stinkende Kleidung ließ er einfach liegen. Nur die Weste nahm er mit. Sie war das Kleidungsstück, auf das er nicht verzichten konnte. Darin steckten drei sehr spezielle Handys, ein Satz Papiere, etwas Kleingeld, eingenäht für den Krisenfall zehntausend amerikanische Dollar, eine zweite klobige Brille, die seine Nacht zum grünen Tag machen konnte. Darüber hinaus ein paar chemische Hilfen wie ein starkes Schmerzmittel und ein höllisch aufputschendes Speed, vor dem er sich geradezu fürchtete – und natürlich die Zigaretten.

Schließlich setzte er sich in das Taxi und bekam von dem Fahrer einen Fünfzigdollarschein gereicht. »Das ist das Wechselgeld«, sagte der Junge.

»Gehört dir«, sagte Müller und gab sein Fahrtziel an.

Vor dem Hotel fragte er den Fahrer, ob er bereit sei, ihn in zwei Stunden wieder abzuholen und ihm dann etwa zwei bis drei Stunden lang zur Verfügung zu stehen. Der Junge nickte und sagte, er werde da sein.

Müller durchquerte die Eingangshalle, benutzte nicht den Lift, sondern rannte die Treppen hoch zu seinem Zimmer im dritten Stock. Er zog sich aus und stellte sich unter die Dusche. Obwohl er sich mehrmals von Kopf bis Fuß eingeseift hatte, war er immer noch überzeugt, nach der Garage der Toten zu riechen, und er wusste, dass das einige Zeit so bleiben würde. Der Geruch der Vernichtung ließ sich nicht so einfach abwaschen.

Er legte sich auf das Bett und dachte an Svenja, überlegte, ob er sie anrufen sollte. Aber er wusste, dass ihm wieder einmal die richtigen Worte fehlen würden, und er ließ es sein.

Gillian kam über Lautsprecher: »Hier ist der Stellvertreter, der Neue von den Haushältern, Chef. Er will ein Informationsgespräch.« Gillian kicherte leise. »Sein Spitzname ist hohle Nuss.«

»Ich habe noch nie eine hohle Nuss empfangen«, murmelte Krause nicht sonderlich konzentriert.

»Dann ist das eine Premiere«, stellte Gillian fest und lachte. »Der Mann hat das seinen Initialen zu verdanken, er heißt Herbert Nieswandt. Er ist schon ein paar Monate hier, macht mächtig Dampf und findet alles Mögliche unmöglich. Er macht sich die ganze Zeit übel bemerkbar, er kritisiert sogar, dass ein paar Leute in den Pausen runter unter die Bäume gehen, um diskret eine Zigarette zu rauchen. Er wünscht sich eine Stunde bei Ihnen.«

»Sagen Sie ihm, das ist zu viel. Mehr als zwanzig Minuten sind nicht drin. Wann?«

»Am besten jetzt. Dann haben Sie es hinter sich. Und anschließend Müller in Tripolis?«

»Also jetzt«, seufzte Krause. »Und anschließend Müller.«

Der Mann, der in sein Büro kam, war klein, hager und drahtig. Es war exakt der Typ, den Krause durchaus verächtlich Erbsenzähler nannte.

Man konnte sich vorstellen, dass der Mann morgens gegen fünf Uhr aufstand, sich in einen hässlichen, aber teuren Trainingsanzug warf, um dann fünf Kilometer zu rennen. Anschließend würde er duschen, danach eine Scheibe Vollkornknäckebrot mit einem halben Glas Milch zu sich nehmen und peinlich genau darauf achten, jeden Bissen sehr lange und gründlich zu kauen, sodass ein gesunder Speichelfluss gesichert wurde, der wiederum den gesamten Tag beeinflussen konnte.

Zwanghaft, dachte Krause. Vorsicht, zwanghaft!

»Mein Name ist Herbert Nieswandt«, erklärte der Mann leise. »Wir sind uns vor Wochen kurz begegnet, als ich hier eingeführt wurde.«

»Das ist schön«, dröhnte Krause. »Machen wir es uns doch

bequem. Gillian, wir möchten bitte einen Kaffee. Und? Zufrieden hier mit uns?«

»Ja, doch, im Großen und Ganzen schon.«

»Gut«, sagte Krause. »Was kann ich denn für Sie tun?«

»Ich hätte da ein paar Fragen, Herr Doktor«, sagte der Mann, den man hohle Nuss nannte. »Da ist ein Problemfeld, das ich nicht verstehe.«

»Fragen Sie«, ermunterte ihn Krause. »Fragen sind das Salz des Lebens. Problemfelder wohl auch.«

Sie setzten sich in die Sitzgruppe aus schwarzem Leder, und Gillian brachte ihnen den Kaffee. Sie warteten, bis sie gegangen war, dann sagte Krause: »Also, mein Lieber. Tun Sie sich keinen Zwang an.«

»Wir haben da Agenteneinsätze, also das, was wir haushälterisch als AiE bezeichnen. Und Sie sind Chef der Operationen, Sie machen die Planungen, Sie legen die Dauer und die Wege fest.« Er machte eine kurze Pause und lächelte leicht. »Wenn ich das alles richtig sehe. Sie treffen die Entscheidung, Sie bestimmen, wie das läuft. Dabei entstehen hohe Kosten, außerordentlich hohe Kosten, wie ich meine. Könnte man diese Einsätze nicht stark verringern?«

»Das könnte man nicht«, sagte Krause und dachte resigniert: Schon wieder einer, der das Rad neu erfindet! »Anders gefragt: Wie sollen wir Ihrer Meinung nach die hohen Kosten denn vermeiden?«

»Wir haben Residenten des BND an den Botschaften. Einheimische, die uns über die aktuelle politische Lage informieren. Die könnten doch vieles vor Ort erledigen? Dadurch wären fast fünfzig Prozent der Kosten dieser Einsätze vermeidbar. Übers Jahr gesehen geht es dabei um viele Hunderttausende.«

»Sie bewegen sich jetzt auf dünnem Eis«, sagte Krause gefährlich leise und starrte auf seine Schuhe. Dieser Vorschlag kam mit jedem neuen Erbsenzähler erneut auf den Tisch. Es war weniger ein konstruktiver Vorschlag als ein lächerliches Mantra.

»Ich will es nur verstehen«, sagte der Mann sanft wie ein Lamm.

»Agenten sind absolute Spezialisten«, erklärte Krause geduldig. »Sie sind für Einsätze im Ausland ausgebildet. Sie sprechen mehrere Sprachen, ihr Wissen ist breit gefächert, sie sind in körperlicher Höchstform, und sie stehen extreme Situationen durch. Es sind Situationen, in die Sie und ich niemals geraten dürften, weil wir sie nicht überleben würden. Und sie sind geschult auf die besonderen Umstände, die jeder Informant bedeutet. Kein Resident kann Agenten ersetzen, die Leute in der Botschaft schon gar nicht. Sie haben andere Dinge zu erledigen, zum Beispiel wichtige Beurteilungen ihres Gastlandes zu liefern, die wiederum von den Agenten gebraucht werden. Ich erwähne das nur, weil Sie nicht zu wissen scheinen, über was Sie eigentlich mit mir reden wollen.« Dann wedelte er kurz mit beiden Händen. »Diese Agenten, mein Lieber, von denen Sie nichts zu wissen scheinen, halten im Dienst dieses deutschen Gemeinwesens ihren Arsch hin, um es mal poetisch auszudrücken.«

»Ich will lediglich mit Ihnen gemeinsam Geld sparen«, bemerkte Herbert Nieswandt. Seine dunklen Augen wirkten völlig leblos, wie Steine.

»Weiß Ihr Vorgesetzter, dass Sie mich in dieser Sache kontaktieren?«, fragte Krause scharf.

»Nein. Aber das muss er auch nicht.«

»Das muss er sehr wohl«, sagte Krause wütend. »Tut mir leid, aber für derartige Diskussionen sehe ich keinerlei

Anlass.« Krause stand auf und setzte hinzu: »Ich nehme zu Ihren Gunsten an, dass Sie einfach mal auf den Busch klopfen wollten. Ausgerechnet auf einem Sektor, von dem Sie offensichtlich keine Ahnung haben. Das ist leider fehlgeschlagen.«

»Da ist noch etwas«, sagte Nieswandt leise und ohne erkennbare Regung. Er saß jetzt weit zurückgelehnt und hatte den Kopf ein wenig eingezogen, als würde er einen Angriff befürchten. »Es gibt da in den Einzelabrechnungen wiederholt einen Posten unter der Bezeichnung AX (d). Da sind einmal vierzigtausend Euro eingesetzt, dann dreimal sechzigtausend Euro, dann einmal hunderttausend, also insgesamt dreihundertzwanzigtausend Euro binnen drei Jahren. Und das in bar! Ich nehme an, dass es sich bei der Bezeichnung um einen Mann namens Arthur Schlauf handelt, der als international agierender Kaufmann bekannt ist, ohne eine feste Adresse. Er wird von einigen deutschen Finanzämtern wegen Steuerhinterziehung gesucht. Er ist des Weiteren unter der Bezeichnung ›großer Leichenfledderer‹ bekannt, weil er nach Katastrophen, Krisen und Kriegen in den jeweiligen Ländern auftaucht, um sämtlichen nur erdenkbaren Schund zu verkaufen, von Aspirin bis hin zu Lokusbürsten. Er hat eine, gelinde ausgedrückt, streng riechende und unangenehme Nähe zu unserer Regierung und der Kanzlerin und …«

»Stopp!« Krause war schnell aufgestanden und hatte beide Hände ausgebreitet, als würde er bedroht. Aber er sprach plötzlich sehr sanft. »Bevor Sie anfangen, über Dinge zu sprechen, von denen Sie absolut keine Ahnung haben können, sage ich Ihnen, dass ich den von Ihnen angesprochenen Mann nicht kenne, nicht einmal eine Ahnung von seiner Existenz habe. Tun Sie sich jetzt den Gefallen und verschwinden Sie ganz schnell aus meinem Büro.« Er zeigte mit einem kurzen, dicken Zeigefinger auf die Tür seines Büros. »Raus hier!«

Nieswandt erhob sich und verließ mit steinernem Gesicht den Raum.

Krause drückte eine Taste: »Gillian, ich brauche Esser und Sowinski. Jetzt.«

Sie kamen nach zwei Minuten, und sie sahen aus wie Männer, die hier zu Hause waren, was der Realität genau entsprach. Sie trugen beide einfache karierte Hemden und darüber ausgebeulte, offensichtlich uralte Strickwesten. Der eine in Blau, der andere in Grün.

Der eine war einundsechzig Jahre alt, der andere vierundfünfzig.

Esser sagte noch in der Tür erwartungsvoll: »Ich vermute, sie haben Gaddafi.«

»Irrtum. Ich verlasse vorübergehend dieses Haus«, bemerkte ihr Chef leise. Sein Gesicht wirkte auf einmal hager, obwohl er ein fetter kleiner Mann war.

Es kam keine Gegenfrage. Sie setzten sich.

»Wir haben einen neuen Haushälter hier, der mich gefragt hat, ob einige Zahlungen unter einem bestimmten Code unseren Freund Atze betreffen. Ich denke, das wirkt zunächst wie ein blödsinniger Angriff auf meine Integrität. Aber es ist wohl ein Generalangriff auf diese Abteilung hier, wenn nicht noch viel mehr. Das ist sehr hinterhältig, wie ich betonen möchte, durchaus eine Schweinerei. Aber trotzdem sollten wir ganz schnell untersuchen, wie ausgerechnet ein neuer Haushälter auf diesen Namen kommen kann und den auch noch aus den rechnerischen Belegen als Kürzel kennt. Ich benachrichtige den Präsidenten schriftlich, dann gehe ich heim.«

»Du hast gerade sechs Agenten draußen, wie soll das denn gehen?«, fragte Sowinski. Es klang nicht anklagend, sondern war eine ganz sachliche Frage. Schließlich war es eine oft bewiesene Tatsache: Allein Krauses Stimme in einem kurzen Telefonat konnte Agenten im Einsatz wieder ruhiger atmen lassen.

»Das müsst ihr übernehmen, was sonst?« Unvermittelt setzte er laut hinzu: »Gillian, wir möchten drei große Cognac. Und Puddingteilchen.«

»Müller hat Atze in Tripolis gesehen«, sagte Sowinski. »Heute, im Hotel.«

»Wie kann dieser idiotische Mensch überhaupt auf Arthur Schlauf kommen? Wer könnte da irgendetwas gesagt haben? Wir haben bar bezahlt, oder? Ist Schlauf jemals mit Klarnamen vorgekommen?« Krause hielt die Augen halb geschlossen, er schien am Ende seiner Weisheit.

»Niemals«, sagte Esser, »niemals hat irgendeiner in dieser Etage den Namen erwähnt. Und Goldhändchen, unser Computergenie, sicherlich auch nicht. Also wer, verdammt noch mal?« Dann lächelte er unvermittelt und fragte erheitert: »Du hast diese Euroerbse beleidigt, nicht wahr?«

»Ein bisschen«, gab Krause trocken zu. »Wo kommt der eigentlich her?«

»Das können wir herausfinden«, sagte Esser. »Vielleicht ist er ein Trojaner, vielleicht ist er jemand, der irgendeinen anderen im Haus beerben möchte? Vielleicht einer, der den Weg irgendeines anderen vorbereitet? Hat er sich so benommen?«

»Er setzte sich da auf den Sessel, wirkte klein und unscheinbar und forderte mich auf, mit ihm zusammen zu sparen, in meinem Budget. Und dann kam plötzlich die Erwähnung Atzes. Wer hat Atze eigentlich abgeschöpft und bezahlt?«

Die beiden Männer wussten, dass Krause hochgradig erregt und wütend war, aber er zeigte es nicht, weder durch die Stimmlage noch durch seine Mimik.

»Es war immer Müller«, antwortete Sowinski schnell. »Die beiden kommen gut miteinander aus. Atze ist ein gerissener Hund, und Müller manchmal auch.«

»Und wo wurde er bezahlt?«

»Niemals im Inland«, sagte Sowinski. »Immer draußen. Meistens Asien, einmal Washington. Und immer in Dollar. In Deutschland ist er nur vorübergehend mal aufgetaucht, wenn er seinen alten Vater besucht hat. Aber wir haben ihn hier niemals kontaktiert und auch niemals mit ihm gesprochen.«

Gillian kam mit dem Cognac und den Puddingteilchen und stellte alles vor ihnen ab, dann verschwand sie wieder.

Sie tranken einen Schluck.

Krause nahm ein Puddingteilchen und biss hinein. Dann erklärte er mit vollem Mund: »Das stelle man sich einmal vor: Er hat von einer unangenehmen, streng riechenden Nähe Atzes zu unserer Regierung und der Bundeskanzlerin gesprochen. Wie lange ist das eigentlich her?«

»Die Beleidigung?«, fragte Esser. »Da war sie gerade gewählt. Also nur ein paar Jahre. Kann es nicht sein, dass diese Geschichte von irgendjemandem im Kanzleramt gesteuert wird? Haben wir da einen Intimfeind?«

»Todsicher sogar. Das ist jetzt aber scheißegal«, stellte Sowinski resolut fest. »Was machen wir? Du gibst dem Präsidenten Nachricht und gehst heim. Was machen wir mit Atze? Lassen wir ihn sterben?«

»Niemals«, reagierte Esser schnell. »Der Mann ist viel zu gut, als dass man ihn sterben lassen könnte. Sollten wir Goldhändchen nicht überreden, sich mal in ein paar Rechner zu hacken?«

Krause nickte bedächtig. »Goldhändchen soll sofort damit beginnen, und er soll niemanden ausnehmen, nicht einmal das Kanzleramt. Gleichgültig, woher es kommt: Wir gehen auf dieses Problem nicht ein, wir reagieren mit Hochmut und satter Arroganz. Wir blinzeln nicht einmal, wenn jemand uns darauf anspricht. Und wenn ihr hausintern gefragt werdet, wer diese hohle Nuss ist, dann sagt einfach, ihr kennt ihn nicht und habt auch keine Lust, ihn kennenzulernen. Und ich werde Müller sagen, er soll mit Atze in Tripolis reden, nur auf den Busch klopfen. Atze muss gewarnt werden. Sonst noch was?«

»Dann muss ich dich in deinem trauten Heim technisch aufrüsten«, sagte Sowinski. »Drei, vier Handys, direkte Funkstrecke, offene Leitung, automatische Überwachung aller Geräte, Laserabschirmung aller Außenwände deiner Luxusvilla und so weiter und so fort. Da kannst du endlich einmal erleben, was alles nötig ist, damit du so arbeiten kannst, wie du es gewohnt bist. Es steckt nämlich eine Menge Technik dahinter, wenn der Krause meint, er drückt nur mal eben auf den Knopf und wartet, was passiert. Dann wirst du endlich mal begreifen, dass die Zeit von Telex und Telegramm vorbei ist, mein Alter. Und du musst deine Frau unbedingt vor dem anstehenden Chaos warnen.«

Krause verzog keine Miene. Er fragte: »Wo ist Svenja?«

»Wieder hier«, antwortete Esser. »Aus Syrien zurück. Ich mache mir Sorgen um sie. Wir haben täglich ein Zeitfenster von nur vier Minuten gehabt, und ich habe gemerkt, dass das viel zu wenig war. Sie wirkt abgehetzt, ist total geschafft. Aber sie ist hier in Berlin mit guten Ergebnissen von den Quellen Drei und Neun in Damaskus. Sie schreibt jetzt gerade zu Hause an den Memos. Sie kann sowieso noch nicht schlafen.«

»Und was sagen die Memos?«, fragte Krause.

Esser antwortete: »Assad hat keine Chance, er bekommt keine Ruhe mehr, und irgendwann wird er zu verschwinden versuchen, weil das Feuer unter seinem syrischen Arsch zu heiß wird. Und er hat nicht erkannte Widersacher im eigenen Haus. Zwei aus dem Sippenzirkus kennen wir jetzt, samt Psychogramm und Soziogramm.«

»Assad hat es schwer«, murmelte Esser. »Und er hat brutal reagiert. Er lässt auf Frauen und Kinder schießen, Soldaten laufen ihm weg, und er lässt auch sie unter Feuer nehmen. Die arabischen Brüder sind gegen ihn, er hat keinen Rückhalt mehr. Das ist seit Cäsar so: Wenn sie verlieren, verlieren sie auch jedes Maß.«

Sie schwiegen eine Weile.

»Hat Svenja einen Psychologen?«, fragte Krause.

»Hat sie. Er sagt, sie kommt gut voran, aber es wird dauern.« Sowinskis Stimme klang ungehalten. Es ärgerte ihn immer, wenn Agenten nach einem Einsatz therapeutische Hilfe brauchten. »Es wäre bestimmt ganz gut, wenn du dich um sie kümmern könntest. Vielleicht eine kurze Anhörung bei dir? Damit sie wieder besser klarkommt in dieser verdammten Welt.«

»War das ein XXL?«

»Du hast das so eingeschätzt. Sie hatte eine Waffe, aber sie brauchte sie nicht«, erklärte Esser. »Einmal war es heikel, weil jemand mit ihr schlafen wollte, aber sie hat den Mann bewusstlos geschlagen und konnte verschwinden.«

»Ist ihr Zustand als Burn-out eingestuft?«

»Nein«, sagte Sowinski. »Aber als ziemlich schwerer Erschöpfungszustand. Sie sagt, sie will sich nur noch die Decke über den Kopf ziehen.«

»Gut. Schick sie zu mir nach Hause, wenn Zeit dazu ist.«

»Dann sind wir ja beruhigt«, sagte Esser lächelnd. »Papa kümmert sich.«

»Ich habe keine Ahnung, wovon du sprichst«, bemerkte Krause mit starrer Miene.

»Das weißt du sehr wohl, also bitte keine Lügen«, sagte Sowinski bedächtig. »Auch nicht unter dem Aspekt, dass wir alle berufsmäßige Lügner sind.«

»Ich hab da nur so ein Gefühl«, meinte Krause vage.

Sie schwiegen wieder.

Müller und Svenja waren seit Jahren ein Liebespaar. Und sie waren an einem Punkt angelangt, an dem sie nicht mehr weiterwussten. Beide litten darunter und fühlten sich völlig hilflos.

Derartige Verbindungen im Dienst waren streng verboten. Aber es war passiert, und im Grunde waren sie drei besorgte Väter mit zwei Kindern, von denen sie nicht genau wussten, wie sie reagieren würden.

Esser sagte seufzend: »Sie müssen das allein schaffen, wir können da nichts tun.«

»Das ist wohl so«, antwortete Krause. »Dann schreibe ich jetzt dem Präsidenten, und ihr nehmt die gottverdammten Puddingteilchen mit. Ich werde zu fett.«

ZWEITES KAPITEL

Die Maschine aus München landete gegen Mittag in Berlin. Es goss in Strömen, und Thomas Dehner fühlte sich wie gerädert. Er kam aus der albanischen Hauptstadt Tirana, war total übermüdet und wollte unbedingt so schnell wie möglich in seine Wohnung und in sein Bett. Er wollte schlafen, tagelang nur schlafen.

Also rief er noch vom Flughafen aus Sowinski an. »Ich bin wieder hier und erbitte von meinen Vorgesetzten die Erlaubnis, sofort schlafen zu gehen, wenn Sie keine Einwände haben.«

»Ich habe nicht das Geringste dagegen. Gute Ergebnisse?«

»Ich weiß einiges, aber nicht alles. C4 ist für mich mittlerweile ein Albtraum. Das Zeug ist die Hölle, und Truud hat inzwischen eine Jahresproduktion von wahrscheinlich sechstausend Tonnen. Der Kerl ist ein richtig schmieriges Schätzchen. Immerhin kann ich Ihnen eine Frau anbieten, die rund zwanzig Zentner, also eintausend Kilogramm von dem Zeug gekauft hat. Gegen Bares. Und einer von Truuds Leuten sagte, sie wolle damit nach Deutschland.«

»Habe ich da Deutschland gehört?«

»Haben Sie.«

»Und was könnte man mit zwanzig Zentnern von dem Zeug in die Luft blasen?«

»Das Hotel Adlon nehme ich an, oder das Kanzleramt, den Stachus in München samt U-Bahn zum Beispiel, oder das Café Einstein mitsamt den Häusern rechts und links davon, oder irgendein Ministerium, das man nicht mag.«

»Eine Frau, bist du sicher?«

»Eine Frau«, bestätigte Dehner. »Komische Type, angeblich aus Schweden. Ich schreibe es auf. Ach ja, erschießen wollte sie mich auch.«

»Sieh mal einer an. Nichts Wichtiges getroffen, hoffe ich. Schlaf erst einmal aus!«, sagte Sowinski. »Bis morgen.«

Dehner kappte die Verbindung.

Er zog seine große Tasche in Richtung der Taxis, gab knapp seine Adresse an und kämpfte dann energisch gegen seine Müdigkeit, während der gut gelaunte Fahrer unermüdlich darüber schwafelte, dass es in Berlin mindestens zweitausend Taxis zu viel gebe und dass er von der Personenbeförderung nicht mehr leben könne und wahrscheinlich demnächst am Prenzlauer Berg auf irgendeinem dreckigen Gehsteig den Hut hinhalten müsse. Aber das sei vielleicht keine Katastrophe, denn seine Frau spiele hervorragend Akkordeon und er selbst sei nicht schlecht mit der Klarinette.

Als Dehner schließlich die Wohnungstür hinter sich zuzog und endlich allein war, ließ er sich einfach auf sein Bett fallen, zog eine Stunde später die Schuhe aus, zweieinhalb Stunden später seine Kleidung. Dann war er wach und fluchte vor sich hin. Das Fluchen steigerte sich, als er entdeckte, dass sich in seinem Kühlschrank nichts Essbares mehr befand.

Er rief Samy an und sagte: »Hilfe! Du musst herkommen und mir was zu essen bringen.«

»Bist du etwa zu Hause?«

»Bin ich. Und ich möchte Lachs und Krabben. Und vielleicht zwei Flaschen Prosecco, einen Kasten Wasser, einen

Kasten Bier, Orangensaft. Dazu Brot und Butter und vielleicht etwas Leberpastete, einen Karton Eier, und, ja, wenn du das auftreiben kannst ... Verdammt, dieses Scheißding!«

»Wie bitte?«, fragte Samy verstört.

»Schon gut, kauf das Zeug und komm her!«

Dehner hatte die ganzen Stunden über im Bett auf seiner Waffe gelegen und fragte sich jetzt, wie ihm das hatte passieren können. Er hatte die Tasche noch nicht ausgepackt, aber die Waffe sicherheitshalber herausgenommen und aufs Bett geworfen. Wie hieß es doch so schön über den Umgang mit der Waffe? »Achten Sie immer darauf, in jedem neuen Raum, den Sie während einer Reise mieten und dann betreten, zunächst die Waffe abzulegen und sie unbedingt so aufzubewahren, dass kein Fremder sie sehen oder ertasten kann.« Wer, um Gottes willen, ließ sich bloß solche Texte einfallen?

»Du bist blöde, Dehner!«, sagte er laut. An der rechten Hüfte hatte er eine große rote Druckstelle.

Anderthalb Stunden später kam Samy und schleppte die Einkäufe in mehreren Etappen keuchend in die Wohnung hinauf. Er freute sich, dass Thomas wieder zurück war, und wie üblich geriet er vor Aufregung ins Stottern, vergaß den Kühlschrank zu schließen und wollte etwas ganz Wichtiges erzählen, was ihm aber nicht auf Anhieb gelang.

Dehner legte ihm den Arm um die Schultern und sagte mit ruhiger Stimme: »Langsam, Samy, langsam. Das Tollste wäre, wenn du uns erst mal Brote machst. Und du darfst auch einen halben Prosecco mit Orangensaft trinken.«

Samy war vierzehn und so etwas wie ein Segen für die Straße. Er wurde von seiner alleinerziehenden Mama liebevoll betreut, und alle kannten und mochten ihn. Er kaufte für alte Damen ein, er hütete Kinder, und er durfte unter Aufsicht schon mal im Kiosk gegenüber bedienen. Man sagte, er sei in seiner Entwicklung im Alter von acht Jahren stecken geblieben. Dazu hatte er seit seiner Geburt einen leichten Hüftschaden.

Er himmelte Dehner an, weil der offensichtlich dauernd in fremden Ländern unterwegs war und immer mit den Fliegern durch die Lüfte ritt. Irgendwann hatte er einmal zu Dehner gesagt: »Also, so was wie du will ich auch mal werden.« Sie saßen sich in der Küche am Esstisch gegenüber und aßen zusammen.

»Wo warst du?«

»In Albanien.«

»Wo ist das denn?«

»Es liegt am Adriatischen Meer, gegenüber von Italien.«

»Was hast du da gemacht?«

»Ich habe Leute getroffen, die mit Sprengstoff umgehen und ihn herstellen. Das Zeug heißt C4 und ist so ähnlich wie Dynamit. Du erinnerst dich doch an die Knete, mit der du als Kind immer gespielt hast. C4 sieht ähnlich aus, mal bräunlich, mal dunkelgrün, man kann es formen, wie man will. Man kann damit Steine sprengen, also in Steinbrüchen. Mit den Steinen kannst du dann ein Haus bauen.«

»Willst du so was haben?«

»Ja, mal sehen. Mein Chef will wissen, was man damit alles machen kann. Vielleicht kaufen wir was von dem Zeug.«

Wieder entstand das Bild der Frau vor seinen Augen, diese Eiseskälte, mit der sie ihre Blicke abschätzend über den Frühstücksraum des Hotels hatte gleiten lassen. Nicht der Hauch eines Lächelns auf ihrem Gesicht. Sie widmete sich für einige Minuten der Morgenzeitung, nippte in einem festen Rhythmus an ihrem Kaffee, nahm eine Winzigkeit Müsli zu sich und schien ganz offensichtlich kein Interesse daran zu haben, mit irgendjemandem auch nur ein Wort zu wechseln.

»Ich muss jetzt arbeiten, Samy«, erklärte Dehner schließlich.

Als Samy gegangen war, setzte er sich an seinen Laptop und begann zu schreiben. Für ihn war es wichtig, das Memorandum über einen Einsatz dann zu schreiben, wenn es ihm auf den Nägeln brannte, nur so wurden die Schilderungen authentisch. Und die Frau brannte ihm auf den Nägeln, obwohl sie ihn in erotischer Hinsicht nicht interessierte. Thomas Dehner bezeichnete sich selbst als BS, was ihm zufolge »bekennender Schwuler« bedeutete.

»Mein Aufenthalt in Albanien galt im Wesentlichen der Erkundung eines Sprengstoffs, der weltweit unter der Bezeichnung C4 bekannt ist und ursprünglich von der Firma Semtex in Tschechien industriell hergestellt wurde (und immer noch wird). Mittlerweile sind Lizenzen zur Herstellung in alle Welt verkauft, aber der Stoff wird zunehmend und in hohem Maß auf der Welt kopiert und somit illegal hergestellt.

Selbstmordattentäter verwenden vorwiegend C4. Unsere diensteigenen Chemiker werden ihre wissenschaftlichen Bemerkungen hinzufügen, ich beschränke mich hier auf das Notwendigste und gebe eine Schilderung meiner Tage in Tirana wieder.

Ich hatte das Ziel, einen Mann zu untersuchen, der in der Szene der Sprengstoffhersteller eine zunehmend wichtige Rolle spielt. Es handelt sich um Jongen Truud, einen gebürtigen Holländer, der bisher durch fahrbare Heroinküchen aufgefallen ist, nun aber auch auf dem Sektor Sprengstoff in das internationale Geschäft einsteigen will.

Dabei traf ich auf eine Frau, die im Hotel den Namen Britt Sauwer angegeben hatte, Geburtsland Schweden, wohnhaft in Stockholm. Alter ungefähr dreißig, etwa 163 Zentimeter groß, schlank, durchtrainiert. Die Frau kaufte zwanzig Zentner C4. Sie bezahlte bar in US-Dollar.

Ein Angestellter von Jongen Truud erwähnte mir gegenüber, dass die Frau geäußert habe, sie wolle den Sprengstoff nach Deutschland bringen. Wohin, wurde nicht erwähnt.

Einige Grunddaten über den Sprengstoff C4 (das heißt: Composite Compound 4): C4 ist in der Herstellung ziemlich einfach. Man braucht Hexogen, Bis-Ethylhexyl, Polyisobutylen und Mineralöl. Die genauen Anteile kann sich jeder aus dem Internet herunterladen. Die Stoffe sind jedem Chemiker zugänglich.

Die Besonderheit dieses Stoffes liegt darin, dass er vollkommen gefahrlos transportiert, gelagert und bearbeitet werden kann. Man kann damit also eine Zahnpastatube füllen oder eine Schuhcremedose, man kann Kinder damit kleine Figuren basteln lassen. Das alles ist vollkommen ungefährlich. (Bei Briefbomben wurde in den letzten Jahren häufig C4 nachgewiesen.)

Ein weitere Besonderheit des Stoffes: Bei keiner Fahrzeugkontrolle oder Zollstelle fällt das Zeug auf, es ist faktisch geruchlos und kann auch beim Röntgen durch entsprechende Anlagen zum Beispiel von Zollbehörden oder Polizei nicht festgestellt werden. Man könnte also buchstäblich einen ganzen Schuh damit modellieren und wird nicht auffallen, man könnte ebenso eine schusssichere Weste damit auskleiden, und niemand würde es merken.

Um eine annähernde Vorstellung der Masse C4 zu vermitteln, sei darauf hingewiesen, dass ein handelsübliches Paket Butter (250 Gramm) in etwa dem Verhältnis von Masse und Gewicht des Sprengstoffs gleicht.

Bei dem in Tschechien bei Semtex industriell gefertigten C4 setzt man Metallspäne hinzu, sodass der Stoff beim Röntgen gefunden wird bzw. Detektoren anschlagen. Man setzt des Weiteren starke Geruchsstoffe hinzu, sodass das C4 von Spürhunden gefunden werden kann. Beim illegal hergestellten C4 wird auf diese Zusätze selbstverständlich verzichtet, was bedeutet, dass C4 ohne Zusatzstoffe nahezu unbegrenzt, verdeckt unter anderer Ladung, über Grenzen transportiert werden kann.

Gezündet wird die Masse konventionell mittels einer Zündkapsel, die etwa so groß ist wie das Unterteil eines Kugelschreibers. Die Zündung erfolgt entweder per Draht oder aber mittels Handytastatur. Das Sprengstoffpaket enthält also einen Empfänger. Wenn man beim Handy eine bestimmte Nummer wählt, wird dadurch ein elektrischer Impuls ausgelöst. Dieser zündet die Kapsel und die wiederum das C4. Einen solchen Zünder kann mittlerweile jeder Elektroniker im eigenen Hobbyraum herstellen.

Zunehmend Verwendung findet dieser Sprengstoff bei Selbstmordattentätern, die sich in den meisten Fällen einen Gürtel aus C4 anlegen und in der Millisekunde vor der Sprengung einfach einen eingebauten Schalter betätigen.

Informationen zu Jongen Truud (48): Möglicherweise in Amsterdam geboren, seit etwa zwanzig Jahren zu Hause in Laos, Thailand, Kambodscha, Afghanistan, Pakistan. Nicht vorbestraft. Heroinhersteller, Drogentransporteur, Autoverleiher, Autoverkäufer, gegenwärtig in Tirana, Albanien, dort keine feste Adresse, ständig als Gast aus dem Ausland gemeldet in einer kleinen, elitären privaten Pension, in der auch Staatsgäste untergebracht werden.

Truud ist seit Kurzem ausgestattet mit Papieren auf den Namen Bert Neuwein, deutscher Staatsangehöriger, geboren am 1. Mai 1964 in Emden, Nordfriesland. (Achtung! Die Folien und Textdokumente aller dieser Papiere, einschließlich der Geburtsurkunde und des Familienstammbuches, sind echt, stammen wahrscheinlich aus einem Einbruch in einem Einwohnermeldeamt.)

Truud hat bereits als Jugendlicher in Amsterdam mit Drogen gehandelt. Er selbst nahm niemals Drogen, raucht nicht, trinkt keinen Alkohol, auffällige Frauengeschichten oder sexuelle Vorlieben sind nicht bekannt. Allerdings darf nicht unterschätzt werden, dass der Mann stets bewaffnet und als erstaunlich guter Schütze bekannt ist. Er trainiert mindestens einmal im Monat mit scharfer Munition und trägt die Waffe rechts am Gürtel.

Zuerst Gelegenheitsdealer, dann zunehmend eingesetzt von den in Amsterdam lebenden chinesischen Drogenhändlern, die mit festen Partnern im Goldenen Dreieck (Laos, Kambodscha, Thailand), aber auch mit Afghanistan und neuerdings mit Mexiko Handel treiben.

Truud wurde wahrscheinlich auf Empfehlung von Mi Wintan (Drogenhändler und Sippenältester in Amsterdam) in Laos, dann in Thailand, dann in Kambodscha fester Mitarbeiter eines Drogenhändlerrings mit dem Namen KETTE, DIE NICHT REISST (laotisch). Er wechselte dann ins Management der Firma und schickte in Wohnanhängern untergebrachte Heroinküchen samt den Chemikern in nahezu alle Staaten, die unmittelbar vor Österreich auf dem Weg von Kleinasien nach Europa liegen. Die Qualität seines Stoffes war besser als die der Konkurrenz, was ihm verstärkt Abnehmer brachte.

Sein Umsatz in den letzten fünfzehn Jahren wird auf etwa 650 Millionen Euro geschätzt, über sein persönliches Vermögen ist nichts bekannt.

Sein Status in Tirana kann als völlig abgesichert gelten. Er hat direkte Verbindungen bis in die Staatsspitze und ist damit beschäftigt, seine C4-Produktion auszubauen. Offiziell verleiht er Autos (hochwertige, darunter einen goldenen Rolls-Royce für Hochzeiten) und führt europäische Automarken nach Albanien ein, im Wesentlichen für hoch angesiedelte Bürokraten und die Staatsspitze. Diese Tätigkeiten scheinen allerdings Tarnung zu sein, wahrscheinlich wird er systematisch für eine andere und neue Managementtätigkeit vorbereitet.

Bei näherer Betrachtung von Truuds Arbeitstag kommt tatsächlich der Verdacht auf, dass er eigentlich in Tirana nichts anderes als hochbezahlte Ferien verbringt. Er hat ein sehr modernes Büro in der Stadt, beste Adresse (im Dienst bekannt), kommt morgens für eine Stunde dorthin und bespricht sich mit seiner Sekretärin, die dann für den Rest des Tages die anfallenden Arbeiten alleine erledigt. Wenn Truud telefoniert, verlässt er grundsätzlich das Büro und erledigt die Telefonate von seinem Auto auf dem Parkplatz des Bürogebäudes aus.

Der beste Handyladen der Stadt erteilte über einen Mittelsmann die Auskunft, dass Truud pro Monat etwa acht bis fünfzehn neue Handys bekommt, je nach Anforderung. Wir können also davon ausgehen, dass er die Handys nach jeweils wenigen Telefonaten zerstört, um jede Identifikation und Nachprüfbarkeit von Verbindungen zu vermeiden.

Abgesehen von der C4-Produktion kümmert sich Truud um ein sogenanntes Hygiene-Institut, das offensichtlich mit Suchtstoffen experimentiert (siehe Stadtplan und Fotos). Es gilt bei unseren Informanten als sicher, dass bestimmte Stoffe aus dem Institut an Strafgefangenen getestet werden. Insider vermuten, dass Truud mit neuen chemischen Stoffen auf den Drogenmarkt gehen will. Typisch für seine Vorgehensweise ist, dass seine Aktionen von staatlicher Seite abgesegnet sind.

Die Herstellung des C4 findet in einem alten, unauffälligen Firmengelände nordwestlich von Tirana in etwa fünfzehn Kilometern Entfernung von der Hauptstadt in bergigem Gebiet statt. Es handelt sich um drei Hallen. Das Gelände liegt offen neben einer kleinen Straße und ist von einem hochwertigen Starkstrom-Elektrozaun umgeben. Es wird zusätzlich mit automatischen Kameras (aus Deutschland) abgesichert. An einer Einfahrt steht ein Pförtner, der bewaffnet ist und niemals allein seinen Dienst versieht. Gewöhnlich habe ich drei Männer registriert. Der Betrieb läuft rund um die Uhr in zwei Schichten (siehe beigefügte Fotos und den aufgenommenen Bericht eines Informanten).

Wenn der Sprengstoff aus der Herstellung abgefahren wird, so werden dafür grundsätzlich Lastwagen einer Firma namens AUTOSILO benutzt. Besitzer der Firma und der Trucks ist Truud. Sie fahren den Stoff in einen südlichen Stadtteil von Tirana, entladen dort in eine Lagerhalle (genaue Adresse und Lageplan siehe aktuelles Archiv).

Aus diesem Lager werden die Käufer bedient. Die kommen jedoch mit diesem Zwischenlager des Stoffes niemals in Berührung. Der Stoff wird für sie in der Regel in einem weiteren Lager bereitgehalten (genaue Lage siehe Fotografien und Stadtplan). Die Trucks fahren dort vor, werden von Truuds Leuten beladen und verschwinden wieder.

Aufgrund der Nähe zum Meer werden sehr viele Frachten von Truud auf Schiffe verladen. Das sind in der Regel Kümos, Küstenmotorschiffe. Diese Art der Verfrachtung ist besonders gut geeignet, die Wege des Stoffes beständig in einer Grauzone zu halten. Die Regel ist, dass Trucks von AUTOSILO zu den Schiffen fahren und die Frachten, gewöhnlich auf Paletten, umgeladen werden.

Diese Schiffe fahren ständig in Küstennähe zwischen Staaten hin und her, sodass es möglich ist, mit drei bis vier oder mehr Umladungen die Ware von den offiziellen Listen langsam verschwinden zu lassen. Man hat also die Möglichkeit, in einem ganz unbedeutenden Hafen große Mengen des Stoffes anzulanden, die dann, wiederum in kleine Portionen aufgeteilt, erneut auf die Reise gehen oder aber von großen Transportschiffen zu anderen Kontinenten verfrachtet werden.

Im Wesentlichen wird der Sprengstoff unter der Bezeichnung EARTHCARE als hochwertiger Pflanzen- und Blumendünger in undurchsichtigen weißen Plastiktüten von jeweils acht Kilogramm gehandelt. Die Qualität des Sprengstoffs soll hervorragend sein.

Ich habe in der Verladestation für die Kunden, die die Ware in Trucks abfahren lassen, eine solche Plastiktüte an mich genommen, habe den Sprengstoff ausgeschüttet und nur einen Rest zur chemischen Untersuchung mitsamt der weißen Plastiktüte mit dem Logo EARTHCARE mit nach Berlin gebracht, damit die Möglichkeit besteht, den Stoff und die Verpackung genau zu untersuchen. Diese kurze nächtliche Aktion ist nicht bemerkt worden.

Meine persönliche Einschätzung von Truud läuft darauf hinaus, dass wir den Mann unter allen Umständen wie bisher mindestens einmal im Jahr einer Großen Anfrage unterwerfen sollten. Er sollte auch in die Listen der befreundeten Dienste Eingang finden. Der Mann ist eindeutig hochgradig gefährlich.

Ich komme jetzt zu der Frau, auf die ich anfangs einging: Britt Sauwer, schwedischer Herkunft, wohnhaft in Stockholm, Alter ungefähr dreißig. Der Dienst hat meiner Kenntnis nach über diese Frau keinerlei Angaben, sie ist also ein unbeschriebenes Blatt.

Nach den Quellen vor Ort ist eine Frau, die C4 kauft, ganz ungewöhnlich. Noch ungewöhnlicher ist, dass sie persönlich in Tirana auftauchte, die Ware bar bezahlte und sich darüber informierte, wie der Stoff an den Käufer gelangt. Sie tauchte also direkt am zweiten Zwischenlager auf, um sich nach Einzelheiten zu erkundigen.

Ich erwähnte bereits, dass diese Frau eintausend Kilogramm C4 kaufte und bar in US-Dollar bezahlte. Im Grunde ist das ein für Truud äußerst ungewöhnliches, ja unmögliches Geschäft, denn er verkauft sein C4 niemals an eine ihm unbekannte Person oder Adresse. Die Frau muss ihm also zumindest durch zuverlässige Dritte empfohlen worden sein.

Das allein reicht jedoch nicht: Er muss auch sicher sein, dass die Frau den Mund hält und dass der Kauf des C4 kein Scheinkauf durch irgendwelche ermittelnden Behörden ist.

Während meines siebentägigen Aufenthalts in Tirana war die Frau an den ersten drei Tagen dort. Sie fiel mir sofort auf, weil sie eine unbeschreibliche Kälte ausstrahlt. Wie bekannt, ermuntern uns unsere Psychologen immer wieder dazu, während des Einsatzes auch Dinge wahrzunehmen und aufzuschreiben, die mit den sichtbaren Fakten nichts zu tun haben, sondern im emotionalen Bereich angesiedelt sind. Bei dieser Frau bekam ich das Frösteln.

Auf den ersten Blick ist sie eine schlanke, zarte Person, bei genauerer Betrachtung relativiert sich das jedoch: Sie ist körperlich in bester Verfassung, strahlt Energie aus, bewegt sich langsam und selbstbewusst, hat aber offensichtlich nicht das Bedürfnis, irgendjemandem zu gefallen, sondern signalisiert im Gegenteil, dass sie keinerlei Kontakt wünscht.

Die Frau ist überaus attraktiv und macht sofort neugierig, ganz gleich, aus welcher Perspektive man sie auch betrachten mag.

Tirana ist nicht gerade ein Eldorado des Jetsets, dennoch findet man erstaunlich viele Besucher aus westlichen Ländern in den guten Hotels der Stadt. Die meisten sind wohl aus geschäftlichen Gründen dort. Und die Augen dieser Männer richteten sich beim Frühstück ausschließlich auf diese Frau, es war beinahe schon peinlich. Es war aber eindeutig, dass sie in keiner Weise darauf reagierte. Ein schönes, strenges Gesicht, oval, mit einem sehr sinnlichen Mund. Kein Make-up, oder so perfekt geschminkt, dass man es nicht bemerkte. Den Tisch hatte sie so gewählt, dass sie mit dem Rücken zur Wand saß, also alles kontrollieren konnte.

Ich traf die Frau wieder, als sie das zweite Lager besuchte, in dem der Sprengstoff auf die Trucks der Käufer geladen wird. Sie sprach perfekt und beinahe akzentfrei Englisch, und sie wollte wissen, wie sie ihren Truckfahrer instruieren muss, damit er vorfährt, sofort die Ladung aufnimmt und sich nicht unnötig aufhalten muss. Das hatte eindeutig etwas von Generalstabsarbeit.

Sie hatte einen Leihwagen (einen schweren Audi, natürlich von Truud), und ich sah sie darin, wie sie um das große Grundstück in den Bergen herumkurvte, in dem das C4 hergestellt wird. Die Tatsache, dass sie sich darum kümmerte, könnte darauf hinweisen, dass sie etwas in Erfahrung bringen wollte. Vielleicht ist sie eine penibel arbeitende Spionin, vielleicht von unserem Gewerbe. Auf jeden Fall aber ist sie gründlich.

Am Nachmittag des zweiten Tages verließ sie das Hotel gegen 14 Uhr, setzte sich in den Wagen und verließ die Stadt in Richtung Süden. Ich folgte ihr ungefähr zehn Kilometer, kehrte dann um. Ich wollte mir ihr Zimmer ansehen und hoffte dabei ausfindig machen zu können, wer sie ist.

Das Ergebnis der kurzen Inspektion ihres Zimmers war ausgesprochen dürftig. Eine geradezu mustergültige Aufgeräumtheit, nichts Besonderes in ihrem Koffer, abgesehen von ungefähr achttausend US-Dollar.

Sie kam überraschend schnell zurück, und ich musste auf einen flachen Außensims an der Rückwand des Gebäudes im ersten Stock ausweichen. Zwei Fenster waren vom Hotelpersonal zur Lüftung offen gelassen worden. Ich konnte die Frau durch die Spiegelung in der Scheibe beobachten.

Sie betrat das Zimmer, wurde gleich misstrauisch und hatte sofort eine kleine Waffe in der Hand. Ich vermute, dass es ein Derringer war, den sie in der Handtasche mit sich trug, und ich habe keinerlei Zweifel, dass sie mich erschossen hätte, falls nötig.

Wenn ich bei Truud auf die Notwendigkeit verwiesen habe, ihn nicht aus den Augen zu verlieren, so würde ich das bei dieser Frau ebenfalls dringend empfehlen.

gez. Thomas Dehner (nach der Rückkehr aus Tirana)«

DRITTES KAPITEL

Um 16 Uhr Ortszeit wartete Müller vor dem Hotel auf den Taxifahrer. Es war kühl, es regnete leicht, dazu wehte ein sanfter Wind.

Der Taxifahrer benutzte die Lichthupe seines uralten Toyota. Müller stieg zu ihm in den Wagen.

»Ich muss zu einer Villa im Palastbereich. Die Nummer ist sechzehn.«

»Das ist Militär, das ist gar nicht gut«, kommentierte der Junge, und seine Stimme wurde augenblicklich ein wenig schrill.

»Ja«, bestätigte Müller.

»Aber die Villa ist tot. Wir sagen, die Villa ist tot, wenn die Leute alle weg sind. Kein Mensch weiß, wohin.« Der Junge lächelte verkrampft, als könne er so erreichen, dass Müller ein anderes Ziel nannte.

»Ich muss trotzdem dorthin«, sagte Müller. »Er ist ein General, nicht wahr? Und was haltet ihr von ihm?«

»Ja, ein General. Aber er ist ein Schwein, ein Schinder, ein Killer. Onkel Tobruk nennen wir ihn. Hat viele Leute hingehängt. Ich hoffe, er ist krepiert. Man sagt, die Familie ist nach Paris ausgeflogen worden. Eine große Familie, fünfzig Leute oder so. Mit einer riesigen Privatmaschine. Sie sagen, das Flugzeug war von einer großen Bank. Was willst du da, das ist doch auf jeden Fall sehr gefährlich?«

»Ich muss herausfinden, wo dieser Mann ist. Das ist mein Auftrag, das kann ich nicht ändern, verstehst du?«

»Ja, gut, gut. Ich fahre aber nicht auf das Gelände, ich bleibe draußen«, sagte der Junge bestimmt, als sei darüber nicht zu verhandeln.

»Das ist okay. Aber du wartest?«

»Ich warte.« Der Junge nickte. »Ich warte so, dass ich dich sehe, wenn du wieder herauskommst.«

Er ist sehr nervös, er hat Angst, dachte Müller. »Hat man ihn gejagt, diesen General?«

»Ja, klar. Hat man. Er ist wie eine Schlange, sie haben ihn nicht gekriegt. Sie hätten ihn auf der Stelle erschossen.«

»Was glaubst du, wo ist dieser Mann?«

»Keine Ahnung. Aber wenn jemand es erfährt, ist er tot, das steht fest. Er hatte viele Feinde. Sieh mal, da ist es schon. Du musst durch das Tor. Ich warte auf der anderen Straßenseite, hundert Meter weiter. Weißt du ungefähr, wie lange das dauert?«

»Keine Ahnung. Soll ich dich schon bezahlen?«

»Nein, brauchst du nicht. Ich warte.«

Müller stieg aus. Er sah, wie der Junge eine kurze Strecke weiterfuhr und dann wendete. Die Straße war leer, kein Auto, kein Lieferwagen, kein Fußgänger, absolute Stille. Nur weit unten mitten auf der Straße ein Fernsehteam.

Müller ging durch das Tor.

Auf vereinzelten Grasinseln standen hohe Palmen, es gab schmale Kieswege und eine weit geschwungene asphaltierte Auffahrt. Müller wusste, dass der Abstand von der Straße zum Haus exakt einhundert Meter betrug.

Das Haupthaus war zweigeschossig, sechzig Meter breit und über vierzig Meter tief. Der Arbeitsraum des Generals lag in der Westecke des ersten Geschosses nach hinten hinaus und war einhundert Quadratmeter groß. Die Fenster bestanden aus Sicherheitsglas, stark genug, um Gewehrfeuer zu widerstehen.

Müller wusste das alles von einem Gebäudeplan, den Sowinski ihm in Berlin gezeigt hatte, und da er über ein präzises fotografisches Gedächtnis verfügte, konnte er alle diese Einzelheiten mühelos abrufen. Er vergaß nichts und würde es in einem Jahr noch wissen.

Müller wusste auch, dass der große Raum im Erdgeschoss den offiziellen Treffen und Feiern vorbehalten war. Die Küche lag im Kellergeschoss auf der der Straße abgewandten Seite. Sie war groß genug, um für etwa einhundert Gäste kochen zu können. Die Schlafzimmer und privaten Räume der Familie befanden sich im ersten Stock, um den Arbeitsraum des Generals herum angeordnet. Die ständige Wache war in einem kleinen Haus an der rechten Seite des Gebäudes untergebracht, groß genug, um sechs Soldaten und einem Sergeanten Platz zu bieten. Spiegelgleich lag auf der linken Seite ein weiteres kleines Gebäude, das ausschließlich den Kindern vorbehalten war. Dort wurden sie auch von privaten Lehrern, die man aus Europa einfliegen ließ, unterrichtet.

Gemessen an der Situation der libyschen Bevölkerung, war das alles von einem geradezu unanständigen Luxus. Nach Schätzungen des Dienstes in Berlin lag das angehäufte Vermögen der Familie bei etwa sechshundert Millionen Euro, denn der General stellte auch die Bewachungen für die Ölindustrie und war am Gewinn mit festen Margen beteiligt.

»Quelle Sechs hat Spaß an Brutalitäten«, hatte Sowinski erklärt. »Wir nehmen an, dass die Terrorverdächtigen, die die USA zu Verhören ins Gaddafi-Land fliegen ließen, der Folter unterzogen wurden, die Quelle Sechs erfunden hat und durchführen ließ. Waterboarding ist da noch ein harmloser Spaß. Er ließ bei aufmüpfigen Gefangenen Holzkeile unter die Fingernägel treiben, die dann angezündet wurden. Wir haben auch von einer Geliebten gehört, die er austauschen musste, weil er ihr beide Arme aus den Schultergelenken gehebelt hatte. Die Frau starb durch den extremen Schmerz an einem Schock. Geh also um Himmels willen erst sicherheitshalber durch das gesamte Gebäude, ehe du dich um irgendetwas anderes kümmerst. Wir können nicht wissen, wer sich dort versteckt. Die Rückseite des Anwesens dürfte dich allerdings weniger interessieren. Da ist nur ein großer Swimmingpool. Also ist dort nichts zu finden. Das Anwesen endet an einer drei Meter hohen Betonmauer. Jenseits dieser Mauer ist ein breiter Streifen, auf dem in Friedenszeiten Soldaten patrouillierten, um die kostbaren Bewohner zu schützen. Dann folgt eine weitere Betonmauer zur nächsten Villa. Ich würde dir raten, dich auf das offene Gelände zwischen der Villa und der Straße zu konzentrieren. Achte auf Gitter und Schächte, aber Quelle Sechs kann auch darauf verzichtet haben. Anweisung ist: Du konzentrierst dich zuerst auf das Haus und triffst erst dann deine Entscheidung, wenn es sauber und leer ist. Können wir uns darauf einigen?«

Müller ging also in engen Schleifen das Grundstück ab und achtete auf irgendwelche Unregelmäßigkeiten auf den Kieswegen und den Rasenflächen. Er fand keine.

Sicherheitshalber trat er durch das Tor auf die Straße hinaus und ging auf dem Trottoir die gesamte Breite des Grundstücks ab. Auch dort keine Kanaldeckel, keine Zugänge zu irgendwelchen Schächten.

Er grüßte flüchtig seinen Taxifahrer und rief: »Dauert nicht mehr lange.« Dann ging er auf das Grundstück zurück und direkt auf das Hauptgebäude im Hintergrund zu.

Das Haus war ein zweistöckiger Riesenklotz, und es war nahezu leer. Es gab vertrauliche Berichte aus den diplomatischen Diensten an den BND über die Umfänge der Plünderungen vonseiten der Rebellen und der Bevölkerung. Es war bekannt geworden, dass die Rebellen die Villen bestimmten Gruppierungen überlassen hatten, die im Gegenzug Waffen und Munition schleppten, Maschinengewehre und Schnellfeuerkanonen reparierten und auch dafür sorgten, dass die Kämpfenden weit draußen in der Wüste mit Nahrung und neuer Munition versorgt wurden.

Es gab aber auch eindeutige Hinweise darauf, dass aufgeputschte Rebellen Gaddafi-Anhänger erst entwaffnet und dann gleich gruppenweise erschossen hatten. Müller wusste also, dass seine möglichen Gegner nicht nur bei denen zu finden waren, die das Regime Gaddafi stützten, sondern auch bei denen, die sich schlicht in einem Machtrausch befanden und für die es geradezu atemberaubend faszinierend war, mit einer Waffe einen Menschen zu töten, einfach so.

Müller beeilte sich, huschte von Raum zu Raum und war beunruhigt durch das laute Echo, das seine Schritte in den großen leeren Räumen verursachten.

Die Lampen waren von den Decken und aus den Wänden gerissen worden und verschwunden, es gab überhaupt keine Möbel mehr, keine Schränke, keine Truhen, keine Sofas oder Sessel, keine Betten, nur noch die Reste von Regalen und kleinen Möbelstücken, die zu Bruch gegangen waren. Buchstäblich alles war herausgeschleppt worden, in drei riesigen Bädern gab es keine Spiegel mehr, und selbst die Waschbecken und Badewannen waren verschwunden.

Ehe er in den Keller hinunterging, hielt er auf dem Treppenabsatz inne und horchte mit gesenktem Kopf in das Haus hinein. Das musste sein, es gehörte zur Routine und war Vorschrift. Das Ganze dauerte drei endlose Minuten lang. Er hörte nichts.

Die Küche unter dem Haus war riesig, ebenso wie die begehbaren Kühlkammern. Es gab keinen Strom mehr, die Nahrungsmittel waren verschwunden, alle Türen standen weit auf, und die meisten Gerätschaften hatten wohl neue Besitzer gefunden.

An einem langen Gang lagen sechs kleine Räume, in denen wahrscheinlich Angestellte gehaust hatten. Auch dort gab es nichts mehr, keine Kleinmöbel, keine Betten, keine Schränke, nur ein paar persönliche Fotos an den Wänden, auf denen Menschen unterschiedlichen Alters in die Kamera blickten, einige von ihnen mit einem gequälten Lächeln im Gesicht.

»Wenn es irgendetwas zu verbergen gilt, dann kann Quelle Sechs das nur in dem Bereich zwischen dem Gebäude und der Straße versteckt halten. Er hatte bautechnisch keine andere Möglichkeit. Sei also vorsichtig, wenn du Dinge siehst, die darauf hindeuten.« So Sowinskis trockener, väterlicher Ratschlag, bevor sie sich trennten und Müller auf die Reise ging.

Müller bewegte sich sehr langsam, setzte mit übergroßer Vorsicht Fuß vor Fuß und hatte ständig das Gefühl, in einer Falle zu stecken. Das kannte er, das hatte er viele Male durchlebt, aber nur selten war es tatsächlich eine Falle gewesen.

Dann saß da beim nächsten Schritt, überraschend und grell wie ein Blitz, dieser alte Mann in einem winzigen Raum. Über ihm baumelte eine trübe Funzel von der Decke, nicht mehr als fünfzehn Watt, und über allem lag eine unbeschreibliche, beinahe greifbare Stille.

Der Mann war vielleicht sechzig oder siebzig Jahre alt, unmöglich, das genau zu sagen. Er hockte auf dem Betonboden, zwischen seinen Beinen stand eine dunkle, längliche Glasflasche. Rotwein. Auf dem Etikett stand MAROC. Er hielt den Kopf gesenkt und summte vor sich hin, als sei er selig in wonnige Träume gehüllt.

Ein wenig irritiert dachte Müller: Ein Penner in Tripolis!

Er fragte sanft: »He, alter Mann. Was machst du hier?«

Der Mann hob den Kopf und antwortete nuschelnd mit der uralten Formel: »Allah, mein Freund, ist groß!«

Es war ein mageres, dunkelbraunes Wüstengesicht, durchzogen von tiefen Furchen, ein Gesicht wie eine grandiose Landschaft mit ganz hellen Augen darin. Der Mann trug uralte Sachen, ein langes, weißes, verdrecktes Hemd, zerfranst, darunter ein weißes Unterhemd, auf dem Kopf ein nachlässig geschlungener, verrutschter Turban, weiß mit einem blauen Muster. Sandalen vollkommen ausgetreten, Strümpfe zerlöchert. Er grinste ein wenig einfältig, und Müller blickte auf dunkelbraune faulige Stümpfe in einem schiefen Gebiss.

»Mir geht es gut, Mann«, nuschelte der Alte undeutlich. »Wo kommst du her?«

»Deutschland, Europa«, antwortete Müller leise. »Wieso brennt hier Licht? Nirgendwo sonst in diesem Haus gibt es Licht.«

»Mein Freund Muammar al-Gaddafi hat mir das Licht hier geschenkt, ehe er nach Sirte abgehauen ist. Ist es nicht traurig, dass der verdammte Bastard immer noch lebt?«

Der kahle Raum maß nicht mehr als zwei mal vier Meter. Es gab keinen Hinweis darauf, dass er in einen anderen führte. Nur weiße, vollkommen glatt verputzte Wände.

Der Alte saß auf einer weichen Unterlage, die wie ein altes Kissen aussah, dunkelrot, zerlöchert. Aus den Löchern quoll weiße Kunststofffüllung.

»Hast du einen Schluck Wein für mich?«, fragte Müller.

»Aber ja, mein Freund.« Der Mann nickte freundlich, und er sah Müller aus plötzlich wachen Augen an. »Nebenan steht ein ganzer Karton, da kannst du dir eine Flasche rausnehmen.«

»Wieso brennt hier Licht?«, fragte Müller erneut. »Und wieso kannst du mir eine Flasche Wein schenken?« Er fummelte in seinem Rücken die Tasche seiner Weste auf, in der der Colt steckte.

»Na ja«, sagte der Alte genüsslich, »das hier war ein reiches, sehr gastfreundliches Haus. Ein sehr reiches Haus, musst du wissen. He, was willst du mit der Waffe?«

»Dich notfalls erschießen«, erwiderte Müller trocken. »Steh auf und komm mit mir nach nebenan. Ich will Wein.«

»Ich bin betrunken.«

»Das macht nichts«, sagte Müller. »Steh auf.«

»Das geht aber nicht«, nörgelte der Alte. »Meine Beine wackeln.«

Müller schoss. Er wählte einen flachen Winkel zur linken, unteren Ecke des Raumes, der abprallende Geschossteile weitgehend vermied. Es war mörderisch laut, und der alte Mann zuckte heftig zusammen.

»Steh auf!«, sagte Müller scharf.

Der Alte rappelte sich hoch und stand plötzlich vor ihm. Er schwankte nicht und sagte: »Gut, ich zeige dir den Wein.«

»Du gehst vor mir her«, bestimmte Müller. »Und ich knalle dich auf der Stelle ab, wenn du einen Trick versuchst.« Er dachte irritiert: Wieso habe ich seinen Atem nicht gehört? Wieso das Summen nicht?

»Verstanden«, sagte der Alte. Dann ging er los.

Müller hielt sich dicht hinter ihm, kam auf den Flur hinaus, sah die nächste offen stehende Tür zu seiner Rechten und bemerkte auch dort eine Funzel an der Decke, die brannte.

Natürlich, es war ganz einfach, es gab einen eigenen Stromkreis für diesen Teil des Hauses. Aber warum?

»Da steht der Wein«, sagte der Alte und deutete in die Ecke des Raumes.

Müller sah auf dem Karton die groß aufgedruckte Bezeichnung MAROC.

Der Raum war wesentlich größer als der, in dem der Alte gehockt hatte. In ungefähr einem Meter Höhe war eine große Metallplatte in die linke Wand eingelassen, etwa hundertzwanzig Zentimeter im Quadrat. Die Platte war leicht angerostet, mit einem Drehverschluss in der Mitte, sie war so etwas wie eine kleine Tür.

»Was soll diese Luke da?«, fragte Müller.

»Dahinter ist nur ein Sicherungskasten«, sagte der Alte. »Du kannst nachsehen, wenn du willst. Ich belüge dich nicht.«

Es riecht hier nach Kaffee, registrierte Müller, nach Mokka. Dann entdeckte er das kleine Regal mit den beiden Heizplatten darauf. Er sah auch den einfachen Topf, und er strich an dem Alten vorbei und fasste schnell auf die Platten. Sie waren noch warm, der Topf auch.

»Du hast dir einen Kaffee gebraut«, stellte er sachlich fest. »Du hast einen großen Gönner, der dir das alles zurückgelassen hat, nicht wahr? Licht, Wein und Kaffee, das ist eine Menge.«

»Darauf kannst du wetten«, sagte der Alte grinsend. Von dem Penner war nicht mehr viel übrig geblieben. Die Augen des Mannes waren vollkommen klar, wirkten plötzlich listig.

»Und hinter der Metallplatte, da ist nur ein Sicherungskasten, sagst du?« Müller steckte seine Waffe in die Hosentasche und ging mit schnellen Schritten auf die Platte zu. Als er daran zog, glitt sie geräuschlos auf. Dahinter befand sich wirklich ein großer Sicherungskasten, ein deutsches Fabrikat. Dann sah Müller die beiden Scharniere, und er musste lächeln. Das war eindeutig gut gemacht, einfach und bestechend.

»Und dann drückst du den Sicherungskasten nach hinten weg und kannst in die Unterwelt steigen«, sagte er.

»Du hast ein helles Köpfchen, Junge.« Der Alte grinste.

Er hatte jetzt eine Waffe in der Hand, eine dunkel mattierte Neun-Millimeter-Glock mit einem aufgesetzten Laservisier, genau die Waffe, mit der Müller endlose Serien auf dem Schießstand in Berlin geschossen hatte. »Geh an mir vorbei, schau mich dabei an.«

»Das verrät den Profi«, murmelte Müller und folgte der Anweisung des Alten.

Dann kam wie ein Überfall die andere Stimme von hinten. Müller nahm an, der Mann stand im Gang hinter ihnen, war irgendwie aus einer Deckung aufgetaucht. Diese Stimme war tiefer, und Müller kannte sie.

»Greifen Sie nicht nach Ihrer Waffe, lassen Sie uns unter befreundeten Spionen sachlich bleiben«, sagte die Stimme in einem erstaunlich guten Englisch. »Ich bin Quelle Sechs, und man sagt von mir, ich sei sehr gründlich. Und als dieser Scheißwüstenzwerg Gaddafi wie ein Kleinkind jammerte und alle seine Untertanen Ratten nannte, da dachte ich: Ich brauche nur an einem sicheren Ort zu warten, bis mein Freund, der Zauberer Doktor Kai Dieckmann aus Berlin, auftaucht.«

»Und was soll der Zauberer aus Berlin tun?«, fragte Müller.

Quelle Sechs lachte auf. »Sie dürfen sich vorsichtig zu mir herumdrehen, aber wirklich vorsichtig, sonst schießt mein alter Freund Sie tot. So was beherrscht der nämlich wirklich gut.«

Müller drehte sich langsam nach links und fragte direkt in das Gesicht von Quelle Sechs: »Und wie soll das hier weitergehen?«

Quelle Sechs war ein langer, hagerer Mann mit einem sorgfältig geschnittenen Schnauzbart. Er erinnerte ein wenig an die alten englischen Offiziere aus den Stäben des Zweiten Weltkrieges. Er stand stocksteif da und lächelte Müller ins Gesicht. »Wissen Sie, mein Lieber, ich kenne Sie als einen höflichen, zugewandten Menschen. Ich denke, ich erspare mir dümmliche Verkleidungen, lange Fußmärsche, stinkende Verstecke und entwürdigende Transporte in dreckigen, alten Autos. Ich verlasse mich auf die weltberühmte deutsche Gründlichkeit und damit auf meinen Dieckmann. Und der wird mich todsicher ausfliegen aus dieser wunderbaren Stadt.«

»Das glauben Sie doch selbst nicht«, widersprach Müller vollkommen ruhig und gelassen.

»Doch, doch«, betonte Quelle Sechs. »Und falls Sie tricksen, sind Sie tot, mein Freund.«

Dann kam der Schlag in die Halsbeuge und die tiefe, brüllende Schwärze. Und dann nichts mehr.

VIERTES KAPITEL

Svenja saß im Schneidersitz auf ihrem Bett, vor sich den Laptop, und schrieb mit hoher Geschwindigkeit. Sie schaute dabei weder auf die Tastatur noch auf den Bildschirm, sondern starrte aus dem Fenster und versuchte, sich möglichst präzise zu erinnern und niemals zu übertreiben. Übertreibungen bei der Auswertung mochten ihre Chefs nicht.

Unter der Rubrik »Besondere Vorkommnisse« notierte sie: »Es war am dritten Tag gegen Abend, und ich befand mich in einem der alten Häuser in der Innenstadt von Damaskus (genaue Adresse im Info-Teil). Ich saß auf der nicht einsehbaren Dachterrasse des Hauses auf einem hölzernen Scherenstuhl und wartete auf meinen Begleiter. Es war das Haus eines Mannes, dessen Familie eindeutig der Opposition zuzuordnen ist. Der erwachsene Sohn des Hausbesitzers sollte mich in der Nacht in ein anderes Haus bringen und mir dort die Möglichkeit geben, mit einem hochrangigen Offizier zu sprechen, der die Situation der Streitkräfte des Landes erläutern konnte. Die Streitkräfte stehen fraglos unter starkem Stress, weil viele von ihnen die Freiheitsliebe der Menschen teilen (siehe Erläuterung in Teil IV). Die Bevölkerung erlebt ständig, dass Soldaten unter diesem hohen Druck desertieren. Dann erschien ein Mann, dessen vollständiger Name mir nicht bekannt ist, die Familie nannte ihn nur Onkel Gi.

Offensichtlich gehörte er der Familie des Hausbesitzers an. Er war etwa vierzig Jahre alt, circa eins fünfundachtzig groß und von kräftiger Statur. Er schien betrunken zu sein und begann ein Gespräch mit der Bemerkung, ich sei eine sehr schöne Frau (wörtlich: eine schöne Kriegerin) und habe zuweilen sicherlich Lust auf intime Nähe und bestimmt auch Verständnis für ihn, denn er sei verwitwet und einsam. Er stand über mich gebeugt und begann mich zu betasten. Ich erklärte ihm, dass ich das nicht wolle. Dann wurde er heftiger, und ich griff nach seinem Kopf und zog ihn zu mir herunter. Er war überrascht, und ich konnte ihn mit einer Doublette an den Kopf bewusstlos schlagen (wie im Lehrgang VII geübt). Der Scherenstuhl ging dabei zu Bruch. Ich trug eine Waffe, brauchte sie jedoch nicht einzusetzen. Das Ereignis hatte keinerlei Auswirkungen auf meine Recherchen. Der Sohn des Hausbesitzers deutete später an, dieser Mann bringe dauernd Schande über das Haus.«

Sie beendete die Serie ihrer Memos über ihren Einsatz in Syrien. Dauer: elf Tage. Schlaf insgesamt: nicht mehr als dreißig Stunden. Einreise: über die türkisch-syrische Grenze bei Jarabulus, als Beifahrerin in einem türkischen Truck. Ladung: Mehl. Ausreise: mit einem Jet der UNO als diplomatischer Kurier nach Rom. Ergebnisse insgesamt: zufriedenstellend, siehe Memos.

Unterschrift: Svenja Takamoto.

Ihr Festnetzanschluss meldete sich. Sie hoffte inständig auf Müller, aber es war Esser.

Er fragte: »Wenn Sie mit Oppositionellen in Berührung kamen, wie haben diese Leute Assads Position beschrieben?«

»Als ziemlich aussichtslos. Sie sagten, er stehe unter extremem Stress und es müsse als sicher angenommen werden, dass er seine Flucht inklusive Familie bereits geplant habe. Er kann die Uhr nicht mehr zurückdrehen, spätestens seit er den Westen gewarnt hat, sich einzumischen. Aber bis dahin wird auf alles geschossen, was sich bewegt. Sie wissen, dass die Opposition immer wieder skandiert hat, Assad solle aufhören zu bellen. Das sagt alles. Sie sprechen von einem räudigen Köter.«

»Was sagen die Kreativen?«

»Ich habe einen Mann getroffen, der ein Bühnenstück geschrieben hat, das davon ausgeht, dass Präsident Assad von CIA-Leuten nach Pakistan ausgeflogen wird, weil das das einzige Land ist, in dem man ihn noch erfolgreich verstecken kann. Es gibt in diesem Bühnenstück auch die Figur eines Erzählers, der beschreibt, dass Assads Armee während des Beschusses der rebellischen Städte durch Panzerartillerie ungefähr siebentausend Leute getötet hat, nicht dreitausend, wie die Regierung eingestanden hat. Und dieser Bühnenautor rechnet damit, dass Assads Geheimdienst zu jeder Tages- und Nachtzeit aufkreuzen könnte, um ihn einzulochen und zu foltern. Im sechsten Teil meiner Memos können Sie das lesen.«

»Was glauben Sie: Hat die Dame ein paar Urlaubstage verdient?«

»Ich wäre schon froh, wenn ich schlafen könnte.«

»Und Schlafmittel als Anschub?«

»Da sage ich Nein. Nehmen Sie welche?«

Esser lachte. »Das steht hier nicht zur Debatte. Es kann sein, dass der Chef mit der Perle unseres Berufsstandes sprechen möchte. Heute, gegen Abend.«

Svenja lachte, sie mochte seine sprachlichen Schleifen. »Sie sollen einfach durchrufen, dann komme ich. Was ist mit meinem Müller?«

»Alles klar, keine Schwierigkeiten. Einsatz in Tripolis, Treffen einer alten Quelle.«

»Ist das ein XXL?«

»Selbstverständlich. Die Gegend ist ja nicht gerade berühmt für ihre provinzielle Ruhe. Wollen Sie die Festnetznummer des Hotels?« Das verstieß gegen jede Regel, aber er dachte: Man muss es ihnen zuweilen leicht machen, bevor es unweigerlich dicke kommt.

»Ja, das wäre schön.«

Esser diktierte ihr die Nummer und verabschiedete sich mit den Worten: »Sie werden von uns hören, wenn Sie gebraucht werden.«

Svenja überlegte eine Weile, ob sie Müller im Hotel in Tripolis anrufen sollte. Es war jetzt siebzehn Uhr, in Tripolis eine Stunde später. Sie überlegte, was sie sagen könnte, aber sie fand keine Worte. Da ließ sie es sein.

Sie stand auf, ging ins Bad und duschte ausgiebig. Dann zog sie graue Jeans und einen leichten dunkelblauen Pullover an, dazu schwarze Slipper, eine schlichte weinrote Jacke, kein Schnickschnack, kein Make-up. Ehe sie die Wohnungstür hinter sich zufallen ließ, schickte sie die Memos vom Laptop auf die Anlage von Goldhändchen. Er würde dafür sorgen, dass sie auf den richtigen Computern landeten.

Sie schlenderte ein wenig durch die Straßen, sah sich Schaufenster an. Als sie plötzlich anfing zu frieren, schlug sie den Weg zu Bens Kneipe ein. Dort angekommen, setzte sie sich auf einen der hohen Hocker am Tresen.

»Hallo, Mädchen«, sagte Ben. »Was möchtest du?«

»Einen Sekt. Und hast du Soleier? Wenn ja, dann zwei, und eine Scheibe Schwarzbrot ohne alles.«

»Du hast Schatten unter den Augen.« Ben war geradezu unanständig dick, und er durfte so etwas sagen.

»Ich habe Schlafstörungen«, sagte Svenja. »Zu viel gearbeitet.«

»Willst du was zum Runterkommen?«

»Um Gottes willen, nicht so was.«

»Ich habe Zwanziger Valium, wenn du magst. Aber wenn ich dich so ansehe, stehst du wohl eher nicht auf so was.«

»Das ist richtig«, sagte sie. »Niemals Pillen.«

»Der Sekt, zwei Soleier, Essig, Öl, Senf, weißer Pfeffer«, murmelte Ben und stellte alles vor sie hin. Dann betrachtete er sie erneut. »Wo ist dein Kumpel?«

»Noch unterwegs, kommt später. War irgendwas Besonderes los hier?«

»Nein, eigentlich nicht«, sagte Ben. Dann warf er einen schnellen Blick in die Runde und beugte sich weit zu ihr vor. »Da ist ein Typ aufgetaucht, der nach dir gefragt hat. Vor zehn Tagen ungefähr. Er sagte, er will dich treffen, um dir einen Job anzubieten. Also, ich fand das schon ziemlich merkwürdig.«

»Was hast du ihm geantwortet?«

»Ich sagte: Ja, die Japanschickse ist öfter hier, das stimmt. Ich habe gesagt, dass ich dir Bescheid gebe. Ich habe auch gefragt, ob er eine Telefonnummer hinterlassen will. Aber das wollte er nicht.«

»Dann ist er auch nicht sauber«, sagte Svenja.

Sie schälte die hart gekochten Eier, zerschnitt sie in Hälften, nahm den Dotter heraus, gab Essig und Öl in die Kuhle, darauf Pfeffer, dann eine Messerspitze Senf, und setzte den halben Dotter wieder drauf.

»Das tut richtig gut«, sagte sie und schob sich die erste Hälfte in den Mund.

»Also, wenn du mich fragst, ist der Kerl garantiert nicht sauber«, sagte Ben.

»Wie sah er denn genau aus?«, fragte Svenja mit vollem Mund.

»Schwer zu beschreiben. Durchschnitt, mittelgroß, mittelschlank, mittelgekleidet, eben alles mittel. Um die vierzig.«

»Und für welchen Job will er mich?«

»Hat er nicht gesagt. Und wenn er wieder auftaucht? Was mache ich da?«

»Sag ihm einfach, ich bin umgezogen und du weißt nicht, wohin.« Svenja überlegte kurz, ob sie beunruhigt sein sollte, aber sie fand keinen logischen Grund dafür.

Ben war ihre Kneipe. Hier hatte Müller übermütig wie ein kleiner Junge einmal gesagt: »Einer von uns bleibt zu Hause, der andere gibt den Spion. Das ist die einzige Möglichkeit, unsere Beziehung zu retten.«

Er hat damals gar nicht geahnt, wie sehr er damit recht behalten sollte, dachte sie.

Sie blieb noch eine halbe Stunde und las leicht lächelnd in einer Hochglanzpostille, dass es schwer in Mode sei, sich das Schamhaar nicht nur zu rasieren, sondern Muster und Bögen und große Buchstaben einzuarbeiten. Als Bens Kneipe sich langsam füllte, bezahlte sie und ging.

Sie hatte die Wohnungstür gerade hinter sich geschlossen, als ihr Festnetztelefon klingelte.

Goldhändchen säuselte: »Kann es vielleicht sein, dass du mir den aktuellen Operationshintergrund von Müller geben kannst?«

»Was soll das denn, meine Schöne?«, reagierte sie gut gelaunt.

»Ich dachte, ich frage einfach mal. Hat er irgendetwas vergessen? Eines seiner Handys vielleicht?«

»Wieso fragst du mich das? Er hat eine eigene Wohnung. Wie oft müssen wir das denn noch erörtern?« Dann begriff sie plötzlich, und sie fragte entsetzt: »Ihr habt ihn verloren, nicht wahr? Stimmt das?«

»Ich kriege ihn nicht mehr auf den Schirm«, gab Goldhändchen zu.

»Was bedeutet das technisch?«, fragte sie.

»Kein Handy reagiert, es gibt alle drei nicht mehr. Kein Leuchtfeuer in der Nacht. Aber kein Grund zur Sorge. Ich rufe dich an, sobald ich deinen Liebsten aufgetrieben habe. Und jetzt bitte ich dich, sofort in seine Wohnung zu fahren. Sieh nach, ob er irgendetwas vergessen hat, Handys zum Beispiel. Und melde dich umgehend.«

»Wieso sollte er so etwas vergessen?«, blaffte sie.

»Weiß ich nicht. Sieh einfach nach.« Seine Stimme klang ungewohnt scharf, mit einem Hauch von Hysterie darin.

Svenja wurde in ihren Bewegungen nicht schneller, sie atmete nicht einmal flacher. Sie nahm Müllers Wohnungsschlüssel vom Brett, bestellte ein Taxi, zog sich einen Trenchcoat über, weil es nach Regen aussah, und dachte mit einem Anflug von Ärger: Ausgerechnet jetzt, wo ich langsam müde werde!

Das änderte sich schlagartig, als sie in Müllers Wohnung stand. Sie dachte: Warum, zum Teufel, soll ich nachschauen? Er vergisst so etwas niemals, das gehört quasi zur Kleidung. Trotzdem schaute sie überall nach, aber sie entdeckte nichts von Belang, ganz gleich, welche Schublade sie inspizierte, in welchem Schrank sie herumkramte.

Sie holte die Post aus dem Kasten und sah sie gewissenhaft durch, als könne etwas darin einen entscheidenden Hinweis geben. Da gab es einen Zettel, wahrscheinlich hastig aus einem Block gerissen. Ein gewisser Toni schrieb: »Deiner Mutter geht es sehr schlecht. Wir fürchten, dass sie stirbt. Lass Dich sehen, sobald Du kannst.«

»O nein!« Svenja schlug die Hände vor den Mund und fing an zu weinen.

Als sie sich wieder ein wenig beruhigt hatte, rief sie Goldhändchen im Dienst an und sagte: »Hier ist gar nichts.«

»Das dachte ich mir schon«, erwiderte er ruhig. »Du sollst bitte in einer Stunde beim Chef sein. Aber nicht hierherkommen, ich schicke dir einen Wagen, der Fahrer ist instruiert.«

»Du hast ihn also noch nicht?«

»Ich habe ihn noch nicht.«

Krause schrieb wütend die Mitteilung an den Präsidenten des Dienstes. Er nahm kein Blatt vor den Mund. »Ich bin einiges gewöhnt, was meinen Etat anlangt, aber dieser Mann schlägt alles. Das ist unglaublich dumm und überheblich zugleich. Ich gehe davon aus, dass der Mann sofort aus dem Dienst entfernt wird.«

Zum Thema Atze: »Es war deutlich, dass der Genannte über Informationen verfügt, die er eigentlich nicht haben darf, und ich kann nach einer Besprechung im kleinsten Kreis nur vermuten, dass es sich um einen massiven Angriff auf unsere Abteilung handelt, eine ziemlich unglückliche Mischung aus Tratsch und Gerücht, die darüber hinaus auch noch irgendwie mit der Bundeskanzlerin und der Regierung zusammenhängt. Falls es unter diesen Umständen jemals zu Veröffentlichungen kommt, in den herkömmlichen Printmedien etwa, haben wir den nächsten unausweichlichen Skandal. Wir werden der Sache mit allen verfügbaren Mitteln nachgehen und Sie selbstverständlich über das Ergebnis unserer Recherchen in Kenntnis setzen.«

Und in eigener Sache: »Ich ziehe mich vorübergehend ins zivile Leben zurück, bin zu Hause und dort jederzeit erreichbar. Ich bin nicht in Urlaub, ich bin nicht krankgeschrieben, ich arbeite im vollen Umfang weiter, will mich aber deutlich distanzieren. Ich nehme also an Konferenzen und Zusammenkünften aller Art vorläufig nicht teil. Mit einfachen Worten: Wir sind ein Geheimdienst und sollten es auch bleiben. Ich lasse es nicht zu, dass der Dienst korrumpiert und heruntergewirtschaftet wird, und erwarte von Ihnen eine baldige Bereinigung der Situation. Mit dem Ausdruck meiner Hochachtung, Ihr …«

Gillian hatte ihm einen Wagen der Bereitschaft gerufen.

Das Chaos in seinem bescheidenen Einfamilienhaus schien zum Himmel zu schreien. Zwei Techniker im Blaumann turnten auf seinem Dachfirst herum, sie hatten irgendwelche langen Drähte in der Hand. Undeutlich erinnerte er sich an Sowinskis Worte, man müsse sein Haus technisch aufrüsten.

Er sagte aufseufzend: »Du lieber Gott!«, und wälzte sich schwerfällig aus dem Auto.

Wally, seine Wally, stand in der offenen Haustür und hatte ein vor Erregung gerötetes Gesicht. Ohne Einleitung fauchte sie ihn an: »Sie machen alles kaputt, sie machen hier einfach alles kaputt! Die sind verrückt, verrückt sind die.« Sie sah aus wie ein zorniger Kobold.

Er stand drei Stufen unter ihr und sagte hilflos: »Es tut mir so leid, Wally.«

»Sie sind hier angekommen und sagten nur, das müsse jetzt sein. Und unser Dieter hat jetzt keinen Fernseher mehr.«

»Gehen wir erst einmal hinein«, sagte Krause unglücklich. Er hatte gar nicht an Dieter gedacht.

Im Wohnzimmer waren zwei weitere Männer im Blaumann an der Arbeit, einer von ihnen lag auf dem Rücken unter einer Truhe und beschwerte sich laut: »Verdammt, dieser Anschluss hier ist nicht sauber, da brauchen wir eine neue Buchse.«

In seinem Sessel saß Sowinski, rauchte einen Zigarillo und bestimmte: »Wir legen die ständige Leitung unter der Tür durch in den Garten, alles andere machen wir digital und gehen bei der Alarmleitung über Funk.«

»Das ist ja furchtbar«, sagte Krause matt. »Geht es nicht einfacher?« Sein Wohnzimmer sah aus wie eine Baustelle.

»Auf keinen Fall«, entgegnete Sowinski. »Ich habe meine Vorschriften.«

»Und Dieter?«, fragte Wally aufgebracht. »Er braucht doch den Fernseher für seine Märchen.«

»Da müssen wir für diesen Zeitraum eine andere Lösung suchen«, antwortete Sowinski.

»Wo ist denn Dieter?«, fragte Krause.

»Oben in der Mansarde«, antwortete seine Frau. »Und er wollte eben schon Schneewittchen anschauen.«

Dieter war das Kind, das sie nie hatten. Er war ein junger Mann, der Wally von einem privaten Verein stundenweise zur Pflege anvertraut worden war. Dieter war ein Spastiker, der als multibehindert geführt wurde, den es ununterbrochen schüttelte, der keine Sprache hatte außer wilden, unartikulierten Lauten, der nicht in der Lage war, irgendetwas an seinem Körper zu kontrollieren, für den eine Treppe mit sechs Stufen ein nicht überwindbares Hindernis war. Wally war Mitglied in diesem Verein, zusammen mit der Frau von Esser, die die Patenschaft für eine junge Frau übernommen hatte. Irgendwann hatten die beiden wütend festgestellt: Unsere Männer haben nie Zeit, weil sie tagtäglich die Welt retten müssen, also wenden wir uns denen zu, die unsere Hilfe wirklich brauchen.

»Das geht so aber wirklich nicht, Sowinski«, stellte Krause hilflos und leise fest. »Dann muss der Fernseher sofort im Gästezimmer aufgebaut werden. Und für Dieter muss der Sessel, in dem du jetzt sitzt, auch da rauf.«

»Jawoll!«, sagte Sowinski resignierend. »Ach, wie schön waren doch die Zeiten, als du in einem normalen Büro gearbeitet hast. Aber ich habe dir einen Zettel gemacht, auf dem genau beschrieben steht, was du mit welchem Gerät machen kannst oder sollst oder könntest.«

»Das ist fein«, murmelte Krause.

»Und noch etwas«, sagte Sowinski leichthin, »vielleicht gehen wir mal eben in die Küche.«

»Jetzt auch noch die Küche?«, fragte Wally empört. Sie war eine kleine, schmale Frau mit feuerrot gefärbten Haaren, und sie war stinksauer darüber, was diese eigentlich völlig fremden Männer mit ihrem Haus anstellten. Denn das Haus war ihr Haus, und ihr Mann kam normalerweise nur gelegentlich zum Schlafen vorbei.

»Nur für drei Sekunden«, sagte Sowinski entschuldigend. Er stand auf und ging in die Küche.

Krause folgte ihm brav.

»Wir haben Müller verloren«, flüsterte Sowinski. »Wir können die Handys nicht mehr orten.«

»Was heißt das genau?«, fragte Krause.

»Es gibt die drei Geräte nicht mehr, die er normalerweise mit sich herumträgt«, sagte Sowinski. »Irgendetwas ist passiert, und wir wissen nicht, was.«

»Wissen wir, wo er zuletzt war?«

»Ja, er hat Quelle Sechs in dessen verlassenem Haus gesucht. Das war laut Ortszeit etwa um 16.30 Uhr. Wir können aber nicht ausschließen, dass sich dort andere Personen versteckt hielten, dass also irgendetwas passiert ist.«

»Ist das eine technisch erklärbare Panne?«

»Nein«, sagte Sowinski. »Leider nicht. Wir können diese sehr speziellen Handys anpeilen. Das ist jedoch nur möglich, wenn alle drei funktionstüchtig sind. Das erledigt Goldhändchen ein paarmal am Tag, reine Routine. Wenn das nicht mehr funktioniert, sind diese Handys aller Wahrscheinlichkeit nach zerstört. Das würde aber bedeuten, dass der Zerstörer dieser Geräte weiß, dass es sich um eine sehr spezielle Technik zum Schutz von Müller handelt. Und ehrlich gesagt: Darüber würde ich im Augenblick nicht gern nachdenken wollen.«

Krause stand an den Eisschrank gelehnt und hielt die Augen geschlossen. Er war grau im Gesicht, und seine Kieferknochen zeichneten sich scharf ab.

»Wir sollten uns vielleicht eine Frist setzen. Sagen wir sechs Stunden. Danach reagieren wir.«

»Und wie?«, fragte Sowinski.

»Wir schicken Dehner«, entschied Krause. »Ist er einsatzfähig?«

»Ist er. Er war in Tirana und schreibt gerade seine Memos.«

»Schickt ihn hin, wenn sich die Lage bis dahin nicht verändert hat. Und mach hier mehr Tempo, ich habe sonst für Monate die Pest am Hals.«

»Willst du Svenja noch heute Abend sehen?«

»Um Gottes willen, nein. Mir reicht das Durcheinander hier.«

»Es wäre aber verdammt wichtig. Nur ein paar Minuten lang.«

»Na gut, aber erst in einer Stunde. Und schaff diesen saublöden Fernseher ins Gästezimmer, und den Sessel und die DVDs mit den Märchen.«

»Wird gemacht«, sagte Sowinski genervt und dachte gleichzeitig: Ich mache alles, damit ich so schnell wie möglich aus diesem Irrenhaus hier rauskomme.

Wally kam mit beängstigender Geschwindigkeit in die Küche geschossen. »Und sie haben den Teppich versaut. Und draußen am Haus sind überall Strippen.« Dann wandte sie sich wütend an ihren Mann: »Könntest du mir das wenigstens erklären?«

»Aber ja doch«, antwortete er verkniffen. »Ich habe vorübergehend gekündigt.«

»Du hast was?«

»Das nicht auch noch«, flüsterte Sowinski und glitt durch die halb offene Tür in die Freiheit.

»Ich werde es gleich erklären«, sagte Krause. »Lass die Männer das erst mal zu Ende machen.«

Die Techniker waren allerdings erst nach einer weiteren vollen Stunde fertig. Dann stand Wally im Wohnzimmer und sagte aufgebracht: »Jetzt sieh dir bloß mal an, was die aus meinem Wohnzimmer gemacht haben. Da, wo der Fernseher stand, ist jetzt ein Loch. Und dein Sessel ist weg, und im Übrigen ...«

»Wally«, sagte ihr Mann gefährlich leise. »Ich habe im Moment für deine empörte Hausfrauenseele einfach keine Zeit. Ich habe andere Sorgen, glaub mir. Und die gehen weit über Dieter und Fernseher und Märchen hinaus. Und jetzt hörst du mir bitte einmal zu, ja?« So hatte er noch nie mit ihr geredet.

Sie betrachtete ihn kritisch, dann spürte sie, dass er stinksauer war, aber auch, dass dieser Zustand nicht das Geringste mit ihr zu tun hatte. Sie sagte: »Also, die vorübergehende Kündigung bitte.«

Krause hatte seiner Frau in all den Jahren ihrer Ehe so gut wie nichts aus dem Dienst berichtet, weder von den großen Dingen noch von den kleinen. Und Wally hatte gelernt, damit zu leben.

»Wir haben ein U-Boot im Dienst, nehme ich an«, stieß er schließlich wütend hervor.

»Ach ja? Mann oder Frau?«, fragte sie sofort sachlich.

»Bisher Mann.«

»Und wer hat das U-Boot geschickt?«

»Das wissen wir nicht. Noch nicht. Aber da ist noch etwas anderes. Der Müller, einer meiner besten Leute, ist verschwunden.«

»Und wo?«

»In Tripolis, Nordafrika.«

»Da war doch der Gaddafi«, sagte sie.

In dem Moment schellte es an der Tür.

»Ich erwarte niemanden«, beteuerte sie mit großen Augen.

»Ich auch nicht«, sagte Krause. »Ach so, ja, Svenja.«

Wally warf ihrem Mann einen vernichtenden Blick zu und ging zur Haustür. »Guten Abend, meine Liebe. Kommen Sie doch durch, mein Mann erwartet Sie schon.«

Die ganze Situation erschien Svenja irgendwie bizarr.

Goldhändchen hatte angerufen und mitgeteilt, dass der Wagen für sie vor dem Haus stehe. Sie war hinuntergegangen und hatte einen Mercedes S 600 auf dem Gehsteig vorgefunden, eine ziemlich protzige schwarze Staatslimousine. Noch dazu mit einem Fahrer, der eilfertig aus dem Vehikel ausstieg und ihr den hinteren Schlag aufriss.

Svenja sagte entgeistert: »Du lieber Gott!«

»Dann wollen wir mal«, sagte der Fahrer und schaltete das Blaulicht auf dem Dach ein.

»Sind Sie sicher, dass Sie *mich* abholen wollen?«, fragte Svenja.

»Aber ja.« Der Mann nickte begeistert. »Klare Adresse.«

»Na denn.«

Die Fahrt verlief schnell, das Fahrziel allerdings kam ihr befremdlich vor: kleine Einfamilienhäuser mit winzigen Vorgärten und dem deutlichen Geruch von geordnetem Leben.

»Hier ist es«, sagte der Fahrer, rutschte von seinem Sitz, kam um das Vehikel herumgerannt und riss die Tür für Svenja auf. Dann deutete er auf das kleine Haus. »Sie müssen dort klingeln. Ich warte.«

Svenja ging durch die kleine hölzerne Pforte in einer niedrigen Buchsbaumhecke und stieg die drei Stufen zum Eingang hinauf. Kein Namensschild. Sie drückte auf den Klingelknopf.

Eine Frau mit einer ungebändigten feuerroten Mähne öffnete die Tür. Svenja wusste augenblicklich, dass es sich nur um Krauses Frau handeln konnte. Sie wusste, dass diese Frau einen Brustkrebs überlebt hatte, und sie wusste auch, dass es sich um eine höchst energische kleine Person handelte. Das behaupteten zumindest die Buschtrommeln. Nach einer knappen, aber freundlichen Begrüßung folgte sie Krauses Frau durch einen winzigen Flur und durch eine offen stehende Tür hindurch ins Wohnzimmer, das mit einer geradezu unsinnig erscheinenden Fülle an digitalem Gerät ausgestattet war.

Ihr Chef stand verloren im Raum und starrte hilflos auf das Durcheinander.

Svenja fragte unsicher: »Ist irgendetwas passiert, habe ich etwas nicht mitgekriegt?«

»Nein, alles in Ordnung«, sagte Krause. »Ich arbeite nur vorübergehend von hier aus. Nehmen Sie doch Platz.«

»Sind Sie ... sind Sie denn krank?« Das war eine Vorstellung, die Svenja zutiefst erschreckte. Krause war wie ein Vater für sie, und sie liebte ihn aufrichtig.

»Aber nein.« Lächelnd schüttelte er den Kopf. »Es gab Ärger mit einem von den Haushältern, der mir etwas Unsinniges untergeschoben hat. Und ich will erreichen, dass man den Mann feuert. Ich bin sozusagen ein Erpresser im Wartestand. Aber nun nehmen Sie doch bitte Platz.«

Svenja ging auf das Sofa zu, setzte sich und registrierte irritiert auf einem Couchtisch fünf Handys, zwei Mikrofone, zwei kleine Bildschirme, einen großen Bildschirm, zwei Tastaturen sowie drei Festnetzanschlüsse samt Apparaten. Dazu zwei Kameras, die auf das Sofa gerichtet waren. Und ein weißes DIN-A4-Blatt, auf dem groß in schwarzen Lettern stand: GEBRAUCHSANWEISUNG FÜR DICH! Und alle diese Geräte waren in Funktion, es gab eine große Menge kleiner grüner und roter Lichter, die vor sich hin blinkten.

Krause fragte: »Kann ich Ihnen irgendetwas anbieten, meine Liebe?«

»Danke, nein.«

»Sie sind sehr erschöpft, wie ich hörte«, sagte Krause, setzte sich etwas unbeholfen neben sie und fegte dabei mit seinem Jackett zwei der Handys auf den Boden. Er bückte sich, hob sie auf und hatte jetzt ein Problem: In welcher Reihenfolge hatte Sowinski die Handys ursprünglich angeordnet? Schließlich legte er sie einfach hin und dachte: Ist doch wurscht, ich kann ja fragen.

Wie immer freute er sich, Svenja zu sehen, und insgeheim war er stolz darauf, so eine bildhübsche Spionin zu steuern. Esser hatte irgendwann in einer privaten Sekunde Svenja gegenüber geäußert: »Ihr seid nun mal seine Kinder, auch deshalb ist er so gut.«

Svenja war auffallend blass und hatte dunkle Ringe unter den Augen.

»Ich will nicht um den heißen Brei herumreden. Dazu ist keine Zeit. Ich habe gehört, ihr habt meinen Müller verloren«, sagte sie tonlos.

»Das ist richtig. Vorübergehend. Aber das wird sich bald aufklären. Wie war Damaskus?«

Sie lächelte schmal. »Damaskus ist einigermaßen gut gelaufen, aber ehrlich gesagt können Sie das besser in meinen Memos nachlesen. Ich will hier über Müller reden.«

»Sie haben recht, das ist jetzt wohl wichtiger als alles andere.«

»Ja!« Svenja nickte mit geschlossenen Augen.

»Aber ich kann Ihnen nichts sagen, weil ich nichts weiß. Seine Handys sprechen auf die Ortung nicht mehr an. Das bedeutet ...«

»Das bedeutet, dass jemand sie zerstört hat«, sagte sie. »Das weiß ich bereits, denn ich habe auch solche Handys bei mir, wenn ich irgendwo unterwegs bin. Meine Frage ist, ob der Dienst irgendwelche Hinweise auf bestimmte, möglicherweise feindliche Figuren hat.«

»Solche Hinweise gibt es nicht«, antwortete Krause unglücklich. »Müller sollte eine Quelle treffen, einen hohen Militär, der uns dankenswerterweise jahrelang mit guten Informationen unterstützt hat. Aber dieser Mann ist verschwunden, und das erscheint mir auch logisch, denn er lebte viele Jahre lang im unmittelbaren Umfeld Gaddafis und gehörte somit zu denen, die die Rebellen todsicher sofort erschossen hätten.«

»Um welche Uhrzeit hatten wir den letzten Kontakt?«

»Etwa um fünfzehn Uhr unserer Zeit, also bei Müller eine Stunde später, und es lag nicht der geringste Störfaktor vor. Im Gegenteil, Müller sagte in aller Ruhe, er werde weitersuchen.«

»Machte die weitere Suche denn Sinn? Tripolis ist doch längst Gaddafi-frei, oder?«

»Na ja.« Krause lächelte. »Wenn Müller sagt, er will weitersuchen, dann hat er dafür einen Grund. Müller ist sehr gut, wie Sie wissen.«

»Ja, das ist er. Dann fahre ich mal wieder heim. Würden Sie mich benachrichtigen, wenn er wieder auftaucht?«

»Selbstverständlich«, sagte Krause. »Versprochen. Und versuchen Sie ein bisschen zu schlafen.«

Er hätte gern ganz vorsichtig mit ihr über ihr Verhältnis zu Müller gesprochen. Er wusste, dass die beiden Probleme hatten. Aber er tat es nicht. Das musste an einem anderen Tag geschehen. Und er wusste schon zwei Sekunden später, dass das eine falsche Entscheidung war.

Svenja hätte ihn am liebsten angebrüllt. Schlafen! Der hatte Nerven. Stattdessen stand sie auf und ging zur Haustür.

Als sie die Staatskarosse auf der schmalen Straße warten sah, dachte sie beinahe trotzig, dass sie das ausnutzen wollte. Sie wies den Fahrer barsch an, sie so schnell wie möglich in den Dienst zu fahren. Er antwortete nur: »Selbstverständlich.«

»Und schalten Sie dieses dämliche Blaulicht aus.«

»Selbstverständlich«, sagte er wieder.

Sie ließ sich in die Tiefgarage fahren und vor einem der Aufgänge absetzen. Mit dem Lift fuhr sie in die dritte Etage, ging in das Zimmer, in dem sie gelegentlich arbeitete oder Instruktionen empfing. Sie hockte sich auf einen der unbequemen Stühle und starrte vor sich hin.

Sie hatte nur eine Chance: Goldhändchen. Falls er überhaupt im Haus war. Falls er nicht zufällig mal dort war, wo er schlief. Falls es einen solchen Schlafplatz für ihn überhaupt gab. Falls er guter Laune war und etwas preisgab. Falls, falls, falls ...

Nein, wenn Karl Müller auf der Verlustliste stand, würde Goldhändchen auf jeden Fall im Haus sein.

Sie ging die Flure entlang, als würde sie schlafwandeln, und nahm nichts um sich herum wahr. Auch nicht die vielen

Menschen, die Goldhändchens Schattenwelt vierundzwanzig Stunden am Tag auf Hochbetrieb laufen ließen.

Sie drückte auf den kleinen roten Knopf rechts neben der Tür und wusste, dass sich im selben Moment eine Kamera über ihr einschaltete, sodass Goldhändchen sehen konnte, wer Einlass begehrte.

Der Summer ertönte, und sie drückte die Tür auf.

Goldhändchen sagte leicht gereizt: »Setz dich, ich bin sofort bereit.«

»Oh, lass dir ruhig Zeit«, murmelte sie. »Es eilt überhaupt nicht, wir können ja sowieso nichts tun.«

Sie ließ sich in den ekelhaften Ledersessel fallen, dessen Armlehnen so hoch lagen, dass man sich wie bei einer idiotischen Dehnübung und gleichzeitig vollkommen hilflos fühlte.

»Dass wir nichts tun können, halte ich für ein Gerücht«, erwiderte er. Er trug ein seidenes babyblaues Hemd zu einer weißen Leinenhose und spitz zulaufenden weißen Schuhen, und er wirkte perfekt gestylt wie immer. Es roch leicht nach einem guten Aftershave, und er hatte sich blonde Strähnchen färben lassen, die wie Gold schimmerten. Vielleicht war es sogar Gold, verrückt genug war er für so etwas.

»Die Karre steckt im Dreck«, stellte sie fest. »Mein Müller ist verschwunden, und niemand kann sagen, ob er überhaupt noch lebt.«

»Es ist inzwischen aber sehr sicher, dass er lebt, junge Frau«, sagte Goldhändchen. »Ich habe das vor zwanzig Minuten dem Chef übermittelt.«

»Ich weiß. Da komme ich gerade her«, sagte Svenja.

»Du bist ja eine ganz Schnelle!«, sagte Goldhändchen anerkennend und beinahe liebevoll. »Ja, ja, wenn Liebe im Spiel ist …«

»Was weißt du denn schon?«, sagte Svenja.

Er drehte ihr den Kopf zu. »Davon, meine Liebe, weiß ich eine Menge«, widersprach er lächelnd und zeigte dabei eine Reihe blendend weißer Zähne.

Er saß im Halbdunkel vor etwa zwanzig großen Bildschirmen, die er mit einem einzigen handtellergroßen Gerät steuerte, und es hieß, dass er niemals den falschen Knopf drückte, obwohl das schlicht unmöglich schien.

Zuletzt hatte er mit einer Kür geglänzt, die als Wahnsinn klassifiziert werden musste: Er hatte es fertiggebracht, eine hoch geheime Operationskonferenz der großen CIA-Häuptlinge in Echtzeit mitzuschneiden. Und es war ihm gelungen, beinahe zeitgleich ein Zusammentreffen großer chinesischer Industrieller abzuhören, in dem es um zukünftige Einflussnahmen im EU-Bereich ging. Derartige Kunststücke pflegte er durchschnittlich einmal im Monat vorzuführen, und die Kritik an ihm hielt sich daher in sehr engen Grenzen.

»Hast du eine Zigarette?«, fragte Svenja.

»Sag bloß, du willst hier rauchen? Und was sollen meine Pflanzen dazu sagen?«

Er hatte in den ewigen Dämmer seines Arbeitsplatzes ungefähr zwanzig sich hochwindende Pflanzen aus den Tropen gestellt, die er nach einem peinlich eingehaltenen Zyklus von oben bis unten mit Wasser bestäubte und ständig im Dämmer von Speziallampen hielt – Regenwald in Bodennähe.

Krause hatte geäußert: »Der Mann ist unbedingt und vorurteilslos als ein sehr seltenes Exemplar zu betrachten, aber er ist eindeutig auch der weltbeste Hacker – also darf er alles.«

»Ich will eine Zigarette!«, beharrte Svenja.

»Ich hatte mal welche. Die müssen hier irgendwo sein«, sagte Goldhändchen. »Hier sind sie!« Triumphierend hielt er eine Schachtel hoch und warf sie ihr dann zu.

»Danke!«, sagte Svenja müde. »Hast du auch Feuer?«

»Feuer? Feuer habe ich nicht. Wer braucht schon Feuer? Aber warte mal.« Er schnurrte in ein unsichtbares Mikrofon: »Sag mal, Goldie, mein Fräulein, habt ihr da so etwas wie Feuer? Wie heißen denn die Dinger? Ach ja, Streichhölzer. Oder ein Feuerzeug. Dann komm sofort damit rüber, dalli, dalli.«

Schließlich öffnete sich irgendwo eine verborgene Tür, und ein zierliches weißblondes Wesen schlängelte sich durch das Blättergewirr zu Goldhändchen durch und reichte ihm ein Feuerzeug. Der gab es weiter an Svenja und bemerkte: »Sag bloß niemandem, dass ich dich hier rauchen lasse. Das würde meinen Ruf total ruinieren.«

Svenja wollte nicht wirklich rauchen, außerdem gab es keinen Aschenbecher, und sie fürchtete sich vor dem erneuten Durcheinander, das eine Frage danach wahrscheinlich auslösen würde. Also paffte sie ein paarmal und trat dann die Zigarette mit dem rechten Schuh aus.

»Habt ihr die Nachricht denn geortet? Wo kam sie her?«, fragte sie.

»Auf jeden Fall Tripolis«, antwortete Goldhändchen. »Das ist schon mal sicher. Meine Geräte sagen, dass er einen Festnetzanschluss benutzte und dass er nicht im Geringsten nervös war. Das kann ich an der Stimmmodulation ablesen. Kluge Maschine. Das Einzige, was ich noch nicht weiß, ist, was mein Chef daraus machen wird. Aber der ist ja ein helles Köpfchen, dem fällt doch dauernd etwas ein, was wir traurigen Angestellten dann für ihn umsetzen dürfen. Auf jeden Fall, so viel ist schon mal sicher, werden sie Dehner schicken.

Ich nehme an, gleich mit der ersten Maschine, die rausgeht.« Dann wandte er sich wieder ihr zu und lächelte sie ein wenig traurig an: »Und du, mein Mädchen, würdest gern mit einer Schnellfeuerkanone in Tripolis auftauchen und allen Feinden den Garaus machen. Nein, widersprich mir jetzt nicht, ich weiß es.«

»Das ist doch sinnlos«, sagte Svenja düster. »Kann ich noch einmal den Wortlaut haben?«

»Aber sicher«, sagte Goldhändchen. »Nicht erschrecken, die Aufnahme kommt jetzt von rechts hinter dir.«

Es gab ein kurzes Rauschen, dann ertönte eine sehr harte Stimme voller aufgesetzter Heiterkeit in gutem Englisch. »Hier ist Quelle Sechs aus Tripolis. Guten Abend, meine Herren. Ich entschuldige mich, dass ich so lange nichts von mir hören ließ, aber die hiesigen Zustände machten das unmöglich. Ich habe hier den ehrenwerten Sicherheitsberater der Bundesrepublik Deutschland mit Namen Doktor Kai Dieckmann, von Ihnen geschickt. Er kann zurzeit leider nicht persönlich sprechen, er ist noch ein wenig wirr im Kopf. Ich schlage Ihnen ein Geschäft vor: Sie schicken mir einen Jet nach Tripolis und fliegen mich nach Beirut aus. Im Gegenzug werde ich Ihnen den Doktor Dieckmann nach der Landung in Beirut lebend übergeben. Falls Sie mich linken wollen, so antworte ich Ihnen mit einer schnellen Kugel in den Kopf dieses sicher sehr wertvollen Spions. Und noch etwas möchte ich erwähnen: Wohin mich das Schicksal auch verschlägt, ich könnte Ihnen dort ein guter Agent sein.« Er lachte kurz auf. »Für mich, daran möchte ich Sie eindringlich erinnern, geht es um das Leben, und Kompromisse werde ich nicht eingehen. Ich gebe Ihnen jetzt eine Nummer durch, die mich eindeutig ausweist.« Dann folgte eine sehr lange Serie von Zahlen.

»Er hat seine Notrufziffern in der richtigen Reihenfolge genannt, er ist echt«, murmelte Goldhändchen.

»So eine Scheiße!«, sagte Svenja schluchzend, stand auf und ging hinaus.

Goldhändchen sah ihr mitfühlend hinterher, bis ihm nur wenige Sekunden später schlagartig bewusst wurde, was er getan hatte.

Er hatte ihr die Wahrheit geschenkt, von der sie eigentlich kein Körnchen haben durfte, sie hatte ihn schlicht gelinkt.

»Satansbraten!«, brüllte er.

FÜNFTES KAPITEL

Als Müller langsam wach wurde, hatte er einen quälend trockenen Mund. Er blieb einfach auf dem Rücken liegen und gab nicht den geringsten Laut von sich, um nicht zu verraten, dass er wieder bei Besinnung war.

Es war nicht das erste Mal in seinem Leben, dass jemand ihn bewusstlos geschlagen hatte, und er spulte ein Programm ab, das die Fitnesstrainer ihm für genau eine solche Situation mitgegeben hatten. Es war Teil des autogenen Trainings, das er seit vielen Jahren nach einer präzisen Anleitung einsetzen konnte. Und ganz ohne jeden Zweifel waren die Übungen äußerst hilfreich.

Er bewegte sich nicht, sondern konzentrierte sich nur auf seinen Körper. Er tastete sich durch die einzelnen Bereiche, fragte ab, ob er irgendwo schmerzte. Die Antwort war eindeutig und schnell: Ja, in der rechten Schädelhälfte und im Bereich des rechten Schultergürtels als Folge des brutalen Schlags. Ein dumpfer, tief sitzender Schmerz. Er fragte seine Extremitäten ab, zunächst die rechte Seite: Füße, Beine, Arme, Schultern, alle Gelenke. Dann das Gleiche für die linke Körperhälfte. Danach der Rumpf, ganz langsam von oben nach unten, schichtweise. Er kontrollierte seine Atmung und erreichte schnell, dass sie langsam, flach und ausgeglichen strömte.

Sein Körper reagierte sofort, er musste pinkeln. Das kannte er schon.

Dann erst öffnete er die Augen.

Das Licht war sehr weich, gelblich. Das Erste, was er sah, waren Teppiche, große Teppiche. Sie hingen offensichtlich an Wänden, arabisches Design, herkömmliche Industrieware. Er lag auf so etwas wie einer Liege, der Kopf etwas erhöht, der Abstand zum Boden war gering, er schätzte dreißig Zentimeter. Er lag auf einem weißen Laken.

Auf dem Boden waren auch Teppiche, die vorherrschenden Farben waren Ocker und ein dunkles Rot. Aus dieser Position war nicht zu erkennen, wie groß der Raum war, aber er musste groß sein, weil der Abstand zum nächsten hängenden Teppich mindestens fünf Meter betrug.

Vor diesem hängenden Teppich stand ein weiß lackiertes Regal. Auf dem Regal lagen etwa zehn Einkilodosen mit schwarzem Kaviar, Malossol, vom Stör im Schwarzen Meer.

Wenn schon, dann wollen sie luxuriös und edel zugrunde gehen, dachte er verächtlich.

Die Decke war weiß gestrichener Beton. Daran gedübelt kleine Fluter mit einem angenehmen, nicht aufdringlichen Licht.

Er befragte sein Gedächtnis, die nächste lebenswichtige Aufgabe. Es hatte keine Lücken, er erinnerte sich an alles: An den alten Mann, der plötzlich eine Glock in der Hand hielt, an die Kiste mit dem Wein namens MAROC, an die Schalttafel, die man zurückstoßen konnte, um in den unterirdischen Bereich zwischen dem Haus und der Straße zu kommen.

Was mochte der junge Taxifahrer tun? Wartete er noch?

Was, zum Teufel, habe ich übersehen? Ich habe den Atem des Alten nicht gehört, nicht sein leises Summen, ich habe überhaupt nichts Verdächtiges gehört, bis Quelle Sechs plötzlich hinter mir stand. Ich habe nichts gehört, keinen Atem, keine Schritte, das ist unfassbar. Aber sofort milderte er das harte Urteil ab: Sie bewegen sich auf extrem leisen Sohlen, und sie bestimmen die Szene.

Ja, und die Stimme des Mannes hinter ihm. Der Mann, der sich Quelle Sechs nannte und es mit Sicherheit auch war. Und der ihn niedergeschlagen hatte, höchstwahrscheinlich. Ein Mann, der einer Frau beide Arme auskugelte, um sie dann sterben zu lassen, wusste todsicher den richtigen Schlag zu setzen, das war das kleine Einmaleins. Und er war der Folterer aller Gefangenen, die die USA im Umfeld des Terrors machten. Er war der Mann, der den Hilflosen Füße und Arme fesselte, um sie dann in einen Pool zu werfen und sich selbst zu überlassen.

Er sagte laut: »Hallo!«

Der Alte tauchte von hinten auf. »Nun, mein Freund, alles klar?« Die dreckige Kleidung war verschwunden und eingetauscht gegen weiße Baumwolle.

»Ich muss pissen«, sagte Müller.

»Oh, oh, da weiß ich aber nicht, ob das geht.«

»Dann pisse ich hier«, sagte Müller und versuchte aufzustehen.

»He, Junge«, sagte der Alte. »Nicht so eilig. Warte mal.«

Müller stand, und er schwankte nicht. Sein Kreislauf schien stabil zu sein.

»Na, dann komm mal mit«, murmelte der Alte und fasste ihn am linken Arm.

»Gehen möchte ich allein.« Müller streifte die Hand des Alten wie ein Insekt ab. Dann sah er auf sein Handgelenk. Seine Uhr war nicht mehr da.

»Geh vor mir her«, sagte der Alte. »So, da rüber auf die andere Seite, und jetzt rechts die letzte Tür. Pissen kannst du ja wohl allein. Und denk dran: Die Waffe habe ich. Ein Fenster gibt es nicht, und eine Telefonzelle ist das auch nicht.« Er kicherte, wahrscheinlich fand er seine Bemerkung witzig.

Es war alles erschreckend normal und öde: ein Pissoir, eine Toilette, eine Duschwanne hinter Glastüren, ein kleines Waschbecken mit einer Flüssigseife, ein Handtuch an einem Haken. Der Boden und die Wände weiß gekachelt, nicht einmal ein Schlitz, um zu lüften, die Decke Beton, die Abdrücke der Schalungsbretter gut erkennbar.

Meine Weste fehlt, ging ihm durch den Kopf. Sie haben die Handys gefunden, und wahrscheinlich haben sie sie zerstört. Quelle Sechs wird wissen, dass die Geräte angepeilt werden können. Und er wird wissen, dass die Zerstörung dieser kleinen Apparate neue Agenten auf den Plan ruft. Er will, dass wir ihn ausfliegen. Logisch gedacht, und eigentlich könnte das auch funktionieren. Eigentlich.

Wenn er in Tripolis bleibt, wird er in irgendeinem Loch oder an irgendeiner Ecke erschossen. Oder er fliegt mit einem Auto in die Luft. Oder er wird gefangen genommen und an den Internationalen Gerichtshof in Den Haag überstellt, um auf ewig hinter Gittern zu verschwinden.

Er wusch sich die Hände und ging dann wieder hinaus zu dem Alten.

»Ich habe Durst«, sagte er.

»Das können wir mit unseren bescheidenen Mitteln befriedigen«, sagte der Alte. »Du bist ja hier bei Freunden.«

Er hatte in seiner Rechten die Glock, und sie war entsichert. Es war eine Glock 17, der Griff aus Hartgummi.

»Woher bezieht ihr hier die frische Luft?«, fragte Müller.

»Von nebenan, von den Nachbarn«, sagte der Alte lächelnd. »Ganz einfaches Prinzip, deshalb hast du auch auf diesem

Grundstück keine Schächte und Ansaugstutzen gefunden. Ich habe dich beobachtet. Du warst eben nicht gründlich genug.«

»Das kann vorkommen«, sagte Müller. »Ihr seid ja auch nicht rechtzeitig verschwunden.«

»Wir wollten gar nicht vorher verschwinden. Nun geh mal zurück auf deinen Platz«, befahl der Alte gutmütig. »Was willst du? Kaffee, Saft, Wasser?«

»Einen Kaffee, bitte. Und einen Saft. Orangensaft. Und kann ich meine Uhr wiederhaben?«

»Aber ja, wir sind hier ja nicht im Gefängnis.«

»Ich bin verdammt wichtig für euch, ich bin euer Ticket in die Freiheit«, höhnte Müller.

»Das hast du ganz richtig verstanden«, sagte der Alte sachlich. »Setz dich da auf deinen Platz, ich bringe dir alles.« Damit ging er in den hinteren Teil des Raumes, schlug irgendwo einen der Teppiche zur Seite und verschwand hinter einer weißen Tür.

Müller sah, dass er Filzsohlen unter seinen Sandalen hatte. Wahrscheinlich einfach nur aufgeklebt. Natürlich, sie mussten lautlos leben hier unten.

Er setzte sich auf seinen Platz und dachte flüchtig, dass es besser gewesen wäre, Svenja anzurufen. Um noch einmal mit ihr zu sprechen. Wahrscheinlich saß sie ahnungslos in Berlin, und man würde ihr gar nicht sagen, dass er abhandengekommen war. Nein, das würde man ihr auf keinen Fall sagen.

Der Alte kam mit einem Tablett zurück, auf dem eine kleine Kanne stand, zusammen mit einem kleinen Tässchen, einem Glas Orangensaft, Würfelzucker in einem Schälchen und seiner Armbanduhr. Der Alte trug das Tablett mit einer Hand, in der anderen hielt er die Waffe.

»Danke«, sagte Müller. »Warum habt ihr euch nicht von der CIA ausfliegen lassen? Wäre doch einfacher gewesen, da hattet ihr doch beste Kontakte. Gute Freunde, wie du das nennen würdest.«

Es war zwanzig Minuten vor Mitternacht.

»Mein Sohn hat anders entschieden. Er hat gesagt, die Amis seien Drecksäue und stünden nicht zu ihrem Wort. Aber er hat die Unterlagen. Zu jedem einzelnen Fall.«

»Du meinst die Akten der Terrorverdächtigen, die die CIA eingeflogen hat, damit ihr sie verhört? Von wegen der Menschenrechte?«, fragte Müller. Er wagte für Sekunden kaum zu atmen, das war ganz starker Tobak, das war geradezu eine offenliegende Diamantenmine.

»Na ja, wir haben das für sie erledigt, und plötzlich, von einem Moment auf den anderen, sind sie lauter ehrenwerte Leute und kennen uns nicht mehr. Sie blicken auf uns herab wie auf ihre Schuhputzer.« Der Alte sprach in einem gleichmütigen Singsang, nichts schien ihn aufzuregen.

»Und du bist der Vater von Quelle Sechs, wenn ich das richtig verstehe?«

»So ist es. Und nun musst du etwas trinken, das ist wichtig. Du musst doch gesund bleiben.«

»Das muss ich wirklich, mein Freund«, sagte Müller. »Dann habt ihr ja auch das nächste Erpressungsopfer: das amerikanische Volk. Was meinst du, dreißig, vierzig Millionen Dollar für die Akten?«

Der Alte hob den Kopf und grinste flüchtig. »Du denkst wirklich mit, mein Freund. Mein Sohn schätzt die Summe etwas höher ein, und er ist sich auch noch nicht sicher, ob er die Akten an Washington verkaufen soll. Vielleicht ja besser an Peking. Aber erst einmal müssen wir hier raus.«

»Wir müssen alle hier raus«, sagte Müller. »Mein lieber Mann, ihr seid wirklich ein feines, weltweit operierendes Familienunternehmen. Könnte ich ein einfaches Schmerzmittel haben?«

Der Alte nickte und verschwand diesmal hinter einem anderen Wandteppich.

Die Teppiche dämpfen und wärmen, dachte Müller. Tatsächlich bin ich hier wohl in einem zentral gelegenen Raum dieser Unterwelt. Er wusste, dass er schnell eine Entscheidung treffen sollte. Er stand vor der Wahl, sich in seiner Gefangenschaft einzurichten oder aber von Beginn an auf eine andere Lösung hinzusteuern. Der Alte war nicht wirklich ein Gegner, er tat nur, was sein Sohn verlangte, und zwar langsam und mit Umsicht. Und da lag die Chance.

»Ich habe hier Paracetamol«, sagte der Alte, als er zurückkam. »Du solltest vielleicht zwei Sechshunderter nehmen, falls dein Magen das mitmacht.«

»Mein Magen ist in Ordnung. Danke.« Müller nahm die zwei Tabletten, warf sie sich in den Mund, griff nach dem Glas mit Orangensaft und schüttete ihn dem Alten ins Gesicht. Es war eine schnelle, elegante Bewegung, und sie traf den Alten völlig überraschend.

Müller bekam ihn zu fassen, hob ihn mühelos hoch, warf ihn auf die Liege, tastete nach der Waffe, fand sie nicht sofort, war für den Bruchteil einer Sekunde irritiert.

Dann kam ein Schuss, nicht einmal sonderlich laut, eher nur ein *Plopp*.

Müller schrie auf und fasste sich an den linken Oberschenkel, seine Beine knickten ein, und er fiel auf den Alten. Er hatte plötzlich Stoff im Mund, etwas, das ihm die Luft abschnürte, und durch sein linkes Bein jagte ein stechender Schmerz.

»Hör auf damit!«, brüllte der Alte unter ihm.

Müller kam keuchend hoch, hockte jetzt neben dem Alten.

Ein paar Meter entfernt standen zwei junge Männer. Sie trugen Tarnuniformen und Handfeuerwaffen, Heckler & Koch, schwere Kaliber mit Schalldämpfern. Natürlich, sie mussten leise schießen hier unten in dem Keller.

Müller brüllte: »Verdammte noch mal!« Dann verlor er das Bewusstsein.

Svenja hatte es eilig, als sie aus der noblen Karosse stieg.

Sie jagte, so schnell sie konnte, das Treppenhaus hoch, kam atemlos in ihrer Wohnung an. Sie begann eine kleine Reisetasche zu packen. Das, was sie am Leib trug, würde zunächst einmal reichen: einfache graue Jeans, ein dunkelblaues Kapuzenshirt, teure Sportschuhe, ein einfaches weißes Top mit weitem, rundem Kragen, ein langer roter Schal. Sie packte noch zwei Garnituren Unterwäsche ein. Dazu eine dunkle Weste mit unglaublich vielen Taschen, die sie im Einsatz tragen würde. Eine Neun-Millimeter-Glock mit aufgesetztem Laservisier und sechs Magazine Hohlmantelgeschosse. Für diese Waffe nahm sie einen breiten, extrem weichen Ledergürtel mit, den sie unter der Kleidung auf der bloßen Haut tragen würde. Auf die Innenseite ihres linken Oberschenkels klebte sie einen langen Dolch in einer Plastikscheide. Einen Satz Papiere und ausreichend Bargeld verstaute sie im Spezialgürtel ihrer Jeans.

Es erinnerte ein wenig an mystische Kämpferinnen wie Lara Croft, die mutterseelenallein in Videospielen ganze Erdteile retteten, war aber bestimmt von Ereignissen, die Svenja noch gar nicht richtig überblicken konnte. Notfalls musste sie Müller aus einer miesen Situation herausschießen, und da war es gut, ein bisschen besser als Lara Croft zu sein, vor allem realistischer.

Sie hockte sich mit dem Festnetztelefon auf ihr Bett. Es gab zwei Möglichkeiten: Die eine hieß Mona, die zweite Gerrit.

Mona saß in Berlin, war etwa vierzig Jahre alt und hatte die Liste aller Flieger, die in Berlin aus- und einflogen, im Kopf. Und sie hatte eine Möglichkeit, die andere nicht hatten: Sie konnte in dringenden Fällen schon einmal einen Flieger zehn Minuten länger als geplant auf dem Boden halten. Mona war schrill und kleidete sich auch so, war ein mächtiges Weib, trank niemals Alkohol und war in ihrem Element, sobald ein Problem in die kritische Phase geriet. Mona war problemsüchtig.

Von Gerrit hatte Svenja nur eine Mobilnummer, sie wusste nicht, wo er lebte und stationiert war, nicht einmal, welchen Beruf er ausübte, nur dass er schlicht alles wusste, was mit Flugzeugen zu tun hatte. Sie hatte ihn noch nie gesehen, hatte nur einmal mit ihm telefoniert, als es darum ging, ein Flugzeug in Karatschi zu stoppen, das bereits am Start stand.

Svenja holte sich ein Glas Sekt aus dem Kühlschrank, es hatte keinen Sinn, jetzt hektisch zu werden.

Sie versuchte es bei Mona, aber da informierte sie ein Band darüber, dass Mona erst später wieder erreichbar sei, keine Angabe der Uhrzeit.

»Hier Shannon Ota«, erzählte Svenja dem Band. »Wir kennen uns von einer Party. Ich habe einen gültigen Diplomatenpass und brauche dringend Maschinen nach Tripolis. Es geht um einen Notfall. Meine Nummer in Berlin ist ...«

Bei Gerrit kam nicht einmal ein Band, überhaupt keine Information, nur die langen Signaltöne.

Eine mögliche Schiene waren die sogenannten Wirtschaftsflieger. In der Regel handelte es sich um schnell gecharterte kleine Düsenjets, deren Besitzer gegen eine entsprechend hohe Entlohnung bereit waren, das betreffende Land anzufliegen, ihre kostbare Fracht dort abzuladen und dann zu warten, bis die Rückreise möglich war. Es gab auch Unternehmen, die eigene Maschinen besaßen, die sie in Krisensituationen einsetzten, um zu retten, was zu retten war. Grundsätzlich schickten die Unternehmen hochkarätige junge Manager, die sich selbst als Allzweckwaffen empfanden, sich in mehreren Sprachen unterhalten konnten und grundsätzlich bereit waren, ein hohes Risiko einzugehen.

Es ging dabei in der Regel gar nicht darum, irgendwelche materiellen Werte zu retten und aus dem Land zu schaffen, vielmehr war es zunächst notwendig, den Managern im betroffenen Land zu signalisieren: Seht her, wir sind da, wir lassen euch nicht allein. Nach dem Dilemma setzen wir unsere Zusammenarbeit nahtlos fort. Also: kein Grund zur Panik! Erst dann erreichte man den Punkt, an dem es möglich war, Probleme auszuleuchten, zu erkennen und dann kurzfristige Planungen anzustellen. Generell waren für Libyen die Ölindustrie und alle ihre Zulieferer interessant.

Svenjas Festnetzanschluss klingelte.

Eine Frauenstimme in den höchsten Tönen. »Bist du Shannon, Schätzchen?«

»Ja, die bin ich.«

»Wann willst du denn raus aus diesem öden Tempel? Hier ist die allmächtige Mona.«

»Wann immer ich kann. Was hast du denn im Angebot?«

»Heute habe ich nicht mehr viel.«

»Es geht um eine Rettungsaktion.«

»Aber nix mit Maschinengewehren und so, oder? Ich meine, auf so was stehe ich nicht.«

»Nein, nein, ich muss jemanden aus Tripolis rausholen.«

»Dann versuche ich mal was. Mach dich schon mal auf einen Blitzstart gefasst, Kindchen. Und noch was: Ich mache das alles für umsonst, aber ich habe ein Herz für krebskranke Kinder. Einhundert Euro ist das Mindeste, zweihundert sind besser.«

»Gib mir die Kontonummer, okay?« Sie schrieb die Nummer mit. »Ich überweise das jetzt, und du rufst mich an, wenn du helfen kannst.«

»Genauso wird es gemacht«, sagte Mona.

Svenja überwies den Betrag sofort, und weil es um ihren Müller ging und weil Svenja etwas für ihren Seelenfrieden tun wollte, wurden es dreihundert.

Es gab auch die Schiene der Diplomaten. Grundsätzlich falsch war die Annahme, man könne heutzutage wegen der direkten, superschnellen Verbindungen der Computer, also des Internets, auf reisende Kuriere verzichten. Nach jahrelangen Skandalen um die geradezu gewaltigen Unsicherheiten im Netz war man reumütig zur alten Form der schnellen Kuriere zurückgekehrt. Es war im Grunde simpel: Reiche Staaten leisteten sich den Luxus eigener Kuriermaschinen, waren aber auch wegen der selbstverständlichen und unausgesprochenen Bruderschaft in den Lagern der Diplomaten durchaus bereit, die Post anderer, kleinerer Nachbarn mitzunehmen. In Libyen waren während der beginnenden Unruhen zunächst alle Botschaften und Interessenvertretungen im Land in eine tagelange Starre gefallen, lösten sich dann aber vorsichtig, sprachen mit zu Hause, trafen Abmachungen, wurden nach Hause zum Rapport bestellt, kehrten wieder zurück, setzten Notplanungen um, kümmerten sich um Touristen und im Land arbeitende Landsleute, waren fieberhaft bemüht, alles Erdenkliche möglich zu machen. Das funktionierte allerdings nur, solange sie sich aus der Schusslinie des heißen Kampfes heraushalten konnten.

Svenjas Festnetzanschluss meldete sich wieder, und Sowinski sagte hastig: »Mach jetzt keinen Aufstand, Mädchen.

Wir wissen, dass du alles weißt, und wir nehmen an, dass du nach Tripolis fliegen willst, um ihn herauszuholen. Lass das um Gottes willen sein.«

»Ich fliege nicht nach Tripolis«, erwiderte sie.

»Das wäre auch nicht in unserem Sinn!«, sagte er bestimmt. »Wir schicken ohnehin jemanden.«

»Ja, ich weiß. Dehner.«

»Genauso ist es. Versprichst du mir, keinen Blödsinn zu machen?«

»Das verspreche ich«, sagte sie.

Die laufende öffentliche Berichterstattung über die Kriegshandlungen in Libyen beschränkte sich vorwiegend auf Bilder von auf Pick-ups montierten uralten Raketenwerfern und jungen, unrasierten Kriegern mit müden Augen. Abseits davon herrschte ganz im Stillen ein äußerst reger Verkehr auf allen nur denkbaren Flughäfen. Einige davon waren so winzig, dass sie nicht einmal einen Tower hatten und zwei-, dreimal angeflogen werden mussten, ehe die Besatzung sicher war, dass es sich wirklich um ein Flugfeld handelte und dass der einsame, winkende Mann da unten im Sand tatsächlich ein Walkie-Talkie an den Mund hielt und die Landung freigab, obwohl ihn groteskerweise niemand hören konnte.

Das Einzige, was es zu regeln galt, war die strikte Trennung der Absichten: Die Bomber und Jets der NATO flogen grundsätzlich zu anderen Tageszeiten als zivile Maschinen. Und um jedes Risiko zu vermeiden, gab die NATO sicherheitshalber über ausgewählte »Good People« genau bekannt, wann sie dran war und wann die anderen. Das Wissen um diese möglichen Verbindungen in einem Krisenherd gehörte zum Standard aller im Ausland operierenden Agenten, gleichgültig, woher sie stammten und für wen sie unterwegs waren. Und in der Regel war dieses Wissen lebenswichtig für all diejenigen, die unter allen Umständen aus der Krisenregion flüchten mussten. Sie fürchteten zu Recht um ihr Leben, weil sie unter Umständen jahrelang gegen die herrschenden Kreise agiert oder sie ausspioniert hatten.

Svenja aber wollte mitten hinein in das Chaos, und sie wäre auch in eine einmotorige Cessna gestiegen, die von Flugfeld zu Flugfeld hoppelte und alle naslang auftanken musste, solange sie nur Tripolis als Ziel hatte.

Sie versuchte es erneut bei Gerrit. Kein Erfolg. Vielleicht gab es ihn gar nicht mehr. Sie hoffte also auf Mona.

Als es an der Tür klingelte, war ihr erster Impuls, nicht zu reagieren. Dann wurde ihr bewusst, dass jeder Besucher von draußen sehen konnte, dass das Licht in ihrer Wohnung brannte, also war es unklug, sich völlig zu verweigern. Sie ging in den Flur und fragte: »Ja, bitte?« in die Gegensprechanlage.

»Ich bin es«, sagte Esser. »Kann ich kurz raufkommen?«

»Aber ja.«

Sie ging ins Schlafzimmer, schob die gepackte Tasche hinter das Bett und löschte das Licht. Wahrscheinlich würde es schwierig werden.

Esser hatte einmal eine Andeutung gemacht, dass der Dienst jeden Versuch eines privaten Lebens von vornherein vereitelte. »Wir sind alle Verrückte«, hatte er bemerkt. »Wir sind für dieses Gemeinwesen unterwegs, das uns nicht kennt und keine Ahnung hat, was wir so treiben. Es ist ein Vierundzwanzigstundenjob. Also sollten wir nicht so tun, als hätten wir noch viele andere Möglichkeiten.«

Er sah müde aus, todmüde. Aber er lächelte.

»Ich will verhindern, dass Sie nach Tripolis reisen.«

»Das ist eine ehrenwerte Aufgabe«, sagte sie. »Kommen Sie herein. Mögen Sie einen Whisky? Eiskalt? Mit Eis, ohne Eis?«

»Normale Zimmertemperatur, ohne Eis, wenn es geht«, sagte er.

»Das ist machbar«, sagte sie. »Setzen Sie sich doch.«

Er hockte sich in einen der blauen Ledersessel. »Mein Gott, bin ich müde.«

»Das bin ich auch«, sagte sie und entkorkte die Flasche, um ihm den Whisky einzugießen. »Alle Welt glaubt, ich will nach Tripolis.«

Er lächelte. »Ich auch.«

»Warum denn eigentlich?«, fragte sie. »Mein Müller ist in Schwierigkeiten, aber kein Mensch weiß, wo er steckt. Wir müssten eine Kompanie KSK-Leute schicken, um ihn überhaupt ausfindig zu machen. Also, was sollte ich in Tripolis?«

»Ihn finden und raushauen«, sagte er. »Da sind Sie die absolute Spezialistin, oder wollen Sie das etwa abstreiten?«

»Nein«, erwiderte sie. »Das ist wohl so.«

Er trank einen kleinen Schluck. »Wir machen uns Sorgen. Sie haben etwas erfahren, was Sie mit Rücksicht auf sich selbst nicht wissen sollten. So etwas passiert. Ihr Müller ist verschwunden, also machen Sie sich auf, dorthin, wo er sich wahrscheinlich aufhält. Das erscheint mir vollkommen logisch.«

»Das ist wohl auch logisch«, stimmte sie Esser zu. »Nur komme ich aus dieser Stadt nicht raus, es wird immer später, und es gibt keinen Weg nach Tripolis. Ich weiß zumindest keinen.«

»Sie sind zäh, Sie suchen und finden. Ich kenne Sie besser als Sie sich selbst. Kennen Sie Mona?«

»Nein. Wer soll das sein?«

»Eine sehr mächtige Frau. Ich dachte, Sie kennen sie. Falls nicht, umso besser. Würden Sie um Müllers willen sämtliche Regeln brechen?«

»Das weiß ich ehrlich gesagt nicht. Was bedeutet das überhaupt: sämtliche Regeln brechen?«

»Das bedeutet schlicht, dass Sie sich auf die Socken machen, nicht nach links und rechts schauen und ihn einfach suchen. Und falls Ihnen dabei jemand im Weg steht, wird er beiseitegeräumt. Praktisch heißt das, dass Sie sich unserer Kontrolle vollkommen entziehen.«

Sie wurde ungehalten. »Worüber reden wir hier eigentlich?«

»Über die Liebe natürlich. Worüber sonst?«, entgegnete er mit einem sehr väterlichen Lächeln. »Und über Ihre gegenwärtigen Schwierigkeiten mit dieser Liebe.«

»Da gibt es keine Schwierigkeiten«, stellte sie schroff fest.

»Können wir morgen früh darüber reden?«

»Das können wir, wenn es sein muss.«,

»Glauben Sie, dass Sie schlafen können?«, fragte er.

»Wohl kaum. Wie sollte das funktionieren?«

»Kann ich verstehen. Versuchen Sie es trotzdem. Ich verschwinde dann mal wieder, und wir sprechen morgen in Ruhe miteinander.«

»Ja, in Ordnung.«

Esser trank seinen Whisky aus, stand dann auf, nahm sie fest an den Oberarmen und schaute sie an. »Glauben Sie mir, ich kann Sie verstehen. Wir alle können Sie gut verstehen. Und wir verlassen uns dabei nicht auf das, was in den Regeln unseres Dienstes steht. Gute Nacht.« Er ließ sie los und marschierte zur Wohnungstür, die er kurz darauf leise hinter sich zuzog.

»Ach Gott«, murmelte sie. »So viel gottverdammtes Verständnis.« Sie hatte Tränen in den Augen und wischte sie zornig weg.

Einige Minuten später meldete sich Mona.

»Hör zu, Schätzchen. Danke für das Geld. Ich habe hier eine Möglichkeit für dich. Du fährst jetzt raus zum Flughafen. Dort zeigst du den Wachen auf der Cargo-Seite deinen Diplomatenpass. Gib mir die Nummer mal durch.«

Svenja diktierte ihr die Nummer.

»Okay. Dann sagst du, du willst mit der Cargo von DHL ausfliegen, die rausgeht nach Stuttgart. Die Besatzung weiß deinen Namen, sie nehmen dich mit. Falls du keinen Sessel findest, musst du eben auf Paketen schlafen. Es gibt keine Uhrzeit, die Maschine geht raus, wenn der Tower sie aufruft. Hast du das bis hier verstanden?«

»Habe ich. Vielen Dank.«

»Gut. Die Maschine wird in Stuttgart landen. Die genaue Uhrzeit steht nicht fest, ist aber auch egal. In Stuttgart bleibst du im Frachtbereich. Gegen sechs Uhr am Morgen geht eine weiße, kleine Düsenschönheit mit Ziel Tripolis raus. Der Mann, der sie fliegt, heißt Robert. Merk dir den Namen, du brauchst sein Wohlwollen. Zeig ihm den Diplomatenpass und versichere ihm, du wirst keine Schwierigkeiten machen, dann hat er einen Platz für dich. Und du wirst kostbare Mitreisende haben: sechzehn Bohrköpfe für die Erdöljungs im Wert von etwa zwanzig Millionen Euro. Alles klar?«

»Danke«, sagte Svenja. »Vielen Dank.«

SECHSTES KAPITEL

Dehner starrte den Mann an, der neben ihm schlief. Dann tastete er nach dem Hörer und meldete sich: »Ja, bitte?«

»Tut mir leid, die Welt geht gerade unter«, sagte Sowinski. »Es geht nicht anders. Komm rein. Pack eine Tasche für etwa vier, fünf Tage. Du fliegst nach Tripolis, du gehst raus mit der Maschine nach Rom. Dann weiter mit einem UNO-Flieger, der gegen Mittag Richtung Libyen startet. Alles klar?«

»Alles klar«, sagte Dehner.

Er bewegte sich vorsichtig, um den Mann neben sich nicht zu stören. Der sah irgendwie rührend aus, wie ein vollkommen sorglos schlafendes Kind.

Er beeilte sich. Als er fertig war, schrieb er eine Notiz und legte sie auf den Tisch im Wohnzimmer. *Bin gerufen worden, werde etwa vier bis sechs Tage fort sein. Hier der Wagenschlüssel, damit du nicht so angebunden bist. Ich versuche, mich von unterwegs zu melden. Und: danke!*

Er bestellte sich ein Taxi und wartete unten vor dem Haus, bis der Wagen kam. Eine halbe Stunde später war er im Dienst, und er fühlte sich ausgeruht und fit.

Sowinski empfing ihn mit den Worten: »Es ist keineswegs Routine, es kann verdammt heikel werden. Es ist ein XXL. Wir haben Karl Müller verloren.«

»Wie konnte das denn passieren?«

»Wir wissen es nicht genau, plötzlich war er von der Leine, etwa nachmittags halb fünf Ortszeit. Ich habe einen Stadtplan. Hier im Zentrum ist sein Hotel, hier oben siehst du den Bereich von Gaddafi, also seinen Palast. Da war Müller am Morgen. Nachmittags gegen vier Uhr Ortszeit wollte er hierhin.« Sowinskis Zeigefinger tippte auf eine andere Stelle. »Das sind die Häuser der hohen Militärs. Wir hatten über die Jahre einen General, den wir Quelle Sechs nennen und der uns gute Informationen über die Politiker und die Querelen bei den Muslimen beschafft hat. Das Haus ist gestürmt und verwüstet und von den Rebellen ausgeräumt. Wir vermuten, er ist in diesem Haus oder in der unmittelbaren Nähe. Präg dir diese Karte genau ein. Mehr wissen wir nicht. Diese Quelle Sechs rief dann hier an, sagte, dass er Müller hat. Er will von uns von Tripolis nach Beirut ausgeflogen werden und uns dort dann Müller übergeben. Du wirst also nach deiner Ankunft Müllers komplettes Tagesprogramm nachvollziehen müssen, gleichzeitig checkst du seine Zeit im Hotel. Welche Anrufe, welche möglichen Kontakte. Das geht bis hin zu den Taxifahrern, die vor dem Hotel stehen. Du nimmst also ein Foto von ihm mit, auf der Rückseite steht, unter welchem Namen er reiste, welche Papiere er hatte. Du bekommst auch genügend US-Dollar mit, um notfalls Informationen kaufen zu können. Und Goldhändchen wird ein Netz über dich legen, er wird permanent verfolgen können, wo du bist und was du tust. Das alles muss mit hoher Geschwindigkeit ablaufen, denn Quelle Sechs meint es bitterernst. Es geht um sein Leben. Wenn man ihn im Land stellt und fängt, ist er so gut wie tot. Wir können davon ausgehen, dass er Müller erschießt, sollte es ihm plötzlich in den Kram passen. Und denk daran, dass es hart werden kann. Also nimm die Waffe mit, die dir am besten in der Hand liegt.«

»Aber wäre es denn nicht wesentlich einfacher, einen Flieger zu schicken, die beiden ausfliegen zu lassen und Müller in Beirut aufzunehmen?«

»Ja, das wäre es wohl. Wenn man sich darauf einlässt. Wir mögen es aber nicht, erpresst zu werden, und wenn so etwas passiert, werden wir sehr, sehr wütend.«

»Was macht denn Svenja? Ist sie in Berlin?«

»Ja«, antwortete Sowinski. »Aber was sie tut, können wir nur begrenzt kontrollieren.« Dann schlug er wütend auf die Tischplatte. »Wir haben immer gewusst, dass es richtig kompliziert werden kann, wenn Liebe im Spiel ist. Na ja, warten wir mal ab.«

»Und was mache ich, wenn sie auftaucht?« Dehner dachte flüchtig: Um Himmels willen, bloß nicht Svenja als Gegner!

»Dann machst du gar nichts, sondern benimmst dich genauso, wie du dich benehmen würdest, wenn du sie im Café Einstein triffst. Aber sag uns sofort Bescheid. Du hast einen neuen Satz Papiere. Name: Fausto Caresi, Italiener mit deutscher Mutter, angestellt bei Mercedes-Benz, Niederlassung Berlin. Und lies deine Legende gründlich, Junge, damit du weißt, was du alles so bist und kannst und woher du kommst. Du bist in Tripolis, um eine mögliche neue Niederlassung zu planen. Italienisch kannst du ja, Arabisch auch, Englisch sowieso, das müsste reichen. Und jetzt gehst du weiter zu Esser. Der hat eine sehr spezielle Aufgabe für dich. Wie fühlst du dich?«

»Ehrlich gesagt ziemlich mau. Ich weiß nicht, ob ich Müller helfen kann, vielleicht ist das alles eine Nummer zu groß für mich.«

»Mit Sicherheit nicht«, stellte Sowinski fest. »Du bist viel fähiger, als du denkst. Und jetzt ab zu Esser. Ticket, Geld, Papiere, Unterlagen im Sekretariat. Solltest du unbedingt den

Chef sprechen wollen, dann melde dich bei mir, ich verbinde dich dann.«

»Wieso denn das? Sind Sie neuerdings sein Filter?«

Sowinski lächelte, mit dieser leichten und schnellen Empörung bei Dehner hatte er gerechnet. Dehner war der intellektuelle Typ, der soziale Schieflagen gleich welcher Art sofort begriff und anmahnte. »Natürlich nicht, er arbeitet nur ein paar Tage von zu Hause aus.«

»Krank?«, fragte Dehner.

»Nicht die Spur«, antwortete Sowinski.

»Dann beten Sie mal für mich«, sagte Dehner und ging hinaus.

»So viel du willst, mein Junge«, sagte Sowinski in seine Richtung.

Dehner ging über den Flur und dachte: Das wird meine endgültige Himmelfahrt!

Esser saß in seinem Bürosessel und hörte die Brandenburgischen Konzerte. Es war, abgesehen von der Musik, vollkommen still, und er hielt die Augen geschlossen. Er trug wieder eine dieser furchtbaren Strickjacken, grün diesmal.

»Ich bin einunddreißig, ich soll die Welt retten, und es ist jetzt zwei Uhr dreißig nachts«, murmelte Dehner.

»Dann retten wir sie doch«, sagte Esser mit geschlossenen Augen. »Setzen Sie sich, ich muss Ihnen eine Geschichte erzählen.«

Dehner setzte sich.

Esser stellte die Musik etwas leiser.

»Es gibt im Leben eines Politikers grundsätzlich Anekdoten, die böse enden könnten. Sie enden meist nicht wirklich böse, weil alle Beteiligten die Fähigkeiten haben, zu vergessen, und weil anderes im Leben wichtig wird. Als unsere Kanzlerin neu in ihrem Amt war, fand angeblich ein Ereignis statt, das an sich von ungeheurer Banalität war. Es war ein Nachmittagskaffee bei ihren Eltern. Da saß nun die kleine Familie zusammen mit einigen Honoratioren der heimatlichen Kirchengemeinde, und es kam zu einem gemütlichen Tratsch. Man unterhielt sich gut gelaunt über einige Mitglieder in dieser Gemeinde.

Zur Sprache kam auch ein Mann, der Arthur Schlauf heißt, genannt Atze. Dieser Schlauf war äußerst umtriebig und Kaufmann von Beruf – übrigens ein begnadeter, der dem Teufel eine Sauna verkaufen kann. Schlauf, damals ein junger Mann, hatte sich an allem Möglichen versucht, unter anderem auch am Betrieb einer Diskothek. In der Runde war man sich schnell einig: Dieser Schlauf sei ein kleiner Zuhälter, zumal er auch noch junge Frauen beschäftigte, die an Stangen eindeutig obszöne Darbietungen zum Besten gaben und denen die völlig betrunkenen Landbewohner Geldscheine ins Höschen stecken durften. Schlauf bekam den Spitznamen ›der Stangenhalter‹, und die Kaffeerunde fand das alles sehr erheiternd. Bis hierher dürfen Sie kichern, jetzt kommt das Böse. Das alles machte in der Landschaft dort oben die Runde, und Schlauf erfuhr davon, wurde sogar in den Kneipen verspottet. Das hat er nie verwunden.«

»Die Kanzlerin und ein trauriger Zuhälter?«, fragte Dehner gelangweilt.

»Na ja, ein Zuhälter ist er eben wirklich nicht, er ist nur ein begnadeter Verkäufer. Er fuhr auch keinen Porsche und hatte auch nie eine Weißblonde im Ledermini neben sich. Er fuhr sogar nur einen Polo, als er schon viel Geld verdient hatte. Wie auch immer: Es kam ihm zu Ohren, dass er in den Augen der höchst achtbaren Bürger des kleinen Gemeinwesens nichts anderes als ein mieser, kleiner Mann war, mit einer schweren goldenen Kette im offenen Hemd. So etwas trug er übrigens nie. Aber diese Beleidigung hatte schlimme Folgen. Damals wohnte Atze Schlauf noch bei seinen Eltern, und die erfuhren selbstverständlich auch davon. Seine Mutter war darüber so entsetzt, dass sie ernsthaft erwogen hat, die Bundeskanzlerin wegen übler Nachrede vor den Kadi zu bringen. Dabei ist nicht einmal erwiesen, ob die ganze Kaffeerunde überhaupt so stattfand, geschweige denn, was die Kanzlerin formulierte. Die Mutter bekam schwere Depressionen, begann zu kränkeln und starb schließlich.

Dann ging Atzes Vater wutentbrannt direkt gegen die Kanzlerin vor. Er zeigte sie wegen übler Nachrede an. Dem Vernehmen nach sorgten ein paar fähige Anwälte dafür, dass diese Anzeige einfach im Orbit verschwand. In seiner Not setzte Atze seinem Vater eine schöne Villa hin, in die der Vater aber nie einzog. Der Vater litt anschließend ebenfalls unter massiven Depressionen, und mittlerweile ist es ganz still um ihn. Der Mann wird wahrscheinlich auch nicht mehr allzu lange leben. Kurz und gut: Die ganze Provinzposse endet im Sterben.

Jetzt kommt unsere Rolle. Wir hatten Atze niemals in unserem Programm, er war gar nicht vorgesehen, wir wussten nichts von irgendeiner Beleidigung durch unsere Bundeskanzlerin. Aber er vergaß das nie. Er war zutiefst gekränkt und ist das auch heute noch. Und er macht die Kanzlerin dafür verantwortlich, dass seine Mutter gestorben ist und der Vater in seinen Depressionen unterging. Er verließ Deutschland und wandte sich einem höchst risikoreichen Markt zu: Er konzentrierte sich auf Krisen- und Kriegsgebiete. In denen brauchen Regierende wie rebellierende Verbraucher alles, was man sich vorstellen kann. Und Arthur Schlauf verkauft es ihnen. Das geht von Krankenhausbedarf bis hin zu Lokusbürsten, von Papierwindeln bis hin zu einfacher, billiger Kleidung und einfachen Nahrungsmitteln. Schlauf hat sein Mekka gefunden, und man muss ihm zubilligen, dass er das großartig und äußerst professionell macht. Natürlich wird er dabei reich, weil er seine Waren in unvorstellbaren Mengen auf dem Planeten herumschiebt. Seine Handynummer gehört zu den begehrtesten auf dem Sektor der sogenannten staatlichen Notversorgungen, auf Atze ist unbedingt Verlass.«

»Und was haben wir mit dem zu tun?«, unterbrach ihn Dehner. »Ich meine, was sollen wir da ...«

»Langsam, junger Mann, langsam. Da war zum Beispiel die Geschichte mit Bin Laden, der Inkarnation aller Terroristen. Sie erinnern sich doch, dass der in Pakistan von amerikanischen Elitesoldaten ausgeräuchert und erschossen wurde. Elf Tage vorher hat Atze uns telefonisch die vermutliche pakistanische Fluchtadresse von Bin Laden durchgegeben. Wir hatten zu wenig Zeit, das zu prüfen, aber wahrscheinlich hatten wir sie vor den amerikanischen Brüdern. Ich muss Ihnen nicht sagen, was das heißt. Wir haben Atze niemals in festen Abständen abgeschöpft, er rief an, wenn er irgendetwas für interessant hielt. Dann trafen wir ihn, das wurde übrigens meistens von Müller erledigt. Kurzum: Dieser Atze hat uns über die Jahre immer wieder mit ausgesprochen delikaten Einzelheiten versorgt, weil er einfach ein Typ ist, der sich dort herumtreibt, wo Krieg und Krise herrschen. Und weil er dort, wo er Handel treibt, dauernd mit den wichtigsten Einheimischen in Berührung kommt. Für Sie ist wichtig zu wissen, dass dieser Mann seit Jahren für uns arbeitet, er hat bei uns keinen anderen Namen als Atze. Wir bezahlen ihn grundsätzlich in bar, und ich habe immer den Verdacht, dass er sich nur bezahlen lässt, weil seiner Ansicht nach nichts im Leben kostenlos sein sollte. Nicht einmal der ehrenvolle

Dienst am Vaterland. Eigentlich macht er immer den Eindruck eines hart arbeitenden Sparkassenangestellten, er sieht ausgesprochen bieder aus. Er trägt niemals eine Waffe, und er ist nirgendwo auf der Welt wirklich zu Hause, hat nur kleine Lieblingshotels überall auf dem Planeten. Er hat auch niemals Bodyguards angeheuert, er sagte mir einmal, er finde das ausgesprochen blöde, weil es ihn sofort verraten würde. Atze wird von mindestens drei deutschen Staatsanwaltschaften wegen Steuerhinterziehung gesucht, weil er niemals eine feste Adresse hatte – außer in diesem öden kleinen Nest nördlich von Berlin. Tatsächlich aber hat er eine Büroadresse. In Indien. Aber die kennen nur wir und seine Handelspartner und sonst niemand. Die deutschen Staatsanwaltschaften können unseren Atze mal kreuzweise, er hat gar nicht die Zeit, sie ernst zu nehmen. Es handelt sich um reine Steuerschätzungen, und die liegen, wie wir erfahren haben, grotesk niedrig: Die Finanzämter haben sie bei etwa zwei Millionen Euro angesetzt, was für Atze eine schwere Beleidigung darstellt. Können Sie mir folgen?«

»Ja«, sagte Dehner.

»Gut. Dann noch die Sache mit dem Vater. Der ist in einem elenden Zustand. Und ganz ohne Zweifel liebt Atze ihn. Zuweilen überkommt es ihn, dann fliegt er mit falschen Papieren nach Deutschland. Er holt sich einen Leihwagen und fährt zu seinem Vater. Und so viel wir in Erfahrung bringen konnten, endet das immer in heillosem Streit zwischen den beiden. Atze will, dass sein Vater mit ihm irgendwohin in die Südsee zieht, doch der will lieber hier in Deutschland bleiben und sterben.«

»Das ist ja übel«, sagte Dehner tonlos.

Esser nickte. »Das ist es. Müller sagte uns im letzten Telefonat aus Tripolis, Atze habe inzwischen keine Haare mehr, stattdessen eine spiegelnde Glatze.« Er ließ ein Foto zu Dehner rübersegeln.

»Wieso ist dieser Kerl plötzlich wichtig für mich?«

»Er ist dort, in Tripolis, im selben Hotel. Sie müssen ihn warnen. Es gibt Leute, die hinter ihm her sind und die die Geschichte mit der Kanzlerin kennen. Offensichtlich will man diese Geschichte ein für alle Mal in der Versenkung verschwinden lassen. Und diese Leute, die das wollen, sind jetzt hier in unserem Dienst aufgetaucht.«

Dehner nahm sich einen Augenblick Zeit, um das alles noch einmal zu überdenken. »Bedeutet das etwa, dass diese Leute ihn hier bei uns im Dienst jagen? Heißt das, dass wir infiltriert wurden?«

»Viel schlimmer, mein Junge. Sie wissen sogar, unter welchem Kürzel wir die Zahlungen an Atze verbucht haben.«

»O Scheiße«, flüsterte Dehner. »Wer verrät denn so etwas, wie kann so was passieren? Und was treibt den Atze überhaupt an?«

»Etwas ganz Seltenes: eine grenzenlose Liebe zu Deutschland«, antwortete Esser. »Und jetzt hören Sie mir genau zu!«

»Moment, noch eine Frage. Dieser Atze hat die Beleidigung niemals verwunden. Bedeutet das denn, dass er die Bundeskanzlerin hasst?«

»Nicht unbedingt. Sie ist einfach absolut unerreichbar, die Mutter, die Freundin, die Zuwendung, die er nie hatte. Für ihn wäre es das Größte, wenn bei einem Kaffeeklatsch die Kanzlerin zu ihm sagen würde: Alles in Ihrem Leben haben Sie großartig gemacht, Herr Schlauf! Das wird aber nie passieren, obwohl Atze insgeheim sehnsüchtig auf so etwas wartet. Wie die meisten Männer, die international arbeiten, will er später einfach nur zurückkommen und hier seinen Lebensabend verbringen.«

»Kann man ihm nicht eine andere Identität geben?«

Esser verzog den Mund zu einem leichten Lächeln. »Der Mann heißt Arthur Schlauf, und er ist an einem anderen Namen nicht im Geringsten interessiert. Seiner Meinung nach hat er die gleiche Lebensleistung erbracht wie die Kanzlerin, wobei ich ihm zustimmen würde.«

»Und diese Staatsanwaltschaften? Kann man da keinen Einfluss nehmen?«

»Bei Erbsenzählern ist das ganz schwierig«, sagte Esser. »Und Atze will bei dieser Regierung keinen Euro Steuern zahlen.«

»Das ist nachvollziehbar«, sagte Dehner trocken. »Also, was soll ich ihm genau sagen?«

Müller hatte starke, wühlende Schmerzen, die ihm den Atem nahmen. Wahrscheinlich hatten sie ihn aus der Ohnmacht geholt. Die Schmerzen konzentrierten sich auf das linke Bein und zogen sich hinauf bis in die Hüfte.

Er lag wieder auf dem Rücken auf dem weißen Laken, wo er aufgewacht war, nachdem Quelle Sechs ihn niedergeschlagen hatte.

Er hörte, wie jemand, der anscheinend sehr wütend war, sagte: »Verdammt noch mal, wir verbinden ihn einfach, das muss reichen.« Das klang nach Quelle Sechs.

»Das reicht nicht«, sagte eine Frau dicht neben Müller. »Du hast gesagt, er ist viel wert, also reicht das nicht.«

»Wann ziehen wir um?«, fragte eine zweite Männerstimme, wahrscheinlich der Alte.

»Gegen Mittag«, antwortete Quelle Sechs.

»Dann lass mich hier in Ruhe arbeiten«, sagte die Frau. »Wir können uns plötzlich auftretende Blutungen nicht leisten, dann fällt der Mann schlicht um und macht enorme

Schwierigkeiten. Stellt euch vor, er wird ohnmächtig. Was wollt ihr dann tun? Er hat ohnehin schon sehr viel Blut verloren. Und er muss unbedingt viel trinken.«

»Was genau willst du denn machen?«, fragte der Alte.

»Ich will die Wunde ansehen, ich will sie säubern, desinfizieren und nähen. Also, geht beiseite und lasst mich machen. Ihr redet zu viel und tut nichts.«

»Dieser Scheißspion«, sagte Quelle Sechs wütend.

»Aber es ist idiotisch, zornig zu sein und den Transport damit infrage zu stellen«, sagte die Frau. »Ihr braucht diesen Mann in bester Verfassung und nicht bewusstlos. Wie soll das gehen, wenn ihr selbst ein Chaos anrichtet?«

»Wenn ich etwas befehle, dann wird es getan!«, sagte Quelle Sechs schroff.

»Dann solltest du aber darauf achten, dass es ihm gut geht«, sagte die Frau mit leichter Verachtung in der Stimme.

Müller öffnete die Augen und dachte: Wieso konnte ich so naiv sein und glauben, der Alte sei allein?

Die dunkelhaarige schlanke Frau, die sich kniend über seine Beine beugte, trug eine Armeeuniform. Und sie war offensichtlich Ärztin. Sie roch gut nach einem sehr exquisiten Parfüm.

Sie bemerkte, dass er die Augen geöffnet hatte, und sagte ruhig: »Liegen Sie einfach still, bitte.«

»Was wollen Sie machen? Wie sieht denn die Verletzung aus?«, fragte Müller vollkommen klar.

»Es ist eine tiefe Wunde, außen am linken Oberschenkel. Sie kommt von einem war ein Neun-Millimeter-Geschoss, nicht gerade spaßig.«

»Ja, ja«, sagte Müller. »Heckler & Koch. Und jetzt?«

»Jetzt sehe ich mir das genau an, dazu muss ich etwas spreizen. Es wird wehtun, und ich werde Ihnen vorher etwas spritzen, damit Sie mir hier keinen Tanz hinlegen. Werden Sie vernünftig sein?«

»Aber immer«, sagte Müller. »Wenn ich weiterleben kann, werde ich immer sehr vernünftig.«

»Na gut«, die Frau lächelte leicht. »Dann kommt jetzt die Spritze, und danach schneide ich Ihnen die Hose vom Bein.«

Müller konnte nichts tun, er schlief ein und spürte nichts mehr.

Als er aufwachte, erinnerte er sich sofort daran, dass die Gruppe umziehen würde. Offenbar lag er immer noch auf derselben Liege, er sah die Teppichwelt um sich her, nichts schien verändert.

Der Schmerz war jetzt erträglicher. Müller starrte auf die weiße Betondecke mit den aufgedübelten Lichtspots und konzentrierte sich auf den linken Oberschenkel. Der pochte gleichmäßig, der Schmerz war dumpf, es fühlte sich an, als habe er dort über der Schusswunde einen festen Verband. Er sah niemanden, hörte auch niemanden. Er wollte wissen, wie spät es war, aber er spürte die Uhr nicht, und das Handgelenk wollte auch nicht gehorchen.

Er wurde augenblicklich sehr unsicher.

Er wollte wissen, ob sie ihn ausgezogen und wieder angezogen hatten, aber das festzustellen war schwierig, und er konnte sich nicht daran erinnern, was er getragen hatte, als die Ärztin neben ihm gekniet hatte. Sie hatte gesagt, sie werde ihm die Hose vom Bein schneiden, daran erinnerte er sich.

Er wollte sich aufrichten und erschrak, als das nicht möglich war. Irgendetwas stimmte nicht mit ihm. Seine Hände lagen parallel zueinander oberhalb seines Kopfes. Er versuchte die Arme vor sein Gesicht zu bringen. Das gelang nicht ganz, aber immerhin konnte er jetzt sehen, was sie gemacht hatten. Sie hatten ihm Handschellen angelegt. Über seiner Brust lag ein breiter feuerroter Gurt. Wenn er den Kopf leicht hob, sah er über seiner Körpermitte einen zweiten roten Gurt, etwa in Höhe der Taille. Dann bewegte er die Beine, konnte sie aber nicht einmal leicht anheben. Dort war ebenfalls ein Gurt in Höhe der Waden angebracht. Sie hatten ihn einfach auf der Liege festgeschnallt.

Er rief krächzend: »Hallo!«

Der Alte näherte sich mit gemächlichen Schritten von links. »Was willst du?«

»Hast du etwas zu trinken für mich?«

»Ja, habe ich. Warte einen Moment.« Dann schlurfte er wieder davon.

Die Verunsicherung war gewichen, Müller brachte seine Arme nach vorn. Was sie getan hatten, war sehr logisch. Und er konnte zunächst einmal gar nichts dagegen machen. Er konnte an keinem der breiten roten Gurte so etwas wie ein Schloss oder eine Schnalle entdecken.

Der Alte kam zurück, er trug eine Flasche Wasser und drehte den Verschluss auf. Er hockte sich hin, setzte die Flasche an Müllers Lippen und sagte: »Mach nicht so hastig, sonst verschluckst du dich.«

»Wann ziehen wir denn um? Und wohin?«, fragte Müller.

»Ich werde darauf nicht antworten«, erwiderte der Alte.

Als etwas Wasser über Müllers Kinn lief, nahm er die Flasche beiseite und wischte ihm den Mund mit der Hand ab. Es hatte etwas Rührendes, durchaus Väterliches.

»Du kümmerst dich sehr«, sagte Müller.

»Natürlich«, sagte der alte Mann. »Du musst das ganz sachlich sehen. Wenn es uns nützen würde, würde ich dich töten. Aber das bringt uns nichts. Du bist gekommen, um mit meinem Sohn zu sprechen, jetzt haben wir dich und tauschen dich ein. Das ist ein ganz einfaches Geschäft.«

»Was ist, wenn sie mich nicht eintauschen?«

»Das ist doch eine dumme Frage«, sagte der Alte. »Du bist ein teurer Spion. Sie werden dich behalten wollen, oder?«

»Ja, da hast du wohl recht«, antwortete Müller. Dann dachte er: Oder vielleicht doch nicht?

Der Alte stand wieder auf und ging davon.

Müller wollte noch ein paar Stunden schlafen, um sich zu stärken, aber seine Gedanken waren zu konzentriert. Was würde Svenja tun, wenn sie von seiner Gefangennahme erfuhr? Sie würde wütend werden, und sie würde versuchen, in seine Nähe zu kommen. Niemand würde sie davon abhalten können, nicht einmal Krause. Diese Gedanken machten ihm Mut, sie stimmten ihn sogar beinahe ein wenig heiter. Ja, Svenja würde kommen, irgendwie, irgendwann. Sie würden sich an den Händen fassen und miteinander wegrennen.

Du lieber Gott, du bist ein Romantiker, ein hoffnungsloser, völlig altmodischer Typ, beschäftige dein Hirn mit etwas anderem, nicht mit so einem Kunsthonig. Aber Müller spürte sich lächeln.

Plötzlich war Quelle Sechs neben ihm und fragte: »Hast du eine Vorstellung, wie lange deine Leute brauchen, um mir eine Maschine nach Beirut zu schicken?«

»Das weiß ich nicht«, antwortete Müller. »Ich denke, sie haben die Möglichkeit, das schnell in die Wege zu leiten. Hast du sie denn nicht gefragt?«

»Noch nicht«, sagte Quelle Sechs. »Aber das tun wir gerade. Ich will ihnen diese Botschaft schicken, verstehst du?« Er hielt ein BlackBerry in der Hand und richtete es auf Müller.

»Ja, natürlich.« Mit rauer Stimme sagte Müller in das Gerät: »Two, four, six, eight, eleven.« Und dann die Zahlen in

Deutsch: »Zwei, vier, sechs, acht, elf.« Es war der Code, dass sie ihn hatten und dass er dagegen machtlos war.

»Ich danke dir«, sagte Quelle Sechs und grinste breit. Dann ging er wieder davon.

Müller rief ihm nach: »Ich hätte gern etwas gegen die Schmerzen.«

»Ich schicke meinen Vater«, antwortete er, ohne sich umzudrehen.

Svenja wusste genau, dass es keine Frage des Glücks sein würde, sondern eine Frage der konsequenten, harten und vor allem schnellen Arbeit. Mit Glück rechnete sie nie, das war zu riskant.

Die Maschine setzte sanft auf, wurde hart heruntergebremst und drehte sich dann auf eine freie Rollbahn in Richtung des Towers und der Gebäude. Der Kopilot erschien und fragte höflich: »Reicht es, wenn der zuständige Cargomaster Sie abholt?«

»Aber ja. Und danke fürs Mitnehmen.«

»Oh, gerne. Und viel Glück für Ihre Arbeit«, sagte der Mann. Dann verschwand er wieder.

Sie blieb sitzen, löste aber den Gurt. Als der Kopilot dann die Tür öffnete und die kleine Treppe sich senkte, war sie dankbar für die frische Luft und stand auf. Unten stand ein SUV, der auf dem Dach eine rot blinkende Leiste trug, auf der CARGOMASTER stand. Hinter dem Steuer saß ein junger Mann, der gelangweilt wirkte. Als er realisierte, dass sie eine schöne Frau war, setzte er sich sehr aufrecht hin und sagte: »Hallo!«

»Schön, dass Sie mich abholen«, sagte sie auf Arabisch. »Danke.«

»Selbstverständlich«, sagte er. Dann fuhr er einen weiten Bogen und setzte sie vor einem sehr breiten, hohen Tor ab. »You can go.«

Sie ging durch eine Tür, die in das Tor eingelassen war, und stand in einer Halle, in der hektische Betriebsamkeit herrschte. Hohe Stapel Kisten und Pakete, viele verpackte Waren, dazwischen wild herumkurvende Gabelstapler, die mit beladenen Paletten unterwegs waren. Sehr viele Männer in grauen, dünnen Latzhosen, die sich etwas zuriefen oder in kleinen Gruppen zusammenstanden und diskutierten. Das Übliche in jeder Luftfrachthalle.

Links von ihr war eine Art Theke, hinter der ein Mann wartete.

»Zoll«, sagte er mit einem sparsamen Lächeln.

»Mein Name ist Shannon Ota«, sagte sie. »Hier ist mein Diplomatenpass. Ich bin gekommen, um einen irischen Passagier abzuholen, der in der englischen Botschaft durch die Ereignisse in ihrem Land aufgehalten wurde. Er ist ein wichtiger Mann für uns.« Sie legte den Diplomatenpass auf die Theke und wartete.

»Wie heißt der Mann?«, fragte der Zollbeamte.

»Mister Stan Gees«, sagte Svenja.

»Können Sie den Namen buchstabieren, bitte? Sie holen ihn ab und fliegen dann wieder aus?«

»Genau das«, bestätigte sie und buchstabierte den Namen.

»Hat dieser Herr einen gültigen Ausweis? Haben Sie sonst irgendetwas in unserem Land zu erledigen?«

»Ja, er hat einen gültigen irischen Ausweis. Nein, anderes habe ich in Ihrem Land nicht zu tun«, antwortete Svenja. »Sie werden mich also schon bald wiedersehen.«

»Ich muss Ihre Angaben notieren, das ist Vorschrift.« Der Mann schrieb etwas in ein Formular.

»Tun Sie das«, sagte Svenja. Dann fragte sie: »Finde ich draußen ein Taxi?«

»Natürlich.« Der Mann nickte. »Ich wünsche einen angenehmen Aufenthalt.«

Sie bekam ihren Diplomatenpass zurück, musste ein Formular unterschreiben, hob ihre Tasche hoch und durchquerte mit zügigen Schritten die Halle. Sie achtete darauf, dass sie niemandem im Weg war. Sie durfte nicht auffallen.

Den Taxifahrer wies sie an: »Zum besten Hotel im Zentrum, bitte.«

Svenja wühlte in ihrer Tasche herum, nahm ein in Plastik gehülltes, postkartengroßes Foto von Müller heraus und hängte es sich mit einem Leinengurt um den Hals. Das war vielleicht ein wenig riskant, aber sie hatte keine Wahl, sie wollte schnell sein.

Im Hotel ging sie stracks zur Rezeption und fragte: »Können Sie mir bitte das Zimmer meines Chefs nennen? Dr. Kai Dieckmann aus Deutschland. Wir nennen uns *Doctor's Team.*« Sie hielt das Foto hoch und lächelte schüchtern. Ihr Blick wanderte zu den schmalen Fächern mit den Zimmerschlüsseln, es waren ganz normale Schlüssel.

»Selbstverständlich, den Herrn kenne ich, glaube ich jedenfalls«, sagte die junge Frau etwas unschlüssig. Und dann, in vertraulichem Tonfall: »Wissen Sie, das ist ein Irrenhaus hier, seit wir die Schwierigkeiten im Land haben. Keine Kontrolle mehr. Da hat eine Putzfrau tagsüber sieben Leute in einem Doppelzimmer angetroffen, und alle schliefen. Männer und Frauen, ein ganzes Fernsehteam, das muss man sich mal vorstellen. Sollen wir ihn anrufen?«

»Nein, danke«, sagte Svenja. »Ich gehe rauf. Welche Nummer?«

»Dreihundertvier. Aber ich weiß gar nicht, ob er im Haus ist. Die sind ja alle dauernd unterwegs.«

»Das werde ich sehen.« Svenja lächelte. »Vielen Dank.«

Vor den Lifts standen zu viele Menschen, also lief sie die Treppen hoch. Auf der dritten Etage war es ruhig. Eine Gruppe Männer begegnete ihr, die sich auf Französisch laut darüber unterhielt, ob es möglich sei, in Sirte zu filmen.

Für das Türschloss von Zimmer 304 brauchte sie genau fünfzehn Sekunden, dann war sie drin.

Es roch muffig, abgestanden. Sie öffnete ein Fenster und machte sich an die Arbeit.

Sie suchte nach dem Fehler in der Routine, nach irgendeiner Abweichung, nach dem Hauch einer Andeutung, dass irgendetwas im Agentenalltag des Karl Müller in dieser Stadt schiefgelaufen war.

Im Schrank hing nichts, das war normal. Sie ließen alle Kleidung grundsätzlich im Koffer, um im Notfall schnell verschwinden zu können. Aber auch in seiner großen Tasche war nichts Auffälliges. Im Bad roch es merkwürdig nach Verwesung. Wieso das? Gut, es war Krieg im Land, vielleicht war er mit Verwesung in Berührung gekommen.

Dass Müller ins Land geschickt worden war, um eine Quelle zu treffen, stand außer Zweifel, denn die Männerstimme hatte gesagt, sie sei Quelle Sechs. Und die Stimme hatte auch gesagt, Müller könne nicht ans Telefon kommen, weil er im Moment noch wirr im Kopf sei. Also hatten sie ihn wahrscheinlich niedergeschlagen oder aber anderweitig verletzt. Sie hatten seine Weste samt Inhalt, und damit hatten sie ihn und seine Handys. Und wenn sie nur den Hauch einer Ahnung hatten, mussten sie zuerst die Handys zerstört haben. Na klar, Goldhändchen hatte ihn nicht mehr anpeilen können.

Quelle Sechs musste ein sehr mächtiger Mann sein, denn vor Beginn des Aufstandes hatte nur eine relativ kleine Clique die Möglichkeit gehabt, eine wirklich gute Quelle zu sein.

Eine Quelle wofür? Für die Erdölförderung oder Ähnliches aus dem Bereich der Industrie? Eine Quelle für bestimmte Strömungen in der Bevölkerung? Was davon war interessant? Die Gruppe der Militärs? Vielleicht die Gruppe der Muslime? Die Gruppe der Menschen, die unmittelbar mit Gaddafi lebten? Oder ganz einfach die Gruppe derer, die elitär und reich leben durften?

»Mein lieber Krause, jetzt könnte ich dich gebrauchen«, sagte sie ein wenig mutlos.

Sie hockte sich einen Moment in einen Sessel und hätte gern eine Zigarette geraucht, aber sie war auch dankbar, dass sie keine gekauft hatte.

Einen Augenblick später verließ sie das Zimmer von Müller wieder.

Sie entschied sich dagegen, ein Zimmer zu mieten. Allerdings fragte sie an der Rezeption, wo sie denn Kopftücher kaufen könne. Eine westliche Frau, noch dazu mit asiatischem Aussehen, mit langem schwarzem Haar war möglicherweise anstößig. Ihre Jeans waren ohnehin dicht an der Grenze des Zumutbaren.

Man sagte ihr, gleich um die Ecke sei ein solcher Laden. Als sie dort war, ärgerte sie sich darüber, dass der Laden für schlichte Kopftücher immerhin bis zu 150 US-Dollar verlangte. Also ging sie ein wenig weiter in die Gassen hinein und entdeckte dann, dass andere Läden für ähnliche Tücher fünf Dollar nahmen. Sie kaufte zwei: ein schwarzes, ein dunkelgrünes. Das schwarze band sie sich um den Kopf.

Dann ging sie zurück zum Hotel, achtete darauf, dass Müllers Bild richtig herum vor ihrem Magen baumelte, und lief langsam die Reihe der Taxis ab. Müller bevorzugte in fremden Städten grundsätzlich Taxis, während sie sich eher mit Bussen und Bahnen fortbewegte. Was immer Müller zugestoßen war: Er musste vorher aus einem Taxi gestiegen sein.

Sie nahm das letzte Taxi in der Reihe und fragte: »Kann man Gaddafis Palast besichtigen?«

Der Fahrer war ein älterer Mann. »Was willst du in den ausgeräumten Gebäuden, Frau?«

»Kann man den Krieg besichtigen?«, fragte sie weiter.

»Ja, das kannst du, wenn du Lust hast zu sterben. Draußen in der Wüste.«

»Dann fahr mich bitte zu den Häusern der Reichen«, sagte Svenja.

»Die sind auch leer. Die Herrschaften haben sich abgesetzt und sind zu ihren Bankkonten gefahren«, wandte der Mann ein. »Aber bitte, du bezahlst mich schließlich.«

Es ging über breite Straßen, auf denen dichter Verkehr herrschte und es vollkommen unklar war, wer auf wen Rücksicht zu nehmen hatte.

»Was will dieser Idiot denn?«, fragte der Fahrer aufgebracht.

»Welcher Idiot?«, fragte Svenja.

»Na, der hinter mir, der dauernd auf der Lichthupe steht. Der soll mich doch in Ruhe arbeiten lassen.«

»Vielleicht hat er etwas gegen dich«, sagte Svenja.

»Der hört nicht auf«, sagte der Fahrer wütend.

»Dann halte doch an und frage ihn«, sagte sie.

Der Fahrer bog ab auf einen kleinen, staubigen Platz und wartete.

Svenja drehte sich um und sah einen jungen Mann herankommen, der sich zuerst zu dem Fahrer beugte, etwas schnell und hastig erklärte und dann neben ihrem Fenster auftauchte. Sie drehte die Scheibe herunter.

»Kann ich das Bild mal sehen, das du da um den Hals hast?«, fragte er.

»Das ist mein Chef«, sagte Svenja und hob die Fotografie an. »Wir nennen uns *Doctor's Team*, das ist unsere Firma. Ich suche ihn.«

»Ich habe ihn gefahren«, murmelte der junge Mann. »Gestern.« Er war scheu und verlegen.

»Kannst du mir alles darüber erzählen und mir zeigen, wo ihr gewesen seid?«

»Ja, sicher«, sagte der Junge. »Deswegen bin ich hinter euch hergefahren.«

Svenja bezahlte ihren Fahrer und stieg aus. So viel Glück machte sie augenblicklich nervös.

Sie setzte sich in den alten Toyota des Jungen und fragte: »Wann war das genau?«

»Gestern. Einmal am Morgen, einmal am Nachmittag. Und ich habe ihm Klamotten gekauft. Und das hier ist von ihm.« Er hielt ihr einen Fünfzigdollarschein hin. Dann setzte er hinzu: »Ich habe zwei Stunden auf ihn gewartet, er kam nicht wieder. Ich denke, sie haben ihn.«

»Wer hat ihn?«

»Onkel Tobruk«, antwortete er.

»Wer ist Onkel Tobruk?«

»Wir nennen ihn so. Er ist ein General, ein Gaddafi-General, ein Schwein.«

Sie betrachtete ihn aufmerksam. »Du hast Angst, nicht wahr?«

Er drehte den Kopf zu ihr und nickte ganz ruhig. »Ja, habe ich. Onkel Tobruk hat den Leuten, die er für die amerikanische CIA verhörte, Holzkeile unter die Fingernägel getrieben und dann angezündet. Sie haben dann alles gestanden, was er hören wollte. Tobruk ist eine Bestie.«

»Aber ich denke, alle diese einflussreichen Leute haben das Land längst verlassen«, sagte Svenja.

»Ja, aber man sagt auch, dass Onkel Tobruk noch immer hier ist, heimlich. Dass er noch weiter foltert und so.«

»Wieso heißt er denn Onkel Tobruk?«

»Weil die Deutschen doch hier waren, neunzehnhunderteinundvierzig und -zweiundvierzig gegen die Engländer. Also auch in Tobruk. Da war eine Schlacht. Und weil sie alles Libysche kaputtgeschossen haben, viele Männer, Frauen und Kinder. Und weil dieser deutsche General Rommel damals doch ein Held war, ein deutscher Held. Und Onkel Tobruk hat immer gesagt: Niemals mehr ein neues Tobruk! Deshalb heißt er Onkel Tobruk.«

Sie schwiegen eine Weile.

»Kannst du mir zeigen, wo mein Chef gestern war und wo du ihn zuletzt gesehen hast?«

»Aber ich gehe nicht in Tobruks Haus«, sagte der Junge schnell.

»Das musst du auch nicht«, beruhigte Svenja ihn.

»Dein Chef ist aber hineingegangen«, sagte der Junge.

»Wie hast du ihn am Morgen getroffen?«

»Er stand an einer Straße an Gaddafis Palast. Er stank wie ein Schwein. Er hatte Leichen gefunden. Ich habe ihm Kleidung gekauft, Hosen, ein paar T-Shirts und Unterwäsche. Dann ins Hotel. Nachmittags um vier habe ich ihn wieder abgeholt. Er hat mich bestellt. Dann sind wir zu Onkel Tobruks Haus. Er sagte, er sucht ihn. Ich habe zwei Stunden gewartet, er kam nicht wieder.«

»Fahr mich dorthin«, sagte Svenja.

»Das kannst du als Frau nicht allein machen. Auf keinen Fall. Ich habe ein paar Kumpels, die würden das erledigen.«

»Fahr mich hin«, sagte sie hart.

SIEBTES KAPITEL

Sie saßen zu dritt vor dem Tisch mit den verwirrend vielen Geräten und wirkten wie die erschöpften Mitglieder eines schlechten Männergesangvereins, die das Pannenkonzert des Jahres hinter sich gebracht haben. Da nur zwei von ihnen auf das Sofa passten, saß der Dritte, Esser, auf einem wackeligen Gartenstuhl, den er triefnass vom letzten Regen auf der Terrasse erbeutet hatte.

»Was, zum Teufel«, fragte Krause erbost, »habt ihr denn erwartet? Dass Frau Takamoto brav zu Hause sitzt und gelegentlich telefonisch bei uns anfragt, ob wir das Leben ihres Liebhabers eventuell erhalten könnten?«

»Moment mal«, fuhr Sowinski auf. »Ich habe mir von ihr versprechen lassen, dass sie unter keinen Umständen Blödsinn macht. Und sie war doch hier bei dir. Warum hast du sie nicht losgeschickt?«

»Weil sich zu diesem Zeitpunkt Quelle Sechs noch nicht gemeldet hatte!«, antwortete Krause. »Verdammt noch mal, ich dachte, wir sind Profis und denken mit. Müller war von der Leine, aber noch nicht in Gewahrsam eines Kidnappers.«

»Sie hat versprochen, sie macht keinen Blödsinn«, wiederholte Sowinski eigensinnig.

»Sie hat behauptet, sie kennt Mona nicht«, murmelte Esser. »Und ich Idiot habe angenommen, sie sagt die Wahrheit.

Dabei *muss* sie Mona kennen, wenn sie eine gute Agentin sein will.«

»Also, machen wir es kurz, verdammt noch mal!«, polterte Krause. »Sie ist mit DHL-Cargo nach Stuttgart und dann mit einem kleinen Jet voller Bohrköpfe direkt nach Tripolis. Gut geplant, schnell durchgezogen, Agentin vor Ort, alles in Butter.« Krause gestattete sich ein boshaftes Lächeln. Dann setzte er schroff hinzu: »Ihr hättet sie nach Tripolis schicken müssen, sofort, ohne zu zögern.«

Esser sagte: »Mir scheint, dass ...«

Sowinski brauste auf: »Die Frau wird die Stadt in Schutt und Asche legen, sie flippt aus, wenn ihrem Müller was passiert.«

»Das ist eine sehr theoretische Beurteilung. Ich empfehle den uralten Satz unserer keltischen Vorfahren: If you can't beat them, join them. Ihr seid zwei ganz traurige Figuren. Wie können wir sie jetzt erreichen?«

»Gar nicht«, sagte Esser. »Sie benutzt wahrscheinlich ein Handy, das wir nicht kennen.«

Krauses Frau Wally stand plötzlich in der Tür zur Küche und fragte giftig: »Mögen die Herren zur Auflockerung der Arbeit und Stärkung vielleicht einen Kaffee oder sonst irgendetwas? Gebäck zum Knabbern, vielleicht ein Puddingteilchen?«

»Meine liebe Wally«, schnurrte Esser, »sei mir gegrüßt. Ich hätte gern einen Kaffee.«

»Ich ein Wasser«, sagte Sowinski kleinlaut.

Es war seit Jahren so etwas wie eine permanente Panne, es war etwas, dessen sie sich schämten. Sie hatten in frühen Jahren zuweilen Silvester gemeinsam gefeiert, oder Ostern oder den ersten Weihnachtsfeiertag. Sie hatten selbstverständlich ihre Frauen dazugeholt. Die hatten verschiedene Salate gemacht, Snacks, erlesene Desserts. Aber richtige Partys in Ausgelassenheit waren es nie geworden. Wenn die Männer irgendwelche Erinnerungen ausgekramt hatten, konnten die Frauen nicht mitreden. Und wenn die Frauen böse Bemerkungen der Alice Schwarzer zitiert hatten, waren die Blicke der Männer irritiert gewesen. Ein einsamer Höhepunkt war eine Zusammenkunft in Krauses Haus gewesen, bei der er und Esser betrunken in Wallys kleinem Goldfischteich gesessen hatten, um über irgendwelche Dinge zu diskutieren, von denen die Frauen nichts wussten. Sie hatten es aufgegeben zu feiern, und sie hatten alle das Gefühl, gescheitert zu sein. Dieser Beruf vertrug nicht einmal einen Hauch von privatem Leben.

»Und was willst du?«, fragte Wally ihren Mann schroff.

Krause hatte sich geduckt, als stehe er in einem Schützengraben. »Vielleicht ein Puddingteilchen.« Und dann, als habe er etwas nicht verstanden: »Wieso eigentlich gerade Puddingteilchen?«

»Weil mir deine Sekretärin schon vor fünf Jahren mitgeteilt hat, dass du das ab und zu gerne zu dir nimmst«, entgegnete sie hoheitsvoll. »Diese Dinger sind höchst ungesund, wie ich bemerken möchte. Aber es könnten auch halbe Brötchen mit Wurst und Schinken und Käse sein, sogar mit Erdbeermarmelade.«

»Erdbeermarmelade!«, seufzte Esser hingerissen.

»Liebe Wally«, sagte Krause, »die Situation ist uns mehr als peinlich, aber wir stecken in einer Krise.«

»Ja, ja, ich weiß«, antwortete sie trocken, ohne eine Miene zu verziehen. »Mein Wohnzimmer wurde systematisch zerstört, und ihr habt ein U-Boot im Amt.«

»Eben das!«, sagte Sowinski. »Was würdest du denn tun?«

»Ich würde eisern den Mund halten und abwarten, was dem U-Boot alles einfällt. Die Jungens müssen doch mal an

Land. Irgendwann muss das Ding doch auftauchen, oder?« Dann drehte sie sich um und verschwand in der Küche.

»Sie hat recht«, bestätigte Esser.

»Und wo wird unsere Svenja auftauchen?«, fragte Krause.

»Erst einmal im Hotel, in dem Müller wohnt. Dann in der Villa von Quelle Sechs.«

»Unter welcher Legende reist sie?«

»Shannon Ota, irisch. Ihre Fluchtpapiere«, antwortete Sowinski.

»Dann sagt Dehner Bescheid. Wo ist er jetzt?«

»Er muss bald landen, in etwa einer halben Stunde«, sagte Sowinski.

»Ruf das Hotel an. Sie sollen eine Nachricht in Dehners Fach und in Müllers Fach legen. Sofort hier melden. Frag nach, ob Svenja schon dort ist, ob sie ein Zimmer belegt hat. Lass sie notfalls ausrufen, das müssen wir riskieren. Haben wir gute Kollegen dort?«

»Moshe Jugo vom Mossad ist dort«, sagte Sowinski.

»Kann er notfalls helfen?«

»Ich werde ihn darum bitten. Und was machen wir jetzt? Ich meine, schicken wir Quelle Sechs eine Maschine oder nicht?« Sowinski knetete verzweifelt seine Hände, was darauf hinwies, dass er zugleich wütend und hilflos war.

Krause nickte. »Wir schicken ihm eine, das müssen wir selbstverständlich tun. Aber erst, wenn Svenja wieder aufgetaucht ist und nicht in einem Krieg steckt. Der Flieger steht nicht eher bereit, bis wir wissen, welcher Pilot fliegen wird, und bis wir genau wissen, wer in Beirut bereit ist, Quelle Sechs aufzunehmen. Und dann, meine Freunde, habe ich eine sehr exquisite Meldung: Der *SPIEGEL* fragt an, ob es stimmt, dass der BND in Richtung Bundeskanzleramt wegen einer alten Geschichte ermittelt. Bisher habe ich nur geantwortet, dass wir im Inland niemals ermitteln, überhaupt nirgendwo ermitteln, gegen das Kanzleramt erst recht nicht. Aber wir sollten uns nicht darüber hinwegtäuschen, dass sie handfeste Gründe haben, uns zu fragen. Mit anderen Worten: Sie müssen etwas von Schlauf und seiner Geschichte erfahren haben.«

»Scheiße«, knurrte Esser, wobei die Benutzung dieses Ausdrucks für ihn ganz außergewöhnlich war. »Wenn ich das richtig sehe, haben wir den besten Agenten verloren, der mit Abstand beste weibliche Agent ist ohne Auftrag in Tripolis verschwunden, die Tarnung des sehr wichtigen Informanten Arthur Schlauf ist aufgeflogen. Wir werden erpresst, eine Maschine nach Tripolis zu schicken, um Müller zu retten, und ganz nebenbei weiß ein Unbekannter so viel über unser Innenleben, dass wir unruhig werden sollten. Jetzt fragt der *SPIEGEL* in gleicher Sache an, und wir haben keine Ahnung, was der weiß. Könnte man das so zusammenfassen?«

»Deine Analyse ist wie immer brillant«, murmelte Sowinski.

»Wie hat denn der Präsident reagiert, um einmal nach etwas zu fragen, was wir vielleicht wissen könnten?«, fragte Esser.

»Er hat den Erbsenzähler zu sich zitiert, moderat zur Schnecke gemacht und ihn darauf hingewiesen, dass er sich in Operationsdinge nicht einzumischen habe. Dann hat er ihn vorläufig, bei vollen Bezügen, nach Hause geschickt. Er hat ihm eine Frist gesetzt: Zwei Tage hat er Zeit, den Hintergrund darzustellen und seine Quellen preiszugeben. Schriftlich«, erklärte Krause. »Drei Psychologen aus dem Haus werden ihn befragen. Noch läuft das Ganze ohne Wissen der Politik. Und wenn die Wind davon kriegen, haben wir ganz schlechte Karten, weil dann auch Leute den Mund aufmachen, die gar nichts wissen. Aber das alles hilft uns jetzt nicht weiter.«

»Was, zum Teufel, hilft uns denn weiter?«, fragte Sowinski genervt.

Aus irgendeinem der Lautsprecher drang quäkend Goldhändchens Stimme. »Ich habe das Letzte zufällig mitgehört. Ich habe die Nummer des neuen Handys von Svenja. Es ist ein Uralthandy von Nokia, eines aus den Zeiten, als man das Schicken von SMS noch für den absoluten Hype hielt.«

»Wie machst du so etwas?«, fragte Esser erstaunt.

»Ich denke mit«, antwortete Goldhändchen heiter. »Soll ich sie anrufen?«

»Ja, bitte«, sagte Krause. »Sie soll sich augenblicklich auf die Socken machen und nach Berlin zurückkehren. Dann tun wir so, als sei nichts geschehen. Das ist zwar nicht das Gelbe vom Ei, aber immerhin ein Stück von der Schale.«

»Kannst du das Handy denn orten?«, fragte Sowinski.

»Leider nicht«, sagte Goldhändchen. »Die Technik ist so alt, dass da nichts funktioniert. Wenn es aus ist, ist es aus.«

»Wie tröstlich«, seufzte Krause. »Nun ja, meine Lieben. Dann sollten wir vielleicht etwas in die Welt setzen, das uns helfen kann.« Er lächelte sie an, und sie begannen Hoffnung zu schöpfen.

»Irgendetwas Bombastisches!«, setzte er hinzu.

»Eine Nummer kleiner würde schon reichen«, kommentierte Esser ironisch.

»Wir orientieren uns an dem, was meine Frau gesagt hat«, sagte Krause leise. »Wir erfinden irgendetwas, das sie zum Auftauchen zwingt.« Dann starrte er auf seine Schuhe hinunter und knurrte leise: »Ich mache mir ernstlich Sorgen um Müller.«

»Es ist nicht gut, dass du als Frau allein da reingehst«, sagte der junge Mann hinter dem Steuer. Es klang quengelig.

»Ich kann so was aber, ich habe das gelernt«, sagte Svenja auf der Rückbank. Sich in diesem engen Uraltauto umzuziehen war ziemlich schwierig. »Es ist nicht das erste Mal, dass ich so etwas mache.«

»Aber du weißt nicht, was für Schweine das sind. Miriam hat auch gesagt, sie liebt die Rebellen, hat sich ein großes Küchenmesser genommen und ist weg. Und dann haben sie sie gebracht. Sie war tot.«

»Wer war Miriam?«

»Meine Schwester.«

»Ich habe jetzt einfach keine Zeit für solche Überlegungen«, erklärte sie heftig. »Ich muss den Mann finden.« Sie streifte die dunkelblaue Weste über das blaue Kapuzenshirt, den breiten Gurt mit der Waffe trug sie jetzt auf der Haut.

»Was ist, wenn er schon tot ist?«

»Ich habe auch keine Zeit, das mit dir zu diskutieren«, sagte sie. »Wo hast du die zwei Stunden gestanden und gewartet? Wo genau?«

»Da hinten, ungefähr hundert Meter weiter, in der Gegenrichtung.«

»Und er ging rein, kam dann wieder raus, ging das Grundstück auf dem Gehweg ab, dann rief er dir zu, er käme bald zurück, und verschwand auf dem Grundstück. Ist das richtig so?«

»Ja«, sagte der Junge. »So war es.« Dann drehte er seinen Kopf zu Svenja und fragte: »Was soll ich tun, wenn du auch nicht mehr herauskommst? Ich meine, irgendwer muss doch wissen, was da passiert ist, dass da Leute verschwinden.«

»Das Einfachste ist, du parkst genau hier vor dem Tor und bleibst in Rufnähe. Oder hast du Leute, die uns jetzt helfen können?«

»Habe ich nicht«, sagte er.

»Okay. Ich gebe dir das Geld, damit du nicht umsonst hier herumstehst.« Sie reichte ihm einen Fünfzigeuroschein. »Ich lasse meine Tasche bei dir und gehe rein und schaue nach. Du machst gar nichts, du wartest einfach, bis ich wieder auftauche. Wenn jemand kommt und dich fragt, warum du hier stehst, dann sag einfach, du machst Pause. Und du parkst hier, damit du in das Grundstück bis zum Haus reinsehen kannst. Es wird nicht lange dauern, nehme ich an.«

»Okay«, sagte er. »Dann warte ich. Und was mache ich mit deiner Tasche, wenn du nicht mehr rauskommst?«

»Wie alt bist du eigentlich?«, fragte sie.

»Achtzehn.«

»Niemals.«

»Siebzehn.«

»Sagen wir sechzehn«, stellte sie fest. »Ich muss jetzt los. Bleib hier stehen. Hier kannst du mich sehen, bis ich am Haus bin.« Sie stieg aus und ging um den Wagen herum. Dann beugte sie sich zu dem Jungen hinunter und sagte: »Okay, hier ist noch etwas: Wenn ich nicht wiederkomme, dann fährst du zum Hotel und wartest auf einen Mann namens Thomas Dehner. Dem sagst du, was passiert ist. Alles. Aber nur Thomas Dehner. Kannst du das?«

»Ja.« Der Junge nickte. Er war sehr blass.

»Wiederhole den Namen.«

»Thomasch Diehnä.«

Svenja ging los, und während der ersten Schritte lockerte sie sich, bewegte rollend die Schultern und bemühte sich um einen tiefen, gleichmäßigen Atem. Dann begann sie zu laufen, und sie war nicht gewillt, sich aufhalten zu lassen.

Es war sehr still in dem großen Haus.

Sie stand mit gesenktem Kopf und geschlossenen Augen im Erdgeschoss in dem großen, leeren Raum für Empfänge und bewegte sich nicht. Sie horchte in das Haus hinein, und sie hörte nichts. Irgendwo, weit entfernt, bellte ein Hund, die Sirene eines Polizeifahrzeugs war kurz zu hören, dann nur ein gleichmäßiges, in Wellen anrollendes Rauschen: die Stadt.

Sie bewegte sich auf der Treppe in das Obergeschoss, lugte schnell um Ecken, entschloss sich dann, die Waffe zu ziehen und sie vor sich zu halten, um sofort reagieren zu können. Sie sah nichts, was ihre Aufmerksamkeit erregte, hörte nichts, was sie beunruhigte.

Dann zurück ins Erdgeschoss und weiter hinunter auf die Kellerebene. Sie hielt inne, lauschte, hörte nichts.

Dann war in der riesigen Küche plötzlich eine fette Ratte vor ihr und bewegte sich laut raschelnd mit einem großen Fetzen Papier. Ratten waren gut, sie waren aufmerksamer als Hunde, Ratten waren das sichere Zeichen für die Abwesenheit von Menschen. Meistens.

Sie warf einen Blick in die Kühlräume, dann in die Zimmerchen der Küchenmannschaft.

Dann lauschte sie wieder.

Sie dachte daran, dass Müller hier herumgelaufen war, und sie fragte sich, ob sie ihn zufällig in ihre Gewalt gebracht hatten oder ob es eine gezielte Aktion war. Wahrscheinlich gezielt, denn sie wollten ausgeflogen werden. Also hatten sie fest damit gerechnet, dass er auftauchen würde. Er oder irgendein anderer.

Wir funktionieren wie ein Schweizer Uhrwerk, wir kommen immer, dachte sie leicht zynisch.

In einem winzigen, vollkommen leeren Raum lag ein altes rotes Kissen, aus dem die Kunststofffüllung quoll. Daneben stand eine Flasche Rotwein, halb voll. Wieso das? MAROC stand darauf. An der Decke eine Fünfzehnwattfunzel, die brannte.

Bettler? Penner? Leichenfledderer?

Sie wurde langsamer in ihren Bewegungen, und sie entsicherte die Waffe.

Der nächste Raum war größer. Auch eine trübe Funzel an der Decke. Ein Regal mit einer kleinen doppelten Kochplatte und ein einfacher Topf. Beides kalt.

In der Wand gegenüber eine halb geöffnete, große Metalltür. Dahinter ein gewaltiger Sicherungskasten, deutsches Fabrikat.

Einer der Stromzähler war in Betrieb, drehte sich unendlich langsam. Aber sie hatte nirgendwo Strom entdeckt, nirgendwo eine Lampe, nur abgerissene Kabel. Nur diese beiden Räume hatten Strom.

In der Ecke des Raumes stand auf dem Boden ein großer Pappkarton mit Weinflaschen, die meisten voll. MAROC, las sie wieder. Da stimmte irgendetwas nicht. Aber was?

Sie machte eine Pause, schloss die Augen und horchte.

Aus einem der großen Fenster im Obergeschoss hatte sie einen großen Pool auf der Rückseite des Hauses gesehen, voll Wasser. Wenn sie jetzt vor dem Sicherungskasten stand, dann war es nur logisch, dass irgendwelche verborgenen Räume nur in dem Bereich hinter dem Sicherungskasten liegen konnten. Nach der Lage des Gebäudes war das identisch mit dem großen Bereich des Parks vor dem Haus. Falls es solche Räume gab.

Sie stellte sich vor den Sicherungskasten und versuchte, ihn zu bewegen. Er glitt schon bei sanftem Druck leicht und geräuschlos zurück, und sie sah auf dem Betonboden im Halbdämmer dahinter einen großen Teppich liegen.

Sie war erleichtert, stieg durch die Öffnung und beschleunigte wieder ihr Tempo.

Sie brauchte eine Taschenlampe. Ein schmaler, dunkler Gang, überall Teppiche.

Das war klar, sie mussten leise leben in diesem Versteck.

Dann war vor ihr Licht in schmalen Streifen oben an der Decke und unten am Fußboden. Ein Teppich hing davor.

Vorsichtig schob sie den Teppich ein Stück beiseite. Ein heller, großer Raum, sicher fünfzig oder mehr Quadratmeter, eine Teppichwelt. Und es war nicht zu erkennen, ob es weitere Räume gab. Wenn es sie gab, dann lagen sie hinter den hängenden Teppichen verborgen.

Sie hatte jetzt mehr Unsicherheiten als Fakten, sie wusste nichts über die Ausmaße dieser Anlage. Wusste nicht, ob sich dort Menschen verbargen, und wenn ja, was diese Menschen wollten.

Anweisung der Trainer: »Queren Sie niemals einen unbekannten großen Raum, nehmen Sie niemals eine Diagonale durch solch einen Raum, halten Sie sich grundsätzlich eng an die Wände. Halten Sie sich so niedrig wie möglich. Bewegen Sie sich mit der höchstmöglichen Geschwindigkeit, und denken Sie daran, dass es keinerlei Deckung gibt.«

Sie bewegte sich schnell an der rechten Teppichwand entlang, dann entdeckte sie vor sich die Liege mit dem weißen Laken und breite rote Gurte.

Sie blieb stehen.

Da lagen weiße Wattetupfer auf dem Teppich am Boden, ein Teil der Tupfer zeigte tiefbraune Flecken, Blut. Auf dem Laken war auch Blut.

»Was haben sie dir angetan, Liebling?«, hauchte sie.

Dann sah sie die Uhr auf dem Laken, die Breitling, von der Müller mal gesagt hatte: »Irgendetwas an mir sollte doch von Wert sein.«

Sie nahm die Uhr und streifte sie sich über das linke Handgelenk. Dann ging sie weiter und schob jeden Teppich leicht beiseite. Auf der Seite mit der Liege gab es keine verborgene Tür.

Müllers Uhr störte sie, sie konnte das linke Handgelenk nicht leicht genug bewegen. Sie nahm sie wieder ab und steckte sie in die Hosentasche ihrer Jeans.

Sie schaute hoch zur Decke. Der Letzte macht das Licht aus!, dachte sie. Waren sie verschwunden, ohne das Licht zu löschen? War das nicht leichtfertig? Nein, warum leichtfertig, solange niemand von dieser Welt wusste?

Der nächste Teppich verbarg eine Tür, weiß lackiert, Dutzendware. Sie drückte geräuschlos die Klinke herunter. Es war eine Küche. Mindestens vier hohe moderne Eisschränke aus gebürstetem Stahl, jede Menge Getränkekisten, am Boden ein Plastikkorb mit frischem Gemüse. Rechter Hand eine Arbeitsplatte, darauf Fleisch in Plastiktüten. Es roch muffig. Eine zweite Arbeitsplatte, vollkommen zugestellt mit gebrauchtem Geschirr.

Das Licht brannte!

Die nächste Tür war nur eine Teppichbahn entfernt.

Svenja konnte auch diese Klinke geräuschlos niederdrücken, dann sagte eine männliche Stimme hinter ihr mit großem Erstaunen: »Eine Frau!«

»Ja«, erwiderte sie.

»Lass deine Waffe auf den Boden fallen«, sagte der Mann krächzend und drückte ihr irgendetwas in den Rücken.

Sie ließ ihre Waffe auf den Teppich fallen. »Aber du kannst mich nicht aufhalten.«

Der Druck im Rücken ließ nach.

Langsam drehte sie sich zu dem Mann um.

Er war ein alter Mann, und er grinste sie fast verschwörerisch an. Er war in weiße Gewänder gekleidet, als sei es ein Festtag, sogar der Turban war weiß. Er hatte eine schwarz mattierte Glock in der rechten Hand, aber sie war gesichert.

»Gehörst du zu dem, den wir schon haben?«, fragte er.

»Ja.« Svenja nickte.

Jemand rief laut: »O nein!«

Der Taxijunge stand vor dem Teppich, der den Eingang verdeckte, und sein Gesicht war grau, leichenblass.

Der Alte duckte sich ab und fuhr erstaunlich schnell mit der Waffe herum, und sein Daumen lag auf dem Sicherungshebel.

Svenja sprang hoch und legte sich gleichzeitig in eine starke Pirouette nach rechts. Sie erwischte den alten Mann mit der Ferse ihres rechten Fußes am Kopf, und er war tot, noch ehe er auf den Teppich aufschlug.

»Bleib draußen!«, befahl sie dem Jungen. »Ich komme gleich.«

Aber er rührte sich nicht vom Fleck. Der Junge stand wie angenagelt da und sagte aufgeregt: »Das ist Onkel Tobruks Vater. Onkel Tobruk wird dich killen.«

»Onkel Tobruk kann mich mal!«, sagte Svenja.

Sie musste absolut sichergehen, sie konnte einfach nicht riskieren, sich zurückzuziehen und dabei womöglich irgendetwas Wichtiges übersehen zu haben. Sie schlug die Teppiche zurück, öffnete Türen und warf einen Blick in alle möglichen Räume. Sie sah Luxusbetten und riesige eingelassene Badewannen, Etagenbetten für die einfachen Leute, einen Aufenthaltsraum mit großen Tischen und einen Fernsehraum mit vielen Stühlen. Sie sah eine komplette Waffenkammer mit einem Arsenal, das reichen würde, um einen Bürgerkrieg zu versorgen.

Sie entdeckte keinen Menschen.

Lieber Müller, wo steckst du nur?

Sie nahm sich Zeit in einem Raum, in dem nur ein großer, wunderbar gemaserter Schreibtisch aus hellem Holz stand, davor ein schwarzer Lederstuhl. Da gab es eine Schreibgarnitur von Faber-Castell mit den luxuriösen, goldenen Schreibwerkzeugen. Styling in höchster Vollendung. Svenja überlegte kurz, einen edlen Füllfederhalter einzustecken, ließ es dann aber bleiben.

Solange dein Flugzeug nicht hier ist, Müller, so lange bist du zweifelsfrei in dieser Stadt. Und sie werden dich nicht quälen, weil sie dich brauchen.

Unter dem Schreibtisch stand ein kleiner Holzcontainer auf Rollen. Er war abgeschlossen. In der Waffenkammer hatte sie ein Brecheisen gesehen. Sie ging es holen und hebelte damit den Container auf. Es krachte ein wenig und splitterte hässlich. Sie sah nur einen einzigen prall gefüllten Aktenordner, das war alles.

Sie nahm ihn heraus und schlug ihn auf.

Obenauf lag eine handschriftliche Notiz: *Dear Adi! These people are really bad. You can handle them as you want. Open softly their brain! We want to know ...* Der Schreiber hatte einen offiziellen CIA-Schreibblock benutzt, und mit seinem Englisch war es nicht weit her. Aber die Botschaft war klar.

Sieh mal einer an, dachte Svenja, das nehme ich doch besser gleich mit. Sie entdeckte einen Pilotenkoffer und stopfte den Aktenordner hinein.

Danach betrat sie einen Raum nur mit Computertechnik und zahllosen Telefonen. Auch hier nahm sie sich mehr Zeit. Sie zog alle erkennbaren Leitungen aus der Wand und aus den Geräten. Sie faserte eine Elektroleitung auf und fabrizierte einen Kurzschluss. Es gab ein scharfes, zischendes Geräusch. Viele Funken. Sie hinterließ, so hoffte sie zumindest, ein Chaos, das so schnell nicht mehr zu reparieren war. Sie nahm alle Disketten aus den Rechnern und steckte sie in einen Umschlag, den Umschlag dann ebenfalls in den Koffer.

Schließlich ein Blick in ein ödes Duschbad mit Toilette.

Bevor sie ging, untersuchte sie den toten alten Mann flüchtig. Er hatte außer der Glock nur ein Handy bei sich und eine dicke Rolle mit US-Dollar in einem Lederbeutel um den Hals. Sie legte das Handy auf den Boden und trat mit dem Absatz mehrmals kräftig darauf, bis es komplett zerstört war. Das Geld und die Waffe steckte sie ein.

Dann ging sie zu dem Jungen, der noch immer wie angenagelt vor dem großen Raum im Eingangsbereich stand.

Sie lächelte: »Herzlichen Glückwunsch zu deinem Mut, junger Mann. Aber das war verdammt leichtsinnig.«

Als sich das Nokia meldete, fluchte sie laut: »Scheiße!« Sie drückte den Anruf weg, aber immerhin wusste sie jetzt, dass Goldhändchen sie gefunden hatte.

»Für eine Frau bist du schwer in Ordnung«, sagte der Junge anerkennend. Dann setzte er seufzend hinzu: »Mein lieber Mann!«

»Lass uns gehen«, sagte Svenja und reichte ihm den Koffer.

»Wieso denn das?« Seine Stimme klang schrill. »Du kannst doch Onkel Tobruks Vater nicht einfach so liegen lassen. Das geht doch nicht. Er muss in ein Krankenhaus, oder?«

»Er ist tot«, sagte sie.

»Er ist tot?«, fragte der Junge entsetzt.

Der Flieger der UNO war elegant ohne jedes Aufsetzgeräusch gelandet. Er hatte seine Fracht vor einer großen Halle ins Freie entlassen, und sie waren brav wie die Schäfchen hintereinander durch eine schmale Tür in das dämmrige Halbdunkel marschiert. Kein Zöllner interessierte sich für sie, kein Polizist, einfach niemand.

Thomas Dehner hatte das schnell begriffen und war geradewegs durch eine Tür auf der anderen Seite der Halle marschiert. Er nahm das erste Taxi aus einer kurzen Reihe und nannte einfach den Namen des Hotels.

Er war todmüde und schlief bereits, kaum dass das Taxi den Flughafen verlassen hatte. In dem UNO-Flieger hatten vier ältere Damen hinter ihm von Rom bis Tripolis ununterbrochen miteinander geplaudert und gekichert. Seine Nerven hatten blank gelegen.

Vor dem Hotel weckte der Fahrer ihn. Dehner bezahlte, ging mit seiner Tasche zur Rezeption und bekam den Zimmerschlüssel 234. Er brachte sein Gepäck hinauf, nahm eine kalte Dusche, zog sich frische Kleidung an und ging hinunter in die Halle.

An der Rezeption fragte er nach Dr. Kai Dieckmann aus Deutschland und bekam die Antwort, der Herr sei leider nicht im Hause und man wisse nicht, wo er sich aufhalte. Nein, er habe keine Nachricht hinterlassen, für niemanden. Aber das Zimmer habe er noch.

Ob denn eine gewisse Shannon Ota aus Irland schon eingetroffen sei, fragte Dehner weiter.

Die junge Frau hinter der Theke nickte ein wenig gelangweilt. Sie könne sich erinnern, diese Dame gesehen und mit ihr gesprochen zu haben. Aber sie habe kein Zimmer genommen. Dann erinnerte sie sich plötzlich an etwas und lächelte: »Ach ja, sie sagte, sie gehöre zum *Doctor's Team.*«

»Das ist richtig, das ist mein Team«, sagte Dehner. Er dachte: Sieh an, sie hat uns schon einen Namen gegeben.

»Dann noch eine Frage: Ist Mister Arthur Schlauf noch im Haus?«

»Aber ja. Das weiß ich zufällig. Die sitzen im Restaurant. Da entlang, durch die goldene Tür.«

Also ging Dehner durch die goldene Tür.

Arthur Schlauf saß mit einer Frau an einem kleinen Tisch vor einem großen Fenster, und er machte einen überaus gut gelaunten Eindruck. Er lachte laut, während er wild gestikulierend irgendetwas erzählte. Sie aßen und tranken Wein dazu, Rotwein.

Dehner nahm an einem kleinen Tisch Platz, von dem aus er Schlauf gut sehen konnte. Von der Frau an Schlaufs Tisch sah er nur den Rücken.

Ein Kellner kam und fragte nach seinen Wünschen

»Ich hätte gern ein Steak, well done, wenn es geht mit Bratkartoffeln und etwas Speck, aber um Gottes willen keine Süßkartoffeln. Und einen trockenen Weißen. Und gibt es eine Tageszeitung?«

»Zurzeit leider nicht. Vielleicht ein Magazin, der Herr?«

»Also ein Magazin.«

Das Restaurant war fast leer. Für das Abendessen war es noch zu früh, und Dehner war dankbar, als der Kellner ein Magazin vor ihn auf den Tisch legte. »Urlaub in Libyen, Urlaub für die Seele« war der arabische Titel. Dehner musste grinsen.

Ein Mann kam von irgendwoher auf seinen Tisch zu und setzte sich auf den zweiten Stuhl. Er war ungefähr vierzig Jahre alt, ein schmaler, dunkler Typ, drahtig, mit auffallend hellblauen Augen. Er trug ein einfaches rot kariertes Hemd zu Jeans, darüber eine braune Cordweste. Der Mann wirkte auf Dehner seltsam vertraut.

»Ich soll dich von Beta grüßen, Bruder«, sagte er leise auf Englisch und hielt dabei seinen Kopf gesenkt. »Er rief mich vor ein paar Minuten an. Mein Name ist Moshe Jugo aus Tel

Aviv. Ich weiß, dass du Max suchst, ich weiß auch, dass du Miri suchst. Ich soll helfen, wenn du Hilfe brauchst.«

Dehner bedachte das für einige Sekunden lächelnd. Beta hieß Esser, Max war Müller, Miri war Svenja. Er erwiderte: »Das könnte wirklich hilfreich sein. Sie sind beide von der Leine, und wir haben keine Ahnung, wo sie jetzt sind. Hast du eine Ahnung?«

»Ich habe null Ahnung. Man müsste wissen, wo Max zuletzt geortet wurde«, sagte der Mann.

»Das weiß ich. Er war zuletzt in Onkel Tobruks Haus, für uns eine Quelle, ein General unter Gaddafi.«

»Lebt dieser General noch?«, fragte Moshe.

»O ja, und wie. Wir sollen ihm sogar ein Flugzeug schicken. Er hat Max, verstehst du? Und Miri jagt beide.«

»Das ist ein Scheißspiel.« Der Israeli lächelte.

»Na ja, wir haben es uns nicht ausgesucht.«

»Dann wissen wir ja, wo wir suchen müssen«, sagte Moshe Jugo.

»Wie bitte?« Dehner war irritiert.

In diesem Moment stand die Frau an Arthur Schlaufs Tisch auf, legte die Serviette neben ihren Teller, wandte sich um und ging quer durch den Raum auf eine Tür zu, auf der WC stand.

»Lieber Himmel!«, flüsterte Dehner. Dann hatte er es plötzlich verdammt eilig. Er sagte nuschelnd zu dem Israeli: »Entschuldige, ich muss schnell telefonieren.«

»Du siehst aus, als hättest du ein Gespenst gesehen.«

»Habe ich auch.« Dehner drückte drei Nummern auf seinem Handy und wartete, bis der Ruf sich aufbaute.

»Sowinski.«

»Dehner hier. Ich sehe gerade eine Frau am Tisch von Atze. Das ist irgendwie irre. Haben Sie mein Memo aus Tirana schon gelesen?«

»Nein, noch nicht ganz. Wo ist das Problem?«

»Ich habe eine Frau beschrieben, die in Tirana tausend Kilogramm C4 geordert und bar bezahlt hat. Höchstwahrscheinlich mit Ziel Deutschland. Und diese Frau, angeblich aus Schweden, sitzt hier im Restaurant mit Atze zusammen, und sie speisen in aller Gemütsruhe. Kein Zweifel.«

ACHTES KAPITEL

»Fahr irgendwo auf einen Parkplatz«, sagte Svenja. »Ich muss jetzt erst einmal ein paar Dinge überlegen.«

»Was machst du mit Onkel Tobruks Vater?«, fragte der Junge und hielt in einer Ausbuchtung der Fahrbahn an.

»Was soll ich denn mit ihm machen?«

»Irgendetwas. Auch wenn er tot ist. Ich meine, er hat doch seine Leute, und die wollen ihn wiederhaben. Das ist doch natürlich, das ist doch immer so. Und dann Onkel Tobruk: Wenn der erfährt, dass sein Vater tot ist, wird er toben.«

»Was soll ich deiner Meinung nach denn tun?«

»Na ja, die Familie anrufen, dass sie ihn holen, oder so.«

»Die Familie ist doch gar nicht mehr im Land. Und sein Sohn, Onkel Tobruk, ist ein Schwein. Das hast du mir gesagt.«

»Ja, ja«, murmelte der Junge. Er hatte die Grenzen dessen, was er verstehen und logisch einordnen konnte, längst überschritten.

Svenja überlegte, ob es nicht besser wäre, einen anderen Fahrer anzuheuern. Einen Mann mit mehr Erfahrung. Aber bei all den Möglichkeiten, die wahrscheinlich auf sie zukamen, war der Junge immer noch viel besser einzuschätzen als ein neuer, vollkommen unbekannter und unberechenbarer Fahrer. Der Junge würde das tun, was sie von ihm verlangte. Das war der ausschlaggebende Punkt.

»Kennst du dich am Flughafen aus?«, fragte sie.

»Nicht besonders«, antwortete er. »Warum?«

»Ich denke, du bist Taxifahrer.«

»Ja, schon. Aber erst seit mein Bruder verwundet wurde. Er hat den Wagen vorher gefahren.«

»Was ist mit deinem Bruder passiert?«

»Er hat ein Bein verloren. Sie haben ihn mit einer Granate erwischt. Er saß hinten auf einem Pick-up. Er hat es verloren, weil sie keinen freien Krankenhausplatz hatten. Und dann war es zu spät. Jedenfalls haben die Leute im Krankenhaus das gesagt.«

»Darf ich mal zusammenfassen?«, fragte Svenja. »Du hast gar keinen Führerschein, und du bist vor dem Krieg hier noch nie Taxi gefahren, und du warst als Taxifahrer auch niemals am Flughafen. Ist das alles richtig so?«

Der Junge wirkte betreten. »Aber meine Mutter hat gesagt, ich soll fahren, weil wir das Geld brauchen. Wenigstens am Tag, sagt sie. Wieso fragst du nach dem Flughafen?«

»Weil das Spiel dort weitergeht.«

»Das Spiel?«, fragte er irritiert.

»Ich erkläre es dir, okay? Der Mann, den ich suche, ist ein Freund, ein sehr guter Freund. Onkel Tobruk hat ihn geschnappt und erpresst mich jetzt. Er sagt: Ihr kriegt den Freund nur zurück, wenn ihr mir ein Flugzeug schickt, das mich aus Libyen nach Beirut ausfliegt. Hast du das verstanden? Gut. Wir waren eben in Tobruks Haus. Da ist niemand mehr, außer dem Vater. Und der ist tot. Und er hätte dich erschossen, das weißt du auch. Also muss ich wissen, wohin sie gegangen sind: Tobruk, seine Leute und mein guter Freund. Sie können nur am Flughafen sein. Denn dahin soll ich die Maschine schicken. Das ist logisch, verstehst du das?«

»Ja«, antwortete der Junge unsicher. »Deine Leute kommen mit einem Flugzeug, Onkel Tobruk und die anderen steigen ein. Aber das ist gefährlich, oder?«

»Ja, das ist es. Das kann blutig werden. Das ist Erpressung, und ich will unbedingt herausfinden, wo genau sie jetzt sind, um meinem Freund zu helfen. Ich muss ihn da rausholen, verstehst du? Und zwar jetzt, solange er noch in Libyen ist.«

»Und wer soll wissen, wo dein Freund jetzt ist?«

»Das weiß ich noch nicht«, antwortete sie. »Es muss jemanden geben, der diesen Flughafen genau kennt. Diese Person muss ich finden. Und zwar so schnell wie möglich. Onkel Tobruk ist nicht allein«, erklärte Svenja weiter, weil die Hilflosigkeit des Jungen sie rührte. »Er hat seine Leute bei sich. Wie viele das sind, wissen wir nicht. Vielleicht sechs, vielleicht zehn. Und sie sind alle schwer bewaffnet. Denn für jeden von ihnen geht es auch um Leben oder Tod. Hier in deinem Land könnten sie nicht weiterleben. Was glaubst du, was passiert, wenn sie hier auf dem Flughafen erwischt werden?«

»Sie werden erschossen«, sagte der Junge trocken. »Du kannst darauf wetten, dass sie sofort erschossen werden.«

»Du hast es kapiert«, sagte Svenja. »Und mitten unter ihnen ist mein Freund. Sie sind alle so nervös, dass sie bestimmt beim geringsten Anlass zu schießen beginnen. Und wenn es kritisch wird, nehmen sie auf meinen Freund keine Rücksicht, dann werden sie vielleicht auch auf ihn schießen, oder er wird von einer verirrten Kugel getroffen. Und der hat nichts, nicht einmal ein Taschenmesser. Er stirbt einfach. Es kommt noch etwas hinzu. Onkel Tobruk kann das Flugzeug nicht fliegen. Das kann nur ein Chefpilot zusammen mit dem Kopiloten. Und es ist die große Frage, ob ein Chefpilot so etwas freiwillig tut. Jeder, der an so einer Mission beteiligt ist, muss mit seinem Tod rechnen. Und natürlich muss der Flughafen in Beirut zustimmen, wenn dieser Flieger dort landen will. Es ist also möglich, dass der Pilot gar keine Landeerlaubnis bekommt. Aber wenn er sie tatsächlich erhält, ist immer noch nicht sicher, ob Onkel Tobruk heil in Beirut ankommt. Denn da stehen jede Menge Sicherheitsleute und warten auf ihn. Die sind bewaffnet und genauso nervös wie Onkel Tobruk und seine Leute. Es gibt also jede Menge Unsicherheiten. Ich denke, das kannst du verstehen. Ich kann mich nicht daran erinnern, dass so eine Aktion jemals ohne Tote abgelaufen ist.« Svenja seufzte tief. »Es ist so, dass ich meinen guten Freund so schnell wie möglich aus der Hand von Tobruk befreien muss. Ich will ihn lebend, verstehst du? Und ich will ihn noch heute Nacht wiederhaben.«

»Ja klar, das kann ich verstehen.« Er schaute Svenja einen Moment lang intensiv in die Augen, als ginge ihm langsam auf, wie riskant das ganze Unternehmen war.

Dann fragte er: »Ist dein Freund dein Mann?«

»Ja«, sagte Svenja.

»Dann verstehe ich das. Und wie geht es jetzt weiter? Ich meine, wir müssen ja irgendetwas tun.«

Svenja lachte kurz auf. Als er sie verwirrt ansah, erklärte sie: »Natürlich tun wir zwei etwas. Am besten wäre es, wenn wir genau in Erfahrung bringen könnten, wie das in den vergangenen Jahren war. Wie lief das auf diesem Flughafen ab, wenn Gaddafi irgendwo hinflog? Das müssten wir genau wissen.«

»Meine Mutter weiß so etwas«, antwortete er sofort.

»Woher weiß sie so etwas?«

»Sie liebt Gaddafi«, antwortete der Junge, »immer schon.«

»Dann wird sie uns nicht helfen«, stellte Svenja fest. »Und wir haben keine Zeit.«

»Sie wird uns helfen«, widersprach der Junge. »Sie liebt mich nämlich mehr als Gaddafi.«

»Wir haben keine Zeit, deine Mutter zu besuchen«, sagte Svenja. »Wir müssen gleich handeln, und du musst ständig bereit sein, mich zu fahren. Also bitte zum Flughafen.«

»Das kann schiefgehen«, sagte der Junge. »Gegen Morgen kommen NATO-Flieger von den Engländern und den Franzosen und bombardieren.«

»Aber nicht den Flughafen von Tripolis, den brauchen sie nämlich noch. Jede Partei braucht ihn. Die Leute von Gaddafi brauchen ihn, weil sie immer noch die Hoffnung haben, ausfliegen zu können. Seine Gegner brauchen ihn, weil die Hilfsflüge hierher lebensnotwendig sind, damit ihr genug zu essen habt und die Krankenhäuser versorgt werden können. Und die NATO braucht ihn, weil die Hilfsflüge organisiert werden müssen und weil dauernd Diplomaten ein- und ausfliegen. Und dazwischen, in all dem Durcheinander, wartet Onkel Tobruk irgendwo auf die Möglichkeit, in meinen Flieger einzusteigen und abzuhauen. Und ich will nicht, dass ihm das gelingt, damit ich meinen Mann wiederkriege. Und zwischen uns und Onkel Tobruk und seinen Leuten liegt die ganze Nacht.« Svenja lächelte den Jungen an. »Also, auf zum Flughafen.«

»Okay.«

Die Fahrt verlief stockend, weil die ganze Stadt auf den Beinen zu sein schien. Sie sprachen nicht miteinander. Erst als sie auf dem Zubringer zum Flughafen waren, entschied Svenja, einen Parkplatz anzufahren, denn auf den ersten Blick war zu sehen, dass die Rebellen das Kommando führten. Selbstverständlich hatten sie vor dem Haupteingang zwei Pick-ups mit jeweils einer Schnellfeuerkanone platziert, deren Besatzungen übermüdet schienen und wohl nicht wirklich mit einem dramatischen Zwischenfall rechneten.

»Wenn du willst, kannst du mitkommen«, sagte Svenja und zog sich einen dünnen Baumwollmantel über, den sie über dem Arm getragen hatte. »Wir suchen einen Mann, der uns Auskunft geben kann.«

Svenja wählte die rechte Schnellfeuerkanone. Sie schaute zu dem Schützen hoch und sagte: »Hallo, ich bin Shannon von CDIC, wir drehen hier und machen Reportagen. Gibt es im Flughafen einen Mann, der uns Auskunft geben kann, wie das alles hier im Krieg abläuft?«

»Ja, wir haben da einen«, antwortete der Mann unbeteiligt. »Das ist Galina, der macht das.«

»Und wo finde ich den?«

»Du gehst rein und dann nach links. Da ist eine große Treppe, und dann ist es, glaube ich, die zweite Türe links. Steht aber auch dran.«

Svenja dankte und ging durch eine der Pendeltüren.

»Wieso Reportagen? Und wieso drehen?«, fragte der Junge. Er war nicht misstrauisch, er wollte etwas lernen.

»Im Augenblick ist es so, dass die Medien die wichtigste Gruppe sind. Die Rebellen brauchen sie. Also bin ich Shannon und drehe fürs Fernsehen und schreibe Reportagen.«

»Aha«, sagte der Junge und ging neben ihr die Stufen hinauf.

Auf der zweiten Tür nach links war ein Pappschild angeheftet. Darauf stand »Mr. Jusuf Galina, Manager, Press Officer«.

Svenja klopfte.

Nach einer Weile öffnete sich die Tür ein wenig, und ein dickes, ungeheuer gutmütiges, rotes Gesicht fragte: »Wer will zu mir?«

»Mein Name ist Shannon Ota.« Svenja lächelte. »Shannon von CDIC. Wir berichten aus Ihrem Land. Wir drehen hier und recherchieren für unsere Reportagen. Mister Galina, würden Sie mir vielleicht helfen, Sir?«

»Ich helfe, wo ich kann«, sagte Galina freundlich in verständlichem Englisch. »Kommen Sie einfach rein.« Dann drehte er sich um und verschwand aus ihrem Blickfeld.

Svenja stieß die Tür auf, ließ den Jungen an sich vorbeigehen und schloss die Tür hinter sich.

»Wissen Sie, ich bin ziemlich hilflos«, schnatterte sie weiter. »So viele Eindrücke, so viele Fakten und so viel Geschwätz und Lüge.«

Galina hatte sich hinter seinem Schreibtisch verschanzt und wischte sich mit einem großen Taschentuch über das Gesicht. Er war vielleicht vierzig, wog garantiert mehr als zweieinhalb Zentner, und der Schweiß rann ihm unaufhörlich in breiten Bächen über die Stirn. Er saß an einem Schreibtisch, auf dessen Arbeitsplatte nicht das kleinste Blatt Papier lag. Im ganzen Zimmer gab es weder Akten noch Unterlagen, alles wirkte furchtbar trostlos.

»Wem sagen Sie das?«, bemerkte Galina trocken. »Ich habe täglich mit Vertretern Ihrer Branche zu tun, die, wie ich Ihnen vertraulich versichern kann, oft ausgesprochen dumme Fragen stellen und häufig keine Ahnung haben. Das kann das Leben schwierig machen. Also, was kann ich für Sie tun ... äh ...«

»Shannon, Sir, Shannon. Von CDIC.«

»Richtig, Shannon. Und wer ist der junge Mann?«

»Ali, mein Fahrer, er zeigt mir die Wege in dieser Stadt und passt auf mich auf. Er ist in Tripolis zu Hause.« Plötzlich wurde sie sich bewusst, dass sie den Namen des Jungen nicht kannte, und sie lächelte flüchtig. Warum nicht Ali?

»Also, was wollen Sie wissen?«, fragte Galina.

»Ich möchte wissen, ob Ihr ehemaliger Herrscher tatsächlich eine Boing 757 besessen hat.«

»Das hat er. Sie ist in Staatsbesitz, und der Staat war er. Sie steht unten im Hangar. Nächste Frage.«

»Und wenn er zu Staatsbesuchen aufbrach, hatte er doch immer eine Reihe von jungen Frauen in Uniform bei sich. Auf mich wirkten die immer so wie Krankenschwestern, wie getarnte Krankenschwestern, würde ich mal sagen. Das sah in den Ländern des heutigen Europa und überall, wohin er kam, etwas grotesk aus. Und dann ließ Mister Gaddafi ja auch immer ein Zelt aufschlagen, um zu signalisieren, dass er aus der Wüste kam. Und man sagt, die uniformierten Mädchen seien ihm zu Diensten gewesen. Also, in jeder Beziehung, meine ich. Können Sie das für mich aufklären, Sir?«

»Das habe ich auch gehört, natürlich. Es ist immer gesagt worden, sie könnten nicht nur schießen. Aber Genaues weiß ich nicht. Außerdem interessiert mich der Schwanz unseres früheren Führers nicht mehr. Der Mann ist Geschichte. Nächste Frage, bitte.« Er zog wieder das große Taschentuch aus der Jacke seines zerknitterten Anzuges aus hellem Leinen und fuhr sich damit über das Gesicht. Er atmete leicht keuchend.

»Wenn der Staatschef wegflog, wo genau ging er an Bord seines Flugzeugs?«

»Na ja, soweit ich weiß, unten, vor der Abflughalle.«

»Und wo war er vorher? Ich meine, wurde er hierhergebracht mit einer Limousine und stieg er dann ohne Unterbrechung sofort ins Flugzeug, oder gibt es eine Lounge, wo er sich aufhielt?«

»Natürlich gibt es eine Lounge, wo sich wichtige Leute vor dem Abflug versammelten. Die ist im Nebengebäude, hier auf der linken Seite. Es heißt B1. Dort wurden sie mit Mokka und anderen Getränken bedient, und selbstverständlich gab es Kleinigkeiten zu essen, Weißbrot mit Kaviar zum Beispiel. So konnten die Fluggäste warten, bis der Flieger bereit war.«

»Ist das sehr luxuriös?«, fragte Svenja weiter.

»O ja, sehr«, sagte Galina. »Normale Menschen konnte man da nicht finden. Es war der Service für die oberen Zehntausend. Wir einfachen Libyer konnten da nicht hinein.«

»Dürfte ich mir das wohl mal anschauen?«, fragte Svenja. »Wissen Sie, wir wollen unseren Zuschauern ja etwas bieten, wenn wir unsere Geschichten erzählen.«

»Das geht zurzeit leider nicht«, antwortete Galina mit einem Seufzer des Bedauerns. »Wir haben dort gerade einen Reinigungstrupp drin. Die müssen erst einmal alles ordentlich sauber machen. Und ich hatte enorme Schwierigkeiten, überhaupt Reinigungskräfte zu finden. Man hat es in diesem Land momentan ziemlich schwer.«

»Das verstehe ich nicht«, sagte Svenja mit mädchenhaftem Augenaufschlag.

»Wir müssen die Lounge in B1 in Ordnung bringen«, sagte Galina ungehalten. »Inzwischen kommen viele Maschinen mit Besuchern rein. Und einige von denen, also hohe Manager und Diplomaten und Regierende, wollen eben was Besonderes.«

»Ich verstehe es immer noch nicht«, beharrte Svenja. »Mich würden Besen und Staubsauger nicht stören, ich will es doch nur einmal sehen. Damit ich meinen Kameramännern sagen kann, was geht und was nicht.«

»Warten Sie zwei, drei Tage«, sagte Galina. »Heute ist da jedenfalls gar nichts mehr zu machen.«

»Das kann ich aber nicht«, beharrte Svenja. »Mein Boss sagt, er braucht Bilder. Helfen Sie mir doch, dann helfen wir Ihrem Land und erzählen positive Geschichten.«

»Melden Sie sich in drei, vier Tagen noch einmal, und ich werde Ihnen helfen. Mehr kann ich dazu nicht sagen.«

»Gut«, sagte Svenja. »Haben Sie Dank für Ihre Mühe.« Sie stand auf und sprach jetzt wieder Arabisch. »Sie sind eine

Enttäuschung, Mister Galina. Ich will hinzufügen, dass ich Sie für korrupt halte. Wie viel hat Ihnen Onkel Tobruk bezahlt?« Sie stand vor ihm mit der Glock in der Hand. »Verlassen Sie sich darauf, dass ich schießen werde, wenn Sie nicht tun, was ich sage.«

Galinas Stirn war wieder schweißnass. Sein Gesicht war plötzlich grau und ohne jede Hoffnung.

Svenja ging zur Tür und rief Ali.

Der Junge stand von seinem Stuhl auf und kam zu ihr.

Sie sagte leise: »Du gehst jetzt los und besorgst starke, dünne Stricke. Bei den Cargo-Leuten, die haben so etwas. Und mach schnell.«

»Ja«, sagte der Junge mit ängstlichem Blick und lief den Gang hinunter.

Svenja drehte sich wieder zu Galina um und sah, dass der hektisch von seinem Stuhl aufstehen wollte.

Sie schoss in das Fenster hinter ihm. Glassplitter fielen auf den hölzernen Boden.

»Ich habe Ihnen nicht erlaubt aufzustehen«, sagte sie. »Haben Sie eine Zigarette für mich?«

»Ich rauche nicht«, krächzte er.

»Sie sind wirklich eine traurige Figur«, seufzte sie.

»Ich wollte diesen Job nicht«, murmelte er. »Aber irgendjemand musste das ja machen.«

»Wie viel hat Ihnen der General bezahlt?«

»Ich weiß nicht, wovon Sie sprechen.«

»Verlassen Sie sich darauf, dass Sie das gleich wissen werden. Wann hört Ihr Arbeitstag denn auf?«

»Überhaupt nicht«, sagte er. »Ich bin Tag und Nacht hier. Alle sagen mir, das muss so sein.«

»Und wo schlafen Sie, wenn Sie schlafen dürfen?«

»Nebenan«, antwortete er. »Was wollen Sie eigentlich?«

»Ich will Onkel Tobruk. Und wenn Sie mir nicht sofort helfen, dann gehe ich raus zu den Jungs mit den Schnellfeuerkanonen und erzähle ihnen, dass Sie Geld von ihm genommen haben und dass Onkel Tobruk längst hier im Haus ist. Was meinen Sie, was die dann tun werden?«

Galina antwortete nicht, er kaute auf seiner Unterlippe herum und starrte auf die Dielenbretter vor seinen Schuhen.

»Das gibt ein Massaker«, stellte Svenja fest.

Schließlich fragte er: »Kann ich mal in meine Tasche greifen wegen des Taschentuchs? Ich schwitze so.«

»Das rieche ich bis hierher«, sagte sie verächtlich. »Haben Sie kein Deo? Sie dürfen.«

Galina rieb sich das Gesicht trocken, und Svenja sah, dass er fieberhaft überlegte.

»Sie brauchen gar nicht zu überlegen, ob die Jungs unten vor dem Eingang Ihnen helfen«, sagte sie kalt. »Das werden sie nicht tun, wenn ich ihnen sage, was der herausragende Flughafenmanager Galina mit der Privatlounge von Mister Gaddafi angestellt hat.«

»Ich habe nichts angestellt«, jammerte Galina. »Ich habe nur zugestimmt, dass sie die Lounge benutzen dürfen, bis die Maschine hier ist.«

»Sehr vernünftig«, sagte Svenja. »Was hat er Ihnen bezahlt?«

»Zehntausend Dollar«, antwortete Galina. »Aber das gebe ich natürlich in die Kassen unserer Freiwilligen.«

»Natürlich, Sie edler Ritter. Wie viele Leute sind es?«

»Es sind zehn«, antwortete Galina tonlos. »Also, Onkel Tobruk, ein Europäer und acht Leute von den Amis.«

»Von den Amis?«, fragte sie scharf.

»Ja klar, die haben diese Leute doch ins Land geschickt. Ich meine, die Amis haben dafür gesorgt, dass Onkel Tobruk die besten Leute zu seinem Schutz bekam. Wollte er auch so, hat er also gekriegt. Onkel Tobruk hat für die Amis gefoltert, das weiß doch jeder. Die Amis haben den ganzen Scheiß schließlich bezahlt, oder?«

»Voll bewaffnet?«

»Davon verstehe ich nichts.« Er sah den verächtlichen Ausdruck auf Svenjas Gesicht und setzte hinzu: »Natürlich haben sie Waffen.«

»Und wo genau in der Lounge sitzen die? Wie muss ich mir das vorstellen?«

»Das weiß ich doch nicht.«

»Doch! Sie wissen das!«

In diesem Augenblick klopfte jemand behutsam an die Tür.

»Herein!«, sagte Svenja automatisch, drehte sich aber nicht um.

»Das gibt's doch nicht!«, sagte Dehner in der Tür. »Die Mutter aller Schwierigkeiten. Endlich haben wir sie gefunden.«

»Verdammt noch mal!«, tobte der Präsident. »Sie haben doch Ihren Willen gekriegt, der Erbsenzähler ist weg. Nun kommen Sie endlich wieder her, ich brauche Sie doch! Ich brauche Sie bei den Vorbereitungen zum Etat, ich brauche Sie für die Instruktionen im Terror-Abwehrzentrum, ich brauche Sie für die Sicherheitskonferenz in Washington. Der *SPIEGEL* will ein Interview. Ich brauche also Ihr Hirn!«

»Sobald die Geschichte aufgeklärt ist, bin ich wieder an meinem Platz. Vergessen Sie nicht, dass wir unterwandert sind. Das verlangt seriöse und rückhaltlose Aufklärung. Bis dahin bleibe ich dem Amt fern. Das muss ich sogar, um mir nicht den Vorwurf gefallen zu lassen, ich würde an der Sache drehen.«

»Sie – Sie sind ein Ignorant! Ein störrischer Querkopf! Sie sind irgendwie nie richtig erwachsen geworden.«

»Damit kann ich leben«, stellte Krause seelenruhig fest.

»Was machen wir denn nun im Fall Müller?«

»Wir schicken ein Flugzeug. Quelle Sechs wird nach Beirut ausgeflogen, dort kriegen wir den Müller wieder, und aus.«

»Geht das ohne Blut und Tränen über die Bühne?«

»Weiß ich nicht, das kann niemand beantworten. Wir hoffen natürlich darauf, aber das Geschäft ist verdammt riskant.«

Über einen der Lautsprecher schaltete sich Sowinski in das Gespräch. »Details von Quelle Sechs«, sagte er sachlich und laut.

»Ich rufe wieder an, wir haben Quelle Sechs am Apparat«, sagte Krause hastig. Dann wusste er nicht, welchen Knopf er drücken musste, stattdessen fragte er: »Was will er?«

»Kann ich ihn auf deinen Lautsprecher legen? Und wenn du das Gespräch mit dem Präsidenten beenden willst, drückst du in der stehenden Leitung, das ist links von dir die kleine Tastatur, auf den roten Knopf rechts oben.«

»Danke«, sagte Krause. »Her mit dem libyschen General.«

»Seien Sie mir herzlich gegrüßt, Sie Meister der Spionage«, sagte Quelle Sechs.

»Sie mich auch«, bemerkte Krause muffig. »Was wollen Sie?«

»Festlegen, wie wir verfahren können. Wir sind elf Leute.«

»Elf Leute?«, fragte Krause ungehalten. »Das kann nicht Ihr Ernst sein.«

»Es ist meine Leibgarde«, sagte Quelle Sechs. »Ohne die reise ich nicht. Es sind mein Vater, ich, Ihr Agent und acht Leute zu meiner Sicherheit.«

»Und was werden die Leute in Beirut davon halten?«, fragte Krause zurück. »Sie können nicht ernsthaft annehmen, dass

Beirut es hinnimmt, einen voll bewaffneten Haufen aus einem Flieger steigen zu lassen. Die wollen auf Nummer sicher gehen und werden eine Landung unter diesen Umständen glatt ablehnen.«

»Das sehe ich nicht so, da passiert doch nichts, ist doch alles völlig harmlos«, sagte Quelle Sechs.

»Vergessen Sie das mal ganz schnell. Das können wir niemals durchsetzen, darauf gehen die Leute in Beirut nicht ein. Und schon gar nicht auf acht bewaffnete Libyer, die mit einer Knarre in der Hand zum letzten Gefecht antreten, weil sie befürchten müssen, ausgeliefert zu werden.«

»Es sind keine Libyer, sondern US-Amerikaner«, widersprach Quelle Sechs.

»Moment mal«, schnauzte Krause, »Sie wollen mir weismachen, dass Ihre Leibgarde aus Amerikanern besteht?«

»Genau das. Die Vereinigten Staaten von Amerika sahen in mir jahrelang einen engen Verbündeten, wie Sie wissen. Und die amerikanischen Jungs wollen heil nach Hause kommen.«

»Warum machen Sie es nicht so einfach wie möglich? Das bedeutet, dass Sie und unser Mann in die Maschine einsteigen und dass Sie sich in Beirut trennen.«

»Meine Jungs sind sehr pflichtbewusst. Die schützen mich, das steht so im Vertrag.«

»Das mag ja sein, aber Sie sollten es trotzdem ganz schnell vergessen. Darauf kann ich nicht eingehen. Und Beirut wird dem nicht zustimmen.«

»Dann stirbt Ihr Mann.«

»Wohl kaum«, sagte Krause scharf. »Das werden Sie, mein General, nicht riskieren, denn das wäre auch das Ende Ihres Lebens. Sie wollen raus aus Tripolis, damit bin ich einverstanden. Sie steigen mit meinem Mann in den Flieger ein, in

Beirut wieder aus, und das war es dann. Und das Ganze ohne schießwütige Amis.«

»Aber ich sage Ihnen, dass ...«

»Merken Sie sich eines: Sie können sagen, was Sie wollen, ich glaube Ihnen nicht. Sie haben einen schlechten Ruf, Ihre Zeit ist um, genauso wie die Ihres Staatschefs. Diese Situation ist neu, und Sie wissen das genau. Wir brauchen hier zwei Stunden, um das durchzugehen. Und wir müssen erneut mit Beirut sprechen. Bei uns ist es jetzt zweiundzwanzig Uhr. Wir melden uns, wenn wir so weit sind.«

»Warum soll das nicht gehen?«, fragte Quelle Sechs.

»Weil Sie weltweit bekannt sind. Weil ich nicht die geringste Lust habe, den Leuten im Libanon ein gigantisches Massaker zu liefern. Und was geschieht, wenn die Rebellen in Ihrem Land erfahren, dass Sie sich absetzen wollen und schon auf dem Flughafen sind? Dann stürmen die Ihren gottverdammten Flughafen. Und ich habe überhaupt keine Veranlassung, das Wohl und Wehe eines sehr fähigen Teams im Cockpit von der Gnade acht schwer bewaffneter Männer abhängig zu machen, abgesehen von meinem Agenten. Mag sein, dass Sie in Ihrem alten Staat tun und lassen konnten, was Sie wollten. Das gilt jetzt nicht mehr. Und die Leute, die in Beirut mit Ihnen zu tun bekommen, wollen keine Waffen. Over.«

Krause sank aufseufzend in sein Sofa zurück und schnaubte: »Verdammt, der Kerl ist total verrückt, völlig übergeschnappt. Was machen wir jetzt?«

»Jetzt überlegen wir gründlich«, schlug Esser vor. »Du solltest mit Gregor von der CIA sprechen. Wir müssen diese Amerikaner unbedingt aus dem Deal heraushalten. Das geht schief, wenn die in die Maschine steigen und jemand die Nerven verliert. Beirut hat klar gesagt: Keine Waffen, nicht mal eine Nagelfeile! Nur unter dieser Bedingung sind sie überhaupt bereit, die Maschine landen zu lassen. Beirut hat in den letzten Jahren auf Frieden und Neustart gesetzt. Die werden das unter keinen Umständen leichtfertig aufgeben wollen.«

»Goldhändchen, hören Sie mit?«, blaffte Krause.

»Aber ja.«

»Holen Sie mir bitte Gregor in die Leitung. Können Sie den Apparat von Quelle Sechs kontrollieren?«

»Kann ich nicht, jedenfalls nicht jetzt. Aber ich weiß inzwischen, dass Quelle Sechs in Beirut von einem Empfangskomitee um Ben Abraham erwartet wird. Ben Abraham gilt als blutiger Krieger, und auf sein Wort ist keinerlei Verlass. Die Leute vom Beiruter Flughafen wollen den unter keinen Umständen auf dem Gelände haben. Abraham ist bekannt als ein Mann, dem schon mal die Waffe versehentlich losgeht. Im Moment ist nicht einmal klar, wen der Kerl gerade vertritt: die Christen oder die Schiiten oder eine dritte, vierte, fünfte Gruppe. Abraham ist jedenfalls kein akzeptabler Partner für den Flughafen Beirut. Das wird schwierig, Sir, sehr schwierig. Quelle Sechs hat auch in Beirut keinen guten Ruf. Es ist in all den Jahren immer wieder passiert, dass er sich nicht an Absprachen gehalten hat, und er ist, pardon, ein brutales Schwein. Anders kann ich das nicht formulieren. Da ist noch Thomas Dehner in der Rechnung. Der hat inzwischen Frau Takamoto getroffen und hockt zusammen mit ihr und Moshe Jugo vom Mossad auf dem Flughafen Tripolis. Sie haben Quelle Sechs samt Entourage in der Lounge für Besserverdienende geortet und ...«

»Frau Takamoto soll sofort heimkommen!«, unterbrach ihn Krause scharf. »Sofort und ohne Diskussion.«

»Das weiß sie schon«, sagte Goldhändchen beruhigend. »Sie hat noch keinen Flug, aber sie ist klein wie ein Kirchenmäuschen, und sie hat ein Herz voller Reue.« Dazu lachte er ein klein wenig schäbig.

»Egal«, sagte Krause schroff. »Sie kommt sofort heim. Also, erst einmal Gregor in der CIA. Und wenn der nicht am Platz ist, dann seine private Nummer, er wohnt irgendwo am Rand von Washington.«

»Die private Nummer habe ich«, sagte Goldhändchen. »Ich rufe sofort an.«

»Ich lehne einen Flug nach Beirut unter den Bedingungen von Quelle Sechs strikt ab«, sagte Esser. »Das klingt mir nach einer Veranstaltung, die niemand kontrollieren kann. Das Risiko für Müller ist mir einfach zu hoch.«

»Da schließe ich mich an«, sagte Sowinski.

»Ja, ja, ich weiß!«, schnaubte Krause wütend.

Dann flog die Wohnzimmertür auf und knallte gegen die Bücherwand. Dieter fiel sehr langsam und erschreckend an allen Gliedern zuckend in den Raum und konnte sich nicht abfangen, er brachte die Arme nicht vor sein Gesicht. Er heulte vor Begeisterung, ja, es war eindeutig die reine Freude, denn er liebte Krause über alles, und Krause wusste das. Ein Lederhelm schützte den Kopf des Jungen, so gut es eben ging, aber er hatte einen langen, tiefen Kratzer hoch vom linken Jochbein quer über die Nase, der sich schnell mit Blut füllte.

Dahinter schrie Wally in höchster Aufregung: »Dieter!« Aber da war schon ihr Mann, umfasste den Gestürzten liebevoll und sagte ganz sanft: »Ach, Junge, du machst aber auch einen Scheiß!«

»Er wollte unbedingt zu dir, er hat dich sprechen gehört.«

»Ist ja schon gut«, sagte Krause und streichelte unbeholfen das Gesicht des Jungen. »Es ist doch nichts passiert. Hast du mal ein Papiertaschentuch, Wally?«

»Hier ist Gregor in der Leitung«, kam Goldhändchen etwas quakend über den Lautsprecher.

Krause hockte wie ein Häufchen Elend auf dem Boden neben dem Jungen und japste angestrengt nach Luft

»Lass mal los, Dieter, ich muss eben was erledigen«, sagte Krause schließlich und richtete sich leicht keuchend auf. Er bewegte sich zu seinem Ledersofa, setzte sich und sagte in unbestimmte Richtung: »Ich bin am Platz.«

»Hier ist Gregor.«

»Hallo, alter Freund«, sagte Krause. »Wir sind hier in einer beschissenen Situation. Mein bester Mann ist als Geisel bei Onkel Tobruk. Tobruk sitzt am Flughafen Tripolis und hat eine Crew zu seiner Bewachung bei sich. Es sind deine Leute. Und wir sollen ihn nach Beirut ausfliegen, samt deiner Leibgarde.«

Wally sagte drängend: »Steh auf, Dieter, steh auf!« Dieter gab einige undefinierbare Laute von sich. »Ich hab hier ein Stück Küchenrolle«, sagte Wally. »Lass mich mal das Blut wegmachen.«

»Ja, und? Glaubst du, ich lebe auf dem Mond?«, fragte der Amerikaner aggressiv. »Wir haben seit dem Mittagessen nichts anderes getan, als uns Gedanken darüber zu machen, wie wir das Ganze lösen können. Da gibt es nämlich zwei Probleme. Erstens: Diese Leute sind Angestellte einer privaten Sicherheitsfirma hier in den Staaten, wir haben also eigentlich nichts mit denen zu tun und müssen abwägen, wie weit unser Schutz im Notfall geht. Zweitens: Mister Tobruk hat eine beschissene Eigenschaft, er ist geizig. Er hat die Männer seit zwölf Tagen nicht mehr bezahlt. Er behauptet, er könne die fehlenden Gehälter in Beirut sofort bar auf den Tisch legen. Kein Mensch in meinem Amt glaubt das, weil das Schwein in Beirut gar keine Bankverbindung besitzt. Und

Abraham, der ihn abholen will, hat kein Geld, ist pleite. Es kommt noch hinzu, dass die meisten Bargeldreserven, die die Familie hatte, beschlagnahmt worden sind. Das können wir aber nicht öffentlich sagen, denn das könnte die Leibgarde nervös machen und würde unter Umständen dazu führen, dass sie zu den Waffen greifen und Onkel Tobruk an die Wand nageln. Und wir hätten dann eine Untersuchung am Hals. Mit anderen Worten: Wir stehen in Tripolis genauso dumm da wie du. Wir wissen, dass sie sich auf dem Flughafen verschanzt haben, aber wir wissen nicht, wie wir das lösen können.«

Wally sagte: »So, mein Junge, jetzt ganz langsam. Halt dich da am Sofa fest.« Dieter gab ein paar hilflos klingende Töne von sich.

»Und jetzt nimmst du meinen Arm, das kannst du, das haben wir doch schon so oft geübt. Vorsicht, da läuft Blut in dein Auge.«

»Was kosten diese Leute denn?«, fragte Krause.

»Tausend Dollar, pro Mann und Tag«, antwortete Gregor und lachte dann. »Mein Gott, das hätte ich als junger Mann mal verdienen wollen. Damals konnte ich mir am Tag gerade mal den billigsten Burger leisten, mehr nicht. Sag mal, lebst du da auf einer Baustelle? Was ist das für ein Krach?«

»Ach, nichts weiter, da lärmt ein Hausmeister rum. Das heißt also, Tobruk schuldet ihnen sechsundneunzigtausend Dollar«, sagte Krause. »Ich will, dass sie aus dem Scheißspiel aussteigen, und zwar sofort. Sie sollen rauskommen aus dieser Flughafenlounge, sollen einfach aussteigen, und wir schicken sie dann nach Hause.«

»Jetzt durch die Tür!«, sagte Wally energisch. Dann schepperte irgendetwas, die Tür schlug wieder heftig gegen die Bücherwand. Dieter jaulte.

»Da gibt es aber noch eine Schwierigkeit«, bemerkte der Amerikaner. »Der Vater von Onkel Tobruk. Dieser Mann ist nicht mehr erreichbar, scheinbar spurlos verschwunden. Er sollte mit wichtigen Unterlagen nachkommen. Onkel Tobruk steht auf dem Standpunkt, dass irgendwer diesen Vater entführt hat, und er tobt herum, dass er ihn zurückhaben will. Er wittert eine dunkle Verschwörung. Ausgerechnet er.«

»Lieber Gott, nicht auch das noch«, seufzte Krause. »Ich will meinen Agenten retten, ich will ein Blutbad vermeiden, kapierst du das?«

»Ja, ja, das verstehe ich. Hast du Leute in Tripolis?«

»Ja, habe ich.«

»Dann gebe ich dir jetzt eine Telefonnummer, mit der du die Bodyguards erreichen kannst. Ich wünsche dir viel Glück, mein Freund, und gute Nerven. Und schreib mir bei Gelegenheit mal, dass wir ein netter Haufen sind. Ich dürste nach Anerkennung.«

»Ihr habt den Mann groß gemacht.«

»Ich weiß, ich weiß. Asche auf mein Haupt, obwohl ich damit nichts zu tun hatte. Aber du hast recht, es war ein Scheißspiel.«

»Ich habe die Nummer«, sagte Goldhändchen nach einigen Sekunden.

»Was machen wir jetzt?«, fragte Sowinski.

»Ich suche die Lösung in Tripolis«, sagte Krause. »Wir haben gar keine andere Wahl, sonst verlieren wir Müller.«

NEUNTES KAPITEL

Sie saßen vor einem Bauplan, Svenja, Dehner und der Israeli Moshe Jugo.

»Haben wir irgendeine Möglichkeit rauszukriegen, wie es gehen könnte?«, fragte Dehner. »Gibt es Sichtmöglichkeiten in das Gebäude hinein?«

»Da haben wir nichts zu bieten«, antwortete der Israeli. »Es gibt zwei quer liegende Fensterleisten in der Höhe von etwa zwei Metern. Das sollte früher vor neugierigen Blicken schützen. Ich würde aber nicht zu einer Leiter raten, das hat was Selbstmörderisches. Und wir wissen nicht, ob sie schusssicheres Glas eingebaut haben. Sie waren in Sicherheitsfragen immer schon verrückt und haben das Gebäude praktisch ohne Fenster gebaut.«

»Wir haben ziemlich schlechte Karten«, bemerkte Svenja. »Wir haben die Nummer von Onkel Tobruks Handy nicht und keine Möglichkeit, einen der Bodyguards zu erreichen. Nach dem, was ich im Keller der Villa gesehen habe, ist Müller verletzt. Wir wissen nicht einmal, ob er gehen kann.«

»Du klingst erstaunlich sachlich«, sagte Dehner wütend.

»Das muss ich auch, verdammt noch mal«, fauchte Svenja. »Glaubst du denn, ich wäre hier, wenn ich ausgerastet wäre?«

»Prügelt euch anschließend, wenn diese Sache hier erledigt ist«, riet der Mann aus Israel lächelnd.

»Ich entschuldige mich«, sagte Dehner etwas gequält. »Also, das Gebäude B1 hat einen großen Raum zum Flughafen, zum Vorfeld hin. Da gibt es auch eine Tür, durch die die Passagiere die Lounge zur Maschine hin verlassen. Das Gepäck wird über eine etwas breitere Tür auf der Westseite in die Maschine gebracht. Dann gibt es zwei weitere Räume im Obergeschoss, von denen dieser Galina behauptet hat, sie seien nur für die Servicekräfte gedacht und dafür, die Speisen anzurichten. Wir können also das Obergeschoss vergessen. Wie sehen die Keller aus?« Dehner wendete den Bauplan. »Also hier, das ist der Keller. Galina sagte, da sei nur Stauraum für die Dinge, die man zur Bewirtung der Gäste braucht. Und auch Stauraum für ihr Gepäck. Ein Raum ist voller Eisschränke, Kühltruhen und so was. Ferner ein Aufenthaltsraum für die Bedienungen. Die Lounge soll für etwa dreißig Gäste ausgelegt sein. Sie befinden sich also voraussichtlich alle in diesem einen Raum.«

»Einen Zugang zum Gebäude haben wir nicht. Der Eingang ist abgeschlossen, die beiden anderen Türen ebenfalls. Normale Sicherheitsschlösser. Aber wir können uns nicht darauf verlassen, dass wir die Schlösser knacken, da braucht nur jemand Wache zu stehen, schon haben sie uns. Was machen wir also?« Der Israeli fuhr mit dem rechten Zeigefinger über seinen Nasenrücken und fuhr fort: »Wir haben keine gute Ausgangssituation. Und wir können nicht warten, bis sie zur Maschine gehen.«

»Nicht so schnell«, wandte Dehner ein. »So, wie ich meine Vorgesetzten kenne, werden die schon länger über das Problem nachgedacht haben, und wahrscheinlich kommen sie in der Nacht mit einem Vorschlag. Oder wir werden zurückgepfiffen, die Maschine hebt ab, und wir können nach Hause gehen.«

»Was ist mit Kellerschächten?«, fragte Svenja.

»Da haben wir zwei«, sagte Dehner. »Beide auf der Seite zu diesem Hauptgebäude hin. Die Frage ist nur, ob ein Einstieg sinnvoll ist. Wir kennen die Situation im Inneren des Gebäudes nicht, wir können also nicht damit rechnen, dass die Türen offen stehen. Ich denke eher, sie werden verschlossen sein, weil Onkel Tobruk kein Risiko eingehen wird. Galina hat zugegeben, dass er alle Schlüssel zu dem Komplex B1 rausgerückt hat.«

Sie saßen um den Schreibtisch herum, an dem vorher Galina gesessen hatte. Galina selbst hatten sie, mit Stricken gefesselt, auf seinen Schlafplatz im Raum nebenan verbannt. Hatten ihm eine Unmenge Schokoriegel aus seinem eigenen Vorrat überlassen und ihn mit wüsten Drohungen eingeschüchtert. Er hatte versprochen, still zu sein, nicht zu schreien und sich leise bemerkbar zu machen, falls so etwas wie Verdauung in jeglicher Form drohte. Damit sie nicht von ihm gestört wurden, hatten sie den Taxifahrer Ali auf einem Stuhl vor ihrem Gefangenen platziert und ihn gebeten, Galina im Auge zu behalten.

»Vielleicht sollten wir etwas mit den Kellerschächten versuchen«, sagte Svenja.

Dehner griff zu seinem Handy und sagte: »Ja?« Dann stand er auf und ging hinaus auf den Korridor.

»Wir wissen inzwischen«, sagte Sowinski hastig, »dass Tobruk seiner Leibgarde viel Geld schuldet. Er hat kaum Möglichkeiten, an Bargeld zu kommen. Die meisten Konten seiner Familie sind eingefroren, sowohl in Europa wie in den Staaten. Er hat seiner Leibgarde versprochen, sie in Beirut zu bezahlen, es geht um knapp hunderttausend Dollar. Die Zahlung wird bezweifelt, weil er dort keine Bankverbindung hat. Sein Vater ist ihm in Tripolis abhandengekommen, und er will ihn wiederhaben. Angeblich war der Alte mit brisanten Unterlagen unterwegs. Das sollten wir sehr ernst nehmen, denn Onkel Tobruk ist ein Familientier. Wie ist die Situation bei dir?«

Dehner beschrieb sie schnell, dann sagte er: »Wir können hier nur wenig tun, sitzen im Airport herum und fragen uns, wie wir an Tobruk herankommen. Wir haben gleich Mitternacht, wegen der NATO-Jets ruht der zivile Flugverkehr. Wir denken, dass sie Sirte bombardieren, um Gaddafi weichzuklopfen. Militärisch ist hier nichts los. Die zivile Fliegerei ist erst ab drei Uhr morgens wieder möglich. Wird der Flieger für Tobruk kommen?«

»Wir denken ja, aber wir sehen große Risiken, weil alle Beteiligten mehr als nervös sind. Ruf mich an, wenn es irgendetwas Neues gibt. Wir denken, dass Onkel Tobruk wahrscheinlich zwischen alle Fronten gerät und nervös wird. Das macht die Situation für Müller verdammt heikel. Und jetzt gebe ich dir eine Nummer, mit der du einen der Bodyguards erreichen kannst. Aber sei vorsichtig, du weißt nicht, ob der Mann sprechen kann.« Er diktierte die Nummer.

»Ich melde mich, wenn es etwas Neues gibt«, versprach Dehner. Dann ging er zurück zu Svenja und dem Israeli.

»Die Situation spitzt sich zu«, erklärte er. »Tobruk sucht seinen Vater, der ihm irgendwie abhandengekommen ist. Er schuldet seinen Bodyguards einen Haufen Geld und behauptet, dass er ihnen das in Beirut geben kann. Daran wird gezweifelt.«

»Sein Vater ist tot«, sagte Svenja in die Stille. »Er wollte Ali erschießen, da habe ich eine Pirouette gedreht und ihn am Kopf erwischt. Das war in der Villa, in der Tobruk und seine Leute sich versteckt hielten und auf die Möglichkeit warteten, hierher auf den Airport zu kommen.«

»Klasse!«, sagte Dehner. »Genau das hat uns noch gefehlt.«

»Es war unvermeidlich. Das diskutiere ich nicht mit dir, das regele ich mit meinen Vorgesetzten.«

»Angeblich hatte der Alte brisante Unterlagen bei sich.« Dehner starrte Svenja an, als sei sie seine Feindin, und hatte Mühe, sich zu beherrschen.

»Das ist richtig«, bestätigte Svenja ruhig. »Er hatte wichtige Unterlagen über die Vernehmungen der Terrorverdächtigen aus den Staaten, die sein Sohn hier in Tripolis durchgezogen hat. Ich habe sie mitgebracht, sie sind im Taxi des Jungen.«

»Lieber Himmel!«, sagte der Israeli und lächelte. »Könnte ich vielleicht eine Kopie davon haben?«

»Die hast du wirklich?« Dehner starrte Svenja aus schmalen Augen an.

»Wenn du willst, kannst du sie holen. Der Junge nebenan hat den Wagenschlüssel.«

»Da gehe ich doch gleich mal los«, sagte Dehner.

Es war deutlich, dass in ihm zwei Gefühle miteinander kämpften. Da war Svenja, die einfach alle Regeln missachtet hatte, um nach Tripolis zu kommen und sich ihren Müller zu holen. Und da war die andere Svenja, die ganz nebenbei wichtige Unterlagen eingesammelt hatte, aber bei der Gelegenheit auch den Vater dieses Tobruk getötet hatte. Dehner fand die Frau faszinierend, obwohl er wusste, dass sie auch schrecklich unberechenbar war. Unberechenbarkeit war für Dehner allerdings etwas, das er gar nicht leiden konnte.

Er stand auf, und der Israeli sagte hastig: »Ich gehe mit dir, wir sollten jedes Risiko vermeiden. Schließlich wissen wir nicht, was draußen los ist.«

»Lass nur, das mache ich«, sagte Svenja. »Ich hole den Autoschlüssel von Ali.« Damit stand sie auf und ging hinaus.

Als sie zurückkam, ging Dehner mit ihr in den Flur hinaus. Sie zogen beide ihre Waffe und entsicherten sie.

Das Gebäude war taghell erleuchtet, aber menschenleer und gespenstisch still. In einer weit entfernten Ecke waren zwei Putzfrauen an der Arbeit und schoben schweigend Scheuerlappen vor sich her. Die beiden Schnellfeuerkanonen waren abgezogen worden. Das Summen der Klimaanlage war das einzige Geräusch, das sie hören konnten.

Als sie durch die Haupttür gingen, sagte Svenja: »Du rechts, ich links, absichern!«

Sie starrten auf den großen Flughafenplatz und tauchten im Halbdunkel unter. Die Lichter der Stadt erleuchteten einen grauen, wolkenbedeckten Himmel. An den Schildern mit der Bezeichnung TAXI war kein Fahrzeug zu sehen, auf dem großen Parkplatz standen nur vier Autos weit entfernt.

»Okay auf meiner Seite«, sagte Dehner.

»Okay hier«, sagte Svenja. »Es ist das Auto, das rechts außen steht.«

»Ich will nur etwas klarstellen, damit wir beide keine Schwierigkeiten miteinander haben«, sagte sie, als sie wieder zusammentrafen. »Es ist richtig, dass ich gegen jede Regel hierhergekommen bin, um Müller herauszuholen. Es ist aber auch richtig, dass ich das jeden Tag noch einmal durchziehen würde, wenn es nötig wäre. Ich liebe diesen Mann, verstehst du das? Natürlich verstehst du das. Und kein Befehl, auch nicht der von Krause, wird mich daran hindern, so lange hier auszuhalten, bis wir Müller wiederhaben. Das verstehst du auch, wie ich annehme. Ich möchte aber niemals, dass du deswegen in Gefahr gerätst, und ich würde alles tun, um dich herauszuhauen, wenn du in Schwierigkeiten bist. Das würde Müller auch tun, das weißt du. Also lass uns bitte friedlich miteinander umgehen.«

Svenja war stehen geblieben und hatte sich dicht vor ihm aufgebaut. Sie schaute ihm in die Augen, während sie sprach.

»Krause hat gesagt, du sollst heimkommen, sofort!«, sagte er und sah an ihr vorbei in die Nacht. »Und irgendwie ist das verständlich, denke ich. Aber du bist ziemlich raffiniert, du hebelst das einfach mit einem Hinweis auf die Liebe aus.« Dann kicherte er plötzlich leise. »Wenn jemand uns hier beobachtet, wird er denken, er hat es mit zwei Irren zu tun, die sich gemütlich mit gezogenen und entsicherten Waffen unterhalten. Lass uns deine Beute holen. Und wenn ich tatsächlich mal in Schwierigkeiten gerate, möchte ich, dass du mich da rausholst.«

»So machen wir es«, sagte sie nur.

Sie schloss den Toyota auf, nahm den schweren Pilotenkoffer heraus und reichte ihn an Dehner weiter. »Da sind auch sämtliche Disketten aus den Rechnern von Onkel Tobruk drin. Ich dachte mir, die sollte man sich mal ansehen. Goldhändchen wird begeistert sein. Und die Waffe von dem Alten ist auch drin.«

»Was macht dich eigentlich so sicher, dass Müller tatsächlich in dem Versteck in Tobruks Villa war?«

»Er hat mir seine Armbanduhr dagelassen«, erklärte sie. »Seine Breitling.«

»So etwas besitzt der? Mein lieber Mann!«

Müller saß in einem breiten, bequemen Ledersessel. Sie hatten ihm einen zweiten Sessel dagegengestellt, auf dem sein linkes Bein lag. Die Schmerzen pulsierten heftig bis in die Hüfte hoch.

»Cooper, was ist? Kann ich dich überreden, in die Villa zu gehen und nach meinem Vater zu suchen?«, fragte Tobruk, der an der Rückwand des Raumes auf einem hohen Hocker saß und einen Tomatensaft trank.

»Das mache ich nicht, Sir«, antwortete Cooper, ein dünner, blonder Texaner, trocken. »Um Ihren Vater müssen Sie sich schon selbst kümmern, Sir. Das ist nicht mein Arbeitsbereich.«

Zwei der Männer links von Müller lachten ungeniert über Coopers Antwort und fummelten an den Maschinenpistolen herum, die sie auf den Knien liegen hatten.

»Red, was ist mit dir?«, fragte Onkel Tobruk.

»Cooper hat recht, Sir.« Red war ein schmaler, rothaariger Mann mit einem verschlagenen Gesicht, das vollkommen von Sommersprossen bedeckt war. »Ihr Vater wollte nachkommen, Sir, jetzt ist er weg. Das ist Sache Ihres Vaters, nicht wahr? Vielleicht will er auch gar nicht mitkommen nach Beirut. Das weiß ich nicht. Und außerdem ist es besser, wenn wir alle zusammenbleiben, nicht wahr, Sir?«

Die Stimmung war schlecht, voller Misstrauen.

Sie hatten Müller einfache beigefarbene Hosen angezogen, die ihm viel zu kurz waren. Dazu weiße Socken mit einem Paar einfacher Sportschuhe. Darüber ein T-Shirt, weiß mit rotem NIKE-Zeichen. Er fühlte sich unwohl in seiner Rolle als Garantiekarte für Onkel Tobruk. Er konnte einfach nichts unternehmen, er wusste nicht einmal, ob das linke Bein sein Gewicht tragen würde. Wahrscheinlich nicht.

»Wenn Sie mir jetzt fünftausend Dollar geben, Sir, nehme ich ein Taxi und schaue nach, was Ihr Vater macht. Vielleicht sehe ich ihn, vielleicht kann ich ihn überreden hierherzukommen.« Der Mann, der das sagte, wollte nicht ernst genommen werden, sein schiefer Mund verriet reinen Hohn.

»Mein Geld ist in Beirut, das wisst ihr doch«, antwortete Onkel Tobruk. »Ihr könnt mir vertrauen, Leute, ihr kriegt euer Geld, alles, Mann für Mann. Ich habe immer für euch gesorgt.«

Müller war unsicher. Er wusste, dass zwei Leute unter den Amerikanern waren, die notfalls auf seiner Seite standen. Das war zum einen ein Farbiger, der erwähnt hatte, er sei aus Milwaukee, und zum anderen ein muskulöser Schwarzhaariger, ein stämmig gebauter Mann mit katzenartigen Bewegungen. Müller hatte sie angesehen und bemerkt, dass sie so etwas wie Verständnis für seine Lage signalisierten. Sie hatten alle begriffen, dass er eine Geisel war, aber sie hatten sich herausgehalten. Sie wollten ihr Geld, sonst nichts.

»Gibt es vielleicht eine Hausapotheke mit Aspirin oder so was Ähnlichem?«, fragte Müller.

»Ich glaube nicht«, sagte Onkel Tobruk und trank einen Schluck von seinem Tomatensaft.

»Ihr Vater war wesentlich höflicher«, stellte Müller fest.

»Er hat seinem Sohn nicht alles beigebracht«, sagte Onkel Tobruk und lachte breit, als habe er einen guten Witz gemacht.

»Sie sind ein verdammtes Arschloch!«, sagte Müller heftig. »Ich weiß, dass Sie einer Frau die Schultergelenke ausgehebelt haben und sie dann einfach sterben ließen.«

»Das stimmt nicht«, sagte der General scharf.

»Es ist aber bei uns dokumentiert«, widersprach Müller. »Wahrscheinlich auch bei der CIA, wenn mich nicht alles täuscht.«

Onkel Tobruk ließ sich von seinem Hocker gleiten und ging gemächlich an all den Ledersesseln vorbei, auf denen seine Leibgarde saß. Er lächelte sie alle an. Er war ein großer, stolzer, etwas untersetzter Mann mit dunklen Augen und einem dichten schwarzen Schnurrbart, der eine gewisse Ähnlichkeit mit Saddam Hussein hatte.

»Wir sind bald unterwegs, Leute, wir sind bald in Beirut, und dann können wir die Freuden des Lebens genießen.«

Er kam an Müllers linker Seite vorbei, neigte sich leicht über ihn, sein Gesicht verzog sich zu scharfen Linien, und er schlug mit der rechten Handkante hart auf Müllers linken Oberschenkel.

Müller schrie auf, schnappte verzweifelt nach Luft und wurde augenblicklich ohnmächtig.

»Das war nicht fair«, sagte der Mann, der Red hieß, vorwurfsvoll in die Stille. »Er kann sich doch nicht wehren, der ist doch hilflos, der war schon verwundet. Was machen Sie denn da, Sir?«

»Er sagt Dinge, die nicht stimmen«, behauptete Onkel Tobruk wütend.

»Aber einen Hilflosen schlägt man nicht, Sir.«

Müller kam langsam zu sich, starrte mit verkrampftem Gesicht auf seinen linken Oberschenkel und sah zu, wie die aufgerissene Wunde die Hose durchblutete.

Krause fasste seinen Entschluss um zwei Uhr dreißig.

Er sagte: »Tobruk will einen Flieger. Dann geben wir ihm doch einen Flieger.«

»Was soll das denn jetzt?«, fragte Sowinski leicht empört. »Wir haben noch immer keine Landeerlaubnis für Beirut, wir haben eigentlich überhaupt nichts, wenn wir ehrlich sind.«

»Hoheit hat entschieden«, antwortete Esser.

»Wir brauchen jetzt den Operationschef des Flughafens Tripolis.«

Sowinski begann zu lachen und sagte schließlich: »Ich ahne Böses!«

»Treibt den Mann auf«, sagte Krause, »und zwar schnell! Dann sprechen wir mit Dehner, danach mit diesem Mann von den Bodyguards, dessen Handynummer mir Gregor gegeben hat.«

Innerhalb von zwanzig Minuten gelang es Goldhändchen, die Nummer des Chief of Operations vom Flughafen Tripolis aufzutreiben. Er hieß Adari, und er war ein freundlicher, zuvorkommender Mann, der im ersten Stock des Towers eine kleine Wohnung hatte.

»Sie haben ein Problem auf Ihrem Airport, von dem Sie nichts wissen, Mister Adari«, murmelte Krause mit einer Stimme wie auf einem Cocktailempfang. »In Ihrer privaten Lounge für die Mächtigen dieser Erde sitzt der Mann, der auch unter dem Namen Onkel Tobruk bekannt ist, und er wartet darauf, nach Beirut ausgeflogen zu werden. Er hat eine achtköpfige Gruppe von US-Amerikanern bei sich. Und er hat einen Agenten, der verwundet ist und als Geisel benutzt wird. Das ist mein Agent, und ich möchte ihn unter keinen Umständen verlieren. Ich werde mit dieser Geisel erpresst, und darüber bin ich ziemlich wütend.«

Adari antwortete nicht sofort. Er überlegte kurz und sagte dann hastig: »Das halte ich für ausgeschlossen.«

»Es ist aber wahr«, sagte Krause sehr ruhig. »Können Sie das überprüfen?«

»Wir haben eine Kameraleitung, die aber nicht eingeschaltet ist. Sie wurde zur Absicherung der Staatsgäste gelegt. Ich überprüfe das, Sir. Bleiben Sie bitte in der Leitung.«

»Ich danke Ihnen.«

Nach zwei Minuten kam Adari zurück: »Sie haben recht, ich zähle insgesamt zehn Männer. Ich hatte wirklich keine Ahnung davon.«

»Das will ich Ihnen gerne glauben, Mister Adari. Ich könnte jetzt die zivile Leitung und Verwaltung der Rebellen informieren, und Sie hätten in etwa einer halben Stunde ein Massaker. Wahrscheinlich würden alle zehn Männer getötet, also auch mein Mann. Das sollten wir mit allen Mitteln verhindern.«

Adari schwieg wieder einen Moment und sagte dann: »Sie haben absolut recht. Und wie können wir das vermeiden?«

»Das ist ziemlich einfach«, erklärte Krause. »Wenn Sie mir zuhören, hätte ich einen Vorschlag.«

»Aber wie konnte das überhaupt passieren?«

»Der Vertreter der Rebellen auf dem Flugplatz, ein gewisser Mister Galina, hat sich bestechen lassen.«

»Ich kenne Galina«, sagte Adari. »Ich mag ihn nicht.«

»Da haben wir schon etwas gemeinsam«, sagte Krause. »Haben Sie technisches Personal vor Ort?«

»Das habe ich, Sir. Die komplette Frühschicht. Kann ich Ihren Namen und den Namen der Organisation haben, die Sie vertreten?«

»Selbstverständlich«, sagte Krause und diktierte Adari, was er wissen musste. »Ich mache Sie darauf aufmerksam, dass ich zwei Leute in Ihrem Airport habe. Das sind mein Agent Thomas Dehner, der sich ausweisen kann, und der Agent des israelischen Mossad namens Moshe Jugo, der sich ebenfalls durch internationale diplomatische Papiere ausweisen kann. Ich bitte Sie, diesen Leuten schwere Drahtzangen zu bringen.«

»Wieso denn Drahtzangen, Sir, das ist wirklich etwas ungewöhnlich.«

»Ich erkläre es Ihnen gerne«, sagte Krause geduldig.

In Tripolis war es um diese Zeit 3.50 Uhr. Der Himmel war von den Stäben der NATO für den zivilen Flugbetrieb freigegeben worden. Alle Luftangriffe der NATO hatten Zielen in Sirte gegolten, weil dort Gaddafi vermutet wurde. Es war seine Geburtsstadt.

Dehner hielt sich zusammen mit Svenja und Moshe Jugo noch immer in Galinas Büro auf. Sie waren müde, das Warten zerrte an ihren Nerven.

Dann rief Esser auf Dehners Handy an.

»Hör zu, wir planen so etwas wie eine abgestimmte Aktion, und damit keine Ungereimtheiten auftreten, legen wir jetzt den Beginn der Aktion für dich auf 4.30 Uhr Ortszeit fest. Du musst zu diesem Zeitpunkt an Ort und Stelle sein. Wir haben entschieden, das Ganze in einer vom Gebäude B1 ausgehenden V-Form zu erledigen, das heißt auf gut Deutsch, du und Moshe Jugo bringt euch links und rechts vor dem Gebäude in Stellung. Ihr agiert also schräg nach vorn, damit kein Fehler passiert und womöglich einer den anderen erledigt. Jeder von euch bekommt eine schwere Drahtzange, die werden euch gleich gebracht. Nach Beendigung des Einsatzes verlässt du sofort und ohne jede Diskussion den Airport. Für Tobruks Leibgarde steht ein Kleinbus bereit, für euch ebenfalls, weil wir nicht wissen, ob Müller überhaupt gehen kann. Auf ihn wartet ein Ärzteteam in einer städtischen Klinik. In deinem Hotel werdet sowohl ihr wie die Gruppe der Bodyguards untergebracht. Und dann kannst du erst einmal ausschlafen.«

»Ja«, sagte Dehner kühl, »alles verstanden. Aber Ausschlafen ist nicht, ich frühstücke um zehn Uhr mit Atze. Ich freue mich schon drauf.«

»Also, dann nach dem Frühstück. Alles Weitere sehen wir später. Und halte um Gottes willen Frau Takamoto da heraus.«

»Sie wird nur beobachten«, sagte Dehner. »Das können wir ihr nicht verwehren. Over.«

»Jetzt will ich Gregor«, verlangte Krause von Goldhändchen.

»Sofort«, bestätigte der. »Ich sage, wenn er drauf ist.«

Nach zwei Minuten meldete er sich: »Sprechen!«

»Hör zu, noch einmal der aus Deutschland. Reicht das, wenn ich mich für die ausstehende Honorarzahlung der Gruppe verbürge?«

»Das reicht«, sagte Gregor. »Aber das kann ich auch.«

»Das wäre noch besser. Rufst du diesen Bodyguard in der Lounge an?«

»Ja. Wann?«

»Jetzt«, bestimmte Krause. »Und sag ihnen bitte, sie brauchen sich keine Sorgen zu machen.«

»Okay, mein Alter.«

»Und jetzt den Tobruk«, verlangte Krause.

»Ja, bitte?«, sagte Onkel Tobruk.

»Hören Sie«, sagte Krause. »Sie bekommen gleich eine Maschine vor das Haus gestellt. Sie ist startbereit, die Motoren laufen. Die Kennung der Maschine ist LIBNY 256. Sie fliegen nach Beirut, verlassen dort die Maschine auf dem Runway 25. Sie sind dann vierhundert Meter von der ersten Halle entfernt. Wenn Sie die Halle zu Fuß erreicht haben, folgen Ihnen Ihre Bodyguards, nicht eher. Das ist die Bedingung der Leute in Beirut. Und niemand, ich wiederhole niemand soll eine Waffe schussbereit tragen. Die wollen nur die Taschen und Rollkoffer sehen. Mein Mann bleibt in der Maschine zurück. Und keine Tricks, sonst sind Sie ein toter Mann. Ist das klar? Und ich hoffe, nie mehr etwas von Ihnen zu hören.«

»Ich danke Ihnen«, sagte Onkel Tobruk.

»Sie können mich mal, Sie Arsch«, sagte Krause und unterbrach die Verbindung.

Zu diesem Zeitpunkt schnitten Dehner und der Israeli mit schweren Seitenschneidern rechts und links vom Gebäude

B1 den dicken Maschendraht des Zauns durch. Sie machten großzügige Löcher, durch die ein Mann mühelos laufen konnte, ohne an Geschwindigkeit zu verlieren.

Dann bekam der Bodyguard, der ehemalige Marine Gordon Blossom, einen Anruf auf seinem Handy.

Er wandte sich von seinen Kameraden ab und sagte leise: »Ja, bitte?«

»Hier ist die CIA«, sagte Gregor. »Ich weiß, dass Sie in der privaten Lounge des Flughafens in Tripolis sitzen. Ich weiß auch, wer Ihre Kameraden sind. Es ist mir bekannt, dass Sie seit zwei Jahren für den General Mashi, genannt Onkel Tobruk, arbeiten. Er ist ebenfalls in dieser Lounge. Es ist mir bekannt, dass Sie aus Illinois stammen und dass Ihre Eltern eine große Landwirtschaft betreiben. Ich weiß auch, dass Sie unter Colonel Hawkins in Südkorea gedient haben. Die CIA garantiert das Ihnen und Ihren Kameraden zustehende Honorar von sechsundneunzigtausend Dollar. Ich rate Ihnen dringend, sofort aus diesem Job auszusteigen. Ich weiß auch, dass Ihre Gruppe eine Geisel hat. Dem Mann darf unter keinen Umständen etwas passieren. Er ist ein Freund. Reicht das?«

»Ja, Sir«, sagte Blossom leise.

»Dann befehle ich Ihnen und Ihren Männern, sofort den Boden zu küssen, sobald etwas geschieht. Gehen Sie in einem Abstand von fünf Metern. Sie selbst sollten die Geisel tragen, und zwar über der Schulter. Und Sie sollen auf der Position sechs gehen. Mister Tobruk sollte als Vierter das Gebäude verlassen und auf das Flugzeug zugehen. Ist da etwas, das Sie noch nicht verstehen?«

»Nein, Sir, alles klar.«

»Dann freue ich mich, wenn Sie mich bei Gelegenheit hier in Virginia besuchen. Mein Name ist Gregor. Ich wünsche euch allen viel Glück.«

»Ja, Sir.«

Blossom lehnte sich tief in seinen Sitz zurück und gab die Nachricht weiter.

Und weil die Männer allesamt Soldaten gewesen waren, gab es keinerlei Missverständnis, alles war glasklar.

Dehner bekam einen Anruf von Esser: »Pass auf, mein Junge. Tobruk geht an der Position vier. Müller liegt auf der Schulter eines Mannes auf der Position sechs. Over.«

»Tobruk an Position vier, Müller auf sechs«, sagte Dehner zu Svenja. »Und tu mir den Gefallen und schieß nicht.«

»Einverstanden«, sagte Svenja.

In diesem Augenblick flammten die Lichtmasten vor dem Gebäude B1 auf. Es war ein grelles, unbarmherziges Licht, an das man sich erst einige Sekunden gewöhnen musste.

Dehner hatte eine Verbindung zu Moshe Jugo, der auf der anderen Seite des Gebäudes stand. »Position vier«, sagte Dehner. »Angriff, wenn Position eins am Einstieg in die Maschine ist. Abstand fünf Meter.«

»Okay«, sagte Jugo. »Keine Probleme hier.«

Dann hörten sie Motorengeräusch, das sehr schnell sehr laut wurde. Eine Maschine tauchte in den grellen Schein der Lichtfluter. Sie war weiß und blau lackiert, eine zweimotorige Turbopropmaschine des Herstellers Fokker, ausgelegt auf achtzehn Passagiere, Reichweite dreitausend Kilometer. Im Cockpit brannte Licht, ebenso im Passagierraum.

»Dann wollen wir mal«, sagte Onkel Tobruk mit breitem Grinsen.

»Moment, Chef«, sagte Blossom gelassen. »Das überlassen Sie wie immer mir, wenn es recht ist. Davon haben Sie keine Ahnung, das müssen wir übernehmen. Red, du legst mir den Verwundeten auf die Schulter, Sam kann dir dabei helfen. Sie gehen an Position vier, General. Libby, du bist der Erste, dann folgen Cruzer und Cooper. Dann kommt der Chef. Ich gehe auf der Sechs, und ich wünsche uns einen ruhigen Flug. Hat jeder sein Gepäck?« Das klang sehr bestimmt, und der General konnte sich wie immer darauf verlassen, dass sie ihr Bestes gaben.

Onkel Tobruk schob den Schlüssel in die Tür nach draußen und schloss auf. Ein wohltuender Schwall frischer Luft drang herein. Tobruk trat beiseite und ließ die ersten drei Männer passieren. Dann folgte er selbst.

Für Blossom war es ziemlich schwierig, denn Müller war ein durchtrainierter, eins achtzig großer Mann. Blossom keuchte verhalten, als Müller mit dem Bauch auf seine Schulter gelegt wurde.

»Tut mir leid«, flüsterte Müller.

»Lass gut sein, Bruder«, gab Blossom zurück. »Nur noch ein paar Sekunden, dann hast du es hinter dir.« Dann ging er los.

Libby war der Erste. Als er den kleinen Auftritt zur Maschine erreichte, sagte Dehner: »Start!«

Sie kamen von schräg hinten, und sie rannten, so schnell sie konnten. Tobruk wandte sich leicht nach links, begriff das Manöver aber nicht, sah nur die ungeheuer schnelle Bewegung von Dehner, der direkt auf ihn zulief und noch im Laufen schoss. Moshe Jugo sah die Amerikaner scheinbar leblos zu Boden sinken und schoss selbst, als er noch ungefähr zehn Meter von Tobruk entfernt war. Er war ein sehr sicherer Schütze.

Svenja rannte mit entsicherter Waffe neben Dehner her, und sie schrie, als sie Tobruk fallen sah. Dann war sie bei Blossom und Müller und heulte Rotz und Wasser vor Erleichterung.

»Und was ist jetzt mit der Maschine?«, fragte jemand von den Bodyguards etwas verunsichert.

»Die hat ein defektes Fahrwerk, undichte Spritleitungen und ein Höhenruder, das demnächst allein segelt«, antwortete irgendjemand aus dem Flugzeug. »Fliegen kannst du mit der wirklich nicht, es sei denn, du willst ganz schnell sterben.«

ZEHNTES KAPITEL

»Wie geht es dir?«, fragte Dehner.

»Hervorragend«, antwortete Müller mit verkniffenem Gesicht. »Danke für euren Einsatz, ich werde meinen Enkeln viel zu erzählen haben.«

Müller lag über zwei Sitze ausgestreckt im Fond des kleinen Transporters. Neben ihm hockte Svenja, hielt seinen Kopf und fragte alle zweihundert Meter: »Kannst du es noch aushalten?«

»Es war eine gut getimte Sache«, lobte der Israeli. »Friede seiner Asche!«

»Du hast nicht gefeuert?«, fragte Dehner misstrauisch.

»Habe ich nicht«, antwortete Svenja. Dann hielt sie Müller die Breitling vor die Nase. »Danke für die Botschaft.«

»Ich konnte wenig tun«, bemerkte er. »Wer hat sich das Ding denn einfallen lassen?«

»Krause natürlich«, sagte Dehner. »Da vorn ist die Klinik. Dort stehen Taxis. Wir zwei reisen weiter. Bis demnächst im Hotel.«

»Danke«, wiederholte Müller. »Dank an König David.«

»Selbstverständlich«, bemerkte der Israeli. »Wenn ihr mal Bedarf an freien Mitarbeitern habt, sagt mir Bescheid. Ach ja, ich habe gegen Mittag eine Maschine. War mir eine Ehre. Shalom!«

Es gab ein Durcheinander, weil nicht klar war, welcher der Klinikärzte in diesem Fall zuständig war. Müller wurde auf eine Liege gepackt und von einem energisch aussehenden bärtigen Mann in einen halbdunklen Korridor gefahren und dort einfach stehen lassen.

Svenja irrte durch die Gänge der Klinik und heftete sich dann einem Mann an die Fersen, der einen hellen Kittel trug. Der Mann war sehr verwundert, konnte oder wollte nicht antworten, bis sich herausstellte, dass er ein Patient war, der sich verlaufen hatte und nicht mehr wusste, wo sein Bett stand. Schließlich fand sie in der Notaufnahme einen Farbigen, der fragte: »German? Are you German?«

»Yes«, antwortete Svenja erleichtert. »And you? Are you a doctor?«

»Ja, klar«, antwortete der Mann freundlich. »Ärzte ohne Grenzen. Doktor Mtobo, frisch aus München. Wen haben Sie mir gebracht?«

»Meinen Mann«, antwortete Svenja tapfer. »Schwere Schusswunde am Oberschenkel links. Ist wieder aufgerissen.«

»Spielt jetzt etwa auch Deutschland in diesem Irrenhaus mit?«

»Nicht dass ich wüsste!«

»Und wo ist die Schusswunde?«, fragte Mtobo.

»Ach, du lieber Gott, ja, wo ist er denn? Irgendwo da hinten um die Ecke haben sie ihn stehen lassen.«

»Dann schauen wir mal. Ich sage Ihnen gleich: Wir haben kaum noch Medikamente hier, wir können nicht richtig ruhigstellen, wir können den Kreislauf nicht mehr anregen, wir können eigentlich überhaupt nichts mehr. Wir operieren nur noch Notfälle, und die meisten ohne Betäubung. Und ich habe seit zwei Tagen nicht mehr geschlafen. Und wie hat sich Ihr Mann die Kugel eingefangen?«

»Er stand zufällig im Weg«, behauptete Svenja.

Zwei Stunden später humpelte Müller mühsam an Krücken aus dem Krankenhaus und hatte Schwierigkeiten, sich in einem Taxi auf die notwendige Größe zusammenzufalten und transportieren zu lassen. Er keuchte vor Schmerzen, hatte aber dank Doktor Mtobo ein einigermaßen hilfreiches Schmerzmittel in der Tasche.

Im Hotel gingen sie in Müllers Zimmer und legten sich nebeneinander auf das Bett, sorgsam getrennt und ein wenig hilflos.

»Ich danke dir«, murmelte Müller in die Stille. »Es war eine beschissene, trostlose Zeit.«

»Das kriegen wir wieder hin, alles wird gut«, flüsterte sie.

»Meinst du, du könntest mich mal in den Arm nehmen?«, sagte er gegen die Zimmerdecke.

»Das kann ich ganz sicher.«

Dehner schlief knapp zwei Stunden, dann duschte er abwechselnd heiß und eiskalt und hatte immer noch das Gefühl, nach dem Qualm seiner Waffe zu riechen. Er hasste es, Menschen zu töten, obwohl er wusste, dass das nach Ansicht des Dienstes zuweilen unvermeidlich war.

Er telefonierte mit Esser. »Antrag an das Mutterschiff: Ich wäre dankbar, wenn wir in naher Zukunft einen Flieger bekommen könnten. Tripolis ist nicht wirklich ein angenehmer Ferienort.«

»Wir tun, was wir können«, kam die Antwort. »Wie sieht es denn mit Müller aus?«

»Tobruk hat die Wunde mit einem Handkantenschlag wieder aufgerissen. Müller wird mit Sicherheit ein paar Tage Ruhe brauchen. Gibt es noch irgendetwas, das mit Atze zu besprechen ist? Ich treffe ihn gleich.«

»Im Moment nicht. Versuchen Sie aber unbedingt herauszufinden, wann er wieder in Deutschland ist, um seinen Vater zu besuchen. Wir haben wichtige Fragen an ihn. Ich habe Ihre Memos aus Tirana gelesen und wüsste gern, was aus dieser seltsamen Frau geworden ist, die bei Atze in Tobruk sein soll. Wir müssen wissen, wer sie ist, woher sie kommt und was sie mit eintausend Kilo C4 anrichten will.«

»Ich werde versuchen, es rauszufinden«, sagte Dehner. »Wir wissen ja nicht einmal, wie sie wirklich heißt und woher sie kommt. Wir haben nur die dubiosen Angaben eines albanischen Informanten, dass sie sich Britt Sauwer nennt, angeblich einunddreißig Jahre alt ist und aus Stockholm stammt.«

»Das ist schon weitgehend abgeklärt: Goldhändchens Abteilung hat recherchiert. Der Name ist wohl falsch, das Alter vielleicht auch. Schwedin ist sie auf keinen Fall, und mit Stockholm hatte sie nie etwas zu tun.«

»Wie schön«, sagte Dehner trocken. »Mein Kompliment an Goldhändchen. Ich werde ihn weiterempfehlen.«

Dann bat er die Rezeption, ihn mit der neuen Verwaltung der Rebellen zu verbinden.

Als die Verbindung zustande kam, sagte er auf Arabisch: »Ich möchte die Brüder der Rebellen darüber informieren, dass ich einen Toten entdeckt habe. Er liegt in einem verborgenen Keller unter der Villa des Generals, den wir als Onkel Tobruk kannten.«

»Wie bitte?«, fragte ein Mann, sofort hell aufgeregt.

»Nur das, mehr nicht«, sagte Dehner und unterbrach die Verbindung.

Er verzichtete auf den Lift, lief stattdessen die Treppen hinunter, denn er fühlte sich nicht ordentlich durchtrainiert und musste dazu unbedingt das dumpfe, drückende Gefühl der Schuld loswerden.

Atze war noch nicht da. Es war kurz vor zehn Uhr, das Restaurant war gähnend leer. Dehner bestellte drei Spiegeleier auf Lachs, dazu eine ganze Kanne Kaffee. Er wusste, dass seine Fitnesstrainer ihn dafür streng getadelt hätten.

Er war gerade dabei, das zweite Spiegelei in Angriff zu nehmen, als Atze hereinkam und sich zielstrebig auf den kleinen Tisch zubewegte.

»Arthur Schlauf«, stellte er sich förmlich vor. »Freut mich. Darf ich mich setzen?«

»Aber ja, bitte«, sagte Dehner. »Entschuldigung, aber ich habe seit gestern nichts mehr gegessen.«

»Dann lassen Sie sich bitte nicht stören. Wie darf ich Sie nennen?« Er hatte eine merkwürdig hohe Stimme.

»Sagen Sie einfach Thomas«, antwortete Dehner. »Ich soll Ihnen ausrichten, dass wir sehr dankbar sind für alle Hinweise, die Sie uns gegeben haben. Wir freuen uns immer, Leute zu treffen, die sich sorgen, wenn dem Land Schaden droht. Wir könnten ohne diese Hinweise nicht arbeiten.«

Atze freute sich aufrichtig. Er lächelte und sagte: »Aber das ist doch selbstverständlich, ich bitte Sie.«

Er sieht tatsächlich aus wie ein Sparkassenangestellter, dachte Dehner. Niemand würde hinter dieser biederen Fassade einen derartig schnellen Denker und guten Kaufmann vermuten. Erst recht keinen Kaufmann, der sich auf der ganzen Welt herumtreibt.

Der Mann trug einen Anzug in einem mittleren Braunton, dazu ein weißes Hemd und einen hellen Schlips. Sein schütteres Haar war ebenfalls braun.

»Wie geht es Ihrem Vater?«, fragte Dehner ohne Vorwarnung.

Atzes Lippen wurden zu einem dünnen Strich. »Persönliche Dinge gehen Sie nichts an. Die tun hier nichts zur Sache.

Wenn ich zufällig etwas finde, rufe ich euch an, sonst nicht.« Er sah Dehner offen ins Gesicht, und er war sauer. Seine Augen passten nicht zu all dem biederen Mittelbraun. Sie waren grau wie altes Eis.

»Wir haben Gründe zu fragen«, stellte Dehner fest. »Es muss Verräter geben!«

»Was hat das mit meinem Vater zu tun?«

»Glauben Sie mir, wir machen uns Sorgen. Bei uns ist ein Mann aufgetaucht, der Ihren Namen kennt und sogar Ihr Kürzel in unseren Abrechnungen. Normalerweise würde ich so etwas als Zauberei bezeichnen. Aber es war keine Zauberei, es war Verrat. Also meine Frage: Mit wem haben Sie über die Verbindung zwischen dem Dienst und Ihnen gesprochen?«

»Mit niemandem«, antwortete Atze schroff. »Essen Sie ruhig weiter.«

»Ich habe keinen Hunger mehr«, sagte Dehner. Er goss sich noch eine Tasse Kaffee ein.

»Wieso gerade mein Vater? Wieso fragen Sie nach ihm?«, wiederholte Atze hartnäckig.

»Es gibt da diese uralte Geschichte mit Ihrer Familie. Die könnte plötzlich wieder eine Rolle spielen. Irgendwer hat sie ausgegraben, anders können wir uns das nicht erklären.«

»Ich möchte das Gespräch jetzt gerne abbrechen«, sagte Atze leise.

»Das hilft doch niemandem. Wir müssen darüber nachdenken, wer plötzlich ein Interesse daran hat.«

Atze nahm einen Zahnstocher aus einem Gläschen und fuhrwerkte damit in seinem Mund herum. »Sie müssen das herausfinden, nicht ich. Es ist Ihr Problem, nicht meines. Wenn in euren Abrechnungen jemand mein Kürzel erkennt, dann muss er wissen, wie das Kürzel lautet, oder? Ich kenne mein Kürzel bei euch nicht. Und noch einmal: Was hat mein

Vater mit der Geschichte zu tun? Haben Sie den etwa besucht, ihn ausgefragt?«

»Nein, das würden wir niemals tun«, antwortete Dehner. »Aber irgendjemand kennt die Geschichte, und wir fragen uns, woher.«

»Fragen Sie das diesen Unbekannten, finden Sie heraus, wer das ist«, sagte Atze.

»Kann es sein, dass jemand aus Ihrer Umgebung von den Barauszahlungen weiß, die wir Ihnen zugeleitet haben?«, fragte Dehner.

Atze starrte ihn misstrauisch an. »Völlig unmöglich. Niemand kennt meine Finanzen. Ich lasse persönlich so gut wie nichts über lange Bankwege laufen. Ich kenne jemanden, der eine Bank besitzt, das ist viel besser. Der Mann verdient gutes Geld mit mir.« Er verzog den Mund zu einem leichten Grinsen, doch das dauerte nur Sekunden. Dann fragte er erneut: »Was hat das mit meinem Vater zu tun?«

»Das wissen wir nicht«, erklärte Dehner. »Es ist im Dienst der Verdacht aufgekommen, dass jemand mit Ihrem Vater gesprochen hat, um die alte Geschichte auszugraben, die Ihrer Familie so viel Kummer bereitet hat.«

»Wem sollte das nützen?«, fragte Atze aufgebracht.

»Vielleicht jemandem aus dem Umfeld unserer Regierung zum Beispiel«, antwortete Dehner kühl.

»Aber es ist eine alte Geschichte, sie ist Jahre her. Und wahrscheinlich kann sich kaum jemand daran erinnern. Ich rede mit keinem darüber. Ich lebe nicht in Deutschland, ich bin nirgendwo zu Hause und ...«

»Und die Staatsanwaltschaft sucht Sie wegen Steuerhinterziehung«, stellte Dehner fest.

»Ja, und? Die Staatsanwaltschaft hat nichts Konkretes, sie kommt mit lächerlichen Forderungen, dabei kennt sie meine

Umsätze überhaupt nicht. Und dann noch ein paar Sätze zu meinem Vater, wenn Sie nichts dagegen haben und wenn es nach Ihrer Auffassung nötig ist.«

»Was sollte ich dagegen haben?«, fragte Dehner.

Atze legte seine Hände flach auf den Tisch und betrachtete sie, als sehe er sie zum ersten Mal.

»Mein Vater ist ein alter Mann, er ist sehr einsam. Es ist mir scheißegal, ob Sie mir das glauben oder nicht. Mein Vater ist alt und einsam und verbittert. Er will niemanden mehr sehen. Eigentlich ist er gestorben, als meine Mutter starb. Das bisschen Leben, das er noch hat, wird schnell vergehen. Ich gehe jede Wette ein, dass mein Vater mit niemandem über diese Geschichte geredet hat. Weil sie ihn nämlich furchtbar schmerzt. Verstehen Sie das? Und meine Mutter ist darüber gestorben.«

»Es ist eine Scheißgeschichte«, sagte Dehner. »Ich weiß das. Jedenfalls muss ich Sie warnen. Für den Fall, dass jemand von ganz weit hinten kommt und behauptet, Sie hätten als Informant eines Geheimdienstes gearbeitet.«

»Ja, und? Ich habe keine zwei Sekunden wirklich für euch gearbeitet, ich habe nur ein paarmal etwas erfahren und weitergeleitet. Das waren doch nur Peanuts, es war nur Kleingeld, das ich von euch dafür bekommen habe. Das dürfte kaum ins Gewicht fallen.«

»Aber die Fakten waren immer ungeheuer wichtig für uns«, sagte Dehner. Er sah, wie Atze sich für Sekunden wieder aufrichtig freute, und er war zufrieden. »Ich bin nur hier, um Sie zu bitten, uns sofort zu benachrichtigen, wenn irgendjemand sich an Sie wendet und die alte Geschichte kennt. Werden Sie das tun?«

»Das mache ich.« Atze nickte. »Aber kein Mensch geht an meinen Vater heran!«

»Wir bestimmt nicht!«, sagte Dehner. »Ich habe Sie übrigens gestern hier beim Essen gesehen. Mit einer ungewöhnlich schönen Frau. Wer war denn das?«

»Sie haben mich gesehen? Hier? Gestern? Dann reden Sie von Kiri.« Er lächelte leicht. »Auch so ein verrücktes Huhn.«

»Ein verrücktes Huhn in Tripolis? Erzählen Sie mal!«

»Ich weiß nicht, ob ihr das recht wäre«, wehrte Atze ab. »Aber es stimmt wirklich: Kiri ist ein verrücktes Huhn. Und sie ist gestern mit dem letzten Flieger raus. Ich würde zu gern wissen, wo sie jetzt steckt. Es ist unglaublich, wo sich diese Frau so herumtreibt.«

»Bettgeschichten interessieren mich auch nicht«, stellte Dehner fest.

Atze sah ihn mit großen Augen an. »Bettgeschichten? Mit Kiri? Ach, du lieber Gott, Sie haben ja keine Ahnung, was Sie da sagen. Kiri und Bettgeschichten?«

»Ich meine ja nur«, sagte Dehner entschuldigend. »Wie heißt sie wirklich?«

»Weiß der Kuckuck. Kiri soll ein japanischer Name sein. Weiß ich aber nicht. Es ist jetzt ein paar Jahre her, da war die große Flut in Pakistan. Erinnern Sie sich? Da tauchte sie auf.«

»Ist sie eine Konkurrentin von Ihnen?«, fragte Dehner.

»Nein. Sie hat mir damals nur ein paar Tage geholfen, und sie hat sich verdammt gut angestellt. Sie ist wirklich kein guter Kaufmann. Aber als Manager, da taugt sie was. Und wenn es um die eigene Bezahlung geht, ist sie auch gut.« Er lachte, es klang seltsam krächzend.

»Was managt sie denn?«

Atze grinste. »In erster Linie sich selbst, würde ich mal sagen.«

»Und wo kommt sie her? Ich meine, aus welchem Land?«

»Braunschweig, Niedersachsen, glaube ich. Jedenfalls hat sie das mal erwähnt. Sie zieht um die Welt, genau wie ich.«

»Hat sie denn ein Geschäft?« Dehner sah Atze an, als wäre seine Neugier etwas Anrüchiges. Er setzte hinzu: »Na, ja, man hat ja als Mann selten so was Nettes am Tisch sitzen. Ich habe gestern gedacht: Sieh mal an, der Arthur Schlauf! Hat sich für die Nacht versorgt!«

Atze lachte. »Ja, ja, kann ich verstehen. Ist aber nicht so. Ich habe manchmal schon gedacht, ob sie vielleicht lesbisch ist. Aber dann war da noch diese Geschichte mit Ole Bauer, und seitdem weiß ich nicht mehr so recht, was ich denken soll.«

»Und wer ist Ole Bauer?«

»Ole Bauer war ein Mann von der CIA, und der wollte ganz sicher mit Kiri ins Bett. Ich war schließlich dabei, als er sie angebaggert hat. Aber das hat er nicht geschafft. Stattdessen lag er am nächsten Morgen tot hinter dem Hotel. Erdrosselt mit einer Gitarrensaite. Da kann ich mir Schöneres vorstellen.«

»Und wo spielte sich das alles ab?«

»Mogadischu«, sagte Atze. »Ostafrika. Sie tauchte auf, und Ole Bauer war hinter ihr her, als wäre sie die Königin von Saba. Das war richtig peinlich.«

»Ich war vor Kurzem in Tirana«, sagte Dehner. »Ich habe mir eingebildet, ich hätte diese Frau da auch gesehen.«

»Tirana?«, fragte Atze. »Wieso denn das? Tirana ist doch total tote Hose. Für jede Branche.«

»Na ja, dann war es wohl eine Vision.«

»Ja, so was soll es geben.« Atze nickte. Wobei vollkommen klar war, dass ihm so etwas im Leben nicht passieren könnte.

»Hat sie wirklich keinen richtigen Namen?«, fragte Dehner.

»Warte mal, wie war das noch? Sie sagte mal was von Madeleine. Verrückter Name in Braunschweig. Angeblich war ihr Vater Franzose. Sie hat den Vater aber nie kennengelernt. Und ihre Mutter taugt auch nicht viel. Sie hat mir mal gesagt, sie wünschte, ihre Mutter wäre nie auf die Welt gekommen. Und der Nachname? Irgendein Allerweltsname. Verdammt, ich komme nicht drauf. Müller, Meier, Schulze, Weber. Irgendetwas Normales. Doch: Madeleine Wagner. So war es!«

»Und wovon lebt sie? Scheint eine wirklich interessante Frau zu sein.«

»Sie sagt, sie übernimmt Aufträge. Aber was genau sie da erledigt, weiß ich auch nicht. Aufträge aller Art, sagt sie immer, je wilder, desto besser.«

»Und was machte sie hier? In Tripolis?«

»Sie sagte, sie käme nur mal vorbei, weil sie gehört hat, dass ich hier bin. Das kann schon sein, sie ist so eine, die mal eben vorbeikommt.«

»Aber wenn sie auf der Welt herumreist, dann braucht sie doch viel Bargeld, oder?«

»Stimmt. Aber sie hat in Mogadischu fünfzigtausend Dollar von mir bekommen, und das war sie auch wert. Dafür kann man lange reisen heutzutage. Und sie hat keine Angst, vor nichts.«

»Aber Tripolis hat im Moment keinen zivilen Luftverkehr. Wie kommt sie denn hierher?«

»Dass ausgerechnet Sie mich so was fragen, erstaunt mich schon«, bemerkte Atze leise. »Sicher, sie fliegt hier ein, und man fragt sich, wie sie das denn so macht. Sie muss wohl einen brauchbaren Arbeitgeber haben. Vielleicht kommt sie von irgendeiner Hilfsorganisation, vom Internationalen Roten Kreuz, oder direkt von der UNO oder von einem diplomatischen Dienst oder von der NATO. Glauben Sie mir, ich kriege überall auf der Welt Papiere, die Sie niemals als Fälschung erkennen würden, und das für ein paar Hundert Dollar. Wenn ich hier in echte Schwierigkeiten gerate und türmen muss, fliege ich mit falschen Papieren aus, und Sie würden niemals feststellen können, wer ich wirklich bin. Ich gehe davon aus, Kiri hat so was bei sich, immer. Ich übrigens auch. Und ich nehme mal an, Sie auch. Sonst wären Sie nicht von dieser Welt, sonst wären Sie niemals ein Spion.«

»Das ist richtig«, bestätigte Dehner. »Haben Sie in nächster Zeit vor, Ihren Vater zu besuchen?«

»Nein. Ich rufe ihn dauernd an, beinahe jeden Tag, also weiß ich, was los ist. Es ist ja auch wichtig, dass niemand weiß, wann ich einfliegen will. Es gibt sicher Typen, die sofort die Staatsanwaltschaft benachrichtigen würden. Der Arzt ruft mich an, wenn irgendetwas brennt. Er ist der Einzige, den mein Vater überhaupt ins Haus lässt.«

Sowinski hörte den Song einer Bluegrass-Band und trommelte den Takt dazu auf seinem Schreibtisch. Dann erschien auf seinem Monitor rechts oben ein roter Stern, dann zwei Sterne, dann drei.

»Was hast du, Goldhändchen?«

»Ich habe was Exklusives für den Chef«, erklärte Goldhändchen.

»Sag es mir, dann weiß er es auch.«

»Nicht so. Das ist was für den Chef, und nur den Chef! Ich will unbedingt mit ihm sprechen.«

»Das ist im Augenblick ziemlich kompliziert«, erklärte Sowinski. »Ich dachte, du weißt, dass der Chef von zu Hause aus arbeitet. Du kannst ihn anrufen, aber nicht face to face sehen.«

»Es gibt Dinge, die man einem digitalen Kasten nicht anvertrauen möchte, ich jedenfalls nicht. Kein Telefon, kein Handy, kein Funk, keine ständige Leitung. Nur unter vier Augen.«

»Ich verstehe dich schon. Kannst du es andeuten?«

»Kann ich nicht.«

»Dann musst du damit eben warten, bis er wieder hier arbeitet.«

»So lange kann ich aber nicht warten. Er muss es jetzt wissen.«

»Was ist denn mit dir los, du alte Zicke? Was soll das Theater?« Sowinski wurde lauter.

»Aber es kann auch sein, dass ich danebenliege.«

»Ja und? Ich liege zweimal pro Tag daneben. Was soll's?«

»Na schön, dann komme ich zu dir rüber.«

Sowinski rief Esser über die Standleitung und erklärte: »Goldhändchen kommt jetzt. Hast du Zeit?«

»Bin schon da«, sagte Esser.

Von Zeit zu Zeit litt Goldhändchen unter einem erschreckenden Mangel an Selbstbewusstsein. Jeder, der mit ihm arbeitete, kannte das, aber nur selten war Goldhändchen bereit, diesen Zustand zuzugeben. Esser nannte das »die völlige Unschuld eines Hochbegabten«.

Als er schließlich in der Tür stand, wirkte er wie ein Bittsteller.

»Was ist?«, fragte Esser. »Hat dich jemand beleidigt?«

»Meine Leute gehen mir manchmal auf die Nerven«, erklärte Goldhändchen. »Mir ist im Moment einfach alles zu viel!« Er hielt einen dünnen blauen Aktenordner in der Hand.

»Das hat man schon mal, ist doch ganz menschlich«, beruhigte ihn Esser.

»Dann setz dich mal und leg los«, forderte Sowinski ihn auf. »Wir hören zu und entscheiden dann in deinem Sinne.«

Wie immer, wenn er unsicher war, setzte sich Goldhändchen ganz vorn auf die Kante des Ledersessels, hielt sich unnatürlich steif und aufrecht und atmete tief ein und aus.

Er trug weiße Cowboystiefel mit Holzabsätzen zu einer hellroten Cordhose, und sein langes Haar hatte er mit einem purpurfarbenen Band zu einem Pferdeschwanz gebunden.

»Aber ihr müsst mir die Wahrheit sagen«, flüsterte er theatralisch. »Ich will mich nicht blamieren.«

»Das ist klar«, beruhigte ihn Esser. »Wir sagen dir schon, wenn du Blödsinn redest.«

Goldhändchen nickte. »Habt ihr das interessante Memo gelesen, das Dehner nach seinem Auftrag in Tirana geschrieben hat?«

»Aber ja«, sagte Esser. »Was ist damit?«

»Er schreibt darin, dass er eine Frau getroffen hat, die tausend Kilo C4 kaufte und sich danach erkundigte, wie es am besten abzuholen sei. Sie fragte nach einer Ladung per Lkw, klar?«

»Ja«, sagte Sowinski. »Das habe ich gelesen. Was ist damit?«

»Vielleicht ist das getürkt, vielleicht sollte das mit dem Lkw nur ablenken«, stellte Goldhändchen fest.

»Und warum?«, fragte Esser.

»Na ja, Dehner hat zwei Transportwege beschrieben. Einmal das Abholen des Stoffes mit dem Lkw, das andere Mal das Versenden des Stoffes auf einem Schiff. Was ist, wenn die Frau es als Schiffsladung auf den Weg gebracht hat? Was ist, wenn es gar keinen Lkw gab?«

»Das kann natürlich sein«, sagte Esser. »Aber warum diese Verschleierung des Transportweges? Das macht doch keinen Sinn, das ist dem Verkäufer und Hersteller des Sprengstoffs doch vollkommen egal. Er hat das Bargeld bekommen, Schluss, aus.«

»Das dachte ich anfangs auch«, erklärte Goldhändchen besonnen. Er hielt seine Augen jetzt geschlossen. »Dann habe ich noch einmal darüber nachgedacht. Wenn die Frau die tausend Kilo Sprengstoff bar bezahlt hat, dann dürfte sie etwa achtzig bis einhundert Dollar pro Kilo dafür hingelegt haben. Mal tausend. Das ist richtig viel Geld. Da reicht es nicht, sich nur zu erkundigen, wie man das mit einem Lkw abtransportieren kann. Das wäre ganz schön fahrlässig und dumm. Was ist, wenn sie mit dieser Frage nach dem Lkw-Transport nur eine falsche Spur legen wollte? Was ist, wenn sie mit dem Hersteller von Anfang an den Seeweg ausgemacht hat?«

»Das ist zwar um die Ecke gedacht, kann aber sein«, meinte Esser. »Das hieße, dass sie mit der Erkundigung über Lkw-Transporte nur Neugierige befriedigen wollte? Zum Beispiel unseren Thomas Dehner? Oder seinen albanischen Informanten? Gut. Nehmen wir das mal an. Und wie geht es weiter?«

»Das Zeug steht also auf Paletten und geht auf ein Schiff. Das Schiff läuft direkt nach Bari in Italien, quer über die Adria. Die Paletten werden abgeladen und auf einen Lkw umgeladen. Die Reise nach Norden kann beginnen. Denn angeblich ist die Fracht für Deutschland bestimmt. Okay? Könnt ihr mir folgen? Ist das einleuchtend? Oder ist das einfach Mist?« Er hielt die Augen wieder geschlossen, als könne er es nicht ertragen, jetzt gedemütigt zu werden.

»Das ist so weit okay, würde ich sagen«, stimmte Esser zu.

»Dann also weiter«, sagte Goldhändchen fast tonlos. »Das Schiff kommt in Bari an, der Sprengstoff ist auf einen Lkw umgeladen, der fährt nach Norden.«

»Das wissen wir nicht genau, aber es war von Deutschland die Rede«, murmelte Esser. »Und wie geht's weiter?«

»Oh, ganz einfach«, sagte Goldhändchen. »Nach Norden, das sagte ich schon. Über Ancona, Rimini, Bologna, Verona. Ist das für euch nachzuvollziehen?«

Sowinski nickte.

»Dann schaut mal her.« Goldhändchen schlug den einfachen blauen Aktenordner auf, den er vor sich hingelegt hatte. »Dies wird euch interessieren. Auf einem abgelegenen Parkplatz nördlich von Rimini, auf dem Weg nach Norden, wurde gestern ein Truck gefunden. Der Hänger, also der Auflieger fehlt, sodass nicht feststellbar ist, was er geladen hatte. Da war nur noch das Fahrerhaus. Und unter diesem lagen zwei Männer, beide mausetot, aus nächster Nähe mit einem Kopfschuss getötet, Kaliber neun Millimeter. Wahrscheinlich in der Nacht auf gestern gegen Mitternacht, also vor weniger als sechsunddreißig Stunden. Hier sind die Fotos.« Er ließ sie über den kleinen Tisch segeln. »Und noch etwas: Beide Männer sind bisher nicht identifiziert, es gibt keine Papiere, keinen Hinweis darauf, wer sie sind. Das vordere Nummernschild des Trucks fehlt. Die Polizei kann also nicht einmal feststellen, woher das Fahrzeug stammt. Sie haben bestenfalls eine Motorennummer und eine Fahrgestellnummer. Seht mal, hier sind noch Nahaufnahmen der beiden Toten. Sieht hässlich aus, so fast ohne Kopf.« Er zeigte ihnen auch diese Fotos und setzte schnell hinzu: »Und jetzt, Leute, kommt die Spurenlage. Und die hat die Polizei in Rimini veranlasst, in ganz Europa laut um Hilfe zu schreien. Die beiden Toten hatten nichts in den Taschen, nicht den geringsten Hinweis darauf, woher sie kommen, wo man sie vermisst, ob sie überhaupt mit diesem Truck etwas zu tun haben. Bisher hat der Abgleich der Munitionshülsen nichts gebracht, keinen Hinweis auf eine bekannte Waffe. Aber es kommt noch hinzu, dass im Fahrerhaus des Lkw nicht ein einziger Fingerabdruck gefunden wurde. Einfach nichts. Wenn ich übertreiben wollte, würde ich sagen: Es kann nicht einmal bewiesen werden, dass die beiden Toten unter dem Fahrerhaus irgendetwas mit dem Lkw zu tun hatten.«

Goldhändchen schwieg und wartete auf eine Reaktion. Und als sie nicht sofort kam, bemerkte er kläglich: »Es war eine ganz einfache Schlussfolgerung, Leute. Mehr habe ich nicht gemacht. Ich habe mich gefragt: Wie würde ich eine solche Fracht nach Norden, also nach Deutschland bringen? Welchen Weg würde ich nehmen, welche Route? Ich konnte doch nicht wissen, was ich finden würde, oder?«

»Ich weiß noch nicht genau, was du da entdeckt hast«, sagte Esser zögernd. »Ich weiß nur, es kann eine Riesenschweinerei bedeuten.«

»Du bist wirklich unglaublich«, sagte Sowinski anerkennend. »Das kannst du schriftlich von mir haben.«

Goldhändchen strahlte und gab sich bescheiden: »Ich tue nur meine Pflicht.«

ELFTES KAPITEL

»Wir müssen reden«, stellte Krause fest. »Habt ihr Lust, mich zu besuchen?«

»Wann?«, fragte Esser.

»Jetzt.«

»Es ist gleich Mitternacht«, mahnte Sowinski.

»Das ist mir relativ gleichgültig«, sagte Krause.

»Wann kommt unser Dreigestirn zurück?«, fragte Esser.

»In etwa sechs bis acht Stunden«, sagte Sowinski. »Sie haben eine Maschine Tripolis–Paris, dann eine Charter-Turboprop nach Berlin. Mit einer Reisetruppe ängstlicher chinesischer Beamter, die sich in Europa auf Weisung ihrer Regierung Bordelle und Eroscenter aller Art ansehen wollen. Und ich mache darauf aufmerksam, dass alle drei ziemlich erschöpft sein werden. Das war nicht gerade eine Wellness-Tour.«

»Dann lasst uns jetzt eine schnelle Stunde einlegen, danach könnt ihr noch vier bis sechs Stunden schlafen. Das ist luxuriös, wie ich betonen möchte. Wir haben einen sehr sozialen Arbeitgeber.« Krause lachte leise. »Also, bis gleich. Ihr bekommt sogar ein Bier.«

Zwanzig Minuten später fuhren sie vor Krauses Einfamilienhaus vor und betraten das neu gestaltete, technisch aufgerüstete Wohnzimmer, in dem Krause sehr verloren wirkte.

»Das alles wird jetzt aber mal abgeschaltet!«, schlug Sowinski vor und deutete auf das digitale Wunderwerk auf dem Couchtisch.

»Bitte nicht!«, sagte Krause. »Dann weiß ich hinterher nicht, wie ich das alles wieder in Gang bringe.«

»Du hast doch einen einzigen Schalter für alles!«, sagte Sowinski beleidigt. »Habe ich extra so eingerichtet, damit wir auf keinen Fall eure Ehekräche mitkriegen.«

»Genau das stimmt nicht«, sagte Krause. »Es gibt diesen Wunderschalter nicht.«

Sowinski machte zwei Schritte nach vorn, griff einen kleinen schwarzen Kasten, nahm ihn hoch, zeigte ihn grinsend dem Publikum und bemerkte: »Ich lege diesen Wunderschalter auf OFF, und du sitzt ohne jede Möglichkeit der Kommunikation im Dunkeln.«

»Aha, gut zu wissen.« Krause zuckte mit den Schultern.

»Wir machen es der Reihe nach. Wir nehmen uns den von Goldhändchen entdeckten Lkw-Transport mit den zwei toten Männern vor. Ich glaube, dass du etwas dazu sagen willst«, bemerkte Krause und sah Esser an.

Der nickte, er war der Meister des Hintergrundwissens, ein wandelndes Lexikon. Hätte man ihn zur gleichen Sekunde nach einem obszönen Spruch Ludwigs XIV. gefragt oder nach dem technischen Stand der großen Flotte der Chinesen um 1300, er hätte sofort und übergangslos geschichtliche Fakten und differenzierte Betrachtungen der Vorgänge abspulen können und wäre nicht einen Augenblick lang in Verlegenheit geraten.

Zunächst fragte er jedoch: »Kann ich einen Küchenstuhl haben? Ich sitze nicht gern zwischen euch auf diesem miesen kleinen Sofa und drehe meinen Kopf alle zwei Sekunden von links nach rechts und umgekehrt.«

»Ich glaube, so etwas haben wir«, sagte Krause. »In der Küche.«

Esser holte sich einen Stuhl, setzte sich darauf und fragte: »Habt ihr die Europakarte im Kopf? Seht ihr sie vor euch? Seht ihr vor allem den italienischen Stiefel?«

Er schloss die Augen und fuhr bedächtig fort: »Versetzen wir uns in die Lage eines Menschen, der tausend Kilogramm eines Sprengstoffs kauft und diesen Sprengstoff nach Deutschland bringen will. Das Motiv ist uns nicht bekannt. Wir müssen aber davon ausgehen, dass dieser Mensch zielstrebig ist und einen Vorteil hat, den wir nicht haben: Er hat Zeit. Er muss den Stoff nicht unbedingt zu einem festen Datum irgendwo in Deutschland zur Verfügung haben. Nehmen wir Goldhändchens Szenario. Von Tirana geht das Zeug auf Paletten und dann auf ein Schiff. Das Schiff quert die Adria und lädt die Paletten auf einen Lkw. Der Lkw beginnt seine Reise nach Norden, kommt aber nur bis Rimini. Dort werden die beiden Männer, die den Laster fahren, erschossen. Sie hinterlassen keine Spuren. Die Zugmaschine des Lkw bleibt stehen, der Auflieger wird auf eine andere Zugmaschine gekoppelt und fährt weiter nordwärts. Wir wissen also nicht, wie dieser Auflieger aussieht. Wir wissen nur eines: Wenn er nach Deutschland will, dann kann er sich auf seiner Reise unter Hunderttausenden Trucks verbergen. Wir werden also trotz aller Gründlichkeit diesen Lkw nicht finden. Das alles sieht nach Mafia aus, nach einer kühlen, klaren Planung.«

»Wir haben Dehners Hinweis auf diese Frau, und wir müssen sein Misstrauen ernst nehmen. Wir wissen nicht, ob die Frau im Auftrag handelt oder ob sie eine Solistin ist. Das soll uns zunächst auch nicht kümmern. Sehen wir uns die Möglichkeiten der Routen an. Und die stimmen mich nicht gerade heiter, denn es gibt verdammt viele Strecken und Alpenpässe. Nehmen wir einmal den Ort, an dem man die beiden Toten fand. Da gibt es zwei grundsätzliche Möglichkeiten: Ich kann die Strecke Ravenna – Ferrara – Mantua – Verona – Trient – Bozen – Österreich auswählen. Ich kann aber auch von Mantua aus die Strecke Brescia – Bergamo – Como – Schweiz nehmen. Wir sollten davon ausgehen, dass der Transport die Strecke nimmt, die am meisten befahren ist, denn da kann sich der Lkw am besten verstecken.« Er hielt inne und sah Krause an. »Habt ihr Sprudel im Haus?«

»Im Eisschrank. Bedien dich.«

Esser verschwand in der Küche, tauchte einen Moment später wieder auf und trank direkt aus der Flasche.

»Ich mache euch darauf aufmerksam, dass es noch ganz andere Möglichkeiten gibt. Ich kann die Paletten mit dem Sprengstoff teilen, also in kleinen Portionen als Zuladung auf die Lkws bringen. Ich kann auch auf der anderen Seite des italienischen Stiefels, also im Westen, die Paletten erneut auf ein Schiff laden, das ganz Europa umrundet, an Gibraltar vorbei den Atlantik erreicht, dann nach Norden schippert. Zum gegenwärtigen Zeitpunkt wissen wir zu wenig.«

»Sollten wir Alarm schlagen?«, fragte Krause.

»Sollten wir!« Sowinski nickte energisch. »Wir können es nicht riskieren, einfach zu warten. Wir sollten das deutsche Terror-Abwehrzentrum informieren und ebenso alle Zollbehörden im europäischen Bereich. Natürlich auch Interpol sowie alle polizeilichen Einrichtungen. Wir sollten zu einer verdeckten Fahndung aufrufen. Ich habe Goldhändchen gebeten, eng mit der Polizei in Rimini zusammenzuarbeiten, es kann sein, dass sie etwas entdecken. Tun wir das nicht, sind wir in jeder fragwürdigen Situation chancenlos und können nicht einmal mehr reagieren. Das Wild, das wir jagen, ist extrem scheu, durch Röntgengeräte nicht zu erkennen, in alle Formen zu kneten, und kein Spürhund kann es riechen.«

»Darf ich fragen, was du denn den Gerüchtekochern zum Fraß vorwerfen willst?«, fragte Esser.

»Das darfst du«, sagte Krause. »Warum lassen wir nicht das böse Gerücht streuen, dass der berühmte Doktor Krause, den eigentlich niemand kennt, von dem keine brauchbaren Fotos existieren, gefeuert ist? Krause ist gefeuert, und niemand weiß, warum. Da keiner einen klaren Grund angeben kann, arbeiten wir mit der Klebrigkeit des Gerüchtes schlechthin. Weil Krause über die Jahre selbstherrlich Agenten über den Erdball schickte, weil er dauernd gegen ungeschriebene Regeln der Branche verstieß. Weil er immer schon einen deutlichen Mangel an Teamgeist hatte, weil er jeden Misserfolg und jede Niederlage systematisch zu verschleiern und zu verstecken versuchte. Er ließ zum Beispiel einen Schwulen zum Topagenten werden, was eigentlich seit Generationen ein Unding ist. Und was wir eigentlich seit Generationen besser wissen.« Er grinste. »Stimmt zwar alles nicht, lässt sich aber gut in der klebrigen Masse verarbeiten. Zum Beispiel ließ Krause es zu, dass seine besten Leute ein Liebespaar wurden und trotzdem häufig zusammen eingesetzt wurden. Sex im Geheimdienst – da läuft den Maulvöglern doch das Wasser im Mund zusammen. Das klingt nach Cliquenwirtschaft, und das ist der Untergang des Geheimdienstes, von dem man vor ein paar Jahren noch glaubte, er gehöre zu den besten Sicherheitsdiensten auf dieser Erde. Wir veranlassen Goldhändchen, diese einzelnen Gerüchte langsam in die Gerüchteküche tropfen zu lassen, und zwar so, dass der Meister aller Computer auf seinem Bildschirm sehen kann, wer da eifrig mitlügt und mitspinnt und sich über uns auslässt. Das volle Programm für Twitter und Facebook und all diese nervigen

Portale. Macht doch Spaß, so was. Endlich ist richtig was los im BND, und alle Experten, besonders die Terrorismusheinis in den Redaktionen, werden brüllen: Das haben wir doch schon immer geahnt!«

»Das ist ja ein richtig umfangreicher Skandal«, reagierte Esser leicht verwirrt. »Das können wir hinterher doch gar nicht mehr steuern, das läuft uns aus dem Ruder.«

»Das glaub ich nicht«, murmelte Krause. »Die wahre Geschichte, also das, was wir gern über uns lesen würden, geben wir mit einem soliden Hintergrund an ein Magazin, das sowieso schon auf der Matte steht, den *SPIEGEL!* Man muss ihm ja nicht ausdrücklich sagen, dass man ihn benutzt. Oder habt ihr etwas gegen meine Art, die Wahrheit zu sagen?« Krause sah sie an und lächelte leicht. »Natürlich werden wir die Abteilung Öffentlichkeitsarbeit diskret informieren, und auch der Präsident muss Bescheid wissen. Der Andrang um Informationen und Interviews wird gewaltig sein. Aber ansonsten gucken wir nur zu und warten ab, welche Würmer und Maden wir in unserem kleinen Blumentopf haben.«

Weil Müller noch mit Krücken gehen musste, einigten sie sich darauf, zusammen in Svenjas Wohnung zu bleiben. Die Treppen dort waren breiter angelegt, die Wohnung großzügiger geschnitten.

»Du legst dich hin!«, bestimmte sie. »Lass mich die Taschen auspacken. Und du solltest vielleicht etwas gegen die Schmerzen nehmen. Oder soll ich den diensthabenden Arzt anrufen, dass er dir etwas anderes verschreibt?«

»Nein, nein«, sagte Müller. »Es ist alles okay. Ich würde mich nur gern gründlich waschen. Ich fühle mich schmutzig.«

»Soll ich den Fernseher einschalten?«

»Lieber nicht.« Müller löste seinen Jeansgürtel und ließ die Hosen einfach zu Boden sinken, dann setzte er sich auf das Bett und ließ sich erleichtert nach hinten fallen. »Ich wäre dir dankbar, wenn du mir den Verband vom Bein schneiden könntest, damit wir sehen, was mit der Wunde ist. Ich bin so froh, hier zu sein. Mit dir.«

Er sah ihr zu, wie sie die Taschen leerte, die Dinge, die in die Reinigung mussten, beiseitelegte und die Sachen für die Waschmaschine auf einen anderen Platz räumte.

»Hätte das in Tripolis schiefgehen können?«, fragte sie.

»Gut möglich. Diese Leute waren völlig unberechenbar. Der Einzige, der irgendwie normal zu sein schien, war der Vater. Und selbst der hatte einen deutlichen Hang zur Seelenkälte.«

»Haben wir den toten Tobruk eigentlich gemeldet?«, fragte sie.

»Ja. Dehner hat noch in der Nacht einen anonymen Anruf getätigt.«

Sie zog sich mit schnellen Bewegungen aus. »Ich brauche Wasser. Und dann bist du dran.«

Müller schloss die Augen und fühlte eine wohlige Gelassenheit in sich aufsteigen. Er war zu Hause.

Dann stand Svenja plötzlich nackt vor dem Bett und erklärte mit verschränkten Armen: »Ich habe vergessen, dir etwas zu sagen. Nein, ich habe es nicht wirklich vergessen, nur vor mir hergeschoben. Und es war bisher auch kein Platz dafür.« Sie hielt den Blick gesenkt, sah ihn nicht an. »Bevor ich zu dir geflogen bin, habe ich in deiner Wohnung auf Goldhändchens Weisung hin nach eventuell vergessenen Handys gesucht. Bei der Gelegenheit habe ich auch die Post für dich durchgesehen. Da lag ein Zettel von einem gewissen Toni. Deiner Mutter geht es sehr schlecht. Das tut mir furchtbar leid.« Dann verschwand sie für Sekunden im Bad, kam mit einem roten, seidenen Morgenrock wieder und schlug ihn um sich, als wäre ihr kalt.

»Meine Mutter«, sagte Müller leise. Sein Gesicht war voller harter Kanten.

Es dauerte sehr lange, bis sie zu fragen wagte: »Kannst du diesen Toni telefonisch erreichen?«

Müller nickte. Dann drehte er sich mühevoll auf den Bauch, legte den Kopf auf die Arme und schloss die Augen. Nach einer kurzen Weile sah Svenja, dass er lautlos weinte.

»Soll ich ihn für dich anrufen? Vielleicht geht es ihr ja inzwischen wieder besser.« Sie klang hilflos.

Müller drosch mit der rechten Hand mehrmals hintereinander auf das Kissen ein, es waren dumpfe Laute, als verprügele er einen Menschen.

Svenja setzte sich zu ihm auf das Bett. Er rückte an sie heran und bettete seinen Kopf in ihren Schoß. Mit rauer Stimme begann er zu sprechen: »Es ist verrückt, dieser Job ist verrückt. Du erledigst etwas, wovon die meisten Menschen nicht die geringste Ahnung haben. Und dann heißt es plötzlich: Deine Mutter stirbt! Und du stellst fest, dass in deinem Leben gar kein Platz für eine Mutter war. Na, sagte sie immer, bist du mal wieder für Vater Staat unterwegs? Genaues wollte sie lieber gar nicht wissen. Sie hatte keine Ahnung, was ich machte. Sie wurschtelte sich fröhlich durch ihr elendes Hausfrauendasein. Nur manchmal hatte sie die Schnauze voll. Dann saß sie in der Küche auf einem Hocker und starrte vor sich hin. Ab und an weinte sie sogar, aber meistens schaute sie nur ins Leere und sagte kein Wort. Und ich, das einzige Kind, traute mich nicht, sie zu fragen. Mein Vater sagte dann immer: Jeder hat so seine Tage. Und das war es dann. Ich habe gerade gedacht: Was sage ich denn einem Pfarrer, der meine Mutter zu Grabe tragen will? Was sage ich dem? Wer war diese Frau? Das Bescheuerte ist, dass ich überhaupt nichts von ihr weiß.« Plötzlich lächelte er. »Doch, eine Geschichte habe ich mitgekriegt. Nach dem Tod meines Vaters ließ sie sich auf Rügen von einem Heiratsschwindler anmachen und sagte mir am Telefon glucksend wie ein junges Mädchen: Wir sind so glücklich miteinander! Das Glück von ein paar Tagen kostete sie um die Zwanzigtausend aus einem Bausparvertrag, und sie hat mir nie gesagt, ob es ihr leidgetan hat. Hoffentlich hat sie es genossen.«

»Rufen wir diesen Toni jetzt an?«, fragte Svenja und wischte sich die Tränen aus dem Gesicht.

»Ja, das machen wir. Ihm gehört ein Altenheim. Hier in Berlin. Er ist Jude, wenn ich mich richtig erinnere. Und er hatte katholische Nonnen zur Pflege angestellt, das weiß ich noch, weil ich mich darüber gewundert habe.«

Svenja hatte ihr iPhone in der Hand, begann darauf herumzutippen und sagte: »Habe ich schon, Moment noch. Hier.«

Als die Rezeption des Altenheims sich meldete, fragte Müller nach Toni.

»Ja?«, erklang eine männliche Stimme kurz darauf.

»Hier ist Karl«, sagte Müller. »Wie geht es meiner Mutter?«

»Es geht ihr wieder besser im Moment. Sie ist hier bei mir«, sagte Toni. »Dieser ganze Prozess verläuft in Wellen, weißt du. Bist du eigentlich in Berlin?«

»Ja, bin ich. Seit ein paar Stunden. Ist sie denn ansprechbar?«

»Im Augenblick ja. Hellwach. Und sie fragt nach dir. Soll ich dich irgendwo abholen?«

»Ich brauche noch eine Stunde, ich hab was am Bein.«

»Was Ernstes?«

»Nein, nicht so schlimm. Bald wieder in Ordnung. Ich gebe dir mal die Adresse ...«

»Das ist ein netter Kerl«, sagte Müller, nachdem er aufgelegt hatte. »Ein älterer Herr mit einem Riesenauto, sehr ruhig, sehr gelassen, sehr souverän. Er war mit meiner Mutter ein paar Tage an der Müritz. Irgendwie mochten sie sich, glaube ich. Vielleicht ist es sogar Liebe, wer weiß.«

»Wir erneuern erst einmal deinen Verband«, bestimmte Svenja. »Dann fährst du zu deiner Mutter, und dann sehen wir weiter.«

Sie schnitt den Verband von seinem Bein. Die Wunde war zwar ziemlich groß, heilte aber gut und würde eine lange Narbe ausbilden. Sie rieb die vernähte Linie sanft mit einer antibiotischen Salbe ein, legte Mull auf und wickelte schließlich eine elastische Binde um den Oberschenkel.

»Mein Held!«, sagte Svenja lächelnd. Dann fragte sie unvermittelt: »Hättest du das auch für mich getan?«

»Aber ja«, sagte er. »Ich wäre dir bis ans Ende der Welt gefolgt.«

Er bewegte sich auf Krücken durch die Wohnung, damit sein Kreislauf sich stabilisierte. Vom Schlafzimmer durch den Flur in das Wohnzimmer und zurück.

»Was haben wir eigentlich falsch gemacht?«, fragte sie unvermittelt.

»Gar nichts, finde ich. Wir sind maßlos, wenn es um Liebe geht. Die Chinesen sagen, Glück sei ein Augenblick. Das reicht uns nicht. Wir werden hinausgeschickt, wir erledigen einen Auftrag und kommen desolat und erschöpft zurück. Wir müssten uns eigentlich ausruhen, aber wir wollen nicht ausruhen, wir wollen in jeder Sekunde die Liebe spüren. Manchmal geht das, manchmal reicht das, aber meistens kommt doch der eine zurück, wenn der andere gerade geht. Und dann reicht es nicht mehr. Wir sind verstört. So denke ich.«

»Klingt sehr klug, aber ist es auch klug?«

»Das weiß ich nicht.« Er lächelte. »Wenn wir gerade frisch aus einem Einsatz kommen, den wir zusammen erledigt haben, dann ist das gut. Kommen wir getrennt zurück, fühle ich mich irgendwie haltlos und kann nicht verstehen, weshalb du so weit von mir entfernt lebst. Das hört sich wahrscheinlich sehr kindlich an.«

»Wir sollten bescheidener sein«, sagte sie.

»Ja, das sollten wir wohl.«

Irgendwann schellte Toni an der Tür, und Müller humpelte mühsam die Treppen hinunter.

Svenja blieb zurück und wartete auf den Anruf. Dass der Anruf kommen würde, war ohne jeden Zweifel klar. Die Frage war nur, wann.

Als das Telefon schließlich klingelte, zuckte sie trotzdem zusammen. In der Leitung war eine Frau.

»Können Sie in einer halben Stunde im Dienst sein? In der Rechtsabteilung? Bei Herrn Doktor Hohlweide?«

»Selbstverständlich«, antwortete Svenja.

Sie nahm ein Taxi und fragte sich, was aus ihr werden würde.

Kurz darauf saß sie in einem kleinen Sessel auf einem sehr langen, gedämpft beleuchteten Gang, in dem absolute Ruhe herrschte, so, als könne man die Welt draußen ein für alle Mal vergessen.

Schließlich öffnete sich eine Tür, und eine junge, hellblonde Frau verkündete: »Herr Doktor Hohlweide hat jetzt Zeit für Sie. Gehen Sie einfach hinein.«

Svenja ging hinein und stellte sich vor: »Svenja Takamoto.«

Der Mann war etwa Mitte vierzig, an den Schläfen leicht ergraut, mit einem hageren Gesicht. Er erhob sich hinter seinem Schreibtisch, nannte ebenfalls seinen Namen, forderte sie auf, Platz zu nehmen. »Wir haben es mit einer komplizierten Sachlage zu tun.«

Svenja schaute ihn schweigend an.

»Ich habe hier eine Reihe von Fragen, die Sie mir beantworten sollten. Ich hoffe, Sie sind einverstanden.«

»Das kommt auf die Fragen an«, sagte sie.

Für sie war der Mann hinter dem Schreibtisch nicht mehr als ein grauer Maßanzug. Und dieser Anzug lächelte nicht einmal.

»Ja, es kommt auf die Fragen an. Ich stelle fest, Sie sind freiwillig hier und wollen meine Fragen freiwillig beantworten«, begann er.

»Du lieber Gott«, seufzte sie. »Können Sie es nicht ein bisschen freundlicher durchziehen?«

»Das hängt ganz von Ihnen ab«, stellte er mit einem Gesicht wie ein Nussknacker fest. Dann richtete er sich sehr gerade in seinem Stuhl auf.

»Namen, Daten und Uhrzeiten spielen bei dieser ersten Anhörung keine Rolle, sie ergeben sich aus dem Geschehen. Meine erste Frage ist, ob Sie ohne dienstlichen Auftrag und ohne Ihre Vorgesetzten zu verständigen eine Reise mit einem Flugzeug nach Libyen unternommen haben.«

»Das ist richtig«, antwortete sie.

»Und Sie wollten dort, nach unseren Unterlagen zu urteilen, einen anderen Agenten dieses Hauses treffen, der zu dem fraglichen Zeitpunkt mit unseren technischen Mitteln nicht mehr zu erreichen war und sich in der Gewalt einer bestimmten politischen Gruppe jenes Landes befand. Stimmt das so?«

»Ja, das stimmt.«

»Und warum?«

»Weil ich ihn liebe.«

Der Kopf ruckte blitzschnell nach vorn, hatte ganz schmale Augen. »Wie bitte?«

»Ich liebe diesen Mann, ich wollte ihn da rausholen«, wiederholte Svenja.

»Sind Sie sich klar darüber, was das bedeutet?«

»O ja«, antwortete Svenja. »Sie nicht?«

Das Gesicht des Mannes zeigte nicht das geringste Lächeln.

»Ist eine dritte Person dabei zu Schaden gekommen?«

»Ja. Ein alter Mann. Ich musste ihn töten, weil er ohne mein Eingreifen den jungen Fahrer meines Taxis erschossen hätte.«

»Gibt es Zeugen?«

»Ja. Den Taxifahrer.«

»Haben wir die Adresse, den Namen?«

»Haben wir nicht. Werden wir nie haben.«

»Warum nicht?« Das kam scharf.

»Das steht so grundsätzlich in den Einsatzpapieren. Bestimmte Dinge haben wir zu vergessen und niemals zu erinnern. Das betrifft in der Regel Krisen- und Kriegsgebiete.«

»Aber wenn Sie jemanden erschossen haben, müssen Sie laut Dienstanweisung zu einem Psychologen des Hauses. Da müssen Sie sich erinnern.« Er war neu, das Ganze bereitete ihm offensichtlich Schwierigkeiten. »Wie haben Sie diesen alten Mann getötet?«

»Keine Aussage.«

»Sie trafen dann diesen anderen Agenten unseres Hauses. Dabei kam es erneut zu einem Schusswechsel. Wir nehmen an, Sie nahmen daran teil?«

»Nein. Ich habe meine Waffe nicht angerührt, nur zugeschaut.«

»Zugeschaut?« Jetzt war in diesem Gesicht ein Hauch von Verwunderung zu sehen. »Heißt das, dass Sie bei einem Schusswechsel als Zuschauerin zugegen waren?«

»Ja, das kommt hin und wieder vor. Ich wurde nicht gebraucht, um die Szene zu bereinigen.«

»Und? Wie sah die Bereinigung aus?«

»Die auftretenden Schwierigkeiten waren schnell überwunden«, sagte sie.

»Unter Zurücklassen einer Leiche. Wer war daran beteiligt?«

»Keine Aussage.«

Er starrte auf seinen Zettel mit den Fragen und entschied dann, sicherheitshalber auf ein anderes Thema zu springen.

»Bei diesem zweiten Schusswechsel wurde nach unserer Kenntnis eine weitere männliche Person getötet. Wer war das?«

»Keine Aussage.«

»Und wer schoss? War das eine Person, oder waren es mehrere?«

»Keine Aussage.«

»Können Sie den Ort dieses Geschehens präzise benennen?«

»Kann ich nicht. Keine Aussage.«

»Können Sie die Uhrzeit angeben? Wann geschah das?«

»Kann ich nicht. Keine Aussage.«

»Aber warum beantworten Sie eine so unwichtige Frage nicht?«

»Darf ich Sie daran erinnern, dass wir ein Geheimdienst sind?«

»Sie sollen eine sehr wichtige Unterlage, einen Aktenordner, in einem privaten Keller gefunden haben. Ist das richtig?«

»Keine Aussage.«

»Wo befindet sich diese Unterlage jetzt?«

»Das weiß ich nicht.«

»Was ist der Inhalt dieses Aktenordners?«

»Keine Aussage.«

»Kennen Sie den Namen Arthur Schlauf?«

»Nie gehört. Wer soll das sein?«

»Ich darf Sie darauf aufmerksam machen, dass dieses Gespräch nur eine erste Kontaktaufnahme ist. Sie müssen sämtliche diensteigenen Gerätschaften und Waffen dem Sekretariat Ihres Vorgesetzten übergeben. Sie sind seit Langem Geheimnisträgerin der höchsten Stufe, und Sie werden es in jedem Fall bleiben, selbst wenn wir entscheiden, dass Sie aus dem Dienst ausscheiden müssen. Sie sollen sich bis auf Weiteres in Ihrer Wohnung aufhalten, bis neue Weisungen von unserer Seite an Sie ergehen. Haben Sie das verstanden?«

»Durchaus. Kann ich meinen Vorgesetzten sprechen?«

»Das ist nach dem Reglement nicht gestattet«, sagte er scharf.

Sie stand auf und sah den Mann lange an. Dann sagte sie: »Für einen Typen wie Sie habe ich jahrelang meinen Arsch hingehalten. Das ist nicht zu fassen.« Mit einer schroffen Bewegung drehte sie sich um, öffnete die Tür und ließ sie hinter sich zuknallen.

Sie ging langsam, und sie war sehr traurig. Es schien unausweichlich zu sein, dass sie diesen Dienst verlassen musste. Die endlosen Vorschriften, die vielen Gesetze und Verfahren ließen eine andere Lösung wohl nicht zu.

Sie ging in Essers Büro.

»Eigentlich darf ich gar nicht hier sein«, sagte sie.

»Das sehe ich nicht so eng, meine Liebe«, sagte er behutsam. »Setzen Sie sich. Wollen Sie einen Kaffee?«

»Haben Sie einen Sekt?«

»Ich glaube, so was haben wir. Gillian?«

»Kommt gleich«, sagte Gillian.

»Was hat man Ihnen gesagt?«

»Rechtsroutine«, antwortete sie. »Bis neue Weisungen ergehen, habe ich zu Hause zu warten. Man hat mich nach einem Mann namens Arthur Schlauf gefragt. Wer ist das?«

»Sieh mal einer an«, murmelte Esser. Dann sah er sie eindringlich an und sagte: »Vergessen Sie den Tag nicht, nicht die Stunde und nicht den Namen!«

»Glauben Sie, ich kann noch einmal mit dem Chef sprechen?«

»Da fragen wir doch gleich mal.« Esser lächelte und drückte auf einen Knopf. »Hörst du mich? Svenja fragt, ob sie noch einmal mit dir sprechen kann.«

»Aber ja. Gib ihr einen Wagen, dann kann sie herkommen. Ist es schlimm ausgefallen?«

»Es ist immer schlimm«, sagte Svenja. »Bis zur letzten Sekunde glaubt man es nicht.«

Gillian kam mit zwei kleinen Gläsern Sekt und sagte: »Immer mit der Ruhe, Schwester, du weißt doch, dass sie im Zustand des Sieges unbeschreiblich dumm sind.«

»Das ist aber schön formuliert«, sagte Esser.

»Verwaltungsheinis!«, fügte Gillian hinzu, als sie das Zimmer verließ.

»Hat er den Namen Arthur Schlauf sofort genannt oder irgendein Kürzel wie zum Beispiel Atze?«

»Kein Kürzel, nur den Namen. Wer ist das?«

»Jemand, der immer mal wieder gute Informationen für uns hat und dann anruft.«

Sie tranken einen Schluck.

»Wie geht es Müller?«

»Gut«, antwortete Svenja. »Die Neun-Millimeter hat ihm einen Graben gerissen. Aber er hat gutes Heilfleisch. Seine Mutter liegt wohl im Sterben. Er ist jetzt bei ihr.«

»Das kommt jetzt aber besonders dicke! Wie nimmt er es auf?«

»Verstört. Er sagt: Ich weiß eigentlich nichts von dieser Frau.«

»Das kenne ich«, sagte Esser. »Das kenne ich verdammt gut. Ich sehe gerade, dass Ihr Wagen unten wartet.« Dann ruckte sein Kopf hoch. »Eine Frage noch: Haben Sie sich in den letzten Monaten irgendwann verfolgt gefühlt? Tauchte jemand ohne Gesicht häufig in Ihrer Nähe auf? Kam jemand mit einem unsittlichen Angebot?«

»Nein, wieso? Oder doch. In der Kneipe, in der wir manchmal sind, hat jemand behauptet, er wolle mir einen Job anbieten. Hat mir der Wirt erzählt. Ist da etwas zu erwarten?«

»Nein. Im Moment nicht. Aber schreiben Sie das bitte auf und geben Sie es direkt an mich. Da Sie nicht mehr über unsere internen Leitungen mit uns kommunizieren dürfen, tüten Sie es ein und schicken Sie es ohne Absender hierher.«

»Das klingt ja sehr geheimnisvoll.«

»Ist es aber nicht«, sagte Esser. »Bis demnächst, meine Liebe. Und nicht vergessen: So dick, dass wir gar nichts mehr sehen, wird der Nebel nie.«

Sie saß wieder in der Edelkarrosse und sagte dem Fahrer, er möge das Blaulicht ausschalten, sie sei kein Grund für Blaulicht.

Krauses kleines Einfamilienhaus wirkte wie ein Spielzeug auf sie, und seine Frau mit dem feuerroten Haarschopf stand schon in der Tür, als Svenja aus dem Wagen stieg. »Kommen Sie herein, meine Liebe, er wartet schon«, sagte sie mit strahlendem Lächeln.

Krause stand mit auf dem Rücken verschränkten Händen vor dem großen Fenster und schaute in den Garten hinaus. Er drehte sich nicht zu ihr herum, als er sagte: »Diese Rechtsmenschen sind furchtbar. Stellen Sie sich vor, ich habe ständig mit denen zu tun. Und manchmal merke ich, dass ich schon allein deren Sprache hasse.« Dann drehte er sich um, machte ein paar Schritte auf sie zu, legte seine Hände an ihre Oberarme und lächelte sie schweigend an.

»Es war schlimm«, sagte sie.

»Das glaube ich.«

»Sie haben mich nach einem Arthur Schlauf gefragt. Esser hat ganz komisch reagiert.«

»Ja, ja, ich werde versuchen, es Ihnen zu erklären, obwohl Sie offiziell nicht mehr dazugehören. Aber Sie müssen es wissen, um unsere Situation begreifen zu können und um uns zu helfen, wenn es nötig sein sollte. Wie geht es Ihrem Müller?«

»Nicht so gut, seine Mutter stirbt.«

»Ach Gott, ja, schlimm. Und seine Verletzung? Wird das wieder?«

»Aber ja. Warum soll das denn nicht wieder werden? Ist doch nur eine Schramme, wenn auch ziemlich tief.«

»Ich bin im Augenblick ein wenig altersdepressiv, sehe in jeder Richtung grau. Aber setzen wir uns doch. Dann drücke ich mal das große OFF für den ganzen Blödsinn hier. Glauben Sie denn, dass Ihre Geschichte mit Müller zu Ende ist? Oder gibt es Hoffnung? Wissen Sie, ich will mich nicht aufdrängen, aber das ist mir offen gestanden im Augenblick das Wichtigste. Ich weiß, dass es bei Ihnen beiden Probleme gibt, und kann einfach nicht gut zusehen, wenn meinen Leuten das Leben nicht mehr gelingt.«

»Ich denke, dass wir auf einem guten Weg sind«, antwortete sie so sachlich, wie es ihr möglich war. »Wir leben in diesem Beruf ständig auf Vollgas. Und alles andere hat nach unserer Vorstellung eben auch nur bei Vollgas richtig zu funktionieren. Genau das müssen wir begreifen: Liebe funktioniert bei Vollgas nicht.«

»Nein«, sagte Krause nach einer Weile. »Da haben Sie wohl recht. Was haben Sie denn auf die Frage geantwortet, warum Sie diese Reise gemacht haben?«

»Ich habe gesagt, ich liebe diesen Mann, deswegen die Reise. War das falsch?«

»Nein, goldrichtig. Wir wollen schließlich im wirklichen Leben bleiben.« Er schaute Svenja tief in die Augen. »Haben Sie Angst, den Dienst verlassen zu müssen? Haben Sie Angst, arbeitslos zu werden?«

Sie lachte leise: »Sie sind rührend. Arbeitslos? Ich? Wie denn das? Die amerikanischen Brüder bieten uns Privatverträge mit einer Grundsumme von etwa siebenhundertfünfzigtausend US-Dollar pro Jahr. Da muss mir wirklich nicht bange sein. Das habe ich Ihnen zu verdanken. Ich kann Spione ausbilden, wer kann das schon?«

»Nein, nein, das ist richtig. Die Frage war aber, ob Sie Angst davor haben, hier aufhören zu müssen.«

»Habe ich. Der Gedanke ist – einfach scheiße. Er wirft das ganze Leben um. Und du hast kein Zuhause mehr.« Ihr kamen die Tränen, und sie wischte sie hastig weg. »Aber Sie sind stinksauer auf mich, nicht wahr?«, fragte sie.

»Zugegeben, es hätte glatter funktionieren können. Ich hätte Sie zum Beispiel sofort hinter Müller herschicken können.«

»Aber Sie werden doch sicher auch Schwierigkeiten bekommen, oder?«

Er sah sie verblüfft an. »Wieso sollte ich?«

»Ich denke, die werden doch versuchen, das Ding so zu drehen, als hätten Sie beide Augen zugedrückt.«

»Nun ja, das kommt immer wieder mal vor, da bleibe ich ganz entspannt. Ich habe noch eine Bitte: Können Sie dem psychologischen Dienst meine Anweisung ausrichten, Sie unter allen Umständen wegen der Reise nach Tripolis zu behandeln? Da gab es ja einige Härten. Das hat nichts mit den Anweisungen der Rechtsabteilung zu tun, das geht die absolut nichts an. Jetzt muss ich Ihnen aber ein Foto zeigen, das uns anonym zugespielt wurde.« Krause griff nach einem einfachen grünen Aktenordner, schlug ihn auf und holte ein großes Schwarz-Weiß-Foto heraus. Er legte es vor sie hin.

»Was sehen Sie da?«

»Na ja, zwei Menschen, Frau und Mann, offensichtlich in engster Umarmung. Da ist ein Stück Vorhang, der verdeckt etwas.«

»Das sind Sie und Müller beim Geschlechtsverkehr oder etwas Ähnlichem in Ihrer Wohnung, junge Frau«, sagte Krause.

ZWÖLFTES KAPITEL

Das Haus war ganz still.

Karl Müller saß auf einem harten, unbequemen Stuhl, und er hatte Angst vor dem Augenblick, in dem seine Mutter aufwachte und nichts und niemanden erkennen, einfach nicht mehr von dieser Welt sein würde. Er erinnerte sich an Tonis Satz: »Deine Mutter verlässt uns, sie ist immer öfter in ihrer eigenen Welt.«

Da lag sie, so klein und schmal, verlor sich in diesem Riesenbett, in diesen Riesenkissen, und eine lange Strähne ihres feinen weißen Haares hob und senkte sich mit jedem ihrer Atemzüge. Für Sekunden überraschte ihn die Vorstellung, dass dieser alte, winzige, ausgemergelte Körper ihn geboren hatte.

Er erinnerte sich an seinen toten Vater. An die Minuten, in denen er vor dem Schreibtisch gesessen und in der Hinterlassenschaft dieses Vaters gekramt hatte. An die Sekunde, in der er die billigen Magazine fand, in denen Frauen ihre Scham zeigten, öde und trostlos.

So viel unbekanntes Leben.

Toni hatte ihm versichert: »Sie schläft nie lange, sie wacht nach ein paar Minuten auf. Und wenn sie dich sieht, freut sie sich.« Dann setzte er hinzu: »Wenn sie dich erkennt.«

Plötzlich sagte sie: »Ach, Junge!«

»Mama!«, sagte Müller mit trockenem Mund. Er rückte den Stuhl näher an ihr Bett.

»Das ist aber schön«, sagte sie ein wenig nuschelnd. »Wo warst du denn?« Ihre Augen waren wässrig trübe.

»Ich war verreist, Mama. Wie geht es dir denn?« Er fasste nach ihrer schmalen linken Hand und hielt sie fest.

»Ich habe es gut hier«, flüsterte sie. »Toni ist immer da. Warst du an Vaters Grab?« Sie entzog ihm ihre Hand.

»Nein, noch nicht. Ich bin eben erst angekommen.«

»Ich sorge immer dafür, dass er ein paar Blumen kriegt. Deshalb.« Ihre Stimme wurde flach, verschwamm, sie schloss die Augen wieder, drehte den Kopf ein wenig zur Seite, und die Haarsträhne über ihrem Mund bewegte sich wieder mit ihrem Atem.

»Mama?«

Dann saß er da und begriff quälend langsam, was Toni damit gemeint hatte, dass seine Mutter immer öfter in einer eigenen Welt war. So weit fort und unerreichbar.

Müller saß noch eine Stunde neben seiner Mutter, aber sie nahm ihn nicht wahr. Ein wenig Speichel floss aus ihrem linken Mundwinkel. Müller tupfte ihn behutsam weg.

Goldhändchen wollte einen perfekten Angriff führen, und dazu gehörte ein passendes Ambiente.

Er hatte den kleinsten Konferenzraum für die nächsten sieben Tage belegt, er brauchte täglich viele Kannen Kaffee, dazu eine Menge belegte Schnittchen, etwas Kuchen, viele Kekse, auf jedem Platz eine kleine Vase mit einer purpurfarbenen Rose. Schon allein bei diesem Arrangement war vollkommen klar, dass die rumänischen Putzfrauen bereits nach einem Tag meckern würden. Reichlich Aschenbecher sollte es geben, obwohl kein Mensch ernsthaft glaubte, dass Goldhändchen rauchte, und die Hausverwaltung bereits mehrere Male streng darauf aufmerksam gemacht hatte, dass Rauchen in den Konferenzräumen strikt verboten sei. Die Hausverwaltung hatte das schriftlich mitgeteilt und ihn gebeten, das Papier abzuzeichnen und zurückzuschicken. Er hatte einen Satz als Kommentar hinzugefügt und es zurückgeschickt: »Liebe Hausverwaltung, Sie haben nicht die geringste Vorstellung, welch perfekte Arbeitswelt die der Raucher gewesen ist.« Die Hausverwaltung hatte den Kommentar erbost an die Leitung des Dienstes geschickt, allerdings ohne viel Hoffnung, und tatsächlich war ein Machtwort ausgeblieben. Also bekam der Raum Aschenbecher. Goldhändchen hatte sechs Leute einbestellt, drei junge Frauen, drei junge Männer. Sie fühlten sich geehrt, noch ehe ein Wort zu ihrer Aufgabe gesagt worden war. Sie saßen da wie Erstklässler und starrten den Chef an, den sie entweder hassten oder aber glühend verehrten, was zuweilen durchaus zusammenfiel und sie heftig verwirrte.

Allein die Frage nach Goldhändchens Sexualleben füllte Stunden heftigster Diskussionen. Was, zum Teufel, war dieser Mann eigentlich? Schwul, Transe, bisexuell? Und wie alt mochte der wohl sein? Die meisten schätzten ihn auf Mitte vierzig. Andere behaupteten, er sei mindestens fünfundsechzig und könne das nur stundenweise mit einem exzellenten Make-up verdecken. Deshalb liege sein Kommandopult auch ständig im Dämmerlicht.

Wie ausgerechnet ein solcher Mann eine leitende Position in einem Geheimdienst ergattert hatte, war allen ein Rätsel, und natürlich vermutete man auch dahinter große Geheimnisse. Niemand wusste, wo er wohnte, und niemand hatte ihn je auf den Straßen Berlins gesehen. Dass er seinen Job der

Tatsache verdankte, dass eines Tages selbst der BND den Anbruch des Computerzeitalters akzeptieren musste, war einfach zu nüchtern für die erhitzten Gemüter.

Goldhändchen saß am Kopf des großen ovalen Tisches. Er trug weiße Hosen zu schwarzen Budapestern, ein weißes, elegant fallendes Seidenhemd, dazu ein locker gebundenes schwarzes Tuch.

Er sagte: »Meine Lieben. Ich danke euch, dass ihr in dieser Sache mit mir zusammenarbeiten wollt. Ihr werdet ohne Rücksicht auf Arbeitszeiten in diesem Raum angekettet sein, ihr werdet das Beste geben müssen. Es ist die Aufgabe von Spionen, herauszufinden, was andere tun, planen und denken. Und zuweilen fällt das schwer, denn einige von euch finden es empörend, dass dieser Dienst bei der Unterstützung fremder und rigider Regierungen in anderen Kulturkreisen vollkommen blind und taub arbeiten muss, weil er dabei ständig zu übersehen hat, dass die Menschenrechte mit Füßen getreten werden. Warum? Weil die Regierung es so will und weil es letztlich immer nur um einige miese Millionen Barrel Erdöl pro Jahr geht. Und diesen Leuten schicken wir sogar noch Kriegsgerät. Das ist schwer zu verstehen, das ist zuweilen nur mit Demut zu ertragen, und selbst dann flippt der eine oder andere manchmal aus und besäuft sich in der nächsten Eckkneipe. So weit, so leider.«

Er sah sie an. Er hatte eine Schachtel mit Mentholzigaretten vor sich liegen, öffnete die Schachtel und ließ sie weiterwandern.

»Ich denke, wir rauchen mal eine, ehe wir uns unserem Auftrag zuwenden. Dieser Auftrag ist sehr speziell. Lydia, mein Schatz, würdest du bitte mal die Platten mit dem Essbaren kreisen lassen? Du, Sandor, könntest die Tassen füllen. Und du, Guido, kannst mal mit dem Feuerzeug herumgehen, damit wir die gute Luft verscheuchen und es nicht mehr so aufdringlich nach Klimaanlage riecht.«

Jeder der Beteiligten hatte einen Laptop vor sich, der jetzt aufgeklappt und eingeschaltet wurde. Alle diese flachen Wunderdinger waren fabrikneu und enthielten absolut nichts. »Nur dann können wir bekanntlich nichts falsch machen«, hatte Goldhändchen gesagt und im Übrigen angemerkt, dass diese Wundergeräte zu nichts anderem verwendet werden würden als einzig zu diesem speziellen Auftrag. Danach hatten sie die Laptops wieder abzuliefern.

»Normalerweise versuchen wir, auf Menschen zu treffen, die uns mit irgendetwas dienlich sein können, mit Fakten, mit Zusammenhängen, mit neuen Lagen, wie wir das nennen, mit Hintergründen. Wir brauchen ein klares Bild der Welt hinter der Welt. Diesmal, meine Lieben, wird es vollkommen anders sein. Diesmal werden wir versuchen, den BND scheinbar durchsichtig zu machen. Wir werden eine derart dicke Suppe an Gerüchten verbreiten, dass die Internetwelt sich verblüfft fragen muss, ob sie das träumt oder ob das tatsächlich die Wahrheit ist.

Ihr lebt in dieser Stadt, die ein ständiger dicker Brei von Gerüchten ist. Und diese ekelhaften, an jedem Tag auftauchenden neuen Fragen: Ist dieser oder jener tatsächlich schwul und schläft mit seinem Fahrer? Stimmt es, dass dieser Bundestagsabgeordnete monatlich viele Tausende dafür kassiert, dass er einen Industriellen und dessen Produkte vertritt und gleichzeitig behauptet, er kenne diesen Mann gar nicht? Ist diese Frau, die so edel und hilfreich im Dienst der Menschheit lebt, tatsächlich eine Lesbe, die mindestens einmal im Monat eine wilde Orgie steigen lässt? Und ist dieser Bundespräsident tatsächlich so dumm, wie er sich verhält? Ja, ja, ich weiß, ich langweile euch schon. Alles, was ich erwähnte, ist für euch Pipifax, kein Nachdenken wert. Aber Vorsicht! Denn wir werden alle diese Spießer besuchen und ihre Spielchen mitspielen.

Wir werden eine Menge von erstklassigen Gerüchten kreieren. Um ein einzelnes Schwein oder eine ganze Interessentengruppe zu entlarven, die es riskiert hat, unseren Dienst zu unterwandern. Ihr werdet ständig in fremden Rechnern unterwegs sein, dabei werdet ihr euch niemals zu erkennen geben, ihr werdet also niemals zu identifizieren sein.«

Zu diesem Zeitpunkt drückten die meisten von ihnen schon ihre Mentholzigarette aus. Sie hatten nicht einmal daran gezogen.

»Jetzt guckt nicht so verdattert, meine Lieben, das ist mein voller Ernst. Ihr seid doch alle super Programmierer, also werdet ihr hier mal zeigen können, was ihr wirklich draufhabt. Dies ist die erste Arbeitsstunde einer wirklich großen Aufgabe.

Ich nenne euch ein paar Begriffe, die in den kommenden Tagen für eure Arbeit wichtig sind: das private Umfeld der Kanzlerin im Bereich ihrer Eltern und im Bereich der evangelischen Kirchengemeinde ihres Vaters. Das gesamte Bundeskanzleramt natürlich auch. Dann ein Mann namens Arthur Schlauf, Kaufmann. Herbert Nieswandt, BND. Madeleine Wagner, wahrscheinlich Braunschweig, wahrscheinlich dreißig Jahre alt. Die Staatsanwaltschaften zur Aufklärung von Steuerdelikten im Regierungsbereich Potsdam, hier die Steuerfahndung, besonders Buchstabe S, eine Steuernummer reiche ich nach.«

Ihre Finger glitten lautlos über die Tasten, sie schrieben die Namen mit, sie schrieben alles mit, was ihr Herr und Meister sagte.

»Und das sind die Gerüchte, die möglicherweise über diesen Dienst im Umlauf sind: selbstherrliches Gebaren der

Operationsleitung seit Jahrzehnten. Duldung von gefährlichen Liebschaften innerhalb der Gruppe der Außenagenten. Schwule Agenten, die gefördert werden. Das völlige Verschleiern von schweren Niederlagen der Agenten bei Auslandseinsätzen. Und hier noch ein besonders apartes Gerücht: Der BND arbeitet im Ausland mit Managern und Kaufleuten zusammen, die Deutschland wegen hoher Steuerschulden verlassen haben oder aber von deutschen Staatsanwaltschaften wegen Steuerhinterziehung gesucht werden. Das könnte man dann als Zusammenarbeit mit Gaunern und Gangstern bezeichnen. Und noch etwas: die ständige Arbeit des BND in der Bundesrepublik Deutschland, obwohl gesetzlich untersagt. Jetzt kommt euer absoluter Zielpunkt: Er lautet AX (d). Unter diesem Kürzel lief in unserem Rechnungswesen ein sehr guter Informant. Eigentlich darf dieses Kürzel niemand haben, aber irgendjemand hat es herausgefunden. Setzt also bei unserem Rechnungswesen an, nehmt die Leute auseinander. Ich will alles über sie haben, auch die Farbe ihrer Lokusbrille.«

Jetzt starrten ihn alle an, sie waren wirklich verblüfft, und ihre irritierten Gesichter brachten ihn zum Lachen.

»Ja, ich weiß, das klingt ordentlich nach Klatsch und Tratsch, aber auf genau dieser Ebene findet das alles statt, und auf genau dieser Ebene werden wir den oder die finden, die es riskieren, diesen Dienst anzugreifen. Ihr werdet euch untereinander vernetzen, sodass jeder ständig sehen kann, an welchem Punkt der andere ist, mit wem er kommuniziert, was er auf dem Schirm hat. Vorher werdet ihr die jeweiligen Arbeitsbereiche unter euch ausmachen. Dazu braucht ihr mich nicht. Wenn irgendetwas auftaucht, was nach Aufregung aussieht, nach Erkenntnis, dann werdet ihr mir das kurz und knapp mitteilen.

Stellt euch also vor: Ihr seid ekelerregende, schleimige Wesen im grauen Sumpf der Gerüchte. Macht mit! Nehmt teil! Streut selbst Gerüchte. Fahrt eure langen Arme aus und saugt euch fest, wo immer ihr könnt. Und wenn ihr dann feststellen solltet, dass ihr eines dieser widerlichen Geschöpfe erwischt habt, dann wickelt es ein.«

Er sah sie an, und es war deutlich, dass er auf sie setzte.

»Da gibt es noch etwas. Dir, Ödil, möchte ich eine Aufgabe zuweisen, die nur auf den ersten Blick nichts mit den Aufgaben der anderen zu tun hat. Da hat jemand, nämlich die bereits genannte Madeleine Wagner, tausend Kilogramm des Sprengstoffs C4 in Albanien gekauft. Jetzt will sie diesen Stoff nach Deutschland bringen. Das ist bisher nicht bestätigt. Es könnte aber sein, dass die Fracht bereits auf dem Weg ist und dass es einen Plan gibt, den Stoff unterwegs wechselnden Lkws aufzuladen und die Besatzung des jeweils vorigen Lasters zu töten. Das passiert auf öden öffentlichen Parkplätzen. Ich habe das Material auf Rechner sechsundzwanzig. Hol es dir auf den Schirm, schau es dir genau an und fahnde nach solchen und ähnlichen Ereignissen. Mach uns schlau über die Millionen Trucks, die auf europäischen Straßen unterwegs sind. Diese Menge an C4, das zu deiner Kenntnis, reicht aus, um mehrere sechsstöckige Häuser buchstäblich zu pulverisieren.«

Die Sonne schien, sie lagen angezogen nebeneinander auf dem breiten Bett in Svenjas Wohnung und starrten auf das Foto, das Krause ihr »leihweise« überlassen hatte.

»Okay«, sagte sie, »lass uns also herausfinden, von wo aus dieser Fotograf gearbeitet hat. Er muss auf einem Dach gewesen sein. Und zwar auf dem Dach des Gebäudes, das schräg links von hier aus zu sehen ist. Ich frage mich ernsthaft, was für ein Wunderding an Kamera der verwendet hat.«

»Kein Wunderding«, widersprach Müller. »Es gibt moderne, sauteure Kameras, die von da oben aus ein tolles Porträt von dir machen, selbst wenn das einzige Licht eine Kerzenflamme neben deinem Gesicht ist.«

»Auch aus der Distanz?«

»Ja, auch aus der Distanz. Dieses Foto ist bei schwindendem Licht, also gegen Abend gemacht worden, die Distanz liegt bei etwa fünfzig Metern, schätze ich. Den Zeitpunkt, wann das war, werden wir bestenfalls einengen, aber nicht genau bestimmen können. Oben auf dem Gebäude sieht man ein Geländer, ich gehe also davon aus, dass wir es mit einem Penthouse zu tun haben. Da stehen auch kleine Bäume in Kübeln, wie man sieht. Egal wie, wir müssen da rauf!« Er sah sie an. »Und Krause hat ausdrücklich gesagt, er leiht dir das Foto? Okay, wenn das so ist, dann will er, dass wir uns darum kümmern.«

»Wir teilen das auf«, legte Svenja fest. »Ich nehme das Penthouse, du gehst in Bens Kneipe und suchst nach dem Mann, der mir angeblich einen Job anbieten wollte. Und ich denke, du solltest Goldhändchen anrufen und ihm die Lage des Penthouse erklären. Vielleicht kann er in einem seiner Zauberbücher nachsehen, mit wem wir es zu tun haben. Hast du Schmerzen?«

»Habe ich, ist aber nicht so schlimm. Ich darf die Memos über Tripolis nicht vergessen. Sowinski steht mir schon auf den Hacken. Ich schreibe erst, dann gehe ich zu Ben. Du könntest also jetzt das Penthouse besuchen. Wir regeln das mit einer ständigen Verbindung. Wenn du einen Ohrknopf nimmst, ist das sicher, und ich weiß immer, wie es dir geht.«

»Glaubst du, dass deine Mutter bald stirbt?«, fragte sie unvermittelt.

»Toni sagte mir, dass es Fälle gab, in denen die Leute noch ein halbes Jahr in diesem Zustand lebten. Aber er sagte auch, dass die Phasen, in denen sie ihre Umwelt wahrnehmen, immer seltener werden. Er ruft hier an, wenn irgendetwas ist. Ich hoffe nur, sie muss sich nicht so lange quälen. Und jetzt greife ich mal auf unseren bewährten Mitarbeiter an den Computern zurück.«

Wie üblich versuchte Goldhändchen sich rar zu machen und sagte sehr zurückhaltend: »Guten Tag, mein lieber Freund, eigentlich habe ich keine Minute Zeit.«

»Aber es ist dringend!«, betonte Müller. »Wir wollen einbrechen.«

»Ja, gut, aber nur sechzig Sekunden.«

Müller versuchte zwar, das Problem in sechzig Sekunden darzustellen, brauchte aber natürlich mehr als zwei Minuten.

»Ich schaue mal, was ich machen kann«, murmelte Goldhändchen mit der Attitüde des Künstlers. »Ich rufe dich zurück.«

Nach erstaunlich kurzer Zeit rief er zurück und sagte: »Da hast du aber ein ganz besonderes Schätzchen aufgetan, mein Lieber. Hausnummer sechs. Der Bewohner des Penthouse ist ein gewisser Ulrich Schmallenberg, Ulk genannt. Sein Hauptberuf ist Sohn und Erbe. Sein Vater ist Gründer eines Versandhauses, das im Wesentlichen Herrenbekleidung anbietet. Hemden, Schuhe und so weiter. Du weißt schon: Du bestellst drei Oberhemden und zahlst nur zwei. Klingt verblüffend günstig, ist es aber nicht. Ulrich Schmallenberg hatte ursprünglich die Absicht, in die Produktion deutscher Spielfilme einzusteigen. Das nahm er auch in Angriff, stolperte dann aber über zahlreiche Sternchen der dritten und vierten Kategorie, mit denen er ins Bett stieg und nicht wieder herausfand. Inzwischen ist er mit Ausnahme eines Taschengeldes vom Vater pleite, treibt sich von morgens bis abends in der Stadt herum, und das Penthouse bewohnt er nur deshalb, weil sein Vater es für ihn gekauft hat. Das Gleiche gilt für den Porsche, den er fährt. Der Junge gibt sich alles: Hasch, Speed, Tranquilizer, Koks, das ganze Gedöns. Vorbestraft ist das Söhnchen auch. Wegen Drogenbesitz und Trunkenheit am Steuer. Der Knabe ist sechsunddreißig Jahre alt, und nach meiner Einschätzung braucht ihr wirklich nicht bei ihm einzubrechen. Geht einfach hin und klingelt! Aber damit ihr nicht verloren umherirrt, habe ich zwei Telefonnummern, Festnetz und Handy. Wenn ihr euch bedienen wollt, bitte sehr ...« Dann zögerte er, wollte noch etwas sagen, ließ es aber.

»Was ist jetzt?«, fragte Müller.

»Na ja, ich könnte dir ein Foto von diesem Schmallenberg rüberbeamen, geht aber nicht. Frau Takamoto ist ja abgeschaltet.«

»Verdammt noch mal«, schnauzte Müller. »Seit wann bist du denn ein solcher Kleingeist?«

»Eigentlich noch nie gewesen.« Goldhändchen schien bedrückt. »Ach, weißt du was? Wenn sie mich erwischen, war das ein Irrtum. Gut, ich schicke das Foto.« Kurz darauf piepste das Fax, Müller nahm das ausgedruckte Bild und reichte es an Svenja weiter.

»Der sieht so brav und bieder aus, da gehe ich hin und klingele«, entschied Svenja.

»Okay«, sagte Müller. »Ich werde bei dir sein.«

Svenja ging hinunter, trat auf die Straße, prüfte kurz, ob die Verbindung zu Müller sauber war, und bog dann in die Nebenstraße ein.

»Es ist ein normaler sechsstöckiger Bau«, sagte sie. »Ich zähle acht Klingeln. Das Haus ist gehobener Standard. Die oberste Klingel ist ohne Namen. Ich versuche es dort.«

»Als was willst du auftreten?«

»Gute Frage. Ich bin einfach eine neugierige Frau«, sagte sie. »Da fällt mir schon etwas ein, und außerdem habe ich das Recht zu fragen, wenn ich so fotografiert werde.« Sie lachte. »Du wirst mich hören. Hier ist ein Lift, ich steige ein.«

»Pass auf dich auf. Hoffentlich geht das gut.«

Als Nächstes hörte Müller Svenja in hellem Erstaunen sagen: »Ja, grüß dich, Ulk. Ich sehe, du hast Besuch. Da will ich nicht lange stören. Ich komme für die Stantons-Leute. Die schmeißen heute Abend eine Party und brauchen was.«

Eine männliche Stimme sagte: »Häh?«

»Ich kann auch wieder verschwinden. Ich wusste ja nicht, dass du hier eine Konferenz hast.«

Derselbe Mann sagte etwas gequält: »Nein, nein, schon gut. Das sind Freunde. Du kannst was haben. Was soll es denn sein?«

Ein anderer Mann fragte: »Wer bist du denn, Mädchen?«

»Sally«, antwortete Svenja. »Wie gesagt, ich kann auch wieder gehen und später wiederkommen. Also, ich will hier nicht stören. Ich dachte, Ulk ist allein. Jetzt sehe ich drei Macker und frage mich, ob mir das peinlich sein muss.«

»Was brauchst du denn?«, fragte die erste männliche Stimme, von der Müller annahm, dass sie Ulrich Schmallenberg gehörte.

»Die übliche Cocktailmischung«, antwortete Svenja schnell. »Also sechzig- bis siebzigmal Koks, aber nur erstklassige Ware. Verschnitt will ich nicht, damit kann ich nichts werden. Dann was Gutes zum Runterkommen für die Nacht, also am besten Zwanziger Valium, wenn es geht, das Original. Auf keinen Fall irgendwas von den Polen, und auch nichts von den Rumänen. Schon gar nichts aus Holländerküchen. Nur sauberes Zeug.«

»Lieber Gott!«, hauchte Müller. »Mach jetzt keinen Scheiß.«

»Okay«, sagte die tonlose Stimme. »Darüber kann man reden. Aber du zahlst bar, Mädchen, sonst überlasse ich dich meinen Kumpels.«

»Keine Drohung! Ich zahle bar. Wenn es recht ist, in US-Dollar. Und noch was, Ulk: Kann ich mal für kleine Mädchen?«

»Geh ruhig pinkeln«, sagte Ulk und lachte. »Du weißt ja wohl noch, wo. Dann reden wir weiter.«

»He«, sagte die tonlose Stimme, »was hier abgeht, bestimme ich, oder? Na gut, ich will nicht, dass du dir in die Hose machst, aber dann will ich die Dollar sehen, damit das klar ist.«

»Ja, ja, schon gut«, sagte Svenja.

Es waren keine Schritte zu hören, also bewegte sie sich auf Teppichboden.

Eine Tür ging auf, wurde wieder geschlossen, ein helles Knacken für den Riegel. Dann kam ein lautes Rauschen. Wahrscheinlich ließ Svenja Wasser laufen.

»Das sind Dealer, und sie haben das Sagen. Auf dem Glastisch liegen locker zwanzig, dreißig Kilo. Ich weiß nicht mal, was genau. Speed und Koks und anderes Zeugs. Ulk gegenüber betone ich, dass wir uns kennen. Er ist völlig zu, hat ein paar Lines vor sich auf dem Tisch. Wahrscheinlich bezahlen sie ihn mit Stoff dafür, dass sie in seiner Wohnung dealen können. Was jetzt?«

»Ich lass mir was einfallen!«, sagte Müller. »Zieh es raus, solange es geht, und riskiere nichts.«

Er hörte, wie das Wasser abgedreht wurde und sie die Tür aufmachte.

Er rief Sowinski an.

»Ja, was willst du?«

»Ich brauche Drogenfahnder. Jetzt. Svenja sitzt knietief in einer Falle. Hier die Adresse. Hast du das?«

»Habe ich«, sagte Sowinski sehr ruhig. »Ich tue, was ich kann.«

Der Mann mit der merkwürdig tonlosen Stimme sagte: »Ich hoffe, du hast Pipi gemacht. Und jetzt wollen wir das Geld sehen. Hast du ausgerechnet, wie viel du vorlegen musst?«

»Ja«, sagte Svenja. »Ich lege für das Paket neuntausend Dollar auf den Tisch. Aber ich will den Stoff sehen und probieren, sonst läuft gar nichts. Und bei den Tranquilizern will ich die Originalverpackungen sehen. Nur das Original-Valium, sonst nichts. Und versucht nicht, mir den Mond zu verkaufen, ich weiß selbst ganz genau, was ich will.«

»Du bist aber ein Schätzchen«, sagte die flache Stimme, und darin lag unverkennbar ein Hauch Anerkennung. »Und wahrscheinlich hast du auch eine Waffe bei dir und schießt mich richtig tot, wenn ich nicht gehorsam bin.«

Einige Männer lachten.

»Ja«, sagte Svenja gelassen. »So was passiert schon mal.«

Die Männer lachten wieder.

»Also, setz dich doch. Hier ist das Valium, Originalverpackung.«

»Ich stehe lieber«, sagte Svenja. »Das Valium geht okay. Jetzt das Koks.«

Müller wusste, was sie jetzt tat. Sie nahm etwas Kokain auf den Zeigefinger und rieb sich damit über das Zahnfleisch. Wenn es kalt und gefühllos wurde, war der Stoff sauber.

»Okay. Das geht auch«, sagte Svenja. »Also siebzig Portionen, macht rund hundert Gramm. Nicht portionieren, einfach in eine Tüte. Und jetzt setze ich mich mal, bis ihr fertig seid. Mann, Ulk, lange nicht gesehen. Ich weiß noch, wie du im Adlon mal einen Haschkuchen vernascht hast und anschließend nicht mehr wusstest, wer du bist.« Sie lachte, und die anderen stimmten ein.

Dann schrillte die Türklingel.

»Der Nächste«, sagte Ulk gelangweilt.

»He, das ist aber Scheiße, Leute«, moserte Svenja. »Keiner soll mich hier sehen.«

»Sie hat recht«, sagte der mit der flachen Stimme. »Lass sie lieber woanders warten. Sie ist ein Profi.«

Müller schätzte ihn als sehr gefährlich ein. Er wirkte überaus kontrolliert. Wahrscheinlich trug er eine Waffe und würde sie auch ohne Hemmung einsetzen.

»Geh in mein Schlafzimmer, nein, in die Küche, dritte Tür rechts«, sagte Ulk.

»Hoffentlich finde ich da einen Champagner«, sagte Svenja.

Müller hörte, wie sie eine Tür öffnete und dann wieder schloss.

»Hast du eine Idee?«, fragte sie.

»Schau nach dem Champagner für dich«, sagte er mit einem leichten Glucksen in der Stimme. »Aber übertreib es nicht.«

Er hörte, wie sie den Eisschrank öffnete.

»Er hat tatsächlich Schampus da«, sagte sie.

»Na dann Prost!«, sagte Müller. »Sieh zu, dass du da bald rauskommst.«

»Okay.« Er hörte, wie sie den Korken mit einem *Plopp* hochkommen ließ. Dann das gluckernde Geräusch, als sie eingoss.

Nach einer Weile hörte er erneut die Tür. Ein Mann sagte: »Alles klar, du kannst jetzt abrechnen.«

Dann war es kurz still.

»Okay«, sagte Svenja. »Danke für den Champagner. Hier sind neuntausend Dollar für euch. Ich will meinen Stoff und bin dann mal weg.«

»Du könntest für mich arbeiten«, sagte der mit der flachen Stimme.

»Nee!«, sagte Svenja. »Der Markt ist mir zu unübersichtlich, und die Typen sind mir zu gierig. Es reicht, wenn ich mal was besorgen muss.«

»Und wovon lebst du?«, fragte die flache Stimme.

»Versicherungen«, antwortete Svenja. »Was könntest du mir denn anbieten?«

»Zunehmende Kontrolle des Marktes«, sagte der Mann. »Aufpassen, dass man nicht auf faule Kunden trifft.«

»Und die Bezahlung?«, fragte Svenja.

»Monatslohn«, sagte die Stimme, ohne eine Sekunde zu überlegen. »Fünftausend für den Anfang, kann sich aber steigern.«

»An wen wende ich mich denn, wenn ich dich sprechen will?«

»An Charlie. Der steht da am Fenster, der passt auf mich auf. Er ist abends in einer Kneipe am Prenzlauer Berg. Kastanienallee. Ist ein Pizzaladen, gutes Geschäft, saubere Kunden.«

»Ich werde mir das überlegen«, sagte Svenja.

Dann klingelte es wieder. Jemand bewegte sich zur Tür, fragte: »Ja, bitte?« Er klang wie Charlie.

Müller konnte nicht verstehen, was der Besucher wollte, aber Charlie sagte: »Okay, komm rauf!«

»Muss ich noch mal in die Küche?«, fragte Svenja schnell.

»Nein, das geht so«, sagte die flache Stimme beruhigend. »Ist wohl jemand, der was anbieten will. Ein Profi, aber keine große Nummer.«

»Wie schön!«, murmelte Svenja. »Hat jemand von euch bösen Jungs eine Zigarette für mich?«

»Ja, klar«, sagte Charlie vor dem Fenster. »Haben wir doch.«

Dann war es für Sekunden ganz ruhig, bis Charlie sagte: »Hier, Mädchen.«

»Danke!«

Etwas klickte, wahrscheinlich ein Feuerzeug.

Dann hörte man eine tiefe Männerstimme: »Polizei! Bewegen Sie sich nicht. Alle auf den Boden! Alle!«

Es war plötzlich sehr still, bis einige dumpfe Geräusche ertönten. Dann knallte ein Schuss, mörderisch dicht am Mikrofon.

»Scheiße!«, schrie Müller.

Dann war es wieder ganz still.

»Auf den Boden!«, befahl dieselbe Männerstimme. »Klaus, ruf mal den Notarzt. Schussverletzung.«

»Was soll das denn?«, fragte eine Stimme kichernd. Das konnte nur Ulk sein, den das Kokain zum lieben Gott machte.

»Warum schießt du denn auf mich?«, schrie Charlie.

»Junge Frau, Sie legen jetzt Ihre Waffe neben sich auf den Boden!«, bestimmte eine scharfe Männerstimme. »Wer ist der Besitzer dieser Wohnung?«

»Ich, der kleine Ulk. Was macht ihr denn hier für ein Theater, Leute? Ist doch nichts passiert. Das klären wir, dann geht jeder nach Hause, und später treffen wir uns wieder und lachen drüber!«

»Klaus! Schaff diese Frau hier raus. Am besten in einen anderen Raum. Identifikation und so. Hol mal ihre Waffe da vom Teppich, Kurt. Sieh mal einer an, da haben wir aber einen Tante-Emma-Laden mit einem ordentlichen, breiten Warenangebot. Und wer ist hier der Chef?«

»Na ich«, sagte Ulk. »Wer denn sonst?« Er kicherte schrill.

Dann war es wieder still.

Plötzlich eine leise Männerstimme: »Machen Sie, dass Sie Land gewinnen. Wir rufen Sie an.« Eine Tür wurde bewegt und geschlossen.

»So eine Scheiße!«, rief Müller.

»Ganz recht!«, kam Sowinskis Stimme eisig und voll Hohn. »Die Frau hat ein Disziplinarverfahren am Hals. Sie ist offiziell abgeschaltet und mischt hier fröhlich Drogendealer auf! Zieht sogar die Dienstwaffe und legt einen von denen auf den Teppich. Wenn das rauskommt, können wir alle unseren Hut nehmen.«

DREIZEHNTES KAPITEL

»Du hast mich gebeten, diese Protokolle der Libyer über die Verhöre der angeblichen Terroristen nachzulesen, die die USA beziehungsweise die CIA, nach Tripolis fliegen ließen«, sagte Esser. »Das habe ich getan, allerdings nur flüchtig, denn sie sind so umfangreich, dass man dazu wahrscheinlich einen ganzen Monat braucht. Ich will gestehen, dass ich danach schlecht geschlafen habe. Das ist kein Lesespaß. Sie haben den Männern - es waren in der Regel nur Männer - wirklich Fingernägel mit Zangen ausgerissen. Und sie haben die Methode *One Drop Only* aus den ganz dunklen Kellern der Menschheit neu erstehen lassen.«

»Was ist das?«, fragte Krause.

Esser schwieg einen Augenblick, dann sagte er: »Es gab mal eine Reklame für ein Mundwasser, das *One Drop Only* hieß. Das Zeug soll so scharf und gut sein, dass ein einziger Tropfen in einem Glas mit Wasser ausreicht, um einer guten Mundhygiene gerecht zu werden. Unser oft zitierter Onkel Tobruk machte daraus eine richtige Schweinerei. Er ließ Gefangene auf einem Stuhl festschnallen, und zwar so, dass sie ihren Kopf nicht mehr bewegen konnten. Dann wurde den Männern auf dem Schädel eine kleine Stelle kahl geschoren. Darüber war ein Gefäß mit Wasser, aus dem nur ein einzelner Tropfen auf diese kahle Stelle auf dem Schädel fiel. Anfangs stört das nur wenig, dann wird es lästig, schließlich wird es zu einer Tortur, die Menschen verrückt machen kann. Der Gefangene nimmt sehr schnell jeden Tropfen wie einen Trommelschlag wahr. Irgendwann dreht man durch und gesteht einfach alles, was der Vernehmende hören will.«

»Gibt es Namen der Gefangenen?«

»Ja, alles. Name, Adresse, Alter, Geburtsort, Grund und Anlass des Terrorverdachts. Dann sämtliche Namen der Verhörenden. Svenja hat noch gut vierzig Disketten aus den Rechnern geholt. Da steht alles drin, auch über die Verwaltung dieses mörderischen Apparates bei den Libyern. Männer und Frauen, die gut arbeiteten bei den Verhören, die viele Geständnisse aus den Gefangenen herausholten, bekamen besondere Geldzulagen, wenn sie eine Methode oder eine Kombination von Verhörmethoden ausprobierten und damit Erfolge nachweisen konnten. Es gibt schlichtweg nichts, was sie ausgelassen haben.«

»Ein anderes Thema«, sagte Krause. »Was halten wir von dieser Frau, die angeblich das C4 kaufte und es nach Deutschland bringen will? Kann es sein, dass wir sie in anderen Krisengebieten auf diesem Planeten treffen werden? Atze hat gesagt, sie kommt viel rum. Sollten wir befreundete Dienste bitten auszuhelfen, wenn sie etwas haben? Oder ist das alles noch ein Dunkelfeld?«

»Hast du das Memo von Dehner gelesen, in dem er sein Gespräch mit Atze schildert?«

»Ja, habe ich. Warum?«

»Dehner sagt, die Dame sei in Mogadischu aufgefallen, als ein CIA-Agent getötet wurde. Ein gewisser Ole Bauer. Atze war auch vor Ort. Er hat Weizen nach Mogadischu geliefert. An seiner Erinnerung ist nicht zu zweifeln. Und sie war in Pakistan im Rahmen dieser gewaltigen Flutkatastrophe. Sie ist also sehr beweglich und überall zu Hause. Atze ist der Meinung, dass sie etwas sehr Einfaches tut: Sie bietet ihre Dienste an. Wir wissen allerdings nicht, wie diese Dienste aussehen. Ich würde raten, noch ein wenig abzuwarten, vielleicht taucht sie in anderen Zusammenhängen wieder auf.«

»Sie soll angeblich aus Braunschweig stammen.«

»Goldhändchen bestätigt das. Näheres haben wir aber noch nicht. In Braunschweig gemeldet ist sie aber zurzeit auf keinen Fall.«

»Gibt es dort Verwandte von ihr?«, fragte Krause weiter.

»Das wird gegenwärtig festgestellt«, antwortete Esser. »Sag mal, du willst dich doch nicht auf diese fragwürdige Dame einlassen, oder?«

»Fragwürdige Damen hatten wir schon öfter«, meinte Krause nachdenklich. »Da ist etwas an ihr, das mich neugierig macht. Dieser CIA-Agent, wie hieß der noch mal?«

»Ole Bauer.«

»Richtig. Erdrosselt mit einer Gitarrensaite in Mogadischu. Klingt irgendwie bizarr. Ich lege mich nicht fest, aber ich wäre dir dankbar, wenn du Dehner zu mir schicken könntest. Möglichst sofort.«

»Okay. Und noch etwas: Könntest du auf Svenja einwirken, dass sie sich, verdammt noch mal, aus allem heraushält? Wenn der Dienst schon unter Beschuss steht, dann sollten wir uns hüten, uns mit einer Kollegin zu belasten, die einen Berliner Drogendealer mit einem Schuss in den Fuß stoppt.«

»Wie bitte?«

»Ja, das ist passiert, wirklich. Natürlich hat sie eine einleuchtende Erklärung, aber so etwas kann schnell in die Hose gehen. Ich hatte einen Staatsanwalt am Telefon, der mir drohte, er würde die Frau als Zeugin laden.«

»Dann muss ich mit ihr reden.«

»Danke!«, sagte Esser.

Thomas Dehner stand zwanzig Minuten später vor der Haustür und wurde von Wally empfangen.

Er staunte über die ganzen Kommunikationsgeräte auf dem Couchtisch und sagte: »Meine Güte!«

»Sie sprechen mir aus der Seele«, sagte Krause. »Nehmen Sie Platz. Alles klar? Irgendwelche Nachwehen?«

»Tripolis war kein Arbeitsessen«, sagte Dehner. »Es war ziemlich hart. Ich musste Tobruk erschießen.«

»Und ich habe das ausgelöst durch meine Entscheidung«, sagte Krause.

»Ja!«, sagte Dehner. »Ich weiß, es musste sein.«

»Ich wollte Müllers Leben retten«, sagte Krause leise.

»Ist mir klar. Trotzdem.«

»Wollen Sie darüber reden?«

»Ja, würde ich gern.«

»Mit mir?«

»Nein, nicht mit Ihnen.«

»Gut, Sie kriegen professionelle Hilfe. Ich weise das an.« Er drückte auf einen Knopf und sagte: »Kannst du Anweisung geben an den Psychologischen Dienst? Beratung für Thomas Dehner nach dem Tod von Onkel Tobruk. Ziemlich dringend.«

»Ja«, sagte Esser. »Wird erledigt.«

»Nun zu uns beiden«, begann Krause. »Gießen Sie sich ein, was Sie mögen.«

»Einen Kaffee vielleicht«, sagte Thomas Dehner und griff nach der Thermoskanne.

»Sie trafen diese Frau in Tirana, von der wir jetzt wissen, dass sie Madeleine Wagner heißt. Sie erlebten sie für ein paar

Stunden. Ihr Memo in dieser Sache ist sehr gut. Sie erwähnen einmal, dass diese Frau sich in der Umladestation des Sprengstoffs umsah und danach fragte, wie das C4 auf die abholenden Lkws geladen wird. So weit, so gut. Was meinen Sie: Hat jemand diese Frau geschickt? Oder erledigt sie da etwas im eigenen Namen?«

»Gute Frage«, sagte Dehner. »Ich würde sagen, sie kaufte das Zeug, wie andere Frauen ein Kleid kaufen. Sie kaufte es für sich. Aber das ist natürlich nur ein Gefühl, ich kann dieses Gefühl durch nichts belegen.«

»Ich verstehe.« Krause nickte. »Jetzt zu einem weiteren Punkt. Sie erwähnen in Ihrem Memo, dass die Frau diese Fabrik, in der Jongen Truud das C4 herstellt, besichtigt hat, das heißt: Sie fuhr in dem von Truud gemieteten Audi an der kleinen Fabrik vorbei. Oder hat sie diese Fabrik betreten?«

»Nein, sie hat die Fabrik nicht betreten. Sie fuhr langsam an der Fabrik vorbei, so wie ich das auch gemacht habe. Mir kam sogar die Idee, dass sie vielleicht nur sehen wollte, wo das C4 hergestellt wurde. Dann dachte ich, dass das Unsinn ist, denn warum sollte sich eine Frau eine Fabrik für Sprengstoff von außen ansehen wollen? Sie ist an dem Stoff interessiert, nicht an drei tristen Fertigungshallen. Mir kam auch die Idee, dass sie vielleicht eine Agentin ist, die so vorgeht, wie wir das tun. Ich habe auch gedacht, dass sie möglicherweise für irgendeine Staatsanwaltschaft arbeitet, die eine Klage vorbereitet. Eine Klage gegen den Hersteller Jongen Truud.«

»Sie sind fasziniert von dieser Figur, nicht wahr?«

»Ja«, antwortete Dehner. »Unbedingt. Sie ist jemand, bei dem ich gern wissen möchte, woher er kommt, welchen Weg er gegangen ist, was ihn beeinflusst hat. Wie kommt eine junge Frau aus Braunschweig dazu, in der Welt herumzureisen und ihre Dienste anzubieten – wofür auch immer?«

»Ja, ja, das ist in der Tat ein Rätsel. Aber mir scheint, Sie haben etwas übersehen, junger Mann.« Krause starrte in seinen winzigen Garten hinaus. »Also, noch einmal in Ruhe: Da kommt eine junge Frau nach Tirana und will eintausend Kilo C4. Schon das ist sehr ungewöhnlich. Sie bekommt das Zeug anstandslos von Jongen Truud, sie zahlt in bar, also etwa achtzig- bis hunderttausend Dollar. Warum das alles?«

»Weil sie gründlich vorgeht«, sagte Dehner.

»Falsch«, sagte Krause mit einem leichten Lächeln. »Weil sie sich kennen: Truud aus Amsterdam und Madeleine aus Braunschweig.«

Dehner hielt seinen Kopf gesenkt und sagte: »Ich Trottel. Natürlich.«

»Dann sollten wir Gas geben«, sagte Krause und drückte einen Knopf. »Sowinski, mein Lieber, schaff mir den Gregor von der CIA in die Leitung. Goldhändchen soll ins Archiv gehen und herausfinden, wo Jongen Truud in den letzten Jahren, bevor er nach Tirana ging, gearbeitet hat.«

»Kommt«, sagte Sowinski blechern aus dem Lautsprecher. »Falls er nicht abgeschaltet ist.«

»Natürlich«, bemerkte Dehner, »sie sehen sich wieder, er erzählt stolz von seiner C4-Fabrik und seinem Auslieferungslager. Und sie fährt diese Stationen ab, um nachzusehen, ob er die Wahrheit sagt.«

»Hier ist Gregor, und er ist schlecht gelaunt«, platzte Sowinski dazwischen.

»Hallo, Kollege«, sagte Krause. »Weißt du was über Ole Bauer? Die Geschichte spielte in Mogadischu.«

»Weshalb willst du das wissen? Und warum kannst du nicht damit warten, bis ich ausgeschlafen habe?«, polterte der Amerikaner.

»Es ist dringend!«

Der CIA-Mann schwieg einen Augenblick. »Unser Ole ist erdrosselt worden. Wir haben keine Ahnung, wer der Täter war, aber wir haben schon früher in Afghanistan auf die gleiche Weise zwei Leute der Drug Enforcement Administration verloren.«

»Sonst noch jemand?«, fragte Krause.

»Ja, noch einer. Ein Koreaner, aus Seoul. Li Nam. Es ging um den Kokainmarkt dort. Ein Beamter von uns war eingeschleust, wir wollten rausfinden, welche der rivalisierenden Banden das Sagen hatte, wer die Preise bestimmte, wer die Kontrolle hatte. Und weil das viel mit Waffenlieferungen und Gegengeschäften zu tun hatte, haben wir es gemacht. Unser Mann war an diesem Li Nam hart dran. Und plötzlich war Li Nam tot. Erdrosselt mit einer D-Saite.«

»Ich schlage dir ein Geschäft vor«, sagte Krause.

»Wie soll das aussehen?«

»Ich bekomme von euch sämtliche Unterlagen, die diese Morde betreffen. Vor allem alle Tatortfotos. Im Gegenzug kannst du dir hier alle Unterlagen über den Folterer Onkel Tobruk in Tripolis abholen, einschließlich aller Briefe und Notizen, die deine Leute in dieser Sache an die Libyer geschrieben haben. Wir haben etwa siebenhundert Seiten in einem Aktenordner und rund vierzig Disketten der guten alten Sorte über das blutige Geschäft des Tobruk.«

Es folgte ein langes Schweigen.

»Ist das dein Ernst?«

»Es ist mein Ernst«, sagte Krause. »Aber du musst selbst kommen, das kann ich keinem Boten anvertrauen.«

»Du hast gute Leute, alle Achtung.«

»Es war eine sehr gute Frau. Die Beste«, sagte Krause zufrieden.

Karl Müller hatte einen Termin beim Arzt vom Dienst.

Er bekam einen neuen Verband und den Rat, die Krücken nicht mehr zu benutzen, eine Schonhaltung zu vermeiden und sich viel, aber vorsichtig zu bewegen. »Und keine Schmerzmittel. Benötigen Sie psychologische Hilfe?«

»Danke, nein, brauche ich nicht.«

»Sie sollten mir aber trotzdem die Gefühle beschreiben, die nach Ihrer Verwundung in Ihnen aufgestiegen sind. Ich muss auch diese Frage stellen.«

»Der alte Mann und die jungen Leute, die mich anschossen, waren sicherlich aus ihrer Sicht im Recht. Ich habe sie bedroht, ich habe den alten Mann angegriffen und auf eine Liege geworfen. Ich muss mich nicht damit auseinandersetzen.«

»Das reicht mir schon, danke«, sagte der Arzt.

Müller rief ein Taxi und ließ sich zu Svenjas Wohnung fahren. Er hatte vor, seine Sachen zu holen und in seine eigene Wohnung zu fahren. Er musste Wäsche waschen und Kleidung in die Reinigung bringen, musste seine Post durchsehen, Rechnungen bezahlen – all die Dinge erledigen, die er so furchtbar öde fand.

Svenja war nicht da, sie hatte ihm eine Nachricht hinterlassen: *Muss zum Chef, ich weiß nicht genau, warum. Möglich, dass sie mich gefeuert haben. Anna-Maria hat angerufen, sie klang traurig und nach Chaos. Ruf sie mal an, ich habe es versprochen. S.*

Weil er ohnehin wusste, dass er sich nicht verstecken konnte, rief er seine Tochter an.

Seine Exfrau war am Apparat, sie klang erschöpft. »Ich bin vollkommen fertig. Dass du dich auch mal wieder meldest, ist ja echt eine Sensation. Ja, ja, danke der Nachfrage. Anna-Maria ist gut drauf, ich bin gut drauf, alles in Ordnung, keine besonderen Vorkommnisse.«

»Ist Anna-Maria da? Kann ich sie sprechen?«

»Ja, sie ist da. Und versprich ihr nicht wieder, mit ihr ein Eis essen zu gehen. Das hast du schon so oft angekündigt, und nie hat es geklappt.«

»Ich verspreche ihr nichts«, versicherte er.

Dann war seine Tochter am Apparat, es wurde sofort hektisch.

»Können wir uns treffen, Papa?«

»Ja. Wann soll es denn sein?«

»Jetzt.«

»Kannst du denn in die Stadt kommen? Ich meine, du brauchst doch einen Bus oder eine Straßenbahn oder die U-Bahn oder was weiß ich. Und es ist schon fast Abend. Ich meine ...«

»Das macht doch nichts«, rief sie begeistert. »Ich darf sowieso bis neun, halb zehn aufbleiben. Das geht doch, Papa.«

»Sag Mama, sie soll dir ein Taxi rufen und dir Geld leihen. Ein Zehner wird reichen. Du fährst bis zum Hauptbahnhof vor den Haupteingang. Ich komme auch dorthin, okay?«

»Ja klar, Papa. Bis gleich.«

Müller bestellte sich ein Taxi, und er war froh, dass er dem Treffen mit seiner Tochter sofort und ohne Wenn und Aber zugestimmt hatte. Er wollte es hinter sich bringen. Er hatte ein schlechtes Gewissen, hatte wegen dieses Kindes immer ein schlechtes Gewissen gehabt.

Er hinterließ Svenja ebenfalls eine Nachricht, er sei unterwegs mit seiner Tochter und werde sie anrufen.

Er war vor ihr am Hauptbahnhof und sah zu, wie sie aus dem Taxi stieg. Sie ist ein ganz schönes Stück gewachsen, dachte er, und sie ist wirklich hübsch. Sie kam auf ihn zugerannt und schlang die Arme um seine Taille. »Papa!«

»Das ist aber schön«, sagte er. Sie war doch noch ein richtiges Kind. Hoffentlich. Sie war jetzt zehn.

»Wo bist du denn zuletzt gewesen?«, fragte sie atemlos.

»In Tripolis, in Libyen, Nordafrika«, antwortete er.

»Ich habe Mama gesagt, ich wette, dass du da bist. Weil du bist doch immer im Krieg, und das ist immer im Fernsehen.« Ihre zarten Finger mit den grün lackierten Nägeln flatterten aufgeregt durch die Luft, während sie nebeneinanderher gingen.

»Was treiben wir jetzt? Hast du Hunger?«

»Ich muss dich sprechen«, sagte sie mit ernster Miene. »Es ist wirklich dringend. Kann ich nicht bei dir leben, Papa? Zu Hause ist es ganz schrecklich.« Plötzlich sah sie, dass er humpelte. »Was hast du denn?«

»Nur eine kleine Verletzung«, sagte er. »Das ist bald wieder okay. Wieso ist es zu Hause denn schrecklich?«

»Mama hat jetzt diesen Neuen, Ronald heißt der. Er ist ein Arsch, ein richtiger Arsch, Papa. Er ist wirklich übel. Er meckert rum, wo er kann. Dauernd ist es ihm zu laut, weil er immer liest. Fernsehen kann man auch nicht mehr, weil er dasitzt und liest. Wenn Freundinnen bei mir sind, müssen wir auf Zehenspitzen gehen. Ich will da weg. Und er ist arbeitslos.« Sie sprach das letzte Wort voller Verachtung aus. Dann sah Müller, dass sie weinte.

»Das geht leider nicht.« Er bemühte sich um Freundlichkeit und Zuwendung, fühlte dabei langsam Panik aufsteigen und rang um die richtigen Worte. »Ich bin die meiste Zeit irgendwo im Ausland unterwegs, ich bin nur ganz selten in Berlin. Das weißt du doch. Bei mir kannst du nicht leben, weil ich hier nicht lebe.« Wie soll sie das verstehen?, dachte er. Ich war noch nie wirklich für sie da. Sie weiß nichts von mir, ich weiß nichts von ihr.

»Wenn du von irgendwoher zurückkommst, Papa, dann könnte ich für dich kochen. Das ist doch easy.« Sie weinte immer noch.

»Ein Treffer bei meiner Nummer sechzehn«, sagte eine junge Frau ein wenig spöttisch. »Scheint ein Mann zu sein. Er hat keine Ahnung von Frauen und ist der festen Meinung, er hätte alle im Griff. Er spricht davon, dass niemand die Leistungen unserer Kanzlerin zu würdigen weiß.«

»Ich habe hier einen oder eine, die sagt, ihr Vater hätte behauptet, der BND sei in völlige Bedeutungslosigkeit abgerutscht. Seit sie ihm sogar die Baupläne für das neue Zentrum geklaut haben, könne man vom Geheimdienst nichts mehr erwarten.«

»Hier steht was ganz Tolles«, sagte einer der jungen Männer. »Jemand, der sich Watcher nennt, hat herausgefunden, dass alle politischen Gemeinheiten der letzten Wochen, die sich gegen unsere Kanzlerin richten, ohne Antworten blieben, weil die Frau zu viel zu arbeiten hat und auf die haltlosen Unterstellungen nicht mehr angemessen reagieren kann.«

»Hier steht, dass der mit Abstand größte Gegner des BND seine eigene Rechtsabteilung ist, die jedes Risiko vermeidet und jede echte Agententätigkeit unterbindet. Überschrift: Der BND im Würgegriff der Männer ohne Mumm!«

»Halt!«, schrie eine junge Frau. »Halt das mal fest, bitte. Ich habe hier jemanden, der genau diesen Spruch auf dem Schirm hat. Er nennt sich Wahrer der Wahrheit. Und er sagt, es sei einwandfrei erwiesen, dass der BND ins Ausland geflohene deutsche Wirtschaftsverbrecher als Informanten angeheuert hätte. Er sagt, dass dieses unseriöse Verfahren den Dienst Millionen im Jahr kostet und bisher noch niemals irgendeine wichtige Erkenntnis gebracht hat ...«

»Ich habe hier einen geklauten Lkw. Das ist nicht zu fassen. Woher weiß Goldhändchen so was im Voraus? Das kann doch nicht sein.«

»Hier ist jemand, der keinen Namen hat. Er sagt: Der BND leidet seit Jahren unter der Tatsache, dass alle vielversprechenden Spuren im internationalen Geflecht der Terroristen nur von der CIA kommen und nicht mehr von den Franzosen oder Deutschen. Und dass die Engländer es längst aufgegeben haben, überhaupt auf dieser Verdachtsschiene zu sammeln und zu ermitteln.«

Goldhändchen stand plötzlich in der Tür und strahlte sie an. »Ich nehme an, dass euer Geschäft blüht. Kann ich denn erfahren, was ihr herausgefunden habt?«

»Bis jetzt nur das Übliche: ein paar Verrückte, ein paar, die sich wichtigmachen wollen, nichts Besonderes eben, höchstens Spinner.«

»Dann macht mal fein weiter«, sagte Goldhändchen lächelnd. »Und hinterlasst schleimige Spuren. Ihr werdet sehen, dass es sich lohnt und dass ihr nur auf den fettesten Fisch warten müsst. Er wird euch ins Netz gehen, da bin ich ganz sicher. Und achtet bitte auf die magischen Buchstaben AX (d). Das ist das Kürzel, unter dem unser Informant im Rechnungswesen hier im Haus geführt wird. Und niemand, ich wiederhole, niemand darf das wissen oder jemals gewusst haben. Und trotzdem ist es passiert.« Dann verschwand er und zog die Tür ganz leise hinter sich zu.

Als er wieder in seinem Kommandostand vor den Bildschirmen saß, fragte er sich, ob er mit seinen Erkenntnissen noch ein wenig warten sollte. Er fand es bedrückend, dass Krause für sein Alter eine entschieden zu hohe Schlagzahl an Arbeitsstunden hinlegte. Aber dann siegte der Jäger in ihm, und er klinkte sich in die offene Leitung zu Krause ein.

Er sagte knapp: »Ich hätte da was!«

»Na, dann legen Sie mal los«, sagte Krause nach einem Seufzer.

»Erstens hat sich Gregor von der CIA gemeldet. Er lässt ausrichten, dass er den nächsten Flieger nach Europa nimmt und in acht Stunden in Berlin ankommen wird. Er bittet um das Material aus Tripolis in einem Diplomatenkoffer mit Siegel. Er wird keine Zeit haben, das Material zu prüfen. Er sagt, er hat eigentlich gar keine Zeit. Ich habe das gegengecheckt und festgestellt, dass er nur drei Stunden später auf einer Maschine ist, die Berlin-London-Washington geht. Also das Übliche, die ganz normale Hetze. Ich frage mich allerdings, wie Sie beide zusammenkommen. Wie soll das gehen? Gregor zu Ihnen nach Hause?«

»Auf keinen Fall«, entgegnete Krause scharf. »Sagen Sie Gillian bitte, sie soll den kleinen Konferenzraum neben Esser ein wenig herrichten. Und ich brauche Esser und Sowinski zu dem Termin. Ein Wagen soll mich abholen, dann muss ich eben durch die Hintertür reinkommen.«

Goldhändchen lachte.

Krause fragte: »Noch etwas?«

»Ja. Ich habe Madeleine Wagner in Braunschweig recherchiert. Das Material liegt abrufbereit bei Esser. Es existiert eine Mutter namens Ulrike. Sie ist vierundfünfzig Jahre alt. Nach Ansicht des zuständigen Jugendamtes eine unmögliche Person. Sie verkauft Talismane, rostige alte Nägel, Stückchen von roter Koralle, winzige Halbedelsteine, kleine Stoffpuppen, Kreuze aus alten, vertrockneten Baumästen, mit denen man Gegner verhexen kann. Sie behauptet, sie könne in die Zukunft sehen, und es kostet offiziell zweihundert Euro, von ihr empfangen zu werden. Aber notfalls macht sie es auch für einen Zehner. Sie ist arbeitslos, hat keinen Beruf erlernt und lebte nach Auskunft des Jugendamtes in den letzten dreißig Jahren mit grob geschätzt acht bis zehn verschiedenen Männern. Sie wird vom Sozialamt gesponsert. Und sie ist beim nächsten Lidl-Markt und beim ALDI insgesamt vierzehnmal wegen Diebstahls von billigen Nahrungsmitteln aufgefallen. Meistens war es Schokolade; seltener Schnaps.«

»Das hört sich nicht gut an«, murmelte Krause.

»Nein. Aber vielleicht sollten wir besser auf die Dame verzichten«, äußerte Goldhändchen vorsichtig.

»Aus welchem Grund?«, fragte Krause schnell.

»Weil sie eine Ansammlung trivialer Lebensumstände zu sein scheint. Das Übliche eben: Niemals hat irgendwer sie wirklich ernst genommen, also wurde sie eine Hexe oder irgendetwas in der Art. Acht bis zehn Kerle ausprobiert, und keiner war der Richtige. Das ist so mittelmäßig, dass es schon wieder rührend ist. Das klingt nach einem Lebenslauf in der Kanalisation.«

»Das mag so scheinen«, stimmte Krause zu, »aber eigentlich suche ich nach so etwas.«

Sie hatten sich in Bens Kneipe auf die hohen Hocker am Tresen gesetzt und ein paar Kleinigkeiten zu essen bestellt. Mettbrötchen, die legendär waren, kleine Portionen Krabben mit Schwarzbrot und ein halbes Forellenfilet mit ein wenig Meerrettich.

»Sie hat mich richtig aufgemischt«, sagte Müller trocken und wütend. »Sie war so hilflos und hat dauernd geweint, und ich hatte, verdammt noch mal, kein einziges gutes Argument, außer der Versicherung, dass ich sie ohne Zweifel verstehe und dass ich mir sehr gut vorstellen kann, warum sie nicht mehr bei ihrer Mutter leben will. Was hätte ich denn sagen sollen? Und sie hat ganz ernsthaft vorgeschlagen, dass sie für mich kocht, wenn ich von einem Einsatz nach Hause komme. Irgendwann habe ich gedacht, ich müsste gleich selbst heulen. Sie war so ernsthaft, sie hatte diesen ganz großen Kummer. Und ich wusste die ganze Zeit, dass sie nichts von mir weiß und ich eigentlich auch nichts von ihr. Ich habe keine Ahnung, wovon sie träumt, welche Musik sie gern mag, was für ein Leben sie führt, was sie wirklich über ihre Mutter denkt. Nur immer dieser verdammte Ronald, der ihr auf die Nerven geht.«

»Du liebst sie, nicht wahr?«, fragte Svenja leise.

»Ja, Gott sei Dank, das habe ich deutlich gespürt.«

»Und dann kam deine Wohnung.«

»Dann kam die Wohnung. Ich wusste nicht, wohin mit ihr, ich hatte keine Lust auf Eis essen, und sie wollte auch nirgendwohin, sie wollte einfach nur über diesen Kummer sprechen, verstehst du? Dann weinte sie dauernd, und ich dachte, alle Leute, die uns begegnen, sehen das und denken weiß Gott was. Da habe ich gesagt: Komm, wir fahren in meine Wohnung, da können wir in Ruhe weiterreden. Also haben wir ein Taxi genommen und sind hingefahren. Wir gehen das Treppenhaus hoch, und da sehe ich, dass die Wohnungstür nur angelehnt ist. Die Wohnung war offen, das Schloss war herausgestemmt. Ich glaube, ich habe ziemlich blöd geschaut. Wir sind rein. Dann habe ich gesehen, dass die Wohnung auseinandergenommen worden war. Sie haben schlicht alles durchsucht und wahrscheinlich nichts gefunden. Sämtliche Schubladen auf den Boden entleert, sogar in der Küche. Sie haben sämtliche Polster und Kissen aufgeschlitzt. Die Bude ist ein einziges Trümmerfeld. Ich bin nach Standard vorgegangen, habe Sowinski kontaktiert, weil das Vorschrift ist. Er hat mir Leute geschickt, und die haben uns weggeschickt. Anna-Maria hatte natürlich schreckliche Angst.

Ich habe uns ein Taxi gerufen und bin mit ihr zu meiner Ex gefahren. Das Mädchen war total verwirrt. Ich musste ihr versprechen, mich sofort zu melden, wenn ich irgendetwas weiß. Es war ein richtig schöner Tag, verdammte Scheiße.«

»Haben die wirklich was gesucht?«, fragte Svenja.

»Nein«, antwortete er. »Wer immer diese Leute sind: Sie wollen etwas demonstrieren, sie wollen sagen: Wir haben dich identifiziert, wir wissen, wer du bist und was du tust. Es ist dieselbe Geschichte wie mit dem Foto von uns beiden. Ich habe keine Ahnung, was dahintersteckt, aber es sieht nicht harmlos aus, wir sollten uns Sorgen machen.«

»Hat Sowinski schon angerufen?«

»Nein. Aber er sagte, er wird die Polizei hinzuziehen. Das muss er schon aus versicherungsrechtlichen Gründen. Er lässt eine neue Tür einsetzen und basta.« Müller hob den rechten Arm. »Ben, kann ich noch ein Pils haben?«

»Dann gehen wir fröhlichen Zeiten entgegen, und ich kann darauf warten, dass jemand meine Wohnung verwüstet.« Svenja seufzte. »Vielleicht sollten wir eine Hotelsuite nehmen. Ich frage mich, was da im Hintergrund abläuft. Ich glaube nicht mehr, dass das alles nur mit Atze zu tun hat. Ich glaube viel eher, dass jemand daran arbeitet, unseren Präsidenten aus dem Amt zu schießen, und natürlich auch Krause, Esser und Sowinski. Irgendjemand will die große Veränderung, den ganz großen, neuen Anfang. Und die Chance dazu bekommt er nur, wenn er alles, was steht und funktioniert, kaputtmacht, irgendwie.«

»Das denke ich auch.« Müller nickte. »Haben sie dich jetzt eigentlich gefeuert?«

»Nein, haben sie nicht. Krause sagt, sie werden mich abmahnen. Er meint, ich soll mich einfach aus allem heraushalten. Ich habe ihm diese Dealernummer erklärt, und er sagte, er habe sich das genauso vorgestellt. Er war ganz merkwürdig, beinahe irgendwie unsicher. Nicht unsicher bei mir, da war er klar. Aber unsicher, was ihn selbst anbelangt. Er sagte, die Rechtsabteilung werde ihn anhören, er sagte auch, sie würden dich anhören, und natürlich auch Dehner. Und wenn ich ihn richtig verstanden habe, geht es bei ihm darum, ob er mich erstens verteidigt, und zweitens, ob er mich unbedingt halten will. Wenn er sich dazu entschließt, dann haben die unbekannten Gegner ein echtes Problem. Ich war so glücklich, das kannst du dir gar nicht vorstellen. Ich habe gedacht, ich sitze bei meinem Papa und darf Weihnachtsgeschenke aufpacken.« Sie wischte sich über die Augen.

VIERZEHNTES KAPITEL

Thomas Dehner saß in dem halbdunklen Flur in der Rechtsabteilung und fragte sich, was auf ihn zukommen könnte. Er fühlte sich unbehaglich.

Dann kam die blonde Frau aus einem Büro und sagte unfreundlich: »Sie können jetzt hineingehen! Sie werden erwartet.«

»Ach ja?«, sagte er bockig. Er kam sich vor wie ein Bittsteller. Er ging hinein und sah den Vertreter der Rechtsabteilung an: »Sie wollten mit mir sprechen.«

Der Mann stellte sich nicht vor und nickte nur. »Nehmen Sie Platz.« Dann wartete er, bis Dehner saß, und sagte: »Das mit Tripolis war ja eine sehr unangenehme Mission für Sie. Ich nehme an, Sie stimmen mir zu.«

»Warum denn das?«, fragte Dehner verblüfft.

»Weil Sie geschickt wurden, um möglicherweise Ihren Kollegen herauszuhauen und um Schlimmeres vonseiten Frau Takamotos zu verhindern.«

Dehner war augenblicklich sauer, weil die Rechtsabteilung offenkundig erwartete, dass er sich über Müller und Svenja beschwerte, dass er darauf verweisen würde, für mögliche Fehler seiner Kollegen nicht geradestehen zu wollen. Dass man ihn gezwungen habe, sich wegen dieser Kollegen in Gefahr zu begeben.

»Man hat mich immer wieder davor gewarnt, mich mit Rechtsanwälten einzulassen.«

Der Mann versuchte zu lächeln, aber es wirkte verkrampft. »Niemand verlangt von Ihnen, etwas Abfälliges über Ihre Kollegen zu formulieren.«

»Was wollen Sie dann von mir?«

»Eine Schilderung der Ereignisse«, erwiderte der Mann. »Also etwas ganz Einfaches.«

»Stellen Sie mir lieber Fragen«, sagte Dehner trocken.

»Sie sind von der Operationsebene nach Tripolis geschickt worden, um den Kollegen Müller herauszuhauen. Ist das so richtig?«

»Das mit dem Raushauen stimmt so nicht«, widersprach Dehner. »Es war viel einfacher. Zunächst sollte ich feststellen, wo Müller war. Also etwas ganz Normales, oder, nein, warten Sie, es war sogar ehrenvoll. Müller ist schließlich der Beste, nicht wahr? Ich sollte helfen, ihn ausfindig zu machen, und mit ihm zusammen nach Berlin zurückkehren. Das ist alles.«

»Aber so einfach war das doch nicht, oder? Nach unserer Information war da sogar eine Schießerei auf dem Flugplatz. Wer gegen wen?«

»Wissen Sie, ich bin Agent. Ich habe geschworen, dass ich über derartige Dinge niemandem berichte, nur der Operationsleitung. Eine Schießerei auf dem Flughafen gab es nicht, mein Lieber.« Dehner grinste arrogant.

»Sie sind dann auch mit Frau Takamoto zusammengetroffen, die ohne Einsatzzustimmung der Leitung einfach nach Tripolis geflogen war, um Ihren Kollegen Müller zu treffen.«

»Einspruch. Sie wollte ihn meiner Kenntnis nach nicht treffen, sie wollte erst einmal ausfindig machen, wo Müller steckte. Und dass sie ohne Auftrag reiste, ist mir nicht bekannt.«

»Aber an der Schießerei auf dem Flughafen war sie beteiligt.«

»Dann wissen Sie mehr als ich. Sie war nicht beteiligt, ich habe sie gar nicht gesehen. Und eine Schießerei? Auf dem Flughafen?«

»Es soll Tote gegeben haben.«

»Kein Kommentar.«

»Warum denn nicht?«

»Weil dies ein Geheimdienst ist! Und weil die Rechtsabteilung unsere internen Regeln nicht außer Kraft setzen kann.«

»Was wissen Sie über das intime Verhältnis zwischen Frau Takamoto und Karl Müller?«

»Das überrascht mich jetzt. Schnüffeln Sie in unserem Haus? Ich weiß überhaupt nichts. Ich weiß nicht einmal, dass es ein solches Verhältnis gibt. Sie machen mir ja richtig Angst. Sex im BND!«

»Kennen Sie einen schwulen Agenten in unseren Reihen?«

»Ja, mich. Aber das dürfen Sie nicht verwenden. Grundgesetz, Sie verstehen schon, gleiches Recht für alle.«

»Sie verhalten sich nicht besonders kooperativ.«

»Irrtum. Sie verhalten sich nicht professionell. Und jetzt gehe ich mal, ich habe noch zu arbeiten.« Er stand auf, neigte leicht den Kopf, grinste herablassend und ging hinaus.

»Wir müssen entscheiden, wie wir weiter verfahren«, sagte Sowinski.

»Wir sollten vielleicht eine Besprechung ansetzen«, schlug Esser vor. »Mir gefällt diese Situation nicht. Dehner wurde gefragt, was er von dem intimen Verhältnis von Müller und Svenja weiß. Und ob er einen schwulen Agenten in unseren

Reihen kennt. Das geht zu weit, das geht unter die Gürtellinie. Wir müssen entscheiden, was wir tun.«

»Himmelherrgott!«, sagte Krause. »Ja, sie wollen uns umkrempeln, sie wollen uns ausräuchern und uns zur Flucht zwingen. Weshalb denn eigentlich?«

»Sie wollen dich loswerden. Und damit auch uns«, sagte Sowinski. »Tabula rasa nennt man so etwas.«

»Also gut, dann in einer Stunde bei mir. Und macht euch Gedanken darüber, wie wir mit dem Sprengstoff umgehen, von dem wir keine Ahnung haben, wo er sich befindet. Solange ich die Operationen leite, so lange müssen sie mit mir umgehen, sonst mache ich ihnen Feuer unterm Arsch.«

Gillian hatte Post geschickt. Krause ging die Vorlagen durch, unterschrieb, zeichnete ab, schrieb Bemerkungen an den Rand, stimmte zu, verwarf, bat um neue Vorschläge, es war die ganz normale Tagesroutine, und er wurde zunehmend müder und verdrossener.

Er hatte einen solchen Tag schon seit geraumer Zeit kommen sehen. Er hatte erwartet, dass eines Tages jemand auftauchte, der der festen Meinung war, er könne das alles viel besser, viel erfolgreicher und schneller, und vor allem billiger. Das war der Lauf der Welt.

Es gab jedoch einen Punkt, den Krause nicht akzeptieren wollte: Er hatte erwartet, dass der Gegner sich zeigte, dass er Gestalt annahm. Stattdessen wurde es ekelhaft und vulgär, kamen Angriffe aus einer Richtung, die er nicht für möglich gehalten hatte, Nadelstiche auf einem Niveau, das er nicht akzeptieren konnte. Wenn seine Arbeitswelt schon zu Bruch ging, dann wollte er wenigstens klarsehen. Aber genau das wurde ihm verweigert.

»Wally!«, rief er. »Kann ich einen Cognac haben?«

»Das ist eigentlich noch zu früh am Tag«, antwortete seine Frau von irgendwoher. »Aber gut.«

»Was würdest du sagen, wenn ich mich pensionieren lasse?«

»Es würde mich freuen, nehme ich an. Aber es würde mich auch verwundern. Du bist doch eigentlich ein Kämpfer, oder?«

Als Krause sich eingeschenkt und das Glas zwischen all den digitalen Geräten auf dem Couchtisch abgestellt hatte, setzte seine Frau sich neben ihn. »Ich würde mich allerdings schon auch fragen, was du dann tun willst. So viel Freizeit? Das geht doch gar nicht. Also das würde mich unsicher machen.«

»Mich auch.« Er lächelte. »Wie soll ich bloß ohne Esser und Sowinski leben, ohne meine Leute da draußen?«

»Ich gebe dir mal einen Rat: Zeig es ihnen, Krause!«

Sie saßen eine Weile einträchtig nebeneinander und starrten hinaus in den kleinen Garten, der irgendwie verfilzt aussah, nicht richtig gepflegt, ohne erkennbare gärtnerische Gestaltung. Ein paar unkontrolliert eingewanderte Klatschmohnblüten schufen grellrote Punkte im Gras.

»Sie greifen mich an, und ich weiß nicht, wer es ist«, brummte Krause schließlich. »Ich sollte die Rechtsabteilung kontaktieren. Sie haben gefragt, ob ich einen schwulen Agenten beschäftige.«

»Oh, das erstaunt mich aber. Hast du denn einen?«

»Ja, und der ist verdammt gut.«

Sie sahen einander an und lächelten zaghaft.

»Wann kommt eigentlich unser Dieter wieder?«, fragte er.

»Donnerstag oder Freitag. Das richtet sich danach, wie es ihm geht. Manchmal geht es ihm so schlecht, dass ich ihn nicht holen kann. Aber sie sagen mir Bescheid.«

»Wie lange wird er noch leben?«, fragte Krause.

»Sie wissen es nicht. Irgendwann wird er kollabieren, seine Organe werden versagen, und wir werden nur noch darauf warten können, dass er stirbt.«

»Bis dahin werden wir uns aber um ihn kümmern«, sagte Krause.

»Ja, das werden wir. Ganz gleich, was passiert, wir werden bei ihm bleiben.«

»Das sehe ich auch so.«

Er beugte sich unvermittelt nach vorn, drückte einige Knöpfe und sagte dann laut und vernehmlich: »Esser, mein Freund, melde mich bitte bei der Rechtsabteilung. Ich will den Chef sprechen. Heute noch. Lass dich nicht abwimmeln, drück es einfach durch und mach es dringend. Dann kommt Gregor aus den Staaten. Ich habe Goldhändchen schon gesagt, dass Gillian das kleine Konferenzzimmer neben deinem Büro herrichten soll. Habt ihr den Diplomatenkoffer für ihn mit dem Material und dem Siegel?«

»Alles klar, alles bereit.«

Svenja sagte verträumt: »Es war eine schöne Nacht.« Sie stand in der Badezimmertür und trocknete ihre Haare mit einem schwarzen Handtuch.

»Es war eine sehr schöne Nacht!«, sagte Müller. »Ich bin dankbar. Dir und allen anderen, einschließlich der Stadt Tripolis und Onkel Tobruk.« Er rekelte sich auf dem Bett und lachte leise. »Diese gottverdammte Gesellschaft kriegt den Hals nicht voll, und wir gehören dazu. Aber ich bin wieder auferstanden.«

»Wir sind vielleicht lernfähig«, sagte sie.

»Und wir sollten vielleicht herausfinden, wer uns fotografiert hat. Das wissen wir immer noch nicht. Also werde ich gleich losgehen und Ulk einen Besuch abstatten.«

»Was ist, wenn sie ihn in Untersuchungshaft genommen haben?«, fragte sie.

»Dafür ist er doch viel zu bedeutungslos. Er ist das reiche Söhnchen, er ist niemals verantwortlich. Er wird behauptet haben, sie hätten ihn gezwungen, seine Wohnung zum Dealen zu benutzen. So läuft das doch immer. Ich nehme an, er ist hoffnungslos abhängig von dem Zeug, und er wird nicht im Traum daran denken, zu seinem Vater heimzukehren. Wenn er noch Stoff hat, dann ist er wenigstens guter Laune.«

»Du bist brutal«, sagte sie grinsend.

»Ja, stimmt. Uns bleibt aber nichts anderes übrig. Es geht schließlich um unsere Arbeitsplätze.«

»Ich mach dir ein Angebot. Ich rufe deine Tochter an.«

»Würdest du das wirklich tun?« Er strahlte plötzlich.

»Ja. Ein Frauengespräch. Scheint mir notwendig.«

Wenig später verließ Müller die Wohnung und ging das kurze Stück zu Fuß. Er klingelte bei Ulrich Schmallenberg, niemand fragte nach, der Türsummer ertönte, Müller drückte die Tür auf.

Als er aus dem Lift trat, sah er Schmallenberg an einem niedrigen Glastisch auf einem Ledersofa sitzen.

»Mein Name ist Dieckmann, ich komme in einer rein privaten Angelegenheit. Haben Sie ein paar Minuten Zeit?«

»Aber ja.« Schmallenberg nickte. »Setzen Sie sich doch.« Der Mann schwitzte.

»Ein Fotograf hat von der Terrasse da draußen im Nachbargebäude ein paar Senioren fotografiert. Die machen sich jetzt Sorgen, weil niemand die Aufnahmen autorisiert hat. Verstehen Sie das? Ich muss wissen, wie dieser Fotograf heißt.«

»Das kann ich Ihnen nicht sagen. Hier marschieren so viele Leute durch, dass ich gar keine Kontrolle mehr habe.« Er zog ein Taschentuch aus seiner Hosentasche und fuhr sich damit über die Stirn.

»Aber so viele Fotografen werden doch nicht hier gewesen sein«, sagte Müller mit leichtem Vorwurf in der Stimme. »Ich brauche nur den Namen, den Rest finde ich dann schon alleine raus.«

»Tut mir leid, da bin ich überfragt. Manchmal sind Fotografen dabei, wenn wir einen draufmachen. Aber ich weiß nicht, wie ich Ihnen helfen kann.«

»Mit einem funktionierenden Gedächtnis«, sagte Müller. »Geben Sie sich eine Chance, Herr Schmallenberg.«

Schmallenberg lächelte verkrampft. »Tut mir leid, kann ich nicht machen.«

»Okay«, sagte Müller. »Dann eben auf eine andere Weise. Ich weiß, dass Sie frisch von den Bullen kommen, ich weiß auch, dass hier vor ein paar Stunden noch mit Koks und anderen Köstlichkeiten gedealt wurde. Ich weiß, dass Sie pleite sind und von Ihrem Vater leben. Und wenn Sie sich einen Gefallen tun wollen, sollten Sie sich schleunigst an den Fotografen erinnern. Name und Firma bitte.«

Schmallenberg griff wieder zu dem Taschentuch. »Sie wissen wohl alles.«

»Das interessiert mich alles gar nicht«, sagte Müller. »Nur den Namen des Fotografen, bitte.«

»Ich erwarte Freunde«, sagte Schmallenberg.

Er hatte ein längliches Gesicht mit stark ausgeprägten Kieferknochen und erinnerte an ein Pferd.

»Herr Schmallenberg«, sagte Müller betont ruhig. »Jetzt machen Sie es sich doch nicht unnötig schwer. Ich bin ja bereit, für die Nennung des Namens etwas zu zahlen. Aber ich habe keine Zeit, hier stundenlang herumzusitzen. Also, wie hoch ist Ihr Preis?«

»Ich bin doch nicht käuflich«, sagte Schmallenberg entrüstet.

»Das hat auch kein Mensch behauptet. Ich denke nur, dass Namen manchmal etwas wert sind. Sind Sie mit zweihundert Euro einverstanden?«

Schmallenberg griff wieder zu seinem Taschentuch.

»Was kostet denn eine Line zurzeit?«

»Ich weiß es nicht«, sagte Schmallenberg. Sein linkes Augenlid begann zu zucken.

»Ich verschaffe Ihnen zwei oder drei saubere Lines, okay? Dreihundert Euro, und wir sind quitt. Wie heißt der Mann?«

Schmallenberg wollte grinsen, brachte aber nur eine Grimasse zustande. »Es ist kein Mann, es ist eine Frau. Vielleicht können wir uns einigen, aber Sie dürfen auf keinen Fall sagen, dass ich Ihnen den Namen gegeben habe, sonst könnte ich ziemliche Schwierigkeiten bekommen. Sie heißt Dora Fuß, wie der Fuß. Und sie arbeitet für alle möglichen Leute, Fernsehen und Rundfunk und Zeitungen, sie hatte schon Aufnahmen im *Stern* und im *SPIEGEL* und im *FOCUS* und in *GEO*. Sie ist richtig gut, würde ich sagen, aber ein hartes Luder, also, was die so verdrückt ...«

»Dora Fuß also? Und nicht irgendein anderer Fotograf?«

»Dora Fuß. Sie ist richtig gut drauf, macht immer jede Menge Jokes.«

»Hier ist das Geld«, sagte Müller. »Bestellen Sie sich Ihren Stoff.« Er stand auf und ging zum Lift. Es gab Momente, da hasste er seinen Job. Dies war gerade so einer.

Krause war zuversichtlich, sein Tagespensum zu schaffen: erst Gregor von der CIA, dann Lammers von der Rechtsabteilung, dann, wenn noch Zeit blieb, Sowinski und Esser, aber die konnten notfalls bis morgen warten. Er war müde und fühlte sich nicht gut. Gleichzeitig spürte er einen rasenden Zorn, und er wusste, dass es verheerende Folgen haben konnte, wenn er diesem nachgab.

Als er aus der Haustür trat, um zu der Limousine zu gehen, sagte seine Frau: »Übertreib es bitte nicht.«

»Guten Tag, Herr Doktor.« Der Fahrer strahlte und hielt den Wagenschlag auf.

Es war alles wie immer.

Gillian hatte den kleinen Konferenzraum hergerichtet, hatte Kaffee und Tee bereitgestellt, Wasser und Fruchtsäfte, Gebäck. Sie hatte dafür gesorgt, dass jedes Gespräch aufgezeichnet werden konnte. Aber niemand musste Sorge haben, dass irgendwer diese Aufzeichnungen jemals anhören würde. Es gab einfach zu viele, und Gillian hatte einmal in einer fast privaten Situation gestanden, dass sie zwar für die Aufzeichnungen verantwortlich war, aber nicht die geringste Ahnung hatte, wo sie nachzuschauen hätte, wenn jemand sich tatsächlich etwas Bestimmtes noch einmal anhören wollte. »Das kann niemand mehr kontrollieren, und ich habe die verdammte Pflicht, alles zu protokollieren und aufzuzeichnen, hassen gelernt. Ich müsste endlose Listen führen. Kein Mensch braucht das, aber alle tun so.«

Krause hatte dazu genickt und gewusst, dass sie recht hatte.

Esser und Sowinski kamen hinzu, sahen elend überarbeitet aus und sagten, die Sache werde hoffentlich kurz und schmerzlos sein, denn im Grunde sei Gregor von der CIA eine nicht geplante Zugabe, die sie kaum verkraften könnten.

»Seid bitte nur höflich«, mahnte Krause.

»Das werden wir!«, versicherte Esser.

Als Gregor schließlich kam, begrüßten ihn alle ausgesprochen freundlich.

Gillian führte das Sonderkommando an. Ihr folgte auf dem Fuß eine Dame namens Marion Hertlein, die im Namen des Präsidenten erklären durfte, er fühle sich geehrt, sei aber leider zurzeit unabkömmlich und deshalb untröstlich, wovon wahrscheinlich kein Wort der Wahrheit entsprach.

Gregor löste sich aus dem Bann offiziell geflüsterter Worte und eilte stracks auf Krause zu, um ihn kräftig an den Armen zu packen und leicht zu schütteln. »He, alter Junge, wie geht es dir denn so?«, fragte er lächelnd.

»Gut. Und wie sieht es bei dir aus?«

»Nicht so besonders«, antwortete der Amerikaner. »Du weißt schon: zunächst Medikamente gegen alles Mögliche, dann Medikamente für den Magen, der den Scheiß nicht verträgt, und dann Medikamente für den Darm, damit der es wegschafft, aber dann leicht unsaubere Nierenwerte und Vergiftungen der Leber. Was immer wir schlucken, mein Freund, es hält uns in Bewegung, wir traben von Diagnose zu Diagnose.«

Sie lachten beide herzlich, am lautesten Krause, weil er überhaupt keine Medikamente nahm.

»Du hast keine Zeit, ich weiß. Das hier sind meine besten Jungs, Esser und Sowinski, beide vorlaut, aber gut. Sie haben hart gearbeitet, damit wir dir die Tasche da schenken können. Und was hast du für mich?«

»Diese Tasche hier. Es sind die Akten der zuständigen Mordspezialisten, sofern man da von Spezialisten sprechen kann. Farbaufnahmen von hübschen Hälsen, die nichts gegen eine Gitarrensaite ausrichten konnten. Ich brauche nur eine Unterschrift von dir. Und noch etwas: Ich habe meinen Botschafter hier kontaktiert. Er hat ein Gästezimmer für mich und garantiert mir die nächsten zwölf bis vierzehn Stunden komplette Ungestörtheit. Und weil meine Leute davon keine Ahnung haben, bin ich vogelfrei.«

Mit diesen Worten nahm er den Koffer mit den Unterlagen, stellte ihn noch einmal kurz ab, leistete im Stehen eine Unterschrift, wartete auf Krauses Unterschrift, nickte allen noch einmal begeistert zu, hob die Hand und war zur Tür hinaus, ehe sie reagieren konnten.

»Der ist richtig gut«, sagte Esser bewundernd. »Ich gehe jetzt ohne eure Genehmigung ein paar Stunden schlafen.«

»Ich folge«, bemerkte Sowinski und sagte vertraulich zu Krause: »Du hast noch eine halbe Stunde bis zu deiner vollständigen Vernichtung.«

»Freu dich nicht zu früh«, sagte der.

Er ging mit Gillian hinunter in sein Büro, setzte sich in seinen Schreibtischsessel. »Hier zu arbeiten ist eigentlich luxuriöser als daheim.«

»Sie sollten bald zurückkommen«, sagte sie. »Wenn diese Unsicherheiten aus der Welt sind, sitzen Sie wieder hier, und alles geht seinen guten Weg.«

»Was sagt man denn so beim Kantinenklatsch?«

»Nicht viel. Es herrscht Unruhe, das ist klar, und das schadet. Aber mir haben unsere Rechner etwas gesagt. Dass ein gewisser Tobias Hundt aus dem Rechnungswesen sich wahrscheinlich bei irgendwem lieb Kind machen wollte und etwas gesagt haben könnte, was die Irritationen auslöste. Ich meine, das berühmte AX (d) für Arthur Schlauf. Es war jedoch ziemlich einfach, man musste nur genau hinsehen.«

»Seit wann wissen Sie das, Gillian?«

»Seit zwei Tagen. Wenn Sie heute nicht gekommen wären, wäre ich zu Ihnen nach Hause gefahren.«

»Warum haben Sie keinen Laut gegeben?«

»Weil Sie ununterbrochen zu tun hatten. Sie hatten keine freie Minute, Sie haben ehrlich gesagt vor Überanstrengung ganz grau ausgesehen. Manchmal ist es ziemlich beklemmend, das mit ansehen zu müssen und nichts dagegen tun zu können.«

»Mit wem haben Sie darüber gesprochen?«

»Mit niemandem«, antwortete sie. »Und Ihre nächste Frage kenne ich schon. Wie ich auf den Mann gekommen bin, nicht wahr?« Sie lächelte leicht.

»Ja«, bestätigte er. »Wie haben Sie das gemacht?«

»Ganz einfach. Wer konnte es auf keinen Fall sein? Das sehr einfache Ausschlussverfahren. Das habe ich von Ihnen gelernt. Bei diesem Mitarbeiter taucht das Kürzel ganz zuletzt noch einmal auf. Im Controlling. Und nur zur allerletzten Kontrolle, damit alles seine Ordnung hat. Bei seinem Kollegen davor nicht, bei der Kollegin davor auch nicht.« Sie setzte hinzu: »Wissen Sie, an dieser alten Geschichte, dass Sekretärinnen erheblich mehr wissen als der Chef, ist schon was dran.« Sie lachte leise. »Offen gestanden war ich schon sauer, dass Sie mich gar nicht gefragt haben.«

»Das war sehr dumm von mir. Und was machen wir jetzt?«

»Gar nichts«, sagte Gillian gelassen. »Jetzt wird mit Ihrer Genehmigung Goldhändchen das ganze System lautlos aufrollen, und am Ende können wir Herrn Hundt fragen, was er sich dabei gedacht hat.«

»Wie alt ist der Mann?«

»Neunundzwanzig. Verheiratet, zwei Kinder.«

»Wie lange ist er schon bei uns?«

»Seit fast zehn Jahren.«

»Was vermuten Sie?«

»Etwas ganz peinlich Einfaches: Jemand wird ihn bezahlt haben.«

»Setzen Sie sich mit Goldhändchen an einen Tisch«, sagte Krause. »Er soll niemanden sonst hinzuziehen.«

»Und jetzt der Lammers. Danach gehöre ich ins Bett. Und vielen Dank, Gillian.«

»My pleasure«, sagte sie. »Es war ja sehr einfach.«

Wenig später führte sie Friedhelm Lammers zu Krause, servierte Kaffee und verschwand wieder.

Sie waren vom gleichen Jahrgang und kannten sich seit mindestens dreißig Jahren. Sie hatten oft hitzige Gefechte miteinander geführt, aber sie hatten sich niemals gegenseitig verwundet. Und sie respektierten sich.

»Wir nehmen nichts auf«, sagte Krause resolut. »Wir reden und entscheiden. Ist das in deinem Sinne?«

»In Ordnung«, sagte Lammers.

»Gut. Einer deiner Anwälte, wir haben uns bisher nicht nach seinem Namen erkundigt, hat meinen Agenten Thomas Dehner gefragt, ob er etwas über das intime Verhältnis zweier meiner Agenten aussagen wolle. Das war Teil eins. Teil zwei war, dass er denselben Agenten fragte, ob er etwas über das Vorhandensein von schwulen Agenten wüsste. Dehner hat geantwortet, er sei der Einzige. Kann das so stimmen?«

»Das stimmt so«, antwortete Lammers ruhig.

Er war ein hagerer, hoch aufgeschossener Mann mit einem Raubvogelgesicht. Er hatte leuchtend blaue Augen und eine weit vorspringende Nase. Zum grauen Anzug trug er ein weißes Hemd mit roter Krawatte. Für einen Einsatz in der Inneren Mongolei, bei dem er persönlich einen Agenten befreit und herausholt hatte, war ihm das Bundesverdienstkreuz verliehen worden. Und Krause hatte sich persönlich für diesen Orden eingesetzt.

»Es ist mir zuwider, alle diese Gerüchte zu erörtern, wie du dir denken kannst. Bei der Befragung von Dehner hat mein Mann sich entschieden danebenbenommen. Ich entschuldige mich persönlich bei Dehner dafür. Mehr kann ich nicht tun.«

»Aber die Fragen sind gestellt worden. Kannst du mir verraten, wie wir auf diese Ebene kommen konnten? Ich meine, das geht unter die Gürtellinie, das ist weder deine Art noch meine.«

»Ich stimme dir zu«, sagte Lammers.

»Also«, sagte Krause sanft, »dann beantworte mir die Frage, woher das alles kommt.«

»Das ist die falsche Frage«, stellte Lammers fest. »Es geht nicht nur um die Agenten, es geht einfach gegen dich und die gesamte Operationsleitung. Frag mich nicht, wer das ist. Das kann ich dir nicht beantworten. Ich weiß es einfach nicht. Ich weiß nur, dass in meiner eigenen Abteilung die Meinung vorherrscht, dass du selbstherrlich vorgehst.«

»Das weiß ich, aber das ändert nichts an den Fakten. Und wie kommt es, dass gemunkelt wird, wir würden Steuerflüchtlinge und Wirtschaftsverbrecher als Informanten im Ausland anheuern?«

»Aber Arthur Schlauf ist eindeutig ein solcher Fall.«

»Woher«, fragte Krause schnell, »kennst du diesen Namen?«

»Junge, ich weiß ihn eben und kann dir nicht helfen. Meiner Aufgabe gemäß müsste ich eigentlich die zuständige Staatsanwaltschaft anrufen und Schlauf zur Anzeige bringen. Er wird international von der Steuerfahndung gesucht. Und ich müsste dich offiziell fragen, wie seine Anschrift lautet. Rechtslage, mein Lieber, klare Rechtslage. Ob wir ein Geheimdienst sind oder nicht.«

»Kann ich versuchen, einiges klarzustellen?«

»Aber sicher, ich habe nichts anderes erwartet.«

»Wir haben Schlauf niemals angeheuert, wir haben ihn niemals systematisch abgeschöpft. Er meldet sich von Zeit zu Zeit und leitet uns Informationen zu, von denen er glaubt, sie seien wichtig. Und er hat ein Händchen dafür. Wir haben ihn bezahlt, weil er das so wollte. Er hat uns zum Beispiel in einem Fall eine Adresse verraten, für die du in den USA rund dreißig Millionen Dollar von den Strafverfolgern bekommen hättest. Er braucht diese Peanuts von uns also eigentlich gar nicht. Der Mann hat keine feste Adresse, nirgendwo. Und diese dämlichen Staatsanwälte, die ihn suchen, zäumen das Pferd grundsätzlich vom Schwanz her auf, sie haben kein Hirn für so einen Mann. Und jetzt kommt in dieser Sache plötzlich ein Angriff aus der Regierungsecke. Ob das stimmt oder nicht, weiß ich nicht, niemand weiß das. Aber wir machen da nicht mit, wir schreiben unseren Atze niemals ab. Und notfalls erzähle ich die Geschichte Leuten, die auf so etwas warten.« Er starrte einen Moment auf seine Schuhe, trank dann einen Schluck Kaffee.

Lammers saß eine Weile stumm da, dann bat er um einen Whisky.

Gillian brachte ein Glas. Er trank einen winzigen Schluck. Es dauerte Minuten, er fuhr sich durch die Haare, starrte zum Fenster hinaus, blickte Krause an, trank dann einen zweiten Schluck.

»Ich glaube, dass deine Zeit abgelaufen ist«, erklärte er endlich. »Ich weiß, dass man so etwas nicht sagt, aber so scheint es nun einmal zu sein. Ich glaube dir, was du gesagt hast. Keine Frage. Ich weiß auch, dass du absolut ehrlich bist, solange es nicht um deine berufsmäßigen Lügen geht. Aber ich fürchte, ich werde dir nicht helfen können. Da hat sich eine starke Front gegen dich gebildet, sogar beim wissenschaftlichen Dienst sind sie der Meinung, dass es gut wäre, einen neuen Operationschef zu bekommen. Du weißt selbst, wie das Leben so spielt, anfangs gibt es miese Gerüchte, und dann kommt der Hammer.«

»Ich werde mich wehren«, sagte Krause.

»Das ist dein verdammtes Recht«, bestätigte Lammers. »Und wenn du Fragen hast, ruf mich an. Was ich weiß, werde ich dir sagen. Ist das okay so?«

»Ich werde mich wehren«, wiederholte Krause.

Wenig später ging er zu seinem Dienstwagen und setzte sich wortlos auf die Rückbank. Er blickte starr vor sich hin, von der Fahrt nahm er kaum etwas wahr.

Als er zu Hause ankam, öffnete Wally ihm die Haustür und sagte beunruhigt: »Du siehst aber schlecht aus, mein Lieber.«

Er ging wie blind an ihr vorbei, geradeaus in das Wohnzimmer, und als er neben dem Sofa war, glitt sein linkes Bein unter ihm weg, trug ihn einfach nicht mehr. Er stürzte schwer auf den Tisch mit all den technischen Geräten und riss sie dabei herunter. Aber da war er längst bewusstlos.

FÜNFZEHNTES KAPITEL

Sie wurden zusammengerufen. Esser legte die Sitzung auf zwei Uhr morgens. Niemand konnte sich entschuldigen, das Erscheinen war Pflicht.

Goldhändchen, Friedhelm Lammers, Esser, Sowinski, Thomas Dehler, Svenja Takamoto und Karl Müller. Sie hatten Gillian zum Protokoll gebeten, wollten aber nicht, dass ihre Stimmen aufgezeichnet wurden.

Esser übernahm den Einstieg.

»Gestern gegen Abend kam unser Chef von hier nach Hause zurück und wurde von einem massiven Schwächeanfall buchstäblich zu Boden gestreckt. Er stürzte schwer, wurde sofort von einem Notfallmediziner behandelt und dann in die Charité eingeliefert. Man hat, o Wunder, bisher weder einen Schlaganfall noch einen Infarkt festgestellt. Ein Organversagen liegt auch nicht vor. Die Platzwunde an seinem Kopf ist der einzige massive Schaden, den er davongetragen hat. Er wurde mit zwölf Stichen genäht. Gleichwohl liegt er auf der Intensivstation, weil sie alle möglichen Untersuchungen anstellen wollen und ihn in alle Richtungen auf alle möglichen Verdachtsmomente hin testen. So weit, so schlecht. Ich habe Friedhelm Lammers hinzugebeten, weil er der Letzte war, mit dem Krause gesprochen hatte. Und weil er uns sagen sollte, worum es in dem Gespräch ging.«

Lammers rutschte in seinem Sessel ein wenig hin und her. Er räusperte sich einige Male und suchte offensichtlich nach passenden Worten. »Es war ein ruhiges Gespräch zu einem ziemlich heftigen Thema. Es ging darum, dass es Bestrebungen gibt, Krause und seine gesamte Operationsabteilung abzulösen. Das habe ich ihm klar gesagt, und ich nehme an, dass das zu viel für ihn war. Ich habe also den Schwarzen Peter. Aber wir kennen uns seit einer Ewigkeit, und ich war ihm die Wahrheit schuldig. Weil er wahrscheinlich in diesem Gespräch überhaupt zum ersten Mal begriff, dass diese indirekten Angriffe, die Gerüchte, die Stimmung ganz allgemein ein eindeutiges Signal gegen ihn und seine Arbeit sind. Krause hat mir aber auch versichert, dass er darum kämpfen wird, Sie alle im Team zu behalten, und dass es ihm angesichts Ihrer großen Leistungen scheißegal sein wird, was an Gerüchten noch aufkommen mag. Ich respektiere das und habe ihm das auch gesagt. Sie haben fantastische Arbeit geleistet. Ich habe ihm auch gesagt, dass ich jederzeit in kritischen Fragen kontaktiert werden kann. Das gilt also auch für Sie, Herr Esser, der Sie jetzt zunächst einmal die Leitung übernehmen. Niemand von Ihnen, ich betone: Niemand muss sich irgendwelche Sorgen machen. Zunächst läuft der Betrieb weiter wie bisher. Natürlich haben Sie jetzt Fragen. Wer greift Sie oder Krause an? Das kann ich Ihnen nicht beantworten. Es kommt meiner Ansicht nach von außen, nicht aus dem Innern des Dienstes. Falls ich irgendetwas in Erfahrung bringe, werde ich Herrn Esser sofort informieren. Das wäre es von meiner Seite, und falls Sie unseren Krause besuchen, bestellen Sie herzliche Grüße, und er soll mich baldigst wieder nerven.«

Dann wandte er sich an Gillian, die mit Block und Bleistift in einem Sessel saß, und fragte verblüfft: »Können Sie etwa noch Steno?«

Sie begann leise zu lachen. »Ja, ich habe das noch gelernt. Stenografie. Wer hat heute überhaupt noch eine Ahnung, was das ist?«

»Kein Mensch«, sagte Lammers. Er stand auf, nickte ihnen freundlich zu und ging hinaus.

Sie wirkten bedrückt.

»Man will uns abschaffen!«, sagte Goldhändchen. Als habe er alles bereits geahnt, trug er von Kopf bis Fuß Schwarz, nur sein Halstuch leuchtete makellos weiß.

Sowinski nickte bedächtig. »Da wir in Gefahr geraten könnten, Gerüchten nachzujagen, und uns dabei todsicher endlos verzetteln würden, schlage ich vor, wir kehren in den Normalzustand zurück und tun das, was wir am besten können: arbeiten und spionieren.«

»Das ist okay. Kann ich wissen, wer gegenwärtig woran arbeitet?«, fragte Esser.

»Wir müssen herausfinden, wer Müller und mich fotografierte. Das ist kein Gerücht«, bemerkte Svenja. »Und wer geht zu Krause mit ein paar Blumen?«

»Ich auf jeden Fall«, sagte Gillian.

»Dann gehen wir zusammen«, sagte Svenja.

»Ich suche die Frau auf, die diese Fotos gemacht hat«, sagte Müller. »Ich will allerdings darauf aufmerksam machen, dass der Einbruch in meine Wohnung und die gründliche Verwüstung bisher ungeklärt sind. Auch kein Gerücht. Da muss sich jemand kümmern.«

»Haben wir nicht einen Spezialisten bei uns, einen Tatortfreak, einen Spurenspezialisten?«, fragte Sowinski schnell.

»Haben wir«, sagte Esser. »Ich spreche ihn an.«

»Wenn ich etwas sagen darf«, wandte Gillian ein. »Wir wissen jetzt, wer das Kürzel für Arthur Schlauf AX (d) im Rechnungswesen verraten hat. Wir haben den Namen des Mannes und sollten jetzt sein Umfeld untersuchen. Goldhändchen, der Chef wollte, dass du das erledigst.«

»Ja, okay«, sagte Goldhändchen.

»Der Mann heißt Tobias Hundt, ist neunundzwanzig Jahre alt, und er ist auch kein Gerücht«, sagte Gillian.

»Wir sollten uns aber absichern«, sagte Esser freundlich und hob sogar den rechten Zeigefinger. Sie waren überfordert, wussten nicht, was er meinte.

»Es ist doch ganz einfach, Leute«, sagte Esser väterlich. »Krause liegt im Krankenhaus. Wie lange er ausfällt, wissen wir nicht. Ich leite jetzt unsere kleine Truppe. Was meint ihr denn, was jetzt geschehen wird?«

»Sie werden uns todsicher einen neuen Operationsleiter aus dem Hut zaubern. Damit beginnt der Umbau«, sagte Müller gelassen. »So funktioniert das immer.«

»Was ist, wenn wir dagegen sind?«, fragte Svenja. »Haben wir irgendeinen Einfluss?«

Gillian räusperte sich. »Wir könnten zwei, drei Sätze formulieren, dass wir erst einmal zu uns kommen wollen, um die neue Situation zu überdenken. Für einen Zeitraum von etwa drei Monaten, denke ich. Für jeden von uns bedeutet das glasklar, dass er unter diesen besonderen Umständen auf eine andere Stelle wechseln wird oder aber den Dienst verlässt. Das unterschreiben wir zusammen. Verweigern dürfen wir uns aber auf keinen Fall, das macht das Vaterland nicht mit. Aber wir könnten uns auf eine zusätzliche Formulierung einigen. Die legen wir jedoch nicht schriftlich fest. Wir sagen mündlich, dass wir uns die Möglichkeit offenhalten, mit den Medienvertretern unserer Wahl zu sprechen. Kein Mensch wird es unter diesen Umständen riskieren, irgendetwas gegen uns zu unternehmen. Sie werden blanke Angst haben, wie der Teufel vor dem Weihwasser.«

»Du bist richtig gut«, sagte Svenja bewundernd.

»Ich bin ja auch schon erwachsen.«

»Dann haben wir den äußerst kritischen Fall Svenja Takamoto«, sagte Sowinski. »Sie ist von der Rechtsabteilung zunächst einmal lahmgelegt worden und soll sich zur Verfügung halten. Das bedeutet, dass sie nichts tun kann.«

»Was ist, wenn wir sagen, wir brauchen sie für irgendwelche Handlangerarbeiten? Fahren zum Beispiel, am Computer recherchieren?«, fragte Goldhändchen. »Wir könnten uns an Lammers wenden. In dieser kritischen Situation brauchen wir jede Hand.«

»Darauf würde ich verzichten«, sagte Gillian. »Wir setzen sie ein und lassen sie normal arbeiten. Falls jemand darauf kommt, dass das durch die Rechtsabteilung nicht gedeckt ist, können wir immer noch reagieren. Man muss Vater Staat ja nicht alles auf die Nase binden.«

»Wir haben also alle genug zu tun und können nur hoffen, dass uns keine Katastrophen mehr ereilen«, sagte Esser. »Es ist richtig, erst mal weiterzumachen. Krause würde nichts anderes erwarten.«

»So problemlos ist das Ganze aber nicht, Leute, und wir können unter keinen Umständen einfach zur Tagesordnung übergehen.« Goldhändchen sah besorgt aus. »Das ist nämlich auch kein Gerücht: Unser geliebter Arthur Schlauf, genannt Atze, ist gestern von Amsterdam aus gegen Mittag in diese Stadt eingeflogen, um heimlich seinen Vater zu besuchen. Dieses Mal als ein gewisser Johann van Streiten, königlich holländischer Kaufmann mit Sitz in Beirut. Es war nur peinlich, dass irgendein kleingeistiger Nachbar seines Vaters die Polizei anrief, die Atze daraufhin festnahm. Er sitzt hier in Berlin in Untersuchungshaft, und es sieht ziemlich schlecht für ihn aus. Denn abgesehen von der Steuergeschichte ist er jetzt auch noch wegen der getürkten Papiere und weiß der Himmel was dran. Die Frage ist, ob wir ihn hängen lassen.«

»Dass der BND Steuerflüchtlinge und Wirtschaftsgauner anheuert, ist kein Gerücht«, sagte Müller scharf. »Dass er Atze hängen lässt, ist eines. Wir müssen dem Mann helfen.«

»Karl?«, fragte Esser. »Dein Fall?«

»Einverstanden«, sagte Müller. Er wandte sich an Svenja: »Kannst du dann die Fotografin knacken?«

»Aber ja«, sagte sie. »Die erste Paparazza meines Lebens.«

»Da ist noch etwas«, sagte Esser. »Wir haben von der CIA die Unterlagen über die Morde mit Gitarrensaiten. Es geht um drei tote amerikanische Agenten in Mogadischu und Afghanistan und einen toten Kokainkönig in Seoul. Das kann weder Sowinski noch ich erledigen, weil wir den gesamten Rest steuern und noch drei Leute draußen haben. Thomas, machen Sie das? Material sichten, Unterlagen lesen. Aber kein Memo schreiben. Das hält zu lange auf. Einfach vorbereitet sein, abwarten, was geschieht.«

»Was könnte denn geschehen?«, fragte Dehner.

»Na, ja, es könnte sein, dass jemand mit einer Gitarrensaite nach Deutschland einreist«, erwiderte Esser.

Als Svenja die Fotografin Dora Fuß zum ersten Mal sah, war ihr sofort klar, dass es Stunk geben würde.

Dora stand ganz vorn in einem großen Tross von Medienleuten in der Lobby des Willy-Brandt-Hauses und lauschte scheinbar hingegeben zwei Männern, die irgendetwas zur Zukunft dieses Landes in zwei Mikrofone sagten.

Dora war eine Frau von etwa dreißig Jahren, hatte drei schwere Kameras umhängen und schoss ein Bild nach dem anderen, wobei sie einem ARD-Kameramann von der Seite auf die Füße trat und ihn verächtlich und unüberhörbar ein »Arschloch!« nannte.

Der Kameramann war eine milde Seele und rückte kampflos ein Stück zur Seite.

Dora Fuß wirkte auf den ersten Blick wie ein lustiger Kobold, trug eine graue Ballonmütze auf kurzen, dunklen Haaren. Darunter einen leichten Pullover mit V-Ausschnitt über einem weißen T-Shirt, klassische englische Knickerbocker und elegante braune Herrenschuhe. Sie war ununterbrochen in Bewegung, rutschte mit einem überlangen Objektiv mal nach rechts, dann nach links, verschwand kurz in der Meute, hockte auf dem Boden, nahm die Objekte ihrer Begierde von unten auf, kam dann wieder hoch, war ständig in Bewegung, wechselte mit geradezu beängstigender Geschwindigkeit die Objektive und machte zuweilen den Eindruck, als würde sie tanzen.

Ihr Gesicht war leicht herzförmig, wirkte wie gemeißelt mit sehr scharfen Konturen und zeigte eine ungeheure, nahezu erschreckende Energie. Ihre Fingernägel waren erstaunlich lang und braun lackiert.

Einer der Männer vor den Mikrofonen sagte: »Wir danken Ihnen, meine Damen und Herren«, neigte ein wenig den Kopf und verschwand mit dem zweiten Mann in einem endlosen Flur.

»Hallo«, sagte Svenja. »Mein Name ist Shannon Ota von den Vereinten Nationen. Ich möchte Sie dringend sprechen.« Sie hielt ihr eine Visitenkarte hin.

Dora Fuß nahm die Karte und bemerkte: »Das ist ja schön, Schätzchen, aber bitte nicht jetzt. Mein nächster Termin ist in zwanzig Minuten.«

»Das weiß ich«, sagte Svenja, während sie dauernd angerempelt wurde. »Ich war bei Tante Lisa. Und es wäre verdammt gut, wenn Sie mal einen Gang runterschalten würden. Das hier ist wirklich wichtig.«

»Komm doch gegen Abend in den Laden«, sagte Dora Fuß abweisend.

»Sie sollten den nächsten Termin besser nicht wahrnehmen, Mädchen.« Svenjas Stimme war eiskalt.

Erst jetzt sah Dora Fuß sie an und fragte irritiert: »Was soll das hier werden? Wenn ich sage, ich habe einen Termin, dann habe ich einen Termin. Vereinte Nationen? Willst du mich verarschen?«

»Jetzt halt mal die Luft an und komm mit.«

»Wie bitte?«

»Du sollst mitkommen«, sagte Svenja hart. »Sonst breche ich dir den Arm.«

Dora Fuß war so verblüfft, dass sie nicht reagierte, sondern Svenja nur anstarrte. Und sie schien plötzlich fassungslos zu begreifen, dass diese Frau ihre Drohung wahr machen würde.

»Das gibt es doch gar nicht«, flüsterte sie.

»O doch«, murmelte Svenja. »Wo steht dein Auto? Wir fahren zu dir nach Hause.«

Es war einfach gewesen, Dora Fuß aufzutreiben. Sie hatte in der Kastanienallee ein Fotoatelier, in dem sie allerdings niemals anzutreffen war. Es lag im Hinterhof der Nummer 47 und war nach außen leicht zu erkennen: ein großes Fenster im Erdgeschoss, in dem ein paar angestaubte, sehr große vergilbte Porträts hingen, wahrscheinlich mindestens zwanzig Jahre alt. Das Fenster war seit Jahren nicht mehr geputzt worden. Es starrte vor Dreck.

Svenja hatte frühmorgens gegen neun Uhr geklingelt, und eine sehr mürrische Alte hatte ihr geöffnet und mitgeteilt: »Wir haben heute geschlossen.«

Sie war, wie Svenja dann erfuhr, die Tante von Dora Fuß, und sie hatte gejammert, dass der Betrieb im Atelier ihr noch einmal das alte Herz brechen werde.

Erst als Svenja sich nicht abweisen ließ, hatte das schlampig gekleidete Tantchen ihr einen Zettel in die Hand gedrückt, auf dem notiert war: 10 Uhr Willy-Brandt-Haus, 11.15 Uhr Kanzleramt, 12 Uhr CSU-Landesgruppe, 12.20 FDP – Das neue Programm.

Dora Fuß hatte beschlossen, kein Wort mehr zu sagen. Sie hockte verkrampft hinter dem Steuer eines luxuriösen Peugeot und wirkte verblüfft. Nur einmal, als eine Ampel auf Rot stand, wagte sie, ihre Frage zu wiederholen: »Was soll das: Vereinte Nationen?« Svenja hatte nicht geantwortet.

Dora Fuß fuhr sehr schnell. Sie schoss in den Hinterhof, stoppte kurz, wendete dann und sagte: »Hier können wir reden.«

»Hier nicht«, bestimmte Svenja. »Wir reden da drin.«

Sie gingen hinein. Die Wohnung hinter den verstaubten Fenstern war groß und dunkel und endete in einer Küche, die erstaunlicherweise freundlich und aufgeräumt wirkte. Sie setzten sich an einen großen Tisch.

Svenja zog einen zusammengefalteten Ausdruck der Fotografie aus ihrer Weste und sagte: »Wer hat Sie beauftragt, dieses Foto zu machen?«

Dora Fuß sah nur eine Sekunde auf den Ausdruck und sagte dann: »Das ist eine künstlerische Aufnahme für eine Feuilletonausgabe der *Süddeutschen*.«

»Aha«, sagte Svenja. »Kann ich den USB-Stick haben?«

»Das geht nicht, der ist nicht mehr hier. Meine Agentur hat den.«

»Welche Agentur?«

»Weiß ich im Moment nicht. Das habe ich irgendwo notiert.«

»Könnten Sie freundlicherweise aufhören, mir die Hucke vollzulügen?«

»Was wollen Sie eigentlich?« Ihre Stimme wurde schrill, sie hatte offensichtlich Angst.

»Ich will das Original dieser Fotos. Ich will Ihre gesamte Speicherung haben. Ich will wissen, ob Sie Ulrich Schmallenberg dafür bezahlt haben, dass Sie von seiner Terrasse aus das Bild schießen durften.«

»Ach, der!«, sagte die Fotografin plötzlich ganz heiter. »Der Kokser.«

»Es ist mir egal, wie Sie ihn titulieren. Ich will diese Fotos. Und zwar alle, jetzt.«

»Das kostet Sie aber einen satten Tausender. Und das sind Sie darauf, nicht wahr? Ich habe Sie fotografiert.« Jetzt schwamm sie wieder oben, und Svenja sah ihren triumphierenden Blick.

»Ich glaube, Sie haben mir nicht zugehört. Wer hat Sie beauftragt, diese Fotos zu machen?«

»Das weiß ich nicht mehr«, behauptete sie.

»Sie sollten sich aber schleunigst daran erinnern«, sagte Svenja beinahe tonlos.

»Was ist sonst?« Dora Fuß klang siegesgewiss.

Sie saßen über Eck, Svenja griff ihr in den Pullover und zog sie schnell und hart zu sich heran, dann stieß sie sie kraftvoll zurück. Dora verlor den Halt und stürzte von dem Stuhl auf die fleckigen Fliesen. Der Stuhl fiel um.

»So geht es weiter, Mädchen«, versicherte Svenja. »Immer weiter.«

Die Tür wurde geöffnet, die Tante schrie krächzend: »Was ist denn hier los?«

»Nichts«, sagte Svenja hart. »Machen Sie die Tür zu!«

Die Tür wurde geschlossen.

»Wer ist Ihr Auftraggeber?«, fragte Svenja erneut.

Dora Fuß saß auf dem Boden und lehnte sich gegen den Kühlschrank. Sie war sehr blass. »Das geht doch so nicht.«

Svenja blieb stumm.

»Diese Aufträge sind diskret!«, wandte Dora Fuß ein.

»Ich gebe Ihnen eine Minute«, sagte Svenja. »Und beim nächsten Mal breche ich Ihnen einen Knochen. Sie können mit einer massiven Beschwerde vom Deutschen Journalisten-Verband rechnen. Und mit dem Einzug Ihres Presseausweises.«

»Scheiß doch darauf!«, schnaubte Dora Fuß.

Im Bruchteil einer Sekunde war Svenja ganz dicht bei ihr, riss sie hoch und schmetterte sie gegen den Kühlschrank. Dann folgten zwei harte Ohrfeigen.

Die Tür zum Flur wurde wieder geöffnet. Die Tante jammerte: »Was ist denn los?«

»Tür zu!«, fauchte Svenja.

Die Tür wurde geschlossen.

Dora Fuß blutete aus der Nase.

Svenja holte ein Päckchen Papiertaschentücher aus der Weste und warf es zu ihr hinunter.

»Puder dir die Nase. Ich brauche den Auftraggeber.«

Dora Fuß hatte Schmerzen. Sie stöhnte.

»Ich habe keine Geduld mehr mit Ihnen«, sagte Svenja. »Nennen Sie mir Ihren Auftraggeber.«

Dora Fuß wischte sich mit einem Papiertaschentuch über das Gesicht, was ihren Anblick entschieden scheußlicher machte. Sie war fassungslos.

»Den USB-Stick und den Auftraggeber. Und ich möchte mich nicht mehr zu Ihnen hinunterbeugen müssen.«

Dora Fuß stand etwas mühsam auf. »Der Stick ist da bei den anderen. Da drüben, in der Schublade. Und der Auftraggeber war eine Sicherheitsagentur. Die heißen SURE, wie sicher.«

»Wie heißt der Mann, der zuständig ist?«

»Livio, wie das Öl. Potsdamer Platz. Der ist ein echter Gangster.«

»Ach nee!«, höhnte Svenja. »Jetzt such mir den Stick raus, ich habe keine Zeit mehr.«

Von Beginn an hatte Müller den Eindruck, dass es eine schwere Mission sein würde. Er hockte erst einmal in einem Besucherzimmer und wartete darauf, von einem Oberstaatsanwalt empfangen zu werden, der offenbar nur in großen Abständen jemanden zum Gespräch vorließ. Müller konnte sich ausrechnen, die nächsten drei bis vier Stunden in diesem öden Raum warten zu müssen. Sechzehn Frauen und Männer waren noch vor ihm dran. Dann platzte ihm der Kragen. Er stand auf, ging hinaus und betrat ohne zu klopfen ein Zimmer mit dem Schild »Vorzimmer OStA Bartuschat«.

An einem gewaltigen Schreibtisch, hinter Bergen dünner Akten saß eine ältere Dame mit goldgelbem Haar, die ihm neugierig entgegenblickte.

»Ich habe keine Zeit«, sagte Müller und legte ihr eine Visitenkarte auf die Schreibtischunterlage. Darauf stand »Dr. Kai Dieckmann, Sicherheitsberater der Bundesrepublik Deutschland«.

»Ja, und?«, fragte Gelbhaar empört.

»Ich habe keine Zeit, es ist dringend«, erklärte er.

»Das ist es immer«, sagte die Frau aus jahrelanger Erfahrung. Dann nahm sie die Visitenkarte in die Hand und starrte darauf. »Und um wessen Sicherheit geht es bei Ihnen?«

»Um die des Landes«, sagte Müller. Er entdeckte einen alten, schiefen Sessel an einem Tischchen mit bunten Illustrierten, ungefähr ein halbes Jahr alt. Er setzte sich.

»Sie sind ein ganz besonders Schlauer, nicht wahr?«, fragte Gelbhaar mit einem feinen Lächeln.

»Es ist mir ehrlich peinlich, aber dringend ist es wirklich.«

»Kann ich denn erfahren, worum es geht?«

»Aber ja, das ist ganz einfach. Ihr habt einen wichtigen Gewährsmann aus der internationalen Terrorismusszene irrtümlich verhaftet. Das konntet ihr nicht wissen, aber nun sitzt er hier hinter Gittern, und wir warten auf seine Aussagen. Gefahr im Verzug.« Das war mit Sowinski so abgesprochen, das musste fürs Erste reichen.

»Und jetzt müssen mir vor Ehrfurcht die Glieder schlottern«, sagte Gelbhaar und lächelte schon wieder. »Darf ich denn wissen, wer dieser geheimnisvolle Gewährsmann ist?«

»Er hat Papiere auf den holländischen Namen Johann van Streiten bei sich. Möglicherweise sind diese Papiere falsch, das wissen wir nicht genau. Er heißt in Wirklichkeit Arthur Schlauf und wird wegen Steuerhinterziehung gesucht. Die Steuerhinterziehung ist unseres Wissens abgeklärt und erledigt, der Haftbefehl somit gegenstandslos. Wir müssen dringend mit dem Mann sprechen.«

»Nur sprechen oder sonst noch was?«

»Sonst noch was!« Müller lächelte.

»Ihr wollt ihn also haben?«

»Ja!«

»Und was mache ich, wenn mir der Oberstaatsanwalt den Kopf abreißt?«, fragte sie.

»Das wird er doch niemals tun.«

»Na gut, dann riskiere ich es mal.« Sie stand auf und ging durch eine Tür hinter ihrem Rücken.

Sowinski hatte gesagt: Wir müssen vorsichtig sein. Wenn wir tricksen, muss das perfekt klingen. Nicht dass morgen jemand das Gerücht streut, der BND hätte Strafverfolgungsbehörden in Deutschland unterwandert.

»Sie können rein«, sagte Gelbhaar. »Er hat drei Minuten, nicht mehr.«

Müller ging hinein.

Oberstaatsanwalt Bartuschat sagte trocken: »Nehmen Sie Platz, Herr Doktor Dieckmann. Was liegt an?« Er war ein winziger Mann, schmal und drahtig. Und wie alle kleinen Männer plusterte er sich ein wenig auf, legte den Kopf schief und schaute Müller durchdringend an.

»Der wegen Steuerhinterziehung gesuchte Arthur Schlauf wurde mit falschen Papieren verhaftet. Die Papiere lauten auf den Kaufmann Johann van Streiten aus Beirut. Diesen Mann haben wir vorgestern im Rahmen der Gesamtabklärung Terrorismus erwartet, kamen allerdings zu spät. Da war er schon hier in Moabit.«

»Ich schaue nach«, sagte der Oberstaatsanwalt und öffnete eine schmale Akte. Er sah hinein, las etwas, nahm das nächste Papier, las wieder und lächelte dann wie ein Hai vor dem Angriff. Er spitzte seinen Mund genüsslich und sagte dann: »Ein sehr guter Kunde. Er schuldet diesem Staat rund zwei Millionen. Bis jetzt.«

»Das ist richtig«, sagte Müller. »Ich habe hier einen Scheck anzubieten. Er ist auf eine Million Euro ausgestellt, wie Sie sehen. Der zuständige Staatsanwalt müsste das als Abschlagszahlung anerkennen, und wir würden den U-Häftling in unseren Gewahrsam nehmen.«

»Wer ist wir?«, fragte Bartuschat.

»Die Sicherheitsbehörden«, antwortete Müller knapp.

»Können Sie denn überhaupt jemanden in Gewahrsam nehmen?«

»Eigentlich nicht«, sagte Müller und erntete ein anerkennendes Grinsen von Oberstaatsanwalt Bartuschat.

»Heißt das also, dass Sie im weitesten Sinne irgendein Geheimdienst sind?«

»So ist es.«

»Kann ich Sicherheitsleistungen haben für den Rest der Summe?«

»Das weiß ich nicht. Wir dachten, dass eine Million erst einmal reichen muss, um den dringendsten Hunger zu stillen.«

»Der Absender des Schecks ist unser schöner Staat, wie ich sehe. Können Sie mir nicht gelegentlich so etwas, auf meinen Namen lautend, auf den Schreibtisch legen? Na ja, nehmen Sie mal bei Frau Unger Platz. Ich muss telefonieren. Und lassen Sie den Scheck hier.«

»Danke!«, sagte Müller aufatmend und verließ den Raum.

Gelbhaar sah ihn von Zeit zu Zeit prüfend an, während sie irgendwelche Akten wälzte, abzeichnete oder leise, aber in dringlichem Tonfall telefonierte.

Müller musste über eine Stunde warten.

Oberstaatsanwalt Bartuschat kam durch die Tür geschossen und sagte offensichtlich erfreut: »Die Kollegen von der Steuerfahndung sind einverstanden, erwarten aber, dass sich der Beschuldigte bei ihnen meldet, sobald Sie Ihren Kram mit ihm erledigt haben. Sie können den Häftling dann abholen. Könnten Sie diese Bedingungen abzeichnen?«

»Ja, das zeichne ich ab«, sagte Müller.

Er musste in der Haftanstalt anderthalb Stunden warten, ehe ein Wärter mit schlurfendem Gang den Untersuchungshäftling Atze brachte, der dann noch einmal eine halbe Stunde brauchte, um alles, was man ihm abgenommen hatte, wieder einsammeln zu können. Es waren insgesamt zwei große Rollkoffer und zwei Pilotenkoffer, alle vollgepackt.

»Sie Unglücksrabe!«, sagte Müller.

»Eine Million? Höre ich richtig: eine Million?«, zischte Atze wütend. »Für diesen Staat?«

»Wir hätten den Kleinkredit gern umgehend zurück«, stellte Müller fest. »Und jetzt kommen Sie endlich, verdammt noch mal, wir haben keine Zeit.«

Goldhändchen saß in seinem Kommandostand und dachte darüber nach, was er in dieser Nacht essen sollte, um bei Kräften zu bleiben. Seine Stimmung war gedrückt, er konnte sich nicht daran erinnern, ob er sich jemals im Leben so schlecht gefühlt hatte. Er rief seine Mutter an, was unglaublich selten vorkam.

Er sagte: »Ich habe das Gefühl, ich müsste mal wieder deinen Sahnehering mit heißen Zwiebeln und Bratkartoffeln essen.«

»Dann mache ich dir das«, antwortete sie fröhlich, setzte aber gleich hinzu: »Aber nicht, dass ich dir das alles frisch anrichte, und du kommst mal wieder nicht.« Sie hatte einschlägige Erfahrungen mit ihm gemacht.

»Ich rufe dich vorher an«, versprach er, wusste aber gleichzeitig, dass er in den nächsten achtundvierzig Stunden nicht nach Hause kommen würde. Er dachte mit Schauder und Widerwillen an die Dusche, die er hier im Haus benutzen konnte. Und an die karge Liege gleich daneben, auf der man sich fühlte wie ein Pennäler im Landschulheim.

Dann tauchte vor ihm im Blattgewirr seines privaten exotischen Regenwaldes das fröhliche Gesicht seines folgsamen

Jüngers Ödil auf, der leise, aber überzeugend verkündete: »Chef, ich hätte da vielleicht etwas.«

Ödil war zweiundzwanzig Jahre alt, und Goldhändchen hatte ihn vor Monaten drei Tage lang durch alle Tests gejagt, sodass dem Jungen kaum noch Luft zum Atmen blieb. Aber er hatte sich wacker geschlagen und beachtliches Talent gezeigt.

»Dann leg mal los!«, sagte Goldhändchen nicht sonderlich interessiert.

Ödil kam näher und erklärte: »Wenn man aus Österreich kommend die E 56 nach Deutschland wählt, die identisch ist mit der A8, dann kommt man an Taiskirchen im Innkreis und Zell an der Pram vorbei. Immer vorausgesetzt, man fährt kurz runter, sucht einen Parkplatz und so. Das ist der direkte Weg, um anschließend in Höhe Passau über die Grenze zu gehen. Es geht um die Strecke Villach – Klagenfurt – Leoben – Linz – Wels – Schärding – Passau und so weiter. Das wäre sehr gut geeignet.«

»Ja«, sagte Goldhändchen geduldig. »Und was willst du mir damit sagen?«

»Wir haben da eine Zugmaschine mit Auflieger, also einen Lkw, der war leider leer, also keine Ladung mehr drauf. Kein Fahrer weit und breit. Das war heute Morgen gegen sechs Uhr.«

»Und? Besteht vielleicht irgendein Zusammenhang mit dem Doppelmord bei Rimini? Gibt es irgendwelche Übereinstimmungen? Gibt es Spuren oder auch da keine?«

»Das weiß ich nicht, Chef.«

Goldhändchen begriff Ödils Problem. »Wenn wir einen solchen Fall vorliegen haben und gleichzeitig nach einem zweiten ähnlichen Fall suchen, dann klinken wir uns ein. Du rufst also bei den österreichischen Bullen an und erzählst ihnen von der italienischen Variante. Es kann nämlich gut sein, dass sie den Fall bei Rimini nicht kennen. Biete ihnen alle Unterlagen über Rimini an. Und bitte um Fotos und genaue Details. Hat der Lkw Nummernschilder? Und wenn ja, wo kommt er her? Hol dir zwei, drei Leute zu Hilfe, ich will den ganzen Hintergrund. Du hast eine Stunde Zeit, mehr nicht.«

Er schaltete sich auf eine stehende Leitung zu Esser und sagte: »Wir haben noch einen leeren Lkw, diesmal kurz vor der österreichisch-deutschen Grenze bei Passau. Keine klare Spurenlage bisher, aber wir bleiben dran. Ich denke, wir müssen jetzt eine Entscheidung treffen.«

»Und welche?«, fragte Esser zurück.

»Ganz einfach. Wir müssen feststellen, ob jemand eintausend Kilogramm C4 nach Deutschland gebracht hat oder nicht.«

»Das ist richtig. Bist du dafür, den Fall aufzunehmen?«

»Ich bin dafür, würde aber erst mal eine gründliche Recherche zur Mutter dieser rätselhaften Frau in Braunschweig abwarten. Bisher laufen wir immer noch mit Vermutungen herum, wir haben keine Fakten. Wer könnte das machen?«

»Ich bin für Svenja«, sagte Esser. »Die ist im Augenblick zusammen mit Gillian beim Chef in der Charité. Aber wir können mit der Entscheidung auch bis heute Abend warten. Sonst noch etwas?«

»Ja. Krause hat festgestellt, dass diese merkwürdige weibliche Person namens Madeleine Wagner und Jongen Truud, der gegenwärtig C4 in Albanien herstellt, sich wahrscheinlich kennen. Da gibt es einen möglichen Schnittpunkt zwischen den beiden. Aus den Unterlagen der CIA geht hervor, dass vor anderthalb Jahren zwei Beamte der amerikanischen Drogenbekämpfungsbehörde DEA in Afghanistan getötet wurden. Zu diesem Zeitpunkt war Jongen Truud tatsächlich vorübergehend in Afghanistan. Was er dort genau machte, ist allerdings nicht bekannt. Dass gleichzeitig auch Madeleine Wagner dort war, können wir momentan nur vermuten.«

»Wie könnten wir denn das in Afghanistan klären? So eine Frau würde doch unter allen Umständen auffallen. Hast du mal die Fotos gesehen, die Thomas Dehner gemacht hat?« Esser wirkte nervös und beinahe getrieben.

»Ja, habe ich. Eindrucksvolle Person«, sagte Goldhändchen. »Wir könnten uns an Kah heranmachen. Der Knabe ist zwar verdammt teuer, dafür aber sehr genau.«

»Was wird er kosten?«

»Ich nehme an, tausend Dollar am Tag.«

»Wo sind die beiden Morde passiert?«

»In einem winzigen Nest südlich von Kabul, ungefähr sieben Kilometer von der Hauptstadt entfernt. Die beiden Agenten wurden in derselben Nacht getötet. Sie wohnten in zwei alten, baufälligen Häusern und hatten offiziell nichts miteinander zu tun, kannten sich gar nicht. Das gehörte zu ihrem Auftrag, das war ihre Deckung. Jemand muss also gewusst haben, was sie dort wollten, dass sie zusammengehörten und dass sie amerikanische Drogenagenten waren.«

»Sprich mit Kah, erklär ihm, was wir wollen. Garantiere ihm dreitausend, und er soll sich beeilen.«

»Okay, mein Lieber. Du bist jetzt der Boss, und ich beneide dich nicht um den Job. Wir werden bald entscheiden müssen, ob wir eine Massenmörderin suchen, die eintausend Kilogramm C4 nach Deutschland gebracht hat.«

SECHZEHNTES KAPITEL

»Auf der Intensivstation wollten sie mich nicht mehr. Ich denke, dass ich morgen wieder nach Hause gehen kann«, sagte Krause leise und versuchte ein Lächeln. »Die haben hier ja nicht mal genug Stühle!« Sie hatten ihn, wohl wegen seiner Wichtigkeit und vielen Titel, in ein Einzelzimmer gelegt, obwohl niemand wissen konnte, was er wirklich machte.

Sein Gesicht war teigig grau mit sehr müden Augen. Neben seinem Bett stand ein Infusionsständer, aus dessen Flasche eine wasserklare Lösung durch eine Kanüle in ihn hineintropfte.

Es gab ein winziges, rundes Tischchen mit zwei kleinen Sesseln. Auf einem davon hockte Wally wie eine angriffslustige Nebelkrähe.

Svenja und Gillian standen verunsichert und mit vor der Brust verschränkten Armen neben seinem Bett. Sie waren über alle Maßen verwirrt, weil sie nicht im Traum damit gerechnet hatten, ihren Chef jemals in einem Krankenhausbett zu erleben. Wally hatte gesagt, dieser maßlose Mann sei ein gewaltiger Dickkopf und zeige keinerlei Einsicht in die Tatsache, dass er mit seiner Gesundheit unverantwortlich umgegangen sei. Und es sei weiter mehr als unverantwortlich von diesem Dienst, die Mitarbeiter dermaßen rücksichtslos auszubeuten.

Svenja und Gillian hatten beipflichtend genickt.

»Wie geht es euch denn so?«, fragte Krause väterlich.

»Eigentlich ganz gut«, antwortete Gillian.

Svenja sagte: »Na ja, Sie fehlen schon sehr.«

Krause hob seinen rechten dicken Zeigefinger und erklärte: »Ich denke, wir sollten diese Frau ernst nehmen.«

Gillian war so verblüfft, dass sie fragte: »Welche Frau denn?«

»Diese Type, die da neuerdings im Dunstkreis von Atze aufgetaucht ist«, antwortete Svenja.

»Nun hört doch endlich mit dem Dienst auf!«, forderte Wally. »Es muss doch irgendwann mal Schluss sein damit.«

»Tja, Ihre Frau hat recht, und wir müssen leider auch schon wieder gehen«, sagte Svenja.

Als sie kurz darauf neben Gillian den endlosen Krankenhausflur entlangging, sagte sie: »Er wird sich einen Laptop ins Bett holen und die ganze Sache aus der Klinik heraus regeln.«

»Es würde mich nicht wundern, wenn er spätestens übermorgen wieder im Dienst auftaucht«, sagte Gillian.

Sowinski, Esser und Goldhändchen hatten sich versammelt, um Thomas Dehner zuzuhören, der die Unterlagen der CIA gesichtet und ausgewertet hatte.

»Ich lasse erst einmal die Fotos rumgehen, damit Sie sich ein Bild von der hohen Energie machen können, die der Täter oder die Täterin entwickelt hat. Und ich will betonen, dass nur einer der vier Fälle wirklich in die Hände einer funktionierenden Mordkommission gelangte. Das war der Tod des Li Nam in Seoul.«

Goldhändchen starrte das Porträt eines der Toten an. »Wie ich sehe, hat der Täter die Gitarrensaite von hinten um den Hals gelegt, befand sich also im Rücken des Opfers. Kann man also davon ausgehen, dass das Opfer gar nichts ahnte?«

»Die Opfer haben in keinem der Fälle etwas geahnt«, sagte Dehner und schüttelte den Kopf. »Ole Bauer in Mogadischu, die zwei DEA-Agenten in Afghanistan und der Südkoreaner Li Nam sind jeweils in speziellen sexuellen Situationen ermordet worden. Bei den beiden Rauschgiftagenten südlich von Kabul hat eine Untersuchung gar nicht erst stattgefunden. Man hat beide Amerikaner am Morgen des folgenden Tages zwischen neun und zwölf Uhr aufgefunden. Es gab nur wenige Zeugen.«

»Wer hat denn die beiden Toten gefunden?«, fragte Sowinski.

»Einheimische, die mehr oder weniger zufällig bei ihnen vorbeigeschaut haben«, antwortete Dehner.

»Wie sehen die Daten der Morde aus?«, fragte Esser.

»Sie sind alle vier im September 2010 ermordet worden. Es begann mit Ole Bauer, setzte sich mit dem Südkoreaner Li Nam fort und endete bei den beiden DEA-Agenten.«

»Und es war immer eine Gitarrensaite?«, fragte Goldhändchen.

»Sollte uns das etwas sagen?«, fragte Esser.

Niemand antwortete.

»Erkläre mir ein mögliches sexuelles Motiv«, bat Goldhändchen.

»Das war von Anfang an unklar, da habe ich bei dem zuständigen CIA-Beamten angerufen. Er sagt, dass sie sich vorstellen können, dass der Täter oder die Täterin sich während des sexuellen Spiels hinter dem Rücken des Mannes befand. Dann spielt natürlich die Frage eine Rolle, ob eines der Opfer homosexuell war. Das ist jeweils vor Ort nicht untersucht worden, wurde aber bei der CIA erörtert. Bei Li Nam in Seoul ist das schlichtweg verneint worden. Bei den beiden amerikanischen Brüdern waren ebenfalls keine homosexuellen Neigungen bekannt. Auch bei Ole Bauer nicht.«

»Wie brauchen also deutliche Hinweise auf eine Frau«, sagte Sowinski. »Sowohl Afghanistan wie Seoul werden zur Zeit daraufhin untersucht.«

»Und wie kommt Jongen Truud im September 2010 nach Afghanistan, wenn er doch in Tirana in Albanien eine Fabrik für C4 hat und einen Autoverleih betreibt?«, fragte Esser.

»Kein Problem«, sagte Dehner. »Ich habe in meinem Memo geschrieben, dass Truud in Tirana den Eindruck erweckt, als sei er im Urlaub. Wenn er plötzlich in Afghanistan ist und es da um die nächste Mohnernte geht, dann passt das in mein Bild. Wahrscheinlich kümmert er sich von Tirana aus um gravierende Logistikdetails im internationalen Rauschgifthandel, und manchmal fliegt er in wichtigen Missionen eben auch in andere Länder.«

»Nehmen wir an, Krause hat recht und Truud und Madeleine Wagner kennen sich – und zwar schon aus Afghanistan –, dann kann es also sein, dass Truud die Morde bei ihr bestellte. Oder liege ich da falsch?«, fragte Esser.

»Absolut nicht«, sagte Sowinski. »Daran dachte ich eben auch. Was ist, wenn Truud alle vier Morde bei ihr bestellt hat?«

»Wir müssen Atze fragen«, sagte Esser. »Wir haben ihn im Gästehaus untergebracht. Wer macht das?«

»Ich würde das gern machen«, meldete sich Dehner.

Sie ließen sich von einem Taxi zum Potsdamer Platz fahren.

Svenja hatte Müller erzählt, wie sie Dora Fuß ausfindig gemacht hatte und wie die Unterhaltung mit ihr gelaufen war. Sie hatte Müller auch gesagt, Dora Fuß habe ihren Auftraggeber als Gangster bezeichnet. Daraufhin hatte Müller entschieden, sie zu begleiten. Erstens, weil es so schneller gehen würde, und zweitens, weil sich das Risiko so ein wenig verringern ließe.

Auf dem Metallschild stand »SURE Sicherheit«.

Sie klingelten, eine Frauenstimme sagte: »Ja, bitte?« Sie fragten nach Herrn Livio.

»Haben Sie einen Termin?«, fragte die Frau.

»Nein, haben wir nicht«, sagte Müller. »Es ist aber sehr wichtig.«

»Können Sie mir sagen, worum es geht?«, fragte die Frau.

»Ja, sicher«, antwortete Müller, »um einen möglichen großen Auftrag.«

Der Summer ertönte, und sie betraten einen engen Gang, an dessen Ende ein Lift wartete. Sechster Stock.

An einem Schreibtisch saß eine junge, hübsche Frau und tippte etwas in ihren Computer. Sie lächelte und sagte: »Nehmen Sie doch bitte einen Augenblick Platz, Herr Livio wird gleich Zeit für Sie haben.«

Sie warteten ein paar Minuten, dann kam ein Mann den Flur herunter auf sie zu. Er lächelte sie an, schüttelte erst Svenja, dann Müller die Hand und sagte: »Livio. Herzlich willkommen. Folgen Sie mir doch bitte in mein Büro. Dort können wir ungestört miteinander reden.«

Er ging vor ihnen her.

Sein Büro war ein Glaskasten an der Ecke des Gebäudes. Ein Schreibtisch ohne ein einziges Blatt Papier darauf, ein überdimensionierter Bildschirm, kein einziger persönlicher Gegenstand.

Livio war ein Mann um die fünfzig, die schwarzen Haare glatt nach hinten gegelt, keine Spur von Bauch, ein glattes, rundes Gesicht. Sehr aufmerksame dunkle Augen, ob grau oder braun, war nicht klar zu erkennen.

»Was kann ich für Sie tun?«, fragte er.

Svenja zog das gefaltete Foto aus der Tasche, machte zwei Schritte auf Livio zu, klappte es auf, legte es vor ihn auf den Schreibtisch und sagte: »Wir wollen wissen, wer Ihnen den Auftrag gab, dieses Foto zu schießen.«

Er starrte kurz auf das Foto, dann sah er sie sehr misstrauisch an. »Ich kenne das Bild nicht. Ich habe es nie gesehen. Woher soll ich wissen, wer es gemacht hat?« Jetzt war er ein aalglatter Geschäftsmann.

»Es war Dora Fuß«, sagte Svenja. »Das wissen wir bereits. Sie hatte den Auftrag von Ihnen. Wir möchten gern den Namen Ihres Klienten haben.«

»Ich verkaufe Sicherheit. Und das bedeutet, dass ich niemals einen Auftraggeber preisgebe. Und wer bitte ist Dora Fuß?«

Müller sagte: »Das Foto zeigt mich. Und ich fürchte um meine Sicherheit, deshalb bin ich hier. Also, wer hat Sie engagiert?«

»Ich fürchte, ich kann Ihnen nicht weiterhelfen«, sagte Livio tonlos. Aber jetzt war er sehr wachsam.

»Wir haben nicht sehr viel Zeit«, stellte Müller kühl fest.

»Da geht es mir ebenso. Wissen Sie, was das Beste ist? Sie schicken mir eine schriftliche Anfrage.«

»Aber nicht doch«, sagte Müller freundlich. »Sie machen jetzt Ihrem Computer Beine und rufen die Bilder von Dora Fuß auf.«

»So nicht«, sagte Livio hart. »Auf gar keinen Fall.«

»Dann machen wir das«, sagte Svenja lächelnd. »Leute wie Sie lernen einfach nicht dazu, das geht immer schief.«

»Stopp! Lassen Sie Ihre Finger, wo sie sind. Nicht mit der Tastatur spielen«, sagte Müller.

»Geht das nicht ein bisschen zu weit?«, fragte Livio.

»Da könnten Sie recht haben.« Müller nickte.

Livio hatte offensichtlich Mikrofone und Lautsprecher einbauen lassen, und die hübsche Dame am Empfang hatte Alarm geschlagen. Die Tür öffnete sich vollkommen lautlos, und zwei Männer kamen herein. Große Männer, einer von ihnen ein Schwarzafrikaner, der andere sah aus wie ein bulliger Gangster aus einem alten Hollywoodfilm. Sie standen da in grauen Anzügen und roten Krawatten, starrten Svenja und Müller an und warteten wahrscheinlich auf das Zeichen zu ihrem Einsatz. Livio sagte: »Tja, tut mir leid, die Veranstaltung ist zu Ende.«

»Na ja«, sagte Müller sanft, »wir haben eigentlich gedacht, es geht etwas zivilisierter. Aber wenn Sie uns so kommen, müssen wir uns natürlich wehren.«

»Ach ja?«, fragte Livio und lachte kehlig.

»Wenn du Schwarz nimmst, nehme ich den Rest«, sagte Svenja.

»Aber ja«, antwortete Müller. »So machen wir das.«

Sie standen auf, gingen zu den beiden Männern, stellten sich dicht vor sie, und Svenja sprang ein wenig hoch und beförderte den Gangster mit einem schweren Tritt zwischen die Beine auf den Teppichboden. Der Mann schrie laut auf, griff sich in den Schritt und kippte nach vorn.

Müller drehte eine Pirouette und traf den Schwarzen mit der Ferse des rechten Fußes an der rechten Gesichtshälfte. Der Mann gab einen dumpfen Laut von sich, streckte beide Arme weit nach vorn und ging dann ebenfalls zu Boden.

»Und jetzt schalten Sie den Computer ein«, sagte Svenja freundlich.

»Nein!«, brüllte Livio und hielt plötzlich eine Waffe in der Hand. Es war ein 38er Colt Special. »Sie verschwinden jetzt, sonst hole ich die Polizei!«

»Schalten Sie lieber den Computer ein«, sagte Svenja. »Das hier ist eine Nummer zu groß für Sie. Und die Polizei wollen Sie doch gar nicht.«

»Was Sie nicht sagen!«

Müller hatte sich sehr weit nach außen bewegt, er stand jetzt in einem überaus ungünstigen Winkel für Livio, der seine Waffe etwas hektisch zwischen Svenja und Müller hin und her bewegte, dabei aber immer noch in seinem Schreibtischsessel saß, was äußerst dumm war.

Die Instruktoren hatten beim Training immer wieder betont: »Wenn Sie zu zweit in einem großen Raum sind und von einer Waffe bedroht werden, bemühen Sie sich um den höchstmöglichen Abstand voneinander. Jeder Winkel ab etwa neunzig Grad, von der Sie bedrohenden Waffe aus gesehen, ist gut, jeder über einhundertzwanzig Grad erledigt Ihr Problem.«

»Er kapiert es nicht«, sagte Svenja. Sie hatte ihre Glock in der Rechten, ließ sie einfach an ihrer Seite baumeln.

»So sind sie«, seufzte Müller. Seine Waffe trug er links, es war eine Walther PPK, an die er sich schon im Polizeidienst gewöhnt hatte.

»Lassen Sie es einfach sein«, sagte Svenja ruhig zu Livio. »Das wird sonst ein Tontaubenschießen, und das wollen wir doch nicht. Sie kommen hier nicht mehr raus.«

»Wenn Sie auf meine Frau schießen, sind Sie tot«, sagte Müller.

»Sie sind gefährlich, weil Sie dumm sind«, sagte Svenja tadelnd. »Das ist keine Empfehlung für Ihr Institut.« Sie vergrößerte den Winkel für Livio immer mehr und bewegte sich auf die rechte Glaswand zu. Er verlor die Kontrolle.

»Sehen Sie«, sagte Müller, »wir wollen uns doch keine Schießerei mit Ihnen liefern. Wir wollen nur in Ihren Computer schauen, und schon sind wir wieder weg.«

Einer der Gangster machte unkontrollierte Bewegungen und richtete sich halb auf. Müller schoss sofort wenige Zentimeter von ihm entfernt in den Teppichboden.

Livio folgte der schnellen Bewegung Müllers mit seiner Waffe, und Svenja warnte ihn: »Nicht doch! So geht das nicht. Wenn wir mal Zeit haben, können wir das zusammen üben.«

»Stehen Sie auf und setzen Sie sich da an den Heizkörper auf den Boden!«, befahl Müller. »Und lassen Sie endlich die Waffe fallen, Mann. Wir spielen hier doch nicht Wildwest.«

Livio ließ die Waffe auf den Boden fallen, stand auf und bewegte sich langsam auf den Heizkörper zu.

Svenja ging sehr schnell an ihm vorbei und setzte sich auf seinen Stuhl. Sie fuhr den Rechner hoch und schrieb an Goldhändchen: »Du kannst jetzt rein und ihn aussaugen, wenn du willst. Herzliche Grüße! S.«

»Wir gehen jetzt«, sagte Müller.

Sie betraten den Flur und zogen die Tür hinter sich zu.

»Scheiße!«, sagte Müller heftig.

»Was ist denn?«

»Die Wunde ist wieder aufgerissen.«

»Du darfst solche Gymnastikübungen einfach nicht machen«, erklärte Svenja. »Komm, wir fahren beim Doc vorbei.« Sie grüßte die junge Dame am Empfang und sagte: »Nichts für ungut, meine Liebe. Die drei da drinnen sollten vielleicht ein Valium bekommen oder einen Beruhigungstee.«

Die Frau starrte sie verwirrt an.

Dehner wusste, dass seine Unterhaltung mit Arthur Schlauf schwierig werden würde, weil Atze Madeleine Wagner mochte und weil er niemals auf die Idee kommen würde, dass sie eine Mörderin sein könnte. Das entsprach einfach nicht seiner Vorstellung von Frauen. Also musste Dehner ein paar farbige Lügen kreieren, um den Kaufmann einzuwickeln und zu Äußerungen zu bewegen, die ihm vielleicht ein paar Informationen über Madeleine Wagner brachten.

Aber zunächst war Atze noch wütend und sehr aufgeregt. Er lag in einem leichten Morgenrock in den Kissen einer luxuriösen Wohnzimmerlandschaft und jammerte: »Eine Million! Man stelle sich das vor! Das gibt es doch gar nicht! Und der Doktor Dieckmann hat gesagt, das wäre noch billig und ich soll froh sein, dass ich überhaupt aus der Zelle rausgekommen bin. Für eine Million, ist das etwa ein Trinkgeld? Da habe ich lange für gearbeitet, da hetzt man sich ab ...«

»Jetzt ist es aber gut!«, unterbrach ihn Dehner. »Sie wissen doch ganz genau, dass wir Sie in letzter Sekunde gerettet haben. Sie wären doch im Leben nicht mehr rausgekommen aus der gesiebten Luft. Nun geben Sie mal Ruhe, guter Mann. Eine Million war verdammt billig, und das wissen Sie ganz genau! Unser Doktor Dieckmann hat Sie da fantastisch rausgetrickst. Wir hätten übrigens gern den Scheck zurück, und zwar jetzt gleich.«

»Jeder gute Steueranwalt hätte mich da in zehn Minuten rausgeholt – ohne solch eine gigantische Gegenleistung!«, sagte Atze muffig.

»Jetzt reden Sie Unsinn!«, erklärte Dehner. »Warum haben Sie denn keinen gerufen?«

»In Deutschland gibt es keine guten«, sagte Atze. Doch dann musste er grinsen.

»Erst mal der Scheck«, sagte Dehner.

»Traut ihr mir etwa nicht?« Das klang empört.

»Doch, doch«, sagte Dehner. »Aber wir sind mit Steuergeldern in Vorlage gegangen, und einen Beschiss können wir uns nicht erlauben.«

»Dann gebt mir die Bank und die Kontonummer, und ich überweise.«

»So läuft das nicht«, sagte Dehner. »Nicht mit uns. Wir brauchen einen Scheck.«

»Aber dann können die doch sehen, mit welcher Bank ich arbeite.« Helle Empörung.

»Das können sie nicht. Sie brauchen doch bloß telefonisch einen Auftrag an Ihre Bank zu geben, und das Geld ist da, wo immer Sie es haben wollen. Wie wäre es mit der guten alten Tante Sparkasse hier in Berlin?«

»Also gut, dann versuche ich das mal«, sagte er kleinlaut. Aber schon kurz darauf musste er noch einmal loslegen. »Dabei habe ich mir geschworen, in diesem Land keinen müden Euro mehr an Steuern zu zahlen.«

»Das ist Ihr Eintrittsgeld in die Freiheit!«, sagte Dehner. »Haben Sie denn überhaupt eine Ahnung, wie Sie wieder aus Deutschland rauskommen?«

»Da wird mir schon was einfallen.«

»Ihre Papiere aus Beirut sind verbrannt. Ich soll Ihnen im Namen meines Vorgesetzten mitteilen, dass wir durchaus bereit sind, Sie irgendwo in Europa auf einem Flughafen abzusetzen, sodass Sie keine Schwierigkeiten haben werden.«

»Das ist sehr liebenswürdig«, sagte Atze. Plötzlich war er wieder der höfliche Kaufmann aus Mecklenburg-Vorpommern.

Dehner holte sich ein Wasser aus dem Kühlschrank. »Wir haben ein Problem«, erklärte er. »Und möglicherweise können wir das mit Ihrer Hilfe lösen. Falls Sie dazu bereit sind.«

»Warum denn nicht?«

»Wir vermuten, dass jemand Angriffe auf amerikanische Agenten plant und durchführt. Bei diesem US-Amerikaner Ole Bauer in Mogadischu – Sie wissen schon, der ermordet wurde – könnte so ein Fall vorliegen. Wir nehmen jedenfalls an, dass es sich um einen solchen Fall handelt. Bauer wird verdächtigt, von den jeweiligen Regierungen Geld angenommen und sie im Gegenzug umfassend darüber informiert zu haben, wie die US-Amerikaner ihre Situation einschätzen. So etwas kann Millionen Dollar wert sein, wenn man daran denkt, welche Bodenschätze dort zu finden sind und abgebaut werden können. Können Sie sich so etwas vorstellen?«

Atze überlegte eine Weile und nickte dann. »Das ist meiner Erfahrung nach sehr gut möglich. Wenn man rumkommt auf diesem Planeten, findet man diese Konstellationen sehr oft. Die Amerikaner sind vollkommen rücksichtslos, wenn es um den Abbau irgendwelcher Ressourcen geht. Davon hängt ihre Industrie ab. Noch viel schlimmer allerdings sind die Chinesen, die bekanntlich schon ganze Staaten in Schwarzafrika wirtschaftlich geschluckt haben.«

»Wie könnte denn das in Mogadischu ausgesehen haben?«

»Es war mitten in der Nacht. Ich hatte mit Kiri abends noch ein Glas Wein getrunken, und wir haben Erfahrungen ausgetauscht. Und irgendwann sind wir ins Bett gegangen. Vielleicht um neun Uhr.«

»So früh?«

»Na ja, man arbeitet da ja schließlich auch genug. Jedenfalls hat mitten in der Nacht eine Frau geschrien. Ich weiß nicht mehr, wann genau. Das ganze Hotel war wach. Es war wohl ein Mädchen aus der Küche, das nachts nach Hause gehen wollte und über den Toten gestolpert ist.«

»Und? Hatte Kiri vorher denn schon mal mit ihm geschlafen?«

»Kann sein, keine Ahnung. Er war ja scharf auf sie, ganz klar. Den ganzen Abend lang war er hinter ihr her. Erst in der Bar, dann beim Essen, dann wieder in der Bar. Na ja, sie sieht ja auch gut aus. Also, mir wäre so was peinlich, so mit heraushängender Zunge und so.«

»Aber erst einmal war die Polizei im Haus.«

»Na sicher. Die sind Zimmer für Zimmer abgegangen. Ob irgendjemand was gesehen oder gehört hat.«

»Und Kiri? Hat sie gesagt, dass vorher was mit dem Agenten war?«

»Nein. Es war nur komisch, dass sie vollständig angezogen war und bei mir klopfte und mich fragte, was denn da los sei.«

»Also hat Kiri was mit Ole Bauer gehabt. Sie haben mir doch in Tripolis gesagt, sie wäre auf den auch ganz scharf gewesen, oder?«

»Ja, kann sein. Sie hat jedenfalls in der Bar gesagt, sie findet ihn süß. Daran erinnere ich mich noch. Aber mehr weiß ich auch nicht.«

»Sie findet ihn süß?.«

»Frauen reden doch manchmal so einen Unsinn, oder? Und vielleicht brauchte Kiri ja auch mal was fürs Herz, kann doch sein.«

»Und sie war nicht erschrocken? Obwohl da unten auf dem Rasen der Ole Bauer lag?«

»Na ja, sie hat dann gesagt, der sei auch nur so ein Arsch. Daran erinnere ich mich noch. Betriebsunfall, sagte sie.«

»Betriebsunfall«, hauchte Dehner hingerissen.

Arthur Schlauf lachte. »Sie ist schon ein hartes Schätzchen, diese Kiri.«

»Aber Sie waren nicht Zeuge, wie die beiden sich verabredet haben? In der Bar, meine ich.«

»Er hat nur gesagt, ich komme gleich mal vorbei. Wie das dann so ist. Ging mich ja auch nichts an.«

Dehner nickte. »Haben Sie denn beide gewusst, dass Ole Bauer ein CIA-Agent gewesen ist?«

Arthur Schlauf überlegte. »Direkt gewusst nicht. Aber ich erinnere mich, dass vollkommen klar war, dass er für die Amerikaner arbeitete. Was genau, wussten wir nicht. Möglicherweise Rauschgift, oder politisch, als Diplomat. Dann kam ein Helikopter der US-Army, das weiß ich sicher. Der holte ihn ab. Das war gegen Mittag.«

Es folgte eine lange Pause.

»Ich kann mir gut Rauschgift vorstellen«, sagte Dehner. »Die Somalier mischen da kräftig mit. Einige Fluggesellschaften auch, und ein paar Öltanker. Also gut: Sagen wir mal, die Kiri hat mit Ole Bauer geschlafen, dann ist er zur Erholung ein bisschen im Garten herumspaziert und hat seinen Mörder getroffen.«

»So wird es gewesen sein«, sagte Atze.

»Das ist gut, dass du anrufst, Kah«, sagte Esser ein wenig abgekämpft. »Ich nehme dich gleich auf Band, wenn das okay ist.«

»Ja, ist schon in Ordnung. Ich habe was. Wahrscheinlich könnt ihr das brauchen, vielleicht aber auch nicht. Ich war in dem Nest«, sagte Kah. Er hatte eine tiefe Stimme, und niemand im Dienst wusste, wie er aussah. »Die Leute sagen, dass da eine Hure bei beiden war. In der Nacht, als sie zu Tode kamen. Aber richtig gesehen hat die wohl niemand. Es ist Gerede.«

»Eine Hure in einem afghanischen Dorf?«

»Dorf ist nicht die richtige Bezeichnung. Das war mal ein Dorf, dann zogen die Leute weg. Danach kamen arme Leute, für die nirgendwo sonst Platz war. Die zogen da ein. Und seitdem ist es kein Dorf mehr. Es gibt auch keinen Ältesten, der alles regelt und Streit schlichtet und dergleichen Dinge mehr. Es sind nur arme Leute, und wenn jemand die Chance hat, da wieder herauszukommen, dann verschwindet er eben, so schnell er kann. Ich bin also hingefahren. Junge, das ist wie im Mittelalter.«

»Was ist mit dieser Hure?«

»Das ist eine komische Sache, weil nur eine alte Frau behauptet, dass sie die gesehen hat. Manchmal gibt es schon Männer, die sich eine Hure bestellen. Allerdings eher in größeren Orten. Bei der Bestellung gehst du zu einer anderen Frau, die Bescheid weiß und Verbindungen hat. Die bezahlst du dann auch für die Hure. Die Hure kommt in einer Burka, vollkommen verschleiert, nur ein schmales Gitter vor dem Gesicht. In der Regel sind die Burkas blau, die der Huren aber rosa. Und die Alte sagt, sie hat eine solche Frau gesehen.«

»Ist das denn ernst zu nehmen oder nur Geschwätz?«

»Das ist sozusagen die Quizfrage«, sagte Kah. »Die Polizei hat eigentlich gar nichts an Erkenntnissen. Einer der Männer ist gegen neun Uhr am Morgen gefunden worden. Von einem kleinen Jungen, bei dem er ein Fladenbrot bestellt hatte. Der zweite Tote wurde erst gegen Mittag gefunden. Von einer Frau, die ihm schon mehrmals etwas Margarine, Wurst, Brot und Tee verkauft hat. Mit der habe ich gesprochen. Sie sagt, sie hat ihn gefunden und hat diese Gitarrensaite um den Hals gesehen. Dann ist sie rausgerannt und hat Alarm geschlagen.«

»Gibt es denn überhaupt Leute, die irgendetwas in den beiden Häusern beobachtet haben?«

»Nein.«

»Wie lange haben diese Männer da gewohnt?«, fragte Esser.

»Drei, vier Monate.«

»Wir beide wissen, wer diese Männer waren. Hat irgendjemand in dem Dorf das auch gewusst?«

»Nein, garantiert nicht. Aber es gibt so eine Geschichte von zwei Smartphones. Beide Männer hatten eines. Wir nehmen an, dass die Geräte von der amerikanischen Drogenbekämpfungsbehörde mit zahlreichem Schnickschnack ausgestattet wurden. Ich vermute natürlich auch, dass sie so ausgerüstet waren, um im äußersten Notfall Hilfe rufen zu können. Diese Teile sind von der alten Frau, die die Aussage über die Hure gemacht hat, gefunden worden. Die Polizei hat mit der Alten darüber gar nicht gesprochen, die haben das alles für dummes Geschwätz gehalten. Das hat natürlich etwas damit zu tun, dass Frauen in diesem Land nichts gelten, als Zeugen untauglich sind und besser ihr Leben lang den Mund halten. Also habe ich mich auf sie konzentriert. Sie hat die Dinger nämlich auf einem Markt in Kabul verkauft, und zwar für eine Summe, mit der sie gut bis zum nächsten Sommer auskommt, wenn sie sparsam ist. Gekauft hat sie übrigens ein Taliban. Ich war bei der Alten. Sie hat mir das bestätigt.«

»Und wie genau ist sie an die Smartphones gekommen? Die lagen doch bestimmt nicht offen rum.«

»Sie hat gesagt, dass sie einfach gesucht hat. Vor allem nach Dingen, die im Sand versteckt waren, an den Rändern der Betonplatte im Innern der Häuser. Sie hat beide Häuser gefilzt und ist beide Male fündig geworden. Sie hat zugegeben, dass sie die beiden Telefone mitgenommen und alles eingesteckt hat, was ihr sonst noch in die Finger kam. Am Tag danach ist sie dann auf den Markt gegangen, um die Smartphones anzubieten. Die Alte sagt, dass sie aus beiden Häusern auch noch alles an Essbarem mitgenommen hat, was da war. Sie musste einfach klauen, weil sie einen Haushalt ohne Mann hat, es gibt keine Verwandten, auf die sie sich verlassen kann. Also hat sie alles an Kleidung, Decken und Teppichen mitgehen lassen, was in den Häusern herumlag. Sie hat sogar jede Menge Haushaltskerzen abgeräumt und den kleinen Gasbehälter zum Kochen. Erst dann kam die Polizei und hat zwei Tote in zwei ausgeräumten Häuschen gefunden. Und wie das hier so ist: Sie sind dem nicht nachgegangen. Zwei Leichen in zwei leeren Häusern.«

»Was soll ich jetzt sagen?«, fragte Esser. »Ich frage dich mal ganz direkt: Glaubst du diese Geschichte?«

»Es gibt keine andere«, sagte Kah. »Ich glaube sie.«

SIEBZEHNTES KAPITEL

»Wir müssen entscheiden«, sagte Esser.

»Müssen wir.« Sowinski nickte.

»Erstens: Hat diese Frau eintausend Kilogramm C4 nach Deutschland gebracht? Zweitens: Hat diese Frau mindestens vier Männer umgebracht? Ist sie also eine Massenmörderin?«

»Wie würde Krause entscheiden?«

»Zufällig höre ich euch zu«, kam Goldhändchen etwas quäkend aus einem Lautsprecher. »Er würde sagen: Ja, das wollen wir recherchieren. Kasumo rief eben an. Kann ich das Ergebnis mitteilen?«

»Ja, kannst du«, sagte Esser.

»Es steht außer Zweifel, sagt er, dass Li Nam in Seoul von einer Frau getötet wurde. Die Frau wird mit einer Körpergröße von ungefähr eins siebzig beschrieben, kurzes, schwarzes Haar, schlank, durchtrainiert, kaum geschminkt, geradezu unnatürlich schweigsam. Nach meiner Auffassung ist sie genau so, wie Dehner sie in seinem Memo aus Tirana beschrieben hat. Schweigsam und gefährlich. Jetzt kommt aber noch eine mexikanische Variante dazu. Es geht um eine Kokainstrecke, die in Venezuela beginnt und von mexikanischen Dealern eingerichtet wurde. Da werden die Drogen mit sogenannten Speedbooten auf das offene Meer hinausgefahren und dann an große Schiffe weitergegeben. Diese großen Schiffe sind Bananendampfer, die Richtung Europa ziehen, bis an die Decke voll mit Bananen und Südfrüchten, die sie gekühlt in holländische und deutsche Hafenstädte transportieren.«

»Moment, Moment«, unterbrach Sowinski. »Ich hätte gern, dass du erst einmal die südkoreanische Variante erzählst. Wie ist die Frau überhaupt an diesen Li Nam herangekommen? Ich meine, der wird als mächtiger Mann in Seoul geschildert. Wie also kommt diese europäische Frau in dessen Bett?«

»Kasumo sagt, dass Li Nam ein sehr harter Gangster war, an den selbst die Polizei sich nicht herantraute, weil er wichtige Polizeioffiziere auf seiner Seite hatte. Li Nam war auch eine Größe im Nachtleben, er besaß mehrere Bars und Puffs. Er hatte natürlich Lieblingsplätze, an denen er jede Nacht auftauchte. Da entspannte er sich. In einer Septembernacht 2010 war er in einer solchen Lieblingsbar. Dort sah er diese europäische Frau. Sie nannte sich Kiri, und sie war eine aufregende Schönheit. Li Nam ließ sie zu sich kommen und sprach mit ihr. Dann nahm er sie mit in sein Haus. Li Nam war einer der bestbewachten Menschen in Seoul. Er hatte ein Haus an der Küste, abgeschirmt durch zwei Häuser zur Straße hin. In seinem Haus war er allein, ohne Familie. Es waren noch nie Probleme aufgetreten. Was sollte also passieren? Am nächsten Morgen geht dann einer der Sicherheitsleute in Li Nams Haus und findet den Boss in seinem Bett. Tot, stranguliert mit einer Gitarrensaite. Dieser Mord gilt noch heute als einer der am gründlichsten untersuchten in der Stadt, weil Li Nam überaus einflussreich war. Die Fahndung nach der Frau lief international, brachte aber keine Erkenntnisse. Bis heute ist vollkommen rätselhaft, wie die Frau aus Li Nams Haus flüchten konnte. Li Nam wollte den

Kokainhandel unter seine Kontrolle bringen. Alle, auch die Polizei, waren der festen Überzeugung, dass ihm das auch gelingen würde. Dann war er tot, und der Markt fiel an zwei seiner Konkurrenten.«

»Das ist gespenstisch«, murmelte Esser nach einer Weile. »Hat dabei auch Jongen Truud gewonnen?«

»Aber ja«, sagte Goldhändchen. »Er war der große Gewinner bei der Sache, er konnte die Lieferseite der Drogen übernehmen.«

»Okay«, warf Sowinski ein, »die Speedboot-Story bitte. Wann spielte die?«

»2009«, antwortete Goldhändchen, »in Venezuela, westlich der Hauptstadt Caracas in Porto la Cruz. Die Bevölkerung dort ist eine Mischung aus reichen Urlaubern und armen Fischern, soziologisch sehr problematisch. Was Speedboote sind, wisst ihr?«

»So ungefähr«, sagte Esser.

»Das ist was für die Söhne reicher Leute. Die Boote haben in der Regel zwei Motoren und fahren mit einer PS-Zahl von sieben- bis achthundert oder mehr. Mörderisch schnell. Sie machen Wettrennen, fahren aus einem Hafen hinaus in die offene See, drehen dann an einer Boje und rasen zurück. Das Ganze ist eine Erfindung der Amerikaner, die das in Florida als Sport reicher Familien entwickelten. Das Kokain kommt aus Mexiko, wird in Venezuela mit Handelsschiffen angeliefert und dann umgepackt auf die Speedboote. Die bringen es auf Schiffe, die nach Europa gehen. Zweihundert bis vierhundert Kilogramm pro Tour, was eine Wahnsinnsmenge ist, denn der Stoff ist bis zu achtundneunzig Prozent rein. Bei den Spezialisten der Polizei wird geschätzt, dass eine Speedboot-Tour im Straßenverkauf etwa eine bis zwei Millionen Dollar bringt. Diese Kette war im Besitz mexikanischer Bosse. Ein europäisches Konsortium wollte diese hochlukrative Schmuggellinie übernehmen und hätte normalerweise keine Chance gehabt, weil drei Mexikaner aus den reichen Familien das Sagen hatten. Innerhalb von zwei Monaten waren alle drei tot.«

»War da etwa auch Jongen Truud beteiligt?«

»Ja. Mit etwa dreißig Prozent, wie von Insidern geschätzt wird.«

»Wir haben also sieben Tote, wenn ich das richtig verstanden habe«, sagte Sowinski. »Der einzige Fall, der nicht eindeutig mit Drogen in Verbindung steht, ist Ole Bauer in Mogadischu. Wie kommt das?«

»Wissen wir nicht«, sagte Goldhändchen. »Armes Land, wenig Drogen. Aber Durchgangsland für Marihuana und Haschisch.«

»Aber Madeleine Wagner war dort, wie Atze erzählt hat«, sagte Esser. »Wir entscheiden jetzt. Gehen wir in den Fall Madeleine Wagner?«

»Ich bin dafür«, sagte Sowinski.

»Klare Sache«, sagte Goldhändchen. »Wir brauchen jetzt alle Hilfe, die wir kriegen können. Ich stelle mal eine Liste zusammen.«

»Was ist denn bei der Lkw-Suche rausgekommen?«, fragte Esser.

»Null Komma nichts«, erwiderte Goldhändchen. »Wir haben ja noch nicht einmal eine Angabe über die Nationalität des Fahrzeugs. Und der Zwischenfall an der österreichisch-deutschen Grenze ist immer noch nicht ganz klar. Falls es mit dem Sprengstofftransport zu tun hat, haben wir das C4 schon längst im Land.«

Goldhändchen hatte Ulrike Wagner, die Mutter von Madeleine, angerufen. Beim ersten Mal hatte er nur gewartet, bis sie sich meldete: »Wagner hier.« Dann hatte er eingehängt. Beim zweiten Mal hatte er gefragt: »Bin ich mit dem Anschluss Ulrike Wagner verbunden?« – »Ja«, hatte die Frau geantwortet. – »Entschuldigung«, hatte er gesagt. »Hier ist das Einwohnermeldeamt. Wie lange besteht Ihr Anschluss schon?« – »So lange wie ich hier wohne, dreißig Jahre mindestens«, hatte sie geantwortet. – »Dann bitte ich um Verzeihung, dann ist das eine falsche Verbindung. Wir suchen nach einem anderen Teilnehmer. Haben Sie die Nummer zwei-drei-null-vier?« – »Nein, nein«, hatte die Frau geantwortet. »Ich habe zwei-drei-eins-vier.«

Das reichte, um sich in den Anschluss einzuklinken. Ulrike Wagner würde bis auf Weiteres mit niemandem mehr telefonieren können, ohne einen von Goldhändchens neugierigen Leuten als Mithörer zu haben.

Esser hatte entschieden, Müller und Svenja gemeinsam zu der Mutter zu schicken. Sie rechneten damit, dass außer ihr noch andere Zeugen gehört werden mussten. Also war es besser, zwei Leute vor Ort zu haben.

Sie waren auf dem Weg in einen kleinen Ort namens Grassel, etwa auf halbem Weg von Braunschweig nach Wolfsburg. Ihr Quartier wollten sie in Meine aufschlagen, acht Kilometer von Grassel entfernt. Sie reisten als Sicherheitsexperten. Svenja unter dem Namen Shannon Ota, Müller unter dem Namen Dr. Kai Dieckmann, beide mit gültigen Papieren. Svenja saß am Steuer.

»Wie war es denn gestern Abend eigentlich mit Anna-Maria?«, fragte Müller. »Du hast schon geschlafen, als ich vom Arzt kam.«

»Es war gut«, antwortete Svenja. »Ich habe vorher angerufen und bin dann zu ihr gefahren. Ich konnte mit ihr in ihrem Zimmer reden. Deine Ex war sehr freundlich, sie hatte nichts dagegen. Seitdem plagt mich allerdings eine Frage.«

»Die Frage stelle ich mir auch, die kenne ich«, sagte Müller.

»Und wie lautet sie?«

»Wie konnte ich jemals diese Frau heiraten?«, murmelte Müller.

»Richtig. Und wahrscheinlich hast du keine Antwort darauf.«

»Habe ich nicht«, sagte er. »Es war ein anderes Leben, ich wuchs in den Agenten Müller rein. Ich habe wahrscheinlich versucht, eine Anbindung an das bürgerliche Leben zu erwischen, ich wollte einfach wie alle sein, und ich wusste nicht, dass das schiefgehen musste. Das tut mir heute noch bitter leid. Wahrscheinlich war ich einfach naiv.«

»So naiv war ich auch einmal«, sagte Svenja. »Als ich in der Rangerausbildung in den Staaten war, habe ich mich sogar verlobt. Stell dir das mal vor.«

Das hatte sie noch nie erzählt, das war für Müller neu. »Du warst mal verlobt?«

»Ja.« Sie lachte. »Er war ein wirklich lieber Kerl, und er wollte mit aller Macht zu den Navy Seals, und ich wollte für die CIA arbeiten. Wir haben uns gesagt, wir bleiben ewig zusammen, wir bauen irgendwann ein Häuschen und haben jede Menge Kinder. Mein Gott, wie waren wir doch naiv.«

»Und wie ging das zu Ende?«

»Zwei Jahre später, als ich begriff, dass Heiraten in dem Beruf, den ich wollte, etwas absolut Tödliches wäre.« Dann schwieg sie eine Weile und setzte hinzu: »Es geht ja auch ohne, oder?«

»Ja, es geht ohne«, sagte er lächelnd. »Was hat meine Tochter gesagt?«

»Sie war eigentlich ganz gut drauf, inzwischen will sie auch gar nicht mehr zu dir ziehen. Sie sagte nur, mit diesem

Kerl im Haus wäre das echt schwierig. Und das habe ich ihr auch abgenommen, da ist sie sicher ehrlich.«

»Hast du ihn gesehen?«

»Nein. Nur mit deiner Ex habe ich noch eine Viertelstunde gesprochen. Sie ist übrigens der Meinung, sie hätte dich nie heiraten dürfen. Also können wir einen Club aufmachen. Nein, sie war wirklich nett. Anna-Maria ist im Moment sehr schwierig. Auch wenn sie erst zehn ist, wird sie doch so ganz langsam eine Frau. Das scheint sie furchtbar zu verwirren, und momentan hält sie alle Erwachsenen grundsätzlich für verlogen, wichtigtuerisch und arrogant. Eigentlich würde sie gerne mehr von dir wissen, was du so tust in deinem Beruf und solche Dinge. Das habe ich ihr erzählt. Und ich habe auch gesagt, dass sie dich ruhig anrufen soll, wenn ihr danach ist.«

»Wie hast du ihr denn meinen Beruf beschrieben?«

»Ich habe gesagt, du bist Agent, du sammelst im Ausland Nachrichten, die für unser Land wichtig sind. Deshalb bist du dauernd unterwegs. Sie fand das ganz spannend, aber ihre Neugier erlahmte schnell, als sie begriff, dass du nur selten in Berlin bist.«

»Was hast du über uns gesagt?«

»Dass wir uns lieben, dass wir aber niemals heiraten werden, sondern nur zusammen sind, wenn sich die Möglichkeit ergibt. Da war sie ganz hellhörig. Das Thema Liebe interessiert sie natürlich sehr.«

»Das ist gut«, sagte er erleichtert. »Ich habe viele Monate damit verbracht, ihr von überall auf der Welt Briefe zu schreiben. Auch über mich und meinen Beruf. Die Briefe waren alle so bescheuert, dass ich sie zerrissen habe. Gott sei Dank.«

Sowinskis Stimme kam über die Bluetooth-Anlage. Er sagte: »Wir haben jetzt eine klarere Situation an der österreichischen Grenze. Der Lkw, der leer aufgefunden wurde, ist mittlerweile identifiziert. Es ist ein Volvo. Er wurde in Italien gekauft, lief lange bei einer Spedition, dann bei einem zweiten Spediteur, dann bei einer kleinen Firma, bei der er meistens herumstand und vor sich hin gammelte. Er ist fast zwanzig Jahre alt, und seine Nummernschilder sind geklaut. Sie stammen von einem Lkw aus dem italienischen Ferrara. Es gibt aber einen Zeugen, der in der fraglichen Nacht beobachtet hat, wie die Ladung auf zwei Laster umgeladen wurde. Eine Personenbeschreibung dieser Leute fehlt allerdings ebenso wie eine Beschreibung des Fahrzeugs, seine Nationalität und sein Kennzeichen. Das nur zu eurer Kenntnis.«

»Wie sieht es bei Goldhändchen und den Gerüchtekochern aus?«, fragte Müller.

»Da tut sich viel, aber nichts Entscheidendes. Eine sichere Spur gibt es ins Kanzleramt, eine zweite in die Heimat der Kanzlerin in Mecklenburg-Vorpommern. Eine dritte in den Generalstab der Bundeswehr. Die meisten aber, die mitmachen bei der Hetzerei, sind einfach Ahnungslose und Wichtigtuer. Gute Fahrt weiterhin.«

Sie erreichten Meine noch vor dem Mittagessen, konnten sofort ihre Zimmer belegen und aßen eine Kleinigkeit. Dann fuhren sie nach Grassel.

Das Haus, in dem Ulrike Wagner wohnte, lag an einer schmalen Straße, die Unter den Kastanien hieß, und es war das einzige Haus in dieser Straße. Der Asphalt endete am Grundstück und wurde dann zu einem Wiesenweg.

Es war ein kleines Haus, wie man es in den 1960ern und 70ern gebaut hatte. Im Erdgeschoss die Küche, das Wohnzimmer, wahrscheinlich ein Gästeklo, oben unter schrägen Wänden die Schlafzimmer. Es wirkte armselig und verwahrlost. Der Putz bröckelte, das Gemäuer zog Wasser, und der Lack an den Fenstern war schon vor Jahren abgeplatzt.

Es gab keine Klingel an der kleinen Gartentür, also gingen sie den kurzen Weg bis zum Haus und schellten.

Die Frau, die ihnen öffnete, wirkte auf den ersten Blick sehr vulgär. Ihr Gesicht war ein wenig verquollen, ihr breiter, stark geschminkter Mund wirkte so grotesk, als habe sie sich Botox spritzen lassen. Ihre Haare waren lang, tiefschwarz gefärbt und zu einem Pferdeschwanz gebunden, der dunkelrote Lack an ihren Fingernägeln war abgeblättert.

»Ja, bitte?«, fragte sie abweisend.

»Können wir Sie kurz sprechen?«, fragte Svenja.

»Worum geht es denn?« Sie schaute sie misstrauisch an.

»Um Ihre Tochter«, antwortete Svenja.

»Verdammt. Hat sie wieder Scheiße gebaut? Wahrscheinlich, oder? Ich will nichts von ihr hören. Nie wieder, verstehen Sie? Nie wieder!« Dann knallte sie ihnen die Tür vor der Nase zu.

»Das war wohl nichts«, sagte Müller.

Sie gingen durch den kleinen, verwüsteten Garten vor dem Haus zurück zu ihrem Wagen.

»Sie steht am Fenster und sieht unser wunderbares teures Auto«, sagte Svenja. »Sie wird neugierig sein.«

»Und sie ist einsam«, sagte Müller.

»Dann müssen wir eben anrufen. Wir machen es dringend, tischen ihr eine Lüge auf.«

»Und zwar?«, fragte Müller.

»Wir erzählen, ihre Tochter hat viel Geld verdient. Ich gehe jede Wette ein, dass sie auf Geld anspringt.«

»Das ist wahrscheinlich gar keine Lüge.«

»Eben.«

Sie fuhren zurück in das Hotel, berichteten Esser von ihrem Anfangspech und gingen dann spazieren, um ein bisschen frische Luft zu schnappen. Nach einer Stunde rief Svenja bei Ulrike Wagner an.

»Bitte, Frau Wagner, hören Sie mir einfach zu. Auch wenn die Erinnerung an Ihre Tochter offensichtlich schmerzvoll für Sie ist, sollten Sie mit uns sprechen. Ihre Tochter hat keinen Ladendiebstahl begangen oder dergleichen. Sie hat, aller Wahrscheinlichkeit nach, sehr, sehr viel Geld verdient. Dieses Geld ist uns gemeldet worden, weil sich Ihre Tochter nicht mehr darum kümmert. Und wir vermuten, dass das Geld irgendwo in Deutschland oder in Europa bei einer Bank oder einer Investmentfirma deponiert ist. Wir suchen nicht nach dem Geld, wir suchen aber Ihre Tochter ...«

»Sie baut also doch schon wieder Scheiße!«, unterbrach Ulrike Wagner Svenja rüde.

»Das ist gar nicht sicher«, erklärte Svenja fest. »Es geht um mehr als eine Million Euro.«

Die Frau schwieg verblüfft. »Woher soll sie denn so viel Kohle haben? Ich meine, sie muss ja irgendetwas dafür getan haben.«

»Vielleicht können wir das herausfinden, wenn Sie mit uns sprechen. Wir haben keine Vorstellung davon, wie Ihre Tochter gelebt hat, als sie noch bei Ihnen im Haus war.«

»Das war auch gar nicht schön, das war das reine Chaos.«

»Wann könnten wir denn mal vorbeikommen?«, fragte Svenja.

»Am besten gleich, aber ich kann Ihnen nicht viel sagen, weil ich auch gar nichts weiß.« Zwei Sekunden Pause. »Ich habe nichts mehr im Haus. Könnten Sie mir eine Flasche Korn mitbringen? Fürst Bismarck, den gibt es beim ALDI. Und vielleicht einen Kasten Bier?«

»Das machen wir selbstverständlich.«

Sie kauften die Alkoholika und standen eine Stunde später wieder vor dem kleinen Haus. Sie hatten drei Flaschen Korn gekauft und zwei Kästen Bier. Svenja trug den Korn, Müller die Bierkästen.

Müller kommentierte: »Das könnte ein verdammt kurzes Interview werden, wenn sie Alkoholikerin ist. Egal. Wir tun das fürs Vaterland.«

Ulrike Wagner hatte sich hergerichtet, ein Kleid angezogen, das viel zu kurz und zu grell war. Dazu knallrote High Heels, die ihre Füße einzwängten. Bei den Haaren hatte sie ein riskantes Kunststück versucht und war gescheitert. Sie hatte sich Haarfestiger verordnet, der allerdings längst aufgegeben hatte. Es sah aus, als hätte sie ein lange verlassenes Vogelnest auf dem Kopf.

»Dann kommen Sie man rein«, sagte sie und ging durch eine Küche weiter in einen großen, hölzernen Vorbau, den man von der Straße aus nicht sehen konnte. Es war ein sehr großer Raum mit einer Glasfront in einen Garten, der vollkommen verwildert war.

»Hier sitze ich immer«, sagte sie. »Nehmen Sie doch Platz. Vielleicht trinken wir erst mal einen Kurzen. Einmal kurz, einmal lang, sage ich immer.« Sie öffnete eine der Schnapsflaschen und goss drei kleine Gläschen voll. Dann köpfte sie drei Flaschen Bier und stellte drei Gläser dazu. »Prost«, sagte sie und kippte den Schnaps hinunter.

»Mir nur einen Schluck Bier, bitte«, sagte Müller.

»Mir ist das zu früh«, erklärte Svenja.

»Ich kann mich über Madeleine immer noch aufregen«, sagte Ulrike Wagner. »Aber das Kind war ja auch furchtbar.« Das kräftige Rot auf ihren Lippen ließ den Mund wie eine breite Wunde aussehen.

»Uns geht es darum, zunächst mal einen Einblick in das Leben Ihrer Tochter zu bekommen«, erklärte Müller sachlich. »Ich möchte betonen, dass sie nicht gesucht wird. Nicht von der Staatsanwaltschaft und nicht von der Polizei. Nun haben wir unklare Nachrichten, dass sie in der letzten Zeit viel Geld verdient hat, und wir wissen nicht einmal, womit sie das Geld verdient hat. Was kann sie denn so gut, dass sie ihre Dienste verkaufen könnte?«

Die Frau zeigte ein völlig verblüfftes Gesicht mit großen Augen. »Was sie gut kann? Ach, du lieber Gott. Lügen kann sie verdammt gut. Lügen und bescheißen, die Leute übers Ohr hauen, solche Dinge. Da sitze ich als Mutter hier im Haus und muss mich für dieses Kind schämen. So ging das immer schon, die ganze Zeit.« Sie goss sich einen weiteren Schnaps ein und stürzte ihn hinunter. Dann trank sie das Bier direkt aus der Flasche. Ihre Hände zitterten.

»Wann ist sie denn hier ausgezogen?«, fragte Svenja.

»Direkt nach ihrem achtzehnten Geburtstag. Den haben wir noch hier gefeiert. Dann hat sie Rocky das Messer in den Oberschenkel gerammt und ist weg, noch in derselben Nacht.«

»Einfach so? Oder mit ihren Dingen, mit Koffern und Taschen?«, fragte Müller sehr sachlich.

»Ohne alles! Nur mit den Klamotten, die sie am Leibe trug.«

»Und wo ist sie hin?«, fragte Svenja.

»Das weiß ich doch nicht!«, sagte die Mutter empört.

»Wer ist denn Rocky?«, fragte Müller.

»Ein alter Freund«, antwortete sie. »Er käme nie mehr in mein Haus, hat er damals gesagt, so was könne man ihm nicht bieten, so was nicht! Und dann ist er ja auch lange nicht mehr gekommen. Ich sage immer, man wird für seine Kinder bestraft, man weiß nie, was die alles anstellen.«

Müller fragte nach. »Und sie hat diesem Rocky ein Messer in den Oberschenkel gestoßen?«

»Jawohl, ein verdammt scharfes Fleischermesser aus der Küche. Richtig tief, fehlte nicht viel, und es wäre auf der anderen Seite wieder rausgekommen.«

»Und Sie haben den Notarzt gerufen?«, fragte Svenja.

»Habe ich«, sagte sie. »Musste ja sein, sonst wäre Rocky doch verblutet. Das war richtig schlimm, und das Blut tropfte hier auf die Dielen.«

»Und Ihre Tochter ist dann verschwunden? In derselben Nacht?«, fragte Svenja.

»Für immer!«, sagte sie. »Für immer!«

»Und sie war nie mehr hier?«, fragte Müller.

»Angeblich ist sie noch ein paarmal hier gewesen. Bei ihren Kumpels. Aber nicht bei mir. Nie mehr.« Die Frau atmete einige Male heftig durch. »Und ich weiß auch gar nicht, was ich getan hätte, wenn sie hier vor der Tür gestanden hätte. Ich hätte für nichts garantieren können, das sage ich Ihnen.«

»Das tut weh, nicht wahr?«, fragte Svenja.

Ulrike Wagner starrte in den Garten, begann zu weinen und nickte. In ihrem Gesicht zeigte sich vollkommene Hilflosigkeit. Dann griff sie wieder zu der Schnapsflasche.

»Und Sie können sich nicht vorstellen, womit Ihre Tochter so viel Geld verdient haben könnte?«, fragte Müller.

»Nein. Kann ich mir überhaupt nicht vorstellen. Sie hat ja nichts gelernt, sie hat ja immer alles gleich wieder hingeschmissen. Sie hat oben in ihrem Bett gelegen und Hasch gequalmt, wie unsereiner seine Zigaretten raucht. Und alles ging schief. Sie hat eine Lehre bei einem Friseur angefangen und nach vier Wochen schon wieder hingeschmissen. Irgendwann kommt ihr Meister hier ins Haus und fragt mich: Wieso kommt denn Ihre Tochter nicht mehr? Und ich wusste von nichts.«

»Sie verließ also das Haus, als ginge sie arbeiten, aber dort erschien sie nicht. Ist das richtig so?«, fragte Müller weiter.

Sie antwortete nicht, sie nickte nur.

»Und sie hatte vermutlich Kerle«, stellte Svenja fest.

»Ja. Mit dreizehn fing das schon an. Einen nach dem anderen.« Sie goss sich wieder einen Schnaps ein und trank ihn sofort. Danach einen langen Zug aus der Bierflasche. Die Flasche war leer.

»Wie lebten Sie damals?«, fragte Müller.

»Rocky war hier bei mir. Nein, warte mal, Albert, Moment, dann Frank, dann wieder Rocky. Also hier lief alles normal, sage ich mal. Sie hatte hier ihr Zuhause, sie hatte eigentlich alles, was sie braucht. Ihre Freunde und ein anständiges Taschengeld. Und sie konnte machen, was sie wollte. Wir haben ihr nie was vorgeschrieben. Aber sie war so – sie war eben zickig, sie konnte mit keinem, sie machte uns das Leben schwer. Sie lag oben im Bett und sagte nichts und tat nichts. Qualmte ihr Haschzeug. Und ich bin hier unten verrückt geworden.«

»Können Sie uns den Namen des Jungen sagen, mit dem sie meistens zusammen war?«, fragte Svenja.

»Das war der Matthias, der vom Probst. Mit dem war sie immer mal wieder zusammen, über die ganzen Jahre. Mal oben, mal unten, wie Jugendliche so sind. Aber dann hat er eine andere geheiratet, weil sie ein Kind von ihm kriegte, und Madeleine ist ausgeflippt. Damals habe ich gedacht, sie tut sich was an.«

»Wie alt war sie, als Matthias heiratete?«, fragte Svenja.

»Da war er achtzehn, und Madeleine war siebzehn.«

»Ist der noch hier in der Gegend?«, fragte Müller.

»Ja, ja, der arbeitet in der Fleischerei von Mundt in Meine. Ist natürlich längst geschieden.« Sie fuhr sich mit einem Papiertaschentuch über das Gesicht und verschmierte den Lippenstift.

»Ja, ich hatte mit meiner Tochter viele Sorgen, und die wurden immer größer, sage ich Ihnen.«

»Können Sie uns noch mehr darüber erzählen?«, fragte Müller freundlich.

»Da war die Sache mit Grooms«, sagte sie und räusperte sich ein paarmal, weil sie das alles offensichtlich sehr mitnahm. »Grooms ist hier ein großes Tier, Rechtsanwalt und Notar. Drei oder vier Kinder, ich weiß nicht genau. Damals hatte er erst ein Kind. Er war verheiratet mit einer Frau aus Braunschweig, Lisbeth hieß die, eine dünne Blonde. Und eines Abends kommt meine Madeleine im vornehmen Auto vom Grooms hier vorgefahren. Am nächsten Tag das gleiche Spiel, am dritten Tag auch. Grooms kam an, setzte sie hier ab und fuhr dann wieder. Ich fragte Madeleine, was das soll, und sie antwortete, das ginge mich nichts an, das wäre ihre Sache. Ich glaube, sie war da sechzehn. Ist ja auch egal. Dann ging das Gerücht, der Grooms hätte was mit einer Minderjährigen. Das hört man so und denkt nicht weiter darüber nach. Aber ich ahnte natürlich was. Wochenlang nur Grooms und meine Madeleine. Ich kriegte Krach mit ihr. Ich sagte ihr, das kannst du doch nicht machen, du kannst dich doch nicht mit einem verheirateten Mann rumtreiben. Er bezahlt mich schließlich dafür!, schrie sie mich an. Jeden Tag einen Hunderter! Ich habe gedacht, ich müsste mich in Grund und Boden schämen. Ich weiß nicht, wie lange das ging. Das Gerede war furchtbar, und bei uns im Lädchen haben mich dann Frauen aus der Nachbarschaft gefragt, was ich für eine Tochter hätte. Die Leute tuscheln heute noch über mich, das ist wie Mobbing. Sie haben das Haus hier manchmal einen Puff genannt. Als Sie jetzt kamen und sagten, Madeleine hätte viel Geld verdient, habe ich im ersten Augenblick gedacht, sie hat einen Puff aufgemacht.«

»Sie muss etwas anderes gemacht haben«, sagte Svenja. »Einen Puff bestimmt nicht.«

»Hat denn dieser Grooms mit ihr Schluss gemacht?«, fragte Müller. Es fiel ihm schwer, sachlich zu bleiben, er musste dauernd an seine eigene Tochter denken.

»Ja klar. Irgendwann kam das Ende. Sie warf mir vor, ich hätte ihr geschadet. Jedenfalls sah man sie nicht mehr mit Grooms. Und eines Tages komme ich nach Hause und höre, wie sie telefoniert und sagt: Also, du zahlst, und ich halte den Mund, fünfhundert Eier im Monat. Ich habe ihr das Telefon aus der Hand gerissen. Ich glaube, ich hätte sie am liebsten umgebracht.« Sie goss sich wieder einen Schnaps ein und trank ihn sofort.

»Ich glaube, es ist besser, wenn wir erst einmal Schluss machen«, sagte Svenja behutsam. »Wir sind in Meine im Hotel. Wir würden gern morgen früh wiederkommen, wenn es geht. Wir haben noch viele Fragen. Und wir lassen Ihnen Visitenkarten da, damit Sie uns anrufen können.«

»Ja, ist gut«, sagte sie. »Und welche Behörde vertreten Sie, warum wollen Sie das alles überhaupt wissen?«

»Es ist ganz einfach«, erklärte Müller. »Wenn Deutsche im Ausland sich nicht mehr um ihr Geld kümmern, wenn das irgendwo in Deutschland herumliegt und verstaubt, dann melden sich die Banken bei uns. Und wir müssen uns dann kümmern.«

»Ist sie denn im Ausland?«, fragte die Frau mit hoher Kinderstimme. Ihr Gesicht war rot und verschwollen. Der Alkohol setzte ihr sichtlich zu, es machte keinen Sinn mehr, weiterzureden. In diesem Zustand waren ihre Aussagen nichts wert.

»Das nehmen wir an«, sagte Svenja. »Wir haben Zeugenaussagen, dass es ihr gut geht. Wenn wir dürfen, würden wir morgen früh noch einmal vorbeikommen. So gegen elf Uhr?«

»Ja, sicher.« Sie weinte.

Als sie durch den Vorgarten zum Auto gingen, sagte Svenja: »Die wirklich schrecklichen Dinge hat sie gar nicht angesprochen.«

»Das denke ich auch«, murmelte Müller.

»Madeleine hatte nie eine Chance in diesem Haus. Ich würde gern mit diesem Matthias Probst sprechen.«

ACHTZEHNTES KAPITEL

Goldhändchen saß im dunklen Reich seiner Bildschirme und kontrollierte, was seine Jünger an Gerüchten und übler Nachrede über den Geheimdienst herausfanden, was sie selbst dazu beitrugen und wie sie sich freuten, wenn sie selbst ein Gerücht streuen konnten.

Aber er war nicht bei der Sache, er war niedergedrückt, dachte darüber nach, was aus ihm werden könnte, wenn die Gerüchte und üblen Nachrichten über ihm zusammenschlagen würden. Selbstverständlich würde es heißen, er sei über die Jahre ein Hacker gewesen, ein ehemaliger Krimineller, ein Einbrecher in die geheimnisvollen Welten der Banken, der staatlichen und militärischen Organisationen. Sie würden über ihn schreiben und berichten, und sie würden Fotos von ihm finden, auf denen er wie ein Pennäler aussah. Sie würden herausfinden, dass er vorbestraft war. Vorbestrafte, so dachte er, konnten nicht im Geheimdienst arbeiten. Er hatte panische Angst vor der Szene, die sich immer wieder vor seinem inneren Auge abspulte: Krause an seinem Schreibtisch mit ernstem Gesicht. Er schaute ihn nicht einmal an, sondern sagte nur auf eine endgültige, steinerne Weise: »Es tut mir leid, mein Lieber, wir müssen uns von Ihnen trennen!«

Aus dem großen Raum der Überwacher kam eine Meldung,

die ihn aus seinen Gedanken riss: »Rechner sechzehn, ich habe eine Nachricht für Sie, Sir.«

»Was ist passiert?«

»In Wittenberg wurde ein Mann mit einer Gitarrensaite stranguliert.«

»Wann?«

»Vor einer Stunde ist er in seinem Haus aufgefunden worden.«

»Wer ist es?«

»Das wissen wir noch nicht. Das ist Sache der Mordkommission, jedenfalls kann ich das hier lesen.«

»Wittenberg, die Lutherstadt?«

»Genau die!«

»Welche Polizei?«

»Lokale Einheit.«

»Her damit!« Er drückte die stehende Verbindung zu Sowinski und Esser. »Wir haben hier eine üble Neuigkeit«, sagte er. »In Wittenberg ist ein Mann zu Tode gekommen. Mit einer Gitarrensaite. Wie reagieren wir?«

»Ganz sicher? Keinerlei Zweifel?«, fragte Esser scharf.

»Sieht so aus, ja.«

»Dann gehen wir rein!«, befahl Esser. »Erst brauche ich die lokale Polizeieinheit, also die Kripo, dann das BKA. Ich bin der Meinung, wir sollten ohne Anfrage reingehen, als Besucher. Das bedeutet, dass die lokale Gruppe nur sichert. Ich brauche das BKA, den Präsidenten oder seinen Vertreter. Ist der Name des Toten schon festgestellt?«

»Nein, noch nicht.«

»Wen schicken wir?«

»Wir haben nur Dehner«, sagte Sowinski seufzend. »Alle anderen sind draußen. Und Dehner ist völlig erschöpft.«

»Okay. Wir bieten dem BKA Mitflug an und nehmen einen Helikopter. Hat die Flugbereitschaft einen?«

»Hat sie«, sagte Sowinski. »Wir könnten zusätzlich Müller hinschicken. Der ist in der Gegend von Braunschweig.«

»Dauert mir zu lange«, entschied Esser.

Matthias Probst aufzutreiben war einfach gewesen. Sie hatten nur in der Fleischerei Mundt anrufen müssen, um sich mit ihm zu verabreden. Jetzt saßen sie ihm auf zwei kleinen Sesseln gegenüber in seiner winzigen Wohnung unter dem Dach eines Neubaus.

»Es geht um Madeleine Wagner. Wir haben schon mit ihrer Mutter in Grassel gesprochen. Stehen Sie noch in Verbindung mit Madeleine?«, fragte Müller mit einem freundlichen Lächeln.

»Nein«, antwortete Probst knapp. Er war ein schmaler, mittelgroßer Mann mit einem grauen Teint und hellen Augen. Seine Hände waren die eines Arbeiters, und sein Gesicht zeigte einen Tick: Das linke Augenlid flatterte zuweilen unkontrolliert.

»Frau Wagner hat uns berichtet, dass Sie der wichtigste Freund in den Jugendjahren ihrer Tochter waren«, sagte Svenja. »Wie war das damals?«

»Waren wilde Zeiten. Aber wieso fragen Sie das? Ist irgendwas los mit Madeleine?«

»Nein, nein«, antwortete Müller. »Sie hat auf einer Bank ziemlich viel Geld liegen, hat sich aber nicht mehr darum gekümmert. Wir wissen zwar, dass sie im Ausland lebt, aber nicht, wo. Also müssen wir Erkundigungen einziehen.«

»Ich habe kein Geld von ihr gekriegt«, sagte Probst und lachte. »Wie viel ist es denn?«

»Ziemlich viel.« Svenja lächelte ihn an. »Wir dürfen keine Auskunft darüber geben, das verstehen Sie doch sicherlich.

Wenn Sie an die alten Zeiten denken, woran denken Sie dabei besonders?«

»Daran, wie Madeleine sie alle verladen hat. Sie hat getrickst, dass es wehtat, und meistens ist sie damit durchgekommen.«

»Wie sahen die Tricksereien denn aus?«, fragte Svenja weiter.

»Das fing schon in der Schule an. Sie hat den Lehrern ständig was vom Pferd erzählt, und die haben es geglaubt. Und später wurde es immer schlimmer. Manchmal hat sie auch für Geld die Beine breit gemacht. Da war sie streng genommen noch ein Kind.« Er sah zum Fenster und schüttelte den Kopf, als könne er es immer noch nicht begreifen. »Also, ich weiß sicher, dass sie mit zwei Lehrern geschlafen hat. Und das nur wegen einer Wette. In unserer Clique.«

»Wie lief das ab?«, fragte Müller.

»Na ja, sie hat mit uns gewettet, dass sie das schafft. Und sie hat gesagt: Wenn ihr wollt, könnt ihr es ja beobachten! Und das haben wir auch getan, fünf Mark mussten wir dafür zahlen. Das war viel damals. Sie machte es mit den Lehrern in einer Scheune, und wir haben zugesehen.«

»Schlief sie gern mit Männern?«, fragte Svenja.

»Nein, eigentlich nicht«, antwortete er. »Das ist ja das Komische. Sie war irgendwie eiskalt dabei. Sie sagte immer: Das ist einfach, weil die Kerle immer geil sind. Ich habe sie mal gefragt, ob sie dabei einen Orgasmus hat. Da hat sie gelacht und gesagt: Nie! Wozu denn das?«

»Aber Sie selbst haben doch sicher auch mit ihr geschlafen, oder?«, fragte Svenja.

»Ja, das habe ich. Wir waren ja fast noch Kinder, und Sex war irgendwie geheimnisvoll. Also, für mich zumindest. Aber mit ihr, das war nichts, weil ich ja wusste, was sie so treibt. Und das war dann irgendwie – so ohne Gefühl. Also, sie war schon eine sehr harte Nummer.«

»Sie hat also Sex eher wie eine Ware gesehen?«, fragte Svenja.

»Aber ja!« Er nickte. »Kann ich rauchen?«

»Selbstverständlich«, sagte Müller. »Es ist schließlich Ihre Wohnung. Ich frage mich, wo sie so abhing, wenn sie morgens aus dem Haus ging, als wolle sie zu ihrer Lehrstelle. Wo war sie da?«

»In Meiers Scheune«, antwortete Probst mit einem Grinsen. »Damals hatte Meier noch Milchwirtschaft, und sein Heu schaffte er in die Scheune. Und da haben wir uns eine Art Butze gemacht, so eine Höhle im Heu. Wir haben das mit ein paar Brettern seitlich und von oben abgestützt. Da drin waren wir dann. Einmal haben wir eine Kerze brennen lassen und die ganze Scheune abgefackelt. Das war Kiri.«

»Kiri?«, fragte Svenja.

»Ja, damals wollte sie, dass wir sie Kiri nennen. Also nannten wir sie so.«

»Die Scheune brannte also ab. Kam dann nicht die Polizei mit Fragen?«

»Nein, in der Richtung ist nichts passiert. Sie haben dann die Scheune wieder aufgebaut, die Versicherung zahlte das. Und wir waren wieder drin.«

»Was, um Gottes willen, treibt ein junges Mädchen den ganzen Tag in einer Scheune?«, fragte Svenja.

»Sie hatte Haschisch, sie hatte immer Stoff. Sie lag da und qualmte. Ich habe gesagt, das kannst du nicht machen, du bläst dir das ganze Gehirn raus. Aber sie hat nur gelacht. Es war aber so, dass sie für Stunden total stoned war und man kein Wort mit ihr reden konnte. Sie kicherte nur noch albern rum. Und danach wollte sie immer Speed. Und irgendwie kriegte sie das auch.«

Svenja sagte: »Es war wohl ziemlich schwer, ihr Freund zu sein?«

»Ja, klar. Meine Eltern haben mir die Hölle heißgemacht. Mein Vater redet nicht viel, aber damals hat er gesagt: Du musst diese Nutte abschaffen, sonst gehst du unter!«

»Aber Sie haben nicht auf ihn gehört«, stellte Müller fest.

»Doch, doch«, widersprach Probst. »Als sie die Sache mit Grooms anfing, da habe ich mich abgesetzt. Was sie da gebracht hat, war einfach zu viel. Ich wurde ja auch älter, ich kam in die Lehre, nur Kiri rannte immer noch rum, als würde sie nie erwachsen. Und sie redete nur noch dummes Zeug. Und dann hat sie Grooms erpresst, und ich habe gesagt: Jetzt ist Schluss mit uns, das mache ich nicht mehr mit.«

»Madeleines Mutter hat uns diese Geschichte berichtet. Sie haben dann früh geheiratet«, warf Svenja ein.

»Ja, leider«, sagte er. »Meine damalige Freundin kriegte ein Kind von mir. In so einer Situation zu heiraten ist hier immer noch Brauch.«

»Stimmt es, dass Kiri Sie erpressen wollte, um das zu verhindern?«, fragte Müller.

»Ja, das stimmt. Sie kam in mein Elternhaus, und wir sprachen darüber, und sie sagte, wir sollten einfach abhauen und irgendwo heiraten. Ich sagte, sie wäre total bescheuert, und sie sagte: Dann nehme ich mir das Leben! Ich war vollkommen fertig, ich habe das wirklich geglaubt. Also, meine ganze Hochzeitsfeier habe ich nur wie im Tran erlebt, ich dachte dauernd: Jetzt hat sie sich irgendwo aufgehängt.«

»Stattdessen ist sie am Tag ihres achtzehnten Geburtstags bei ihrer Mutter ausgezogen. Aber sie kam zurück, oder?«

»Ja, klar. Sie musste der Clique doch beweisen, dass sie auf der Siegerstraße war, dass sie Erfolg hatte.«

»Wie oft ist sie denn zurückgekommen?«, fragte Müller.

»Das weiß ich nicht genau. Aber das ging sicher vier Jahre lang. Meine Frau bekam ein Kind, und Kiri kreuzte auf. Meine Frau glaubte natürlich, ich hätte was mit der. Das hat auch irgendwie dazu beigetragen, dass wir uns dann scheiden ließen. Es war jedenfalls Scheiße!« Und plötzlich lag Wut in seiner Stimme. »Das muss man sich mal vorstellen. Sie fuhr bei uns vor. In einem Jaguar, englisch grün. Aber sie wollte nicht zu uns reinkommen, sie sagte, meine Frau sei eine Hure. Ich weiß noch, einmal regnete es, und sie saß in der Nacht in diesem blöden Auto auf der Straße rum. Ich habe sie angeschrien, sie sollte doch endlich verschwinden. Und was passierte? Sie saß da, griff in irgendeine Tasche und hielt große Geldscheine vor mich hin. Zwanzig, dreißig, ich weiß nicht mehr, wie viele. Sieh mal, sagte sie, Kohle ohne Ende! Sie hat überhaupt nicht verstanden, dass unsere Zeit vorbei war, dass wir keine Kinder mehr waren.« Dann hatte er Tränen in den Augen und weinte ganz still. Sein Gesicht wirkte gequält.

»Sie hat also viel kaputtgemacht«, sagte Müller. »Darf ich mal etwas anderes fragen? Madeleines Mutter, die interessiert uns wirklich.«

Er brauchte einige Zeit, bis er wieder sprechen konnte. »Diese Frau ist einfach furchtbar«, sagte er schließlich mit fester Stimme. »Sie hat im Dorf wirklich einen schlechten Ruf. Und wie sie mit den Männern rumgemacht hat, hatte sie den ja zu Recht. Und dann das Gerede. Wie die Mutter, so die Tochter! Ich hatte dauernd Krach zu Hause. Meine Eltern sagten, wir schmeißen dich raus, wenn das so weitergeht. Heute weiß ich, dass sie recht hatten. Aber damals habe ich sie nicht verstanden. Ich habe nur immer gesagt: Kiri ist nicht so, Kiri ist ganz anders! Aber sie war in Wirklichkeit nicht anders.«

»Aber sie muss doch bei dieser Mutter viel Schlimmes erlebt haben«, sagte Svenja. »Sie war doch nicht von sich aus so?«

»Kiri hatte nie eine richtige Chance«, sagte Probst. »Sie musste so werden, wie sie ist. Da gab es diesen Rocky. Ich gehe jede Wette ein, dass der Kiri vergewaltigt hat. Und zwar mehr als einmal. Ich kann das nicht beweisen, aber das muss einfach so gewesen sein. Denn sie hat ihm ein Fleischermesser in den Oberschenkel gerammt. Der wäre beinahe verblutet, der Notarzt konnte ihn gerade noch retten. Dieser Rocky war eine richtige Sau, oder vielmehr ist eine richtige Sau. Im Dorf sagen sie, dass er immer noch bei der Mutter auftaucht, sich vollfrisst und vollsäuft. Der war damals rechts außen, also mit so Typen zusammen, die schwere Motorräder fahren und Adolf verehren und so was und auch kriminell sind.«

»Und? Was hat Kiri dazu gesagt?«, fragte Svenja.

»Der war das scheißegal, sie hat sich weggedröhnt mit Hasch und so was.«

»Wissen Sie eigentlich, wo ihr Vater abgeblieben ist? Er soll Franzose gewesen sein«, fragte Müller.

»Es wird erzählt, er wäre einfach abgehauen. Er hätte es mit der Frau nicht ausgehalten. Kiri jedenfalls hat ihn nie im Leben zu sehen gekriegt.«

»Wissen Sie, wie der mit Vornamen hieß?«

»Ja, weiß ich. Jean.«

»Jean Wagner. Uns interessiert die Zeit, in der sie hier schon nicht mehr gewohnt hat, aber immer noch mal zurückkam. Angeblich war sie nie mehr bei ihrer Mutter.«

»Das stimmt doch gar nicht«, sagte er. »Einmal war sie hier und hat der Mutter zehntausend Dollar gebracht. Einfach nur so. Ich war dabei, und ich lüge nicht. Sie hat gesagt: Das ist das Geld für die liebevolle Behandlung deiner Tochter! Dann hat sie es der Mutter an den Kopf geworfen, und wir sind wieder abgehauen.«

»Aber wo war Kiri denn zu der Zeit?«, fragte Müller. »Ich meine, wo hat sie gelebt?«

»In Hannover«, antwortete er.

»Können Sie sich denn erklären, warum sie immer zurückkam? Das war doch eigentlich sinnlos, oder?«, fragte Svenja.

»Darüber habe ich oft nachgedacht. Ich glaube, die Clique hier war ihre wirkliche Familie. Man hat sich gestritten und wieder vertragen, das war wie in einer Familie, normal. Da wollte sie hin und wieder einfach vorbeikommen, um zu gucken, was hier so läuft. Sie hatte doch nie eine Familie.«

»Hat Kiri sich verändert, als sie in Hannover lebte und nur noch ab und zu vorbeikam?«

»Hat sie, ja. Sie hat nicht mehr gekifft, also gar keine Drogen mehr genommen, und sie hat auch nicht mehr getrunken. Sie war irgendwie ganz anders. Sie hat gesagt, sie braucht das alles nicht mehr.«

»Verstehe«, sagte Svenja. »Aber wir wissen nicht, wie sie in Hannover so gelebt hat.«

»Bei wem hat sie dort gewohnt? Hat sie gearbeitet?«, hakte Müller nach.

»Sie hat mir erzählt, dass sie in einem großen Anwaltsbüro arbeitet. Am Empfang. Dass sie die Anrufe für die Rechtsanwälte durchstellt, aber manchmal auch selbst Leute anrufen muss. Sie hat auch gesagt, dass sie den Chef manchmal zu Terminen begleitet. Ich habe sie gefragt, ob sie denn anständig verdient in Hannover. Sie sagte was von fünftausend pro Monat. Aber das war wahrscheinlich schon wieder gelogen. Ich habe auch gefragt, wem denn der grüne Jaguar gehörte, mit dem sie hier aufkreuzte. Sie sagte: meinem Chef. Und sie hatte immer allererste Klamotten an, teuer meine ich. Sie war eine ganz andere Person geworden.«

»Den Namen von dem Anwalt haben Sie wahrscheinlich nicht«, sagte Svenja. »Vielleicht finden ...«

»Doch, doch, den Namen habe ich behalten. Weil er so komisch ist. Er heißt Doktor Thor Lewen. Ich habe mir das deshalb gemerkt, weil Thor doch der Name eines nordischen Gottes ist. Ich weiß das von irgendeinem Computerspiel.«

»Doktor Thor Lewen«, murmelte Müller. »Wissen Sie, wie lange Kiri bei ihm war?«

»Genau weiß ich das nicht, aber drei Jahre schon, denke ich.«

»Sie waren uns wirklich eine große Hilfe«, sagte Svenja lächelnd. »Vielen Dank für Ihre Informationen. Und falls noch weitere Fragen aufkommen, dürfen wir Sie anrufen?«

»Aber gern!«, sagte Probst herzlich.

Svenja und Müller gingen zu Fuß zu ihrem Hotel zurück, als ihre beiden Handys gleichzeitig klingelten.

Es war Esser. »Seid ihr fertig?«

»Ja, sind wir«, antwortete Müller.

»Setzt euch in den Wagen und nehmt Kurs auf Wittenberg, die Lutherstadt. Da ist ein Mann ermordet worden. Mit einer Gitarrensaite. Es handelt sich um Doktor Thor Lewen, Goldhändchen hat die Adresse.«

»Über den haben wir gerade gesprochen«, sagte Svenja. »Er war wahrscheinlich der Schutzheilige der Frau, die wir so dringend suchen.«

»Wie schön!«, dröhnte Essers Stimme. »Dann schließt sich jetzt der Kreis.« Und weil er plötzlich verunsichert war, fragte er hastig: »Macht ihr euch etwa über mich lustig? So etwas gibt es doch nicht.«

»Doch, doch«, widersprach Müller. »Sie ist im Land.«

Die Szene wirkte gespenstisch.

Das Schlafzimmer lag unter dem Dach. Gewaltige Vierkantbalken zogen sich in drei Metern Höhe quer durch den Raum. Sie waren hell geschliffen und schufen ein lichtes Gewirr von straffen Linien. Der Raum selbst war mit einem dicken dunkelroten Teppich ausgelegt, der von Wand zu Wand reichte. Es gab einen Lichtspot über einer bequemen Liege, in der der Bewohner wahrscheinlich oft gelesen hatte, denn auf dem Teppich lagen mehrere Zeitungen, Bücher stapelten sich, und einige bunte Magazine waren achtlos daneben abgelegt worden.

Auf einem kleinen Tischchen neben der Liege stand ein großer Aschenbecher aus Kristallglas. Darin lag eine große, dicke, halb gerauchte Zigarre. Irgendjemand sagte: »Der Geruch erinnert mich an meinen Vater, wahrscheinlich kubanische Produktion, die Dinger sind unheimlich teuer. Aber kommunistisch.« Niemand lachte.

Das Bett war eine etwa zwei mal zweieinhalb Meter große, niedrige Fläche, bedeckt mit Bettwäsche aus lichtblauer Seide. Der einzige Gegenstand, der die Eleganz des Raumes störte, war ein roter seidener Morgenrock, der unordentlich neben dem Bett lag, als habe jemand darauf herumgetrampelt. Das Licht fiel aus drei hohen, schmalen Fenstern an der linken Seitenwand ins Zimmer, zusätzlich waren sechs kleine Spots an den Deckenbalken eingeschaltet.

»Das sieht nach verdammt viel Geld aus«, sagte eine junge Frau. »Und es muffelt.«

Der Tote lag auf dem Bauch in der rechten Hälfte des Bettes. Er hatte volles silbriges Haar, sein Gesicht war in einem der blauen Kissen vergraben.

»Wenn Sie die Todesursache sehen wollen, dann bewegen Sie sich bitte rechts an der Außenwand entlang und gehen dann mit drei, vier Schritten zu ihm hin. Treten Sie dabei aber bitte nicht auf den Morgenrock, denn der birgt möglicherweise DNA-Material. Wir haben den Weg für Sie durch gelbe Linien markiert.«

Der Mann, der das sagte, war klein, rund und wirkte gemütlich, vielleicht fünfzig Jahre alt. Er setzte hinzu: »Mein Name ist Hagemann, ich gehöre zur lokalen Kripoeinheit. Wir wollen systematisch vorgehen und bekommen Hilfe vom BKA. Die Damen und Herren sind soeben eingetroffen. Wenn Sie den Toten näher betrachten wollen, um das Tötungsinstrument zu sehen, halten Sie sich an den gelben Weg, und gehen Sie bitte einzeln.«

»Wie heißt der Tote, wo kommt er her, wer hat ihn gefunden?«, fragte ein Mann in einem Trenchcoat, hager, mittelgroß. »Lindemann, BKA Berlin.«

Hagemann antwortete: »Doktor Thor Lewen, Anwalt und Notar, Inhaber einer großen Kanzlei in Hannover. Er ist siebzig Jahre alt. Er hat dieses Haus vor einigen Jahren gekauft und anschließend nach seinen Wünschen umbauen lassen. Soweit wir wissen, ist er nur noch selten in der Kanzlei tätig und lebte zumeist hier. Er ist privat wohl ein Spezialist für das Thema Martin Luther, deshalb auch diese Stadt. Gefunden wurde er von einer Frau, die in der Nähe wohnt und ihm den Haushalt macht. Ihr Name ist Hermine Glauber, sie wartet unten in einem der Wohnräume und steht uns als Zeugin zur Verfügung. Entdeckt hat sie die Leiche am späten Nachmittag, als sie zum Saubermachen kam. Sie war bereits am Morgen hier gewesen, um das Frühstück anzurichten, und ging dann wieder heim. Sie sah ihn bei der Gelegenheit nicht, sagt aber, das sei normal gewesen. Die Frau meint auch, dass keine Freunde oder andere Besucher angekündigt waren. Die übrigen Mahlzeiten, wenn Freunde und Bekannte hier waren, nahm Thor Lewen in den Kneipen und Restaurants der Innenstadt ein. Er war als ein hochgebildeter, freundlicher Mann bekannt, sehr offen. Wir haben keine Informationen darüber, ob irgendein Mensch ihn im Laufe des Tages besuchte. Das muss aber geschehen sein, denn nach Ansicht des Arztes ist er etwa gegen vierzehn Uhr gestorben. Es wäre gut, wenn wir in etwa zwanzig Minuten mit genauen Tatortuntersuchungen beginnen könnten, die Obduktion der Leiche ist schon in zwei Stunden vorgesehen. Ich stehe jederzeit zur Verfügung, wenn Fragen anstehen sollten.«

Dehner bemühte sich, die gelben Streifen auf dem Boden nicht zu übertreten,.

Er hatte die Kamera vor dem Bauch, hob sie ans Auge und fotografierte die Leiche. Bestimmte Punkte löste er mit einem Teleobjektiv aus ihrer Umgebung heraus. Die Gitarrensaite in diesem Altmännerhals, den leicht klaffenden Mund, das rechte, starre Auge. Dann fotografierte er das ganze Bett mit dem Toten darin, im Hintergrund links die Liege mit dem Lichtspot.

Der Tote war ausgesprochen schlank, das nach rechts geneigte Gesicht wirkte aristokratisch. Ein anderer Ausdruck fiel Dehner dafür nicht ein.

Dann der Draht, eigentlich geschaffen, um zu klingen, um Musik zu machen. Hatte der Mann gespürt, dass dieser Draht ihn töten würde? Hatte er in der einen oder anderen Sekunde überhaupt etwas gedacht?

Die Gitarrensaite schnitt sehr tief in den Hals ein, ein blutroter Striemen, der an der rechten Halsseite zu einem echten Schnitt geworden war. Er hatte sehr viel Blut verloren. Vielleicht war die Halsschlagader angerissen worden.

Der Tod ist sehr plötzlich gekommen, dachte Dehner. Er hat nichts geahnt, wie denn auch? Warum hat sie ihn getötet? Es schien alles so sinnlos, er war doch nur ein alter Mann.

Dann drehte Dehner sich herum und ging wieder zurück. Er blieb noch einen Augenblick an der Tür zum Treppenhaus stehen und prägte sich die Szene ein.

Jemand fragte: »War der Tote verheiratet?«

»Ja, war er«, antwortete eine Frau. »Die Ehefrau ist auf dem Weg hierher. Sie wird von einem Staatsanwalt gebracht, den wir eingeschaltet haben. Sie sagt, sie fühle sich nicht imstande, selbst zu fahren. Und sie könne sich vorstellen, wer der Täter ist. Aber es hat sie tief getroffen, sie ist Mitte sechzig. Als ich sie erreicht habe, konnte sie minutenlang nicht sprechen. Ich dachte schon, sie hätte einfach eingehängt. Ich schätze, sie wird in einer Stunde hier sein. Sie ist auch Anwältin.«

Esser hatte sich aufgemacht und das Gästehaus besucht.

Er saß Arthur Schlauf gegenüber und betonte: »Wir haben keine Zeit. Und Sie können selbstverständlich Ihren Vater besuchen. Aber erst morgen. Wir wollen Sie nicht einschränken, und die Sache mit der Steuerfahndung ist ja erledigt. Ich danke Ihnen für den Scheck. Aber jetzt müssen Sie noch einmal Rede und Antwort stehen. Es geht um diese junge Frau, diese Madeleine Wagner, die Kiri genannt werden möchte. Sie haben sie zuletzt in Tripolis gesehen.«

»Nicht schon wieder.« Atze stöhnte gelangweilt auf. »Darüber habe ich doch bereits endlos mit dem jungen Mann von euch gesprochen, und ich weiß nicht, warum ihr so auf der Kleinen rumhackt.«

»Das ist ziemlich einfach zu beantworten, mein Freund. Die Kleine ist unserer Kenntnis nach eine Massenmörderin.«

Atze sah Esser erstaunt an, sein Mund stand leicht offen. Dann bewegte er plötzlich seinen Kopf, drehte ihn nach links, dann nach rechts, als werde er gezwungen, aus einem schönen Traum zu erwachen.

»Sie wollen mich verarschen, oder?«

»Ich mache keine Scherze«, sagte Esser. »Für so etwas habe ich überhaupt keine Zeit.«

»Die Kiri«, sagte Arthur Schlauf mit einem Seufzer. »Das kann doch nicht sein. Nein, niemals.«

»Unser Problem dabei ist, dass wir nicht wissen, wer der Nächste ist«, sagte Esser.

»Wieso denn das?«, fragte Atze verwirrt. »Wieso der Nächste?« Dann fiel ihm etwas ein. »Ole Bauer? In Mogadischu? Als ich dabei war?«

Esser nickte. »Der auch.«

»Und ich? Ich weiß doch nichts. Ich will damit nichts zu tun haben, aus so was halte ich mich raus. Das ist nichts für mich. So was nicht, niemals!«

»Wir beide müssen überlegen. Sie haben gesagt, dass sie bei Ihnen im Hotel in Tripolis einfach reinschaute, weil sie wusste, dass Sie dort waren. Wir haben aber bisher die Erfahrung gemacht, dass sie nie ohne Grund irgendwo auftauchte. Sie hatte immer einen Mordauftrag, nehmen wir an.«

»Wer macht denn so etwas?«

»Ein Mann, der zurzeit in Albanien lebt. Jongen Truud, aus Amsterdam. Regelt die großen Schmuggellinien für Rauschgift. Hat sie ihn jemals erwähnt?«

»Hat sie nicht. Wieso denn auch? Ich habe von so etwas keine Ahnung. Ich mache meine Geschäfte, und sie macht ihre. Wieso sollen wir uns darüber unterhalten? Ich meine ...«

»Sie machen mich langsam sauer, guter Mann. Es geht hier um Morde! Sie kommen doch rum. Sie sehen Elend, Krieg, Krisen. Sie sehen, wie ganze Länder im Chaos versinken. Und jetzt sagen Sie einfach, ich mache meine Geschäfte und Kiri ihre. Woher wollen wir denn wissen, ob Sie nicht das nächste Opfer sind, weil irgendeiner Ihr gottverdammtes Geschäft übernehmen möchte? Sie persönlich verdienen mindestens einmal im Jahr ein Vermögen, weil Sie den Übriggebliebenen das tägliche Brot verkaufen. Und das Zeug, mit dem sie ihre Wunden verbinden können. Sie machen Kasse bei denen, die zufällig überlebt haben. Wie kann denn einer so naiv sein?« Bei den letzten Worten brüllte er fast, nahm sich dann wieder zusammen und flüsterte beschämt: »Tut mir leid.« Er war erschrocken über sich selbst, er hatte nicht geahnt, wie dünnhäutig er sein konnte. Seine Hände zitterten.

Atze sagte plötzlich nüchtern: »Das ist ein Totschlagargument. Du verkaufst an die Ärmsten der Welt. Natürlich. Das stimmt.« Dann nahm er einen Atemzug Anlauf und setzte hinzu: »Ich bin aus diesem Land weggejagt worden. Haben Sie das etwa vergessen? Ich habe doch gar nicht mehr gewusst, wohin ich gehöre. Hier war ich doch ein Aussätziger. Mein Vater leidet bis heute darunter. Meine Mutter ist daran gestorben.«

»Das ist richtig«, lenkte Esser ein. »Ich entschuldige mich. Als Sie im Hotel in Tripolis plötzlich Kiri sahen, haben Sie gedacht, sie ist vorbeigekommen, weil Sie da waren. Ist das richtig?«

»Ja, stimmt, das habe ich gedacht.«

»Nehmen wir an, sie hat diesen Volksaufstand genutzt, um ihr eigenes Süppchen zu kochen. Nehmen wir an, sie hat auch in Tripolis gemordet. Hat sie über irgendetwas gesprochen, das auf Drogen hindeutete?«

»Das weiß ich nicht. Am ersten Abend haben wir zusammen gegessen, und sie sagte, sie hätte was zu erledigen. Moment mal, sie hat auch gefragt, ob ich wüsste, dass das Haschisch aus dem Rifgebirge das beste der Welt sei. Also, ich weiß nicht ... Sie sagte, der Braune und der Schwarze aus dem Rif, also Nordmarokko, seien einsame Spitze. Ich weiß noch, ich habe sie gefragt, ob sie das Zeug denn auch raucht. Sie hat geantwortet, das könnte ihr nicht passieren. Aber sie könnte es vielleicht kaufen und verkaufen. Meinen Sie, sie hat irgendwas gedreht, als sie in Tripolis war?«

»Das meine ich«, sagte Esser. »Entschuldigung, bitte.« Er rief Sowinski an und fragte: »Wir haben im wissenschaftlichen Dienst doch eine junge Frau, Expertin in Drogen. Wie heißt die noch mal?«

»Ellen Bertram«, antwortete Sowinski. »Doktor Ellen Bertram. Kluges Mädchen. Wieso?«

»Weil ich denke, dass unsere liebe Kiri in Tripolis in Sachen Haschisch etwas geregelt hat. Da gibt es an der Mittelmeerküste Nordafrikas einen lebhaften Handel und Schmuggel mit braunem und schwarzem Marokkaner. Vielleicht hat Kiri für Jongen Truud diese Leitung übernommen, bietet sich jedenfalls an.«

»Das könnte sein«, antwortete Sowinski.

NEUNZEHNTES KAPITEL

Dehner war erschöpft und müde.

Der Ober des Hotelrestaurants hatte versichert, das Hirschgulasch sei sehr zart, es würde auf der Zunge zergehen. Tatsächlich war es zäh, wahrscheinlich uralt und schmeckte nach allem Möglichen, nur nicht nach Hirsch. Dehner war zu müde, um sich zu beschweren, und verfluchte dieses Restaurant, in dem außer ihm nur drei Gäste saßen, einsam vor sich hin kauend und ohne Hoffnung im Blick.

Als Svenja und Müller hereinkamen, war das für ihn ein Lichtblick. Er wartete, bis sie sich an seinen Tisch gesetzt hatten, und sagte: »Herzlich willkommen! Nein, ich reagiere nicht auf irgendwelche dienstlichen Fragen, ich habe mich schon abgeschaltet. Ich müsste eigentlich noch mit der Ehefrau des Toten sprechen. Sie wartet auf mich. Aber ich vermute, ich werde dabei einschlafen.«

»Das übernehme ich, keine Sorge«, sagte Svenja.

»Hast du den Toten gesehen?«, fragte Müller.

»Habe ich«, sagte Dehner. »Weshalb sie den umgebracht hat, weiß ich nicht. Habt ihr schon ein Zimmer?«

Svenja nickte. »Neben dir. Wir wissen wahrscheinlich, warum sie ihn getötet hat. Er war wohl zu klug, er hat sie durchschaut.«

»Sie hätte doch Deutschland leicht vermeiden können«, sagte Dehner leise. »Was will sie denn hier? Hier ist doch nichts für sie zu erledigen.«

»Da bin ich nicht sicher«, sagte Müller trocken. »Wenn sie tausend Kilo C4 bei sich hat, dann hat sie auch etwas zu erledigen.«

»Das stimmt natürlich«, bestätigte Dehner. Dann stand er auf und sagte: »Ich tauge nichts mehr, ich gehe schlafen. Die Frau wartet in ihrem Haus, gleich um die Ecke, Kirchgasse vier.«

»Er hat nicht mehr richtig geschlafen, seit er nach Tripolis geflogen ist«, sagte Svenja. »Das kann einen fertigmachen.«

»Wir alle haben seit Tripolis nicht mehr richtig geschlafen«, erklärte Müller. »Ich gehe nach oben. Ich werde den Verband runterschneiden und mir ein bisschen Salbe draufschmieren. Wenn du von der Ehefrau zurückkommst, werde ich schon selig schnarchen.«

»Willst du denn gar nichts essen?«, fragte sie.

»Guck dir das da auf Dehners Teller an. Das sieht wirklich nicht überzeugend aus. Dunkelbraune Soße wie von Oma, und garantiert viel Butter. Wie Luther es liebte.«

»Du hast Schmerzen, nicht wahr?«, fragte sie.

»Ja, habe ich. Aber ich nehme was dagegen. Ich muss wenigstens eine Nacht mal durchschlafen.« Er küsste Svenja auf die Stirn und flüsterte: »Ich liebe dich.«

»Das ist sehr gut«, sagte sie und lächelte. Als er gegangen war, bestellte sie sich ein Glas Sekt und einen doppelten Espresso und dachte an die Frau, die sich mordend um die Welt bewegte.

Die Nacht brach an, und die Laternen warfen einen kaum sichtbaren gelben Schein. Im Westen war der Himmel leuchtend rot gefärbt. Ihre Schritte auf dem alten Katzenkopfpflaster hallten laut. Kirchgasse 4, eine offensichtlich sehr gute Adresse, ein auffallend schön restauriertes altes Haus. Drei Geschosse, die alte Bausubstanz sorgsam erneuert, tragende Balken nicht angetastet, ein Schmuckstück.

Sie schellte, ein Summen ertönte, und die Tür sprang auf. Vor ihr stand eine ältere Frau mit einem völlig verheulten Gesicht und sagte tonlos: »Ich bin Hermine Glauber, die Haushälterin. Wenn Sie zu Frau Doktor Lewen wollen, die sitzt im Salon im ersten Stock.«

»Vielen Dank«, sagte Svenja. Sie ging die Treppe hinauf.

Die Frau saß in einer Sitzgruppe aus dunkelrotem Leder, und sie wirkte auf den ersten Blick unnahbar und schön. Sie trug irgendetwas Schwarzes aus feiner Wolle, und sie rauchte. Der Aschenbecher vor ihr quoll über. Ihre langen Haare schimmerten silbern.

»Nehmen Sie Platz!«, sagte sie freundlich. »Ich frage mich, für wen Sie mich ausfragen müssen. Oh, fernöstliche Herkunft, wie ich bemerke.«

»So ist es«, sagte Svenja. »Mein Vater war Japaner, meine Mutter kam aus Kirgisien, ziemlich viel Fremdes. Ich heiße Svenja Takamoto. Ich bin für den Bundesnachrichtendienst hier. Die Frau, die Ihren Mann höchstwahrscheinlich getötet hat, wirft einen langen Schatten. Deshalb muss ich Sie befragen. Ich weiß, das ist zum jetzigen Zeitpunkt sehr rücksichtslos, aber wir haben keine Wahl.«

»Rauchen Sie eine mit mir. Mein Name ist Anna, dann haben wir es nicht so schwer miteinander.«

»Danke«, sagte Svenja und nahm sich eine Zigarette aus der Schachtel. Es waren Mentholzigaretten.

»Hier ist auch ein Portwein, wenn Sie mögen. Sherry habe ich auch. Oder lieber Kaffee?«

»Kaffee wäre gut, und ein Cognac, ein doppelter.«

»Das haben wir«, sagte die Frau. Dann rief sie: »Hermine, einen starken Kaffee.« Sie wandte sich Svenja zu und fragte: »Wie kommt jemand wie Sie zum BND?«

»Die konnten mich brauchen, als ich einen Job suchte. Ich war fertig ausgebildet und fragte mich, wohin. Es war ganz einfach.«

»Aber Sie sind nicht die gefährliche Agentin, die auch tötet, wenn es sein muss?«

»Doch, schon. Das kommt auch vor. Selten.«

»Sieh einer an.« Die Frau lachte leise.

Frau Glauber kam die Treppe herauf und trug eine Kaffeekanne mit Tassen auf einem Tablett. Sie goss ein und sagte: »Ich bin dann unten.«

»Der Cognac ist in der Anrichte da drüben«, sagte Anna. »Ich kann Sie nicht mehr bedienen, weil ich schon zu viel Sherry getrunken habe. Aber leider bin ich noch immer nicht betrunken genug.«

»Das schaffe ich schon«, sagte Svenja. »Ich habe zwar nichts getrunken, bin aber todmüde.«

Es gab sechs Cognacflaschen, und Svenja griff nach einem Hennessy. Dann setzte sie sich. »Wer fängt an?«, fragte sie.

»Haben Sie etwa auch eine Geschichte mit dieser Verrückten?«, fragte Anna Lewen erstaunt.

»Aber ja.« Svenja nippte an ihrem Glas. »Zwei Kollegen und ich waren in Tripolis. Ist noch gar nicht lange her. Wir stießen dort auf diese Frau. Es hieß, sie habe irgendwo Sprengstoff gekauft. Dann stellte sich heraus, dass die Frau auch mordet. Und das immer wieder im Zusammenhang mit Drogen. Wir vermuten, sie tötet im Auftrag.«

»Ich habe versucht, mich dieser Ungeheuerlichkeit zu nähern«, sagte die Frau und strich eine Haarsträhne aus dem

Gesicht. »Aber ich schaffe es nicht, ich schaffe es einfach nicht.«

»Ich war gerade bei ihrer Mutter in einem kleinen Ort bei Braunschweig. Das Mädchen hatte dort nie eine Chance.«

»Also Drogen?« Sie griff nach dem Glas mit dem Sherry und trank einen Schluck. »Da kann mein Mann keine Rolle spielen. Drogen waren ihm fremd, damit hatte er nie etwas zu tun. Er rauchte, na gut, er trank mal einen Whisky oder ein Glas Wein. Aber Drogen?« Sie wedelte mit der rechten Hand. »Und wer soll befohlen haben, meinen Mann zu töten? Warum denn überhaupt?«

»Können Sie mir denn etwas darüber erzählen, wie diese Frau an Ihren Mann herankam?«

»Das kann ich. Es muss jetzt acht oder zehn Jahre her sein. Er war um die sechzig, das Mädchen vielleicht zwanzig. Ich kann mich gut daran erinnern. Mein Mann sagte abends beim Essen zu mir: Ich habe eine Rebellin kennengelernt. Sie lässt sich nichts sagen, kam einfach hereinspaziert und wollte einen Job. Und ich habe entschieden, dass sie versuchsweise die Telefonanlage bedienen kann. Er wollte ihr eine Chance geben.«

»Sie haben eine große Kanzlei. Sind Sie spezialisiert?«

»O ja. Wir sind Spezialisten für Vertragsrecht. Wir vertreten zum Beispiel VW in Wolfsburg, BMW und Krauss-Maffei in München, Mercedes in Stuttgart.«

»Das bedeutet sicher auch viel Geld?«

»Ja, das bedeutet es.« Sie lächelte. »Es bedeutet so viel Geld, dass man keine Zeit hat, es vernünftig und egoistisch auszugeben. Was nutzt denn ein Chalet in Sankt Moritz, wenn man keine Zeit hat, dorthin zu reisen?«

»Wie viele Anwälte arbeiten bei Ihnen?«

»Insgesamt fünfundsechzig an drei Standorten.«

»Hatte Ihr Mann einen Narren an dem Mädchen gefressen, wie man so schön sagt?«

»Ja. Eindeutig. Wissen Sie, wir haben keine Kinder. Kinder wären bei uns durch Nichtbeachtung eingegangen. Gott sei Dank hatten wir keine, muss ich sagen. Irgendwie hat er sie zu seiner Tochter gemacht.«

»Zu seiner Tochter?«, fragte Svenja verblüfft.

»Ja, zu seiner Tochter. Ich verstehe jetzt, worauf Sie anspielen wollen, meine Liebe. Aber genau das ist nicht passiert.« Sie sah Svenja mit festem Blick an.

»Das heißt: Er hat nicht mit ihr geschlafen?«

»Nein, hat er nicht.« Jetzt begann die Frau still zu weinen. »Haben Sie ein Tuch für mich?«, fragte sie mit gequältem Gesicht.

Svenja reichte ihr eine Packung Papiertaschentücher.

»Er hat mir viel von ihr erzählt. Sie faszinierte ihn. Anfangs hat er mal gesagt, man müsse ihr beibringen, sich ab und an zu waschen und ein Deo zu benutzen. Sie käme aus der tiefsten Provinz, sei total verkommen. Aber sie lerne zu siegen. Das hat er gesagt. Mein Mann war aufrichtig, und er hat mich geliebt. Lieber Gott, ich kann noch immer nicht in das Schlafzimmer da oben gehen.«

»Das dürfen Sie auch nicht, Anna. Wenn Sie möchten, nehme ich Sie gleich mit ins Hotel.«

»Ich weiß gar nicht, ob ich überhaupt schlafen will. Mein Leben ist heute komplett zerstört worden.«

»Wie hat sie denn in Hannover gelebt?« Svenja brauchte noch mehr Informationen.

»Die Kanzlei hat ihr ein kleines Appartement gemietet, sie hatte ja nichts. Wir haben ihr sogar einen Kleinkredit eingeräumt, weil sie absolut keine Klamotten hatte, einfach nichts. Aber sie hat ordentlich gearbeitet, das muss ich auch sagen.«

»Sie fuhr mit einem Jaguar herum, hat man mir erzählt.«

»Das stimmt. Wir haben ihr einen Führerschein finanziert, und sie durfte manchmal den Jaguar fahren. Und die ganze Kanzlei war stinksauer und neidisch auf sie. Es gab Ärger.«

»Stimmt es, dass sie Ihren Mann zu Terminen fuhr?«

»Das stimmt auch, ich war sogar zwei- oder dreimal dabei. Man musste auf sie aufpassen. Sie brachte es fertig, völlig grundlos eine Bedienung so zur Schnecke zu machen, dass die zu heulen anfing. Mein Mann sagte dann: Das war das letzte Mal, sonst gibt es Krach. Mein Gott, er hat sich richtig an dem Mädchen abgearbeitet.«

»Angeblich ist sie mal in ihrem Heimatort aufgetaucht und hat einem Freund eine Tasche mit viel Bargeld gezeigt. Wie kam sie daran?«

»Wir haben immer eine laufende Kasse in der Kanzlei. Die wird dazu gebraucht, wenn jemand ganz schnell irgendwohin muss mit dem Wagen oder dem Flieger. Es sind immer zwei- oder dreitausend Euro drin. Die hat sie schlicht mitgehen lassen, hat sie aber wiedergebracht. Das war so ein Punkt, an dem mein Mann gesagt hat: Nie wieder, oder du fliegst. Und manchmal war er nahe dran, aufzugeben und sich einfach von ihr zu trennen.«

»Und was hat dazu geführt, dass sie die Kanzlei und Hannover verließ?«

»Das war ein sehr spezieller Kunde, ein Holländer. Bert Neuwein hieß er, stammte aus Emden. Der wollte einen Vertrag aufgesetzt haben. Einen komplizierten, hoch dotierten Vertrag mit einer chinesischen Familie in Amsterdam. Das Merkwürdige war, dass in dem Vertrag immer nur von Waren geredet wurde. Mein Mann sagte, er hätte kein gutes Gefühl dabei, wir sollten es lieber lassen. Also haben wir es gelassen und auf viel Geld verzichtet. Aber die Kleine hat Neuwein gesehen und war sofort Feuer und Flamme. Ich kann mich gut erinnern. Sie sagte begeistert: Der riecht nach Abenteuer! Und sie war nicht zu bremsen. Der Mann ging bei uns aus dem Haus und nahm sie mit in sein Hotel. Damit endete ihre Karriere bei uns in der Kanzlei.«

»Sagten Sie Bert Neuwein?«, fragte Svenja mit ganz schmalen Augen.

»Neuwein aus Emden. Manchmal merkt man sich Namen. Den hier habe ich mir gemerkt, weil der Mann nicht koscher war. Das war ein Gefühl, ich gab meinem Mann recht.«

»Darf ich mal eben telefonieren?«, fragte Svenja

»Aber selbstverständlich.«

Svenja rief Sowinski an, erreichte aber Goldhändchen. »Ich brauche einen Abgleich. Ist nicht festgestellt worden, dass Truud Jongen Papiere auf den Namen Bert Neuwein aus Emden besaß?«

»Sekunde, Mädchen. Kommt gleich. Stimmt. Bert Neuwein, geboren am ersten Mai 1964 in Emden. Ich muss darauf aufmerksam machen, dass die Papiere echt, aber die Daten falsch sind. Und ob diese Papiere jemals benutzt wurden, ist auch nicht bekannt.«

»Das macht nichts«, sagte Svenja. »Danke. Und trag dir bitte ein, dass Madeleine Wagner, genannt Kiri, vor ungefähr sieben Jahren auf Jongen Truud traf.«

Dann sah Svenja Anna an und erklärte: »Bert Neuwein ist ein Mann, der in dieser ganzen Geschichte eine große Rolle spielt. Er heißt in Wahrheit Jongen Truud und ist eine Größe im internationalen Drogengeschäft. Jetzt wissen wir endlich, wann sie anfing, Menschen zu töten, und wer es ihr beibrachte. Stimmt es, dass sie ungefähr vier Jahre lang in Hannover war?«

»Das könnte sein, aber das lässt sich ja genau feststellen.« Anna begann unvermittelt zu schluchzen und erklärte stockend: »Ich habe gerade gedacht, dass Thor das alles Gott sei Dank nicht mehr erfahren muss.«

Sie stand auf, griff nach der Kaffeekanne und schmetterte sie mit aller Gewalt durch die Glasscheibe einer alten Vitrine, in der edles Porzellan ausgestellt war. Sie schrie: »Verdammte Scheiße! Das haben wir nicht verdient!« Dann sank sie zusammen und hockte auf einem mit Sicherheit kostbaren blau-goldenen Seidenteppich. Es war plötzlich totenstill.

Svenja ging zu ihr, setzte sich neben sie auf den Teppich und sagte beruhigend: »Anna! Es ist gut, Anna.«

Aber die Frau begann erneut zu schreien. Svenja hielt sie ganz fest in den Armen und sagte kein Wort mehr.

Die Haushälterin öffnete die Tür und starrte mit bleichem Gesicht auf die Szene. Sie stotterte: »Wenn ich helfen kann ...«

»Es ist schon gut«, murmelte Svenja. »Haben die Lewens einen Hausarzt?«

»Ja, natürlich. Doktor Gerken.«

»Rufen Sie ihn an, bitte. Er muss sofort kommen.«

Es dauerte einige Minuten, bis Anna Lewen langsam wieder zu sich kam. Sie räusperte sich und begann dann leise zu sprechen: »Klar, das sah ja so aus. Kommt eine junge Frau, kennt keine Grenzen, trägt das Bett in den Augen und kümmert sich um den alten Chef. Riecht nach einer bekannten Szene. Alter Trottel macht sich lächerlich. Manchmal hatte ich auch Angst davor, aber dann sagte Thor: Mach dir keine Sorgen, das ist es nicht. Dann lächelte er und sagte noch: Davor hätte ich furchtbare Angst! Das stimmte, das wusste ich. Wieso hat sie ihn getötet? Weißt du das? Ihr müsst doch

Vermutungen haben. Warum bringt sie meinen Thor um? Warum macht sie so etwas Furchtbares?«

»Vielleicht ist sie einfach nur böse«, sagte Svenja.

»Aber er hat ihr geholfen, er hat versucht, ihr ein Vater zu sein. So einen Menschen tötet man doch nicht.«

Svenja hatte darauf keine Antwort.

»Als sie verschwand, war Thor richtig erleichtert. Er sagte zu mir, die war ein paar Nummern zu groß für mich. Die wird noch vieles anstellen, und es wird nichts Gutes sein. Ob er das geahnt hat?«

»So etwas kann kein Mensch ahnen«, sagte Svenja.

»Ich möchte eine Zigarette rauchen«, sagte Anna plötzlich energisch.

»Dann setzen wir uns doch und rauchen eine«, sagte Svenja. »Vorsicht, dein Kreislauf ist wahrscheinlich ganz schön wacklig.«

Anna Lewen stand langsam auf und hielt sich an Svenjas Schulter fest. Sie machte zögernd drei Schritte und ließ sich dann in den Ledersessel fallen. »Sieh einer an, wir haben noch genau zwei Zigaretten. Zwei Zigaretten für zwei alte Tratschweiber. Soll Hermine noch Kaffee machen?«

»Nicht für mich«, wehrte Svenja ab. »Hast du noch ein anderes Bett in diesem Haus?«

»Ja, im Gästezimmer.«

»Gleich kommt der Arzt. Und gib mir deine Handynummer. Kann sein, dass ich dich noch einmal anrufen muss. Es gibt immer Fragen, die einem dann einfallen, wenn man längst gegangen ist.«

Anna Lewen diktierte ihr die Nummer. Dann fragte sie: »Und was werdet ihr jetzt tun? Ich meine, habt ihr eine Ahnung, wo diese Frau ist?«

»Nein, haben wir nicht. Hat sie jemals geäußert, wo sie gerne ist? Irgendein Dorf, eine Stadt, ein Land?«

»Daran kann ich mich nicht erinnern. Mir fällt gerade auf, dass ich eigentlich nicht viel von ihr weiß. Klatsch und Tratsch, aber wenig harte Fakten.« Dann lächelte sie. »Du bist ein Mensch, mit dem ich gut sprechen kann. Schade, dass du weiterziehen musst.«

»Leider ist das so«, sagte Svenja.

Es läutete an der Haustür.

»Ich gehe dann mal.« Svenja stand auf und reichte ihr die Hand. »Alles Gute, und lass dich nicht besiegen.«

Auf der Treppe begegnete sie einem jungen Mann, der ihr wortlos zunickte.

»Es geht ihr beschissen«, sagte Svenja. Sie ging die Treppe hinunter und traf auf Hermine. »Es wäre gut, wenn Sie die Nacht über auf sie aufpassen könnten.«

»Aber natürlich, ich lasse sie jetzt doch nicht allein.«

Es hatte wohl geregnet. Das harte Basaltpflaster reflektierte das Licht der Laternen auf dem Platz. Ihre Schritte kamen ihr mörderisch laut vor, sie fühlte sich allein.

Im Hotel angekommen, ging sie an dem Nachtportier vorbei zum Lift.

Im Zimmer lag Müller auf dem Bett, hatte sich nicht zugedeckt und schnarchte laut.

Sie zog sich aus und legte sich nackt neben ihn. Dann schob sie sich ganz dicht an ihn heran, presste sich gegen seinen warmen Körper und sagte: »Halt einfach den Mund und schlaf weiter. Frag nicht. Es war nur anstrengend, sonst nichts.«

Müller war augenblicklich hellwach: »Das stimmt doch gar nicht, dazu kenne ich dich viel zu gut.«

»Na ja, es war etwas bedrückend, schließlich hat sie ihren Mann erst heute Mittag verloren.« Ihre rechte Hand wanderte auf seinen Bauch.

»Ja, das ist schlimm.«

»Wir müssen diese Frau finden«, sagte sie nach einer Weile in die Dunkelheit.

Krause begann offen zu meutern. Er verlangte den Chefarzt und sagte kategorisch: »Mein lieber Professor, ich möchte dieses Haus jetzt verlassen.«

Der Professor war ein hagerer Mann, mittelgroß mit dunklen Augen und eingefallenen Wangen. Krause war schon mehrfach in Versuchung geraten, ihn zu fragen, ob er unter Magersucht leide.

Der Arzt antwortete lakonisch: »Damit habe ich gerechnet, da kann ich wenig dagegensetzen. Es wäre aber eigentlich besser, wenn wir noch ein paar wichtige Werte bei Ihnen ermitteln könnten. Was ist es denn, was Sie treibt? Die Arbeitssucht vielleicht?«

»Viel schlimmer«, sagte Krause lächelnd. »Ich muss dem *SPIEGEL* ein Interview geben.«

Damit war die Entscheidung getroffen. Wer bekam schon die Chance, dem *SPIEGEL* ein Interview zu geben? Und dann noch jemand ohne politisches Amt! Wer, zum Teufel, war dieser komische kleine Kerl bloß?

Krause hatte vorher mit Esser gesprochen und festgelegt, dass der Reporter des Magazins in einem Café auftauchen sollte, in dem aus irgendeinem Grund nur selten Gäste saßen.

»Im hinteren Bereich«, hatte Krause verlangt. »Und bloß keine Erkennungszeichen oder anderen Spionage-Klimbim!« Er wusste genau, wie der *SPIEGEL*-Mann aussah.

Esser hatte also schnell arrangiert, dass der Pächter ein Schild an die Tür hängte, auf dem GESCHLOSSENE GESELLSCHAFT stand. Der Mann war geradezu hemmungslos optimistisch: Vielleicht würde das ja das Publikumsinteresse wecken.

Dann hatte Krause seine Wally angerufen und berichtet, er sei als gesund entlassen. Nein, sie brauche nicht zu kommen, ein Dienstwagen würde ihn samt seinen Siebensachen abholen. Und unterwegs habe er noch einen kurzen Termin.

Wally glaubte ihm kein Wort, hielt sich aber mit einer Schimpftirade zurück, weil es ihr geraten schien, damit zu warten, bis er zu Hause war. Sie hatte jedenfalls nicht die Absicht, diese Entlassung aus dem Krankenhaus kommentarlos hinzunehmen.

Krause summte vor sich hin, als er sich anzog. Er würde fünf Minuten zu spät kommen, der Redakteur des Magazins würde Zeuge sein, wenn der geheimnisvolle BND einen seiner mächtigsten Männer zum Interview brachte. Streng genommen wusste das Magazin aber nicht, wer Krause eigentlich war, was die Sache höchst reizvoll machte.

Er hatte eine halbe Stunde lang mit Goldhändchen gesprochen, und der hatte ihm jeden Miesmacher des BND genannt, meistens sogar mit Adresse, inklusive der Verbindungen im Internet und den elektronischen Aktivitäten, die zuweilen entlarvend waren.

Der Mann, den er treffen würde, hieß Hubert Staeble, war fünfundvierzig Jahre alt und galt als forscher Draufgänger und guter Rechercheur, was immer das in diesem besonderen Fall bedeuten mochte.

Der Mercedes glitt mit Blaulicht vor das Etablissement, der Fahrer stieg aus, öffnete den hinteren Schlag, sagte fröhlich: »Bis gleich, Herr Doktor«, und entließ Krause auf die Straße.

Hinter einer Glastheke mit erstaunlich wenigen Gaumenreizen und dem öden Ambiente der Siebziger stand ein junger Mann mit Pausbacken und grauem Teint. Er lächelte Krause verlegen an und sagte: »Herzlich willkommen!«

Krause nickte ihm knapp zu. »Dann mal zwei Kaffee und irgendwelche Kekse, bitte«, sagte er und eilte auf den Redakteur zu, der etwas unglücklich im hintersten Winkel des Raumes an einem Resopaltischchen saß, auf dem ein Strauß gelber Plastikblumen in einer bauchigen Vase stand.

»Heidemann! Erfreut!«, sagte Krause und reichte dem Redakteur die Hand.

Der murmelte irgendetwas, erhob sich halb, sank dann wieder auf den Stuhl und bemerkte: »Das hier ist ein ziemlich merkwürdiger Rahmen.«

»Ja, das stimmt«, antwortete Krause. »Aber im Dienst habe ich die Handwerker, und das wäre noch viel schlimmer.«

»Sie haben nichts dagegen, wenn ich aufzeichne?«

»Nicht so eilig bitte.« Krause lächelte. »Ich habe allerdings etwas dagegen, denn bis jetzt weiß ich noch nicht mal genau, worum es hier eigentlich gehen soll.« Er legte ein DIN-A4-Blatt vor sich hin, bedeckt mit krakeligen Zeichen.

»Um das stetig sinkende Ansehen des BND und die fehlende Linie des Vorgehens im Ausland«, schnurrte Hubert Staeble.

»Dann lassen wir das Aufzeichnen erst einmal sein und klären das ab. Das stetig sinkende Ansehen und die fehlende Linie im Ausland füllen sechs Ausgaben Ihres Blattes. Dann sitzen wir morgen noch hier.« Krause selbst hatte zwei Aufzeichnungsgeräte in den Taschen, darunter eines, das nur zwei Zentimeter im Quadrat maß und flach war wie ein Zigarettenetui. Es konnte sechs Stunden lang aufnehmen und steckte in der Brusttasche seines grauen Anzuges.

»Einverstanden«, sagte Hubert Staeble und ging gleich zu seinen Fragen über: »Was ist eigentlich mit dem Bundesnachrichtendienst los? Man hört überhaupt nichts von ihm, nicht einmal den Hauch eines Skandals, gar nichts. Dafür jede Menge übler Gerüchte. Wie kommt das?«

»Einfach geantwortet, sind wir ein Geheimdienst, Herr Staeble. Aber ich will mich nicht drücken und bitte Sie einfach darum, mir zu sagen, was Sie denn gehört haben.«

»Eine Menge«, sagte Staeble. »Wahrhaftig, eine Menge. Zum Beispiel, dass Sie in diesen Tagen des Aufruhrs und des Krieges in Libyen eine unrühmliche Rolle gespielt haben.«

»Wieso denn unrühmlich?«

»Agenten des BND sollen auf dem Flughafen in Tripolis in eine Schießerei verwickelt worden sein. Es gab Tote.«

»Das stimmt nicht«, sagte Krause gelassen. »Meine Leute haben aus gutem Grund die Schießerei begonnen, und es gab nur einen Toten. Aber mich würde interessieren, woher Sie das haben.«

»Wir geben keine Informanten preis, das wissen Sie doch. Also, was war da los, wenn ich fragen darf.«

»Wir wurden erpresst. Und zwar ziemlich übel. Wissen Sie denn auch, wer zu Tode kam?«

»Das, Herr Heidemann, wollte ich Sie fragen. Es war die Rede von einem Agenten des israelischen Mossad.«

»Falsch, ganz falsch. Der ist glücklicherweise nicht zu Tode gekommen, falls Sie von Moshe Jugo sprechen. So heißt er. Der hat uns geholfen, er hat auch geschossen. Aber die Namen aller dieser Kollegen, das wollen wir festhalten, werden unter keinen Umständen genannt. Und ich setze voraus, dass im *SPIEGEL* auch keiner dieser Namen jemals zu lesen sein wird.«

»Das ist klar, das wird eingehalten. Wie viele Leute hatten Sie vor Ort?«

»Drei.«

»Können Sie sagen, warum?«

»Kann ich. Sie waren insgesamt nur drei Tage da. Es herrschen Kriegszustände, wie Sie wissen. Die drei hatten unterschiedliche Aufgaben. Sie trafen Quellen, sie schalteten alte Quellen zu ihrer Sicherheit ab, sie brachten wichtiges Material für unsere US-amerikanischen Freunde aus dem Land.«

»Und wer hat den BND erpresst? Und wie lief das ab?«

»Das kann ich Ihnen nicht sagen, das gefährdet meine Leute massiv. Aber nennen Sie mir einen Ihrer Informanten, dann kann ich Ihnen vielleicht eher behilflich sein.« Er linste immer wieder auf das Blatt vor sich und notierte etwas mit kryptischen Zeichen darauf.

»Knut Seitter, freier Mitarbeiter hier in Berlin. Er war in Tripolis, er ist sogar jetzt noch da.«

»Ich kenne Herrn Seitter. Sie sollten vorsichtig mit ihm umgehen, er ist nicht unbedingt eine verlässliche Quelle, und zuweilen ist er nicht seriös. Und er twittert ununterbrochen und bläst seine eigene Internetseite wie einen Kugelfisch auf.«

»Aber warum erzählt er dann so etwas?«

»Wir nehmen an, weil er den BND nicht besonders mag. Er hat sich vor ein paar Jahren bei uns beworben und wurde im ersten Durchgang abgelehnt.«

»Von Ihnen?«

»Nein. Ich habe mit solchen Entscheidungen nicht das Geringste zu tun. Sagen wir, Herr Seitter passte nicht in das Bild, das wir uns von einem BND-Mann machen. Und noch etwas zur Abrundung: Herr Seitter war ganz sicher nicht auf dem Flughafen in Tripolis, als wir dort einschreiten mussten.«

»Woher wollen Sie das wissen?«, fragte Staeble.

»Weil wir am Ende einer solch bedauerlichen Auseinandersetzung immer genau registrieren, wer da war, wer mitmachte, wer half, wer zusah und welche Rolle jeder spielte. Und da gab es keinen Herrn Seitter. Wenn wir gut miteinander auskommen, zeige ich Ihnen die Fotos, die meine Leute nach der Aktion gemacht haben.«

»Wer war denn der Tote?«

»Eine seit Jahren erprobte Quelle im Land.«

»Und er musste erschossen werden?«

»Ja. Er erpresste uns, er wollte heimlich durch uns ausgeflogen werden. Nach Beirut. Er hatte eine Geisel. Und zwar meinen besten Mann.«

Es herrschte eine Weile Schweigen.

»Es wird davon gesprochen, Herr Heidemann, dass Sie das Umfeld der Kanzlerin untersuchen, weil es aus früheren Jahren noch eine unangenehme Geschichte über sie geben soll.«

»Stimmt nicht«, antwortete Krause. »Ich weiß nicht, von wem das stammt, aber Sie können ganz sicher sein, dass das falsch ist. Wir haben keine Zeit für derartige Spielchen, und wir recherchieren nicht im Inland.« Er lächelte: »Von wem stammt das? Moment, das kann ich selbst beantworten. Das stammt mit Sicherheit von einer Facebook-Seite, die die Dame Michaela Kuntzen in Potsdam betreibt. Warum glauben Sie der?«

»Sie ist ungewöhnlich gut informiert.«

»Das mag sein, aber vom BND hat sie keine Ahnung. Und das ist auch verdammt gut so. Ich wünsche mir inständig, dass das auch so bleibt. Die Dame ist eine Träne, Herr Staeble.« Krause hakte auf dem Blatt vor sich eine Zeile ab.

»Dann kommen wir zu den sich in letzter Zeit häufenden Gerüchten, die besagen, dass der BND Verträge mit Leuten geschlossen hat, die aus Steuergründen die BRD verlassen haben und jetzt auf der Fahndungsliste verschiedener Staatsanwaltschaften stehen.«

»Ja, ja, ich weiß. Der Peter Riehme in Frankfurt am Main. Der Mann ist sehr rege, das muss man ihm lassen. Seine Internetseite ist beeindruckend. Es ist ganz einfach, Herr Staeble: Diese Leute schreiben voneinander ab. Es tut mir leid, aber wir sind Leute, die sich an Fakten halten müssen, sonst würden wir untergehen. Haben Sie bessere Quellen?«

»Würden Sie diese Leute denn den deutschen Staatsanwaltschaften melden, falls Sie sie irgendwo auf der Welt treffen?«

»Das ist doch eine Frage, die an unserer Wirklichkeit vorbeigeht. Wir arbeiten mit Agenten, wir halten Augen und Ohren auf, aber wir können kaum jemanden irgendwo in der Welt fragen: Haben Sie zu Hause zufällig Steuerschulden?«

»Es kann also sein, dass es so einen Fall gibt?«

»Natürlich kann das sein, Herr Staeble. Aber dann wissen wir es nicht. Wir sind an Informationen interessiert, nicht daran, ob der Informant zufällig zu Hause in Deutschland im absoluten Parkverbot stand.« Er schnaubte. »Ich weiß nicht, was diese Leute sich unter einem Geheimdienst vorstellen.« Er linste wieder auf das Blatt und machte einen Haken hinter eine Zeile.

Staeble war sicher ein guter, kühler Rechercheur, aber er tanzte auf Konjunktiven herum. Krause hatte das bemerkt und nutzte es schamlos aus. Er machte wiederum einen Haken hinter eine Zeile, schrieb dann ein einziges Wort auf und zog darum einen Kreis mit dem Kugelschreiber.

»Sie werden doch zugeben, Herr Heidemann, dass der BND insbesondere in der letzten Zeit stark angegriffen wird. In sämtlichen Medien. Wie kommt das?«

»Wir brauchen uns nichts vorzumachen. Es trifft jede Institution in der gewaltigen Maschinerie in Berlin. Da hat man mal Pech, das dauert seine Zeit, hört aber auch wieder auf, wenn man Ruhe bewahrt. Aber ich gebe Ihnen recht: Im Moment werden wir heftig durch den Kakao gezogen. Wir werden angegriffen, obwohl wir gute Ergebnisse vorzuweisen haben. Man pfeift uns aus, jedes Gerücht – und sei es noch so ekelhaft – wird garantiert verbreitet. Die operative Ebene des Dienstes muss sich sagen lassen, sie habe über die Jahre nicht richtig funktioniert, es hätten sich schlimme Zustände im Geheimdienst breitgemacht. Und ich wette, dass auch Sie davon gehört haben.«

Staeble nickte. »Das haben wir. Da heißt es, dass Sie Agenten mit schwierigen Aufgaben ins Feld schicken, obwohl Sie wissen, dass die ein Liebespaar sind. Ist das so richtig?«

»Das ist richtig, Herr Staeble.« Und wieder das Abhaken einer Zeile. »Aber haben Sie jemals von einer Einrichtung des Staates gehört, in der so etwas verboten ist? Und ich weiß, was jetzt noch kommt. Das wird die Frage sein, ob der BND schwule Männer als Agenten einsetzt.« Wieder ein Haken hinter einer Zeile.

»Ja, das stimmt. Bisher galt als ungeschriebenes Gesetz, niemals Schwule einzusetzen.«

»Es geht um einen Fall, und der damit beschriebene operative Agent ist außergewöhnlich talentiert, sehr gescheit und absolut sicher in diesem Milieu. Er ist ein Glücksfall, und ich will über ihn gar nicht diskutieren. Ich kann Ihnen einschlägige Seiten und Namen im Internet nennen, die sich mit dem Gerücht beschäftigen. Unter anderem jemand in einem Generalstab der Bundeswehr. Die Namen lasse ich mal aus.« Er machte wieder einen Haken auf seinem Blatt.

»Sie haben da eine Art Liste erstellt, wie ich sehe«, sagte Staeble etwas verlegen. »Arbeiten Sie die jetzt ab? Leider kann ich nichts entziffern.«

»Oh, das«, murmelte Krause und legte dem Redakteur das Blatt vor die Nase. »Das ist Altgriechisch, Sie werden es wohl nicht lesen können.«

»Altgriechisch?« Staeble war einigermaßen fassungslos und starrte auf das Papier.

»Ich habe eine humanistische Bildung genossen«, erklärte Krause. »Dazu gehörte unter anderem auch Altgriechisch. Wissen Sie was? Wir trennen uns jetzt. Sie wissen, worüber ich reden darf und was ich verschweigen muss. Sie können das Interview vorbereiten, mir die Fragen schicken, und dann sehen wir in Ruhe weiter.«

»Einverstanden«, sagte Staeble. Er wusste genau, dass da viele Themen lagen, und er war ehrlich dankbar. Dieser Heidemann war schon eine erstaunliche Figur – und immer haarscharf neben der Wahrheit.

ZWANZIGSTES KAPITEL

»Wie, zum Teufel, verpackt man tausend Kilogramm C4?«, fragte Sowinski. »Es muss doch so etwas wie eine Regel geben.«

»Auf vier Paletten zu je zweihundertfünfzig Kilogramm«, antwortete Esser. »Ich habe mich bei Speditionen schlaugemacht. Es sollte als Ladung schmal und niedrig sein. Du nimmst vier Paletten, packst die Plastiktüten darauf, legst sie hintereinander in die Mitte einer Lkw-Ladung und packst an allen Außenrändern und natürlich obendrauf irgendwelche andere Ladung, sodass die vier Paletten in der Mitte unsichtbar bleiben. Sie sind mit Röntgenstrahlen nicht zu entdecken, Spürhunde erschnüffeln sie nicht, weil der Stoff geruchlos ist. Es ist also ziemlich einfach.«

Sie hatten sich in Essers Büro versammelt, Gillian hatte einen Teller mit Puddingteilchen hingestellt und Kaffee gekocht.

»Wir dürfen nicht vergessen, dass sich die Verpackung des Sprengstoffs inzwischen gewandelt haben kann. Auf den weißen Plastiktüten steht dann nicht mehr EARTHCARE, sondern irgendetwas anderes. Vielleicht sind die Tüten mit dem C4 jetzt aus rotem Plastik und als Streusalz deklariert. Das ist ziemlich deprimierend.« Goldhändchen wedelte mit beiden Händen und war ratlos.

»Wo sind unsere Leute aus Wittenberg?«, fragte Esser.

»Schon wieder hier. Dehner kam mit dem Hubschrauber, die beiden anderen mit dem Wagen.« Sowinski sah sie drohend an. »Das war die einzige Nacht mit ausreichend Schlaf seit Tripolis. Ich warne euch, macht unsere Besten nicht kaputt!«

»Haben wir denn eine Chance, diesen Lkw zu finden?«, fragte Goldhändchen. Er trug Russischgrün, wie er das nannte, mit einem tiefblauen Seidentuch. Dazu weiße Sneakers mit hauchdünnen Sohlen.

»Bei den Hunderttausenden Lkws allein auf deutschen Straßen?« Sowinski schüttelte energisch den Kopf. »Wir haben das Terror-Abwehrzentrum alarmiert, die Polizei, den Zoll, alle Landeskriminalämter, das BKA. Alle europäischen Einrichtungen, die Dienste unserer Freunde auch. Alle haben mittlerweile ein Foto der Frau und zeigen es auch groß. Das mit der Erkennung des Lasters können wir vergessen, das ist unmöglich. Kommt noch hinzu, dass wir keine blasse Ahnung haben, wohin die Reise mit dem Sprengstoff gehen soll.«

»Dann stellt sich noch die Frage, wie die Frau vorgehen wird.« Esser war nicht bereit, Illusionen zu liefern. »Plant sie einen großen Coup mit tausend Kilo, oder will sie den Stoff portionieren und mehrere Anschläge ausführen?«

»Wir diskutieren falsch«, bemerkte Esser plötzlich mit geschlossenen Augen. »Wir müssen uns darauf konzentrieren, was diese Frau will, welches Ziel sie ansteuern könnte. Ich würde sagen, dass wir überlegen müssen, was sie ausreichend hasst, um es zerstören zu wollen.«

»Okay«, stimmte Goldhändchen zu. »Wir haben die Mutter und den Jugendfreund unter Bewachung gestellt. Wir haben die Frau des getöteten Anwaltes sicherheitshalber aus der Schusslinie genommen. Wir suchen außerdem nach dem Vater von Madeleine Wagner. Aber wer ist da noch, an den wir vielleicht gar nicht denken können, weil wir überhaupt nichts von seiner Existenz wissen? Wer hat ihr massiv geschadet? Wer hat sie zutiefst gekränkt? Wer hat nie an sie geglaubt? Wer hat sie beleidigt? Wer hat sie niemals ernst genommen?«

»Und wer hat ihr an wichtigen Stellen ihres Lebens signalisiert: Das schaffst du nie! Du wirst niemals etwas Gutes oder Nützliches tun?«, ergänzte Sowinski.

Einen Moment lang herrschte eine bedrückende Stille.

»Einen solchen Toten haben wir schon. Das war Doktor Thor Lewen. Den hat unsere Täterin verlassen, der hat sie durchschaut, dem konnte sie niemals das Wasser reichen«, stellte Goldhändchen fest.

»Wir beginnen, uns im Kreis zu drehen«, sagte Sowinski.

»Gibt es aus Wittenberg Neuigkeiten vonseiten des BKA?«, fragte Esser.

»Ja«, antwortete Goldhändchen. »Aber es ist nur der Hauch einer Spur. Wir haben zwar eine komplette DNA dieser Frau aus der Bettwäsche des Anwaltes ziehen können, aber es gibt kein Vergleichsmaterial von anderen Punkten, an denen sie sich aufgehalten hat. Wir wissen aber auch: Sie fährt zurzeit einen neuen Audi A6. Die Marke scheint sie zu begleiten, sie fuhr schon in Tirana Audi. Man hat im Treppenhaus in Wittenberg, aber auch vor dem Bett des Toten Spuren und Fasern von einem Autoteppich gefunden. Und der stammt eindeutig aus einem neuen Audi A6.«

»Wir warten also darauf, dass sie einen Fehler begeht«, sagte Esser. »Unter Umständen warten wir so lange, bis es irgendwo heftig knallt und wir zu spät kommen.« Dann seufzte er. »Immerhin kommt gleich unser Chef zurück.«

Krause nahm von seinem Arbeitsplatz Besitz, als sei er Monate fort gewesen.

Gillian wurde Zeugin, wie er tatsächlich mit der rechten Hand langsam über die Platte seines Schreibtisches fuhr und dabei andächtig die Augen schloss.

»Der Präsident möchte Sie sprechen«, sagte sie.

»Wann?«

»Gleich jetzt.«

»Persönlich oder telefonisch?«

»Persönlich.«

»Dann gehe ich mal. Haben Sie noch ein Puddingteilchen?«

»Wenn Sie zurück sind.«

»Wie schön«, sagte er. »Bis gleich.« Dann erinnerte er sich an die Aufnahmegeräte in den Taschen seines Anzuges. Er fummelte sie heraus und reichte sie Gillian. »Das Gespräch mit dem *SPIEGEL*«, sagte er.

Leichtfüßig lief er die Flure entlang und hätte am liebsten ein kleines Lied angestimmt.

Der Präsident schien erfreut bei seinem Anblick. »Na endlich. Wie war es denn zu Hause und in der Klinik?«

»Unbeschreiblich langweilig«, sagte Krause und setzte sich.

»Und Sie haben jetzt Ihre Gegner im Netz festgestellt?«

»Ja, kann man sagen. Zumindest die wichtigsten.«

»Schlimm?«

»Nicht wirklich. Eher gedankenlos und an Tratsch interessiert.«

»Und hier im Haus?«, fragte der Präsident.

»Hier gibt es einen Mann, der uns Kummer bereitet. Ich werde noch heute mit ihm reden.«

»Hat er etwas verraten?«

»Ja, das hat er.« Krause nickte.

»Stimmt es, dass Sie im Ausland Quellen haben, die hierzulande wegen Steuerhinterziehung gesucht werden?«

»Ja, das stimmt. Aber es war ein Fall, und er ist inzwischen Geschichte. Und wir wussten zu Beginn nicht, dass er Steuerschulden hat.«

»Und diese dunkle Geschichte mit der Bundeskanzlerin? Nun lassen Sie sich doch nicht alles aus der Nase ziehen, Krause.«

»Diese Geschichte bleibt uns erhalten, aber ich möchte sie nicht breittreten. Sie ist einfach zu skurril und kleinkariert. Man kann sie eigentlich vergessen.«

»Ich werde also nicht lesen, dass Sie im Dunstkreis der Bundesregierung recherchieren?«

»Das werden Sie nicht. Aber es gibt etwas anderes, das uns Sorgen macht. Da ist jemand unterwegs mit rund eintausend Kilogramm Sprengstoff. Wir haben keine Ahnung, wohin das Zeug gebracht werden soll.«

»Es ist im Land?«

»Ja.«

»Und wer steckt dahinter?«

»Wahrscheinlich eine Frau. Wir kennen sie, wir kennen aber nicht den Namen, unter dem sie unterwegs ist. Alle anderen Dienste sind informiert.«

»Was für eine Größenordnung haben wir da? Ich meine, was kann das Zeug anrichten?«

»Eine Menge«, sagte Krause. »Man mag es sich gar nicht vorstellen.«

»Kennen wir den Modus Operandi dieser Frau?«

»Kennen wir nicht genau, aber sie ist rücksichtslos und brutal.«

»Einfach gefragt: Haben wir eine Chance?«

»Zum gegenwärtigen Zeitpunkt nicht, fürchte ich.«

»Dann will ich Sie nicht länger von der Arbeit abhalten«, sagte der Präsident. »Herzlich willkommen im Haus.«

Krause trottete zurück und bat Gillian, sie möge doch Tobias Hundt herbeizitieren. Dann setzte er sich an seinen Schreibtisch und aß gut gelaunt ein Puddingteilchen.

Tobias Hundt klopfte so zaghaft an, dass Krause es anfangs gar nicht hörte. Dann wurde das Klopfen lauter.

»Setzen wir uns doch«, sagte Krause, als der Mann eintrat, und wies auf die Sitzecke.

Sie saßen sich in zwei Sesseln gegenüber, und Krause fragte provozierend: »Sie wissen, weshalb ich Sie hergebeten habe?«

Hundt war ein schüchterner, farbloser Mann, ungefähr eins siebzig groß und gekleidet in einen der Anzüge, die genauso aussehen wie ihre Träger, langweilig grau. Zu allem Unglück hatte er auch noch einen ausgeprägten Überbiss.

»Nein«, antwortete er. »Ich war noch nie hier oben. Wahrscheinlich geht es um eine Rechnungsnummer oder so.«

»Das kann man so sehen«, sagte Krause. »Es geht um AX (d). Sagt Ihnen das was?«

»Nicht direkt«, antwortete Hundt. Er sah Krause nicht an.

»Dann lassen Sie sich helfen.« Krause lächelte. »AX (d) ist die Abkürzung für einen Namen. Irgendjemand hat Sie gebeten, ihm mitzuteilen, für welchen Namen dieses Kürzel steht. Oder es lief vielleicht umgekehrt. Jemand nannte Ihnen einen Namen, und Sie haben dann das Kürzel festgestellt. Haben Sie Geld dafür bekommen?«

»Wie bitte? Geld?« Die Augen des Mannes weiteten sich, aber er sah Krause noch immer nicht direkt an. »Habe ich nicht.«

»Der Mann, der Sie dazu brachte, heißt Herbert Nieswandt, und er war hier im Haus eine kurze Zeit lang Ihr Vorgesetzter. Ist das richtig?«

»Ja, das stimmt.«

»Und wo ist er jetzt?«

»Das weiß ich nicht. Man erfährt ja nichts.«

»Wir haben ihn gefeuert«, sagte Krause hart. »Ich frage Sie noch einmal: Hat er Ihnen Geld für Ihre Auskunft bezahlt?«

»Nein, hat er nicht.« Auf Hundts Stirn stand jetzt ein glänzender Schweißfilm.

»Sie haben Familie, nicht wahr?«, fragte Krause.

»Ja. Wir haben zwei Kinder, zwei Mädchen, drei und fünf.« Hundts Gesichtsausdruck verriet Verwirrung und Angst.

»Ich vermute, Sie steckten in Schwierigkeiten. Was ist passiert?«

»Was soll passiert sein?«

»Herr Hundt«, sagte Krause mild. »Ich will wissen, wie das abgelaufen ist. Von Anfang bis Ende, bitte. Und Sie sollten einfach wissen, dass wir die meisten Umstände bereits kennen.«

Er saß da wie ein Häufchen Elend, hielt den Kopf gesenkt. Er wusste genau, an welchem Punkt er angelangt war.

»Es ist doch so, dass Ihnen die ganzen Umstände über den Kopf gewachsen sind, nicht wahr?«, versuchte Krause ihm zu helfen.

»Meine Frau saß mir ständig im Nacken. Ich wusste einfach nicht mehr, was ich machen soll.«

»Schauen Sie mich an«, sagte Krause väterlich.

Hundt schaute ihm für den Bruchteil einer Sekunde in die Augen, dann senkte er wieder den Blick.

»Was war mit Ihrer Frau?«

»Alles lief schief.«

»Was genau ist alles, Herr Hundt?«

»Es war das Haus«, flüsterte Hundt und knetete seine Hände. »Damit fing das alles an. Und es war auch Herr Nieswandt, wenn ich das sagen darf.«

»Wollen Sie vielleicht ein Puddingteilchen?«, fragte Krause mitleidig.

Hundt war irritiert. »Das habe ich jetzt nicht verstanden.«

»Schon gut«, sagte Krause.

»Also, meine Frau sagte, wir sollten ein Haus kaufen, ein kleines. Sie sagte, dann hätten die Mädchen es später im Leben mal einfacher. Ich habe von Anfang an gesagt, Häuser sind in Berlin nicht zu bezahlen. Wir sind immer weiter raus aus der Stadt, als wir eins gesucht haben. Dann fanden wir schließlich eins und haben es gekauft. Ich war täglich fast drei Stunden unterwegs hin und zurück. Meine Frau musste ja zu Hause bleiben wegen der Mädchen. Dann ging es immer weiter. Meine Frau wollte auch mal Ferien machen, und wir sind im Sommer nach Rügen. Das Geld wurde immer knapper, weil sie für sich und die Kinder auch jede Menge Klamotten brauchte. Und dann brachte sie einen angeblich günstigen Gärtner an, der unseren Garten richtig gestalten würde. Ich habe gesagt, das geht nicht, aber sie wollte es unbedingt. Und dann wieder Ferien auf Usedom, und es wurde immer enger. Dann klappte es mit den Raten für das Haus nicht mehr, und schließlich musste die Bank die ganze Berechnung revidieren und neu festlegen. Das wurde so eng, dass wir gestritten haben, wenn es um ein halbes Pfund Margarine ging. Und die Nachbarn fuhren in Ferien und hatten neue Autos und machten riesige Weihnachtsgeschenke, und meine Frau lag mir in den Ohren und machte Druck. Und dann kam Herr Nieswandt ...«

»Stopp!«, fiel ihm Krause wütend in das Geständnis. »Sagen Sie nicht *Herr* Nieswandt. Er ist ein beschissener Gauner, der wusste, dass es Ihnen dreckig ging. Oder?«

»Ja, das wusste er wohl. Ich war bei ihm wegen einer Gehaltserhöhung. Er sagte, ich sollte mal mit ein paar Leuten sprechen. Und mit denen habe ich mich dann auch getroffen.«

»Aber die Gehaltserhöhung hat Nieswandt Ihnen nicht gewährt, oder?«

»Nein. Er sagte, das geht nicht.«

»Was waren das für Leute, mit denen Sie sich trafen?«

»Zwei Frauen und ein Mann. Die waren schon älter, so um die sechzig, würde ich mal sagen.«

»Haben Sie die Namen?«

»Nein, habe ich nicht komplett. Aber ich weiß, wo die wohnen.«

»Gut. Weiter.«

»Sie sagten mir, dass da eine üble Geschichte gegen die Kanzlerin läuft und dass man das unbedingt verhindern müsste. Es gäbe auch den Verdacht, dass ein gewisser Arthur Schlauf für den BND arbeitet, obwohl er hier in Deutschland einen Haufen Steuerschulden hat. Und dieser Schlauf sei ein großer Gegner unserer Bundeskanzlerin. Und das könnte man beweisen, indem man das Kürzel für den Vorgang hier im Haus findet. Also das AX (d). Und das lief ja durch meine Tabellen.«

»Wie viel haben die Ihnen bezahlt?«

»Fünfundzwanzigtausend in bar«, antwortete er flüsternd.

»Aber geholfen hat das nicht«, stellte Krause fest.

»Nein, hat es nicht.« Hundt schüttelte den Kopf.

»Haben Sie Ihrer Frau gesagt, woher das Geld kommt?«

»Nein. Ich habe gesagt, das wäre eine Bonuszahlung.«

»Und Ihre Frau hat todsicher schon ausgerechnet, was Sie mit den nächsten Bonuszahlungen so alles machen können.«

»Das stimmt.« Er hob den Blick und konnte Krause plötzlich in die Augen schauen. Er schien mit einem Mal geradezu erstaunlich ruhig.

»Wissen Sie was, junger Mann? Lassen Sie sich scheiden!«, schnaubte Krause. »Sonst werden Sie Ihr Leben lang unglücklich sein. Und jetzt gehen Sie zwei Türen weiter und erzählen Sie die ganze Geschichte meinem Mitarbeiter. Und lassen Sie keine Kleinigkeit aus. Und wir überlegen mal, was wir für Sie tun können.«

»Das wäre zu schön«, sagte Tobias Hundt leise.

Svenja erkannte die Stimme anfangs nicht und fragte immer wieder: »Wie bitte?«

»Mädchen!«, sagte der Wirt Ben schließlich laut und fuhr betont langsam fort: »Ich bin kein Alien, ich bin der von gegenüber. Ben, die Kneipe! Du hast doch mal wissen wollen, wer dir einen neuen Job anbieten wollte, oder? Dann komm schnell her, der Typ ist wieder hier.«

»Okay«, sagte sie.

»Bei Ben ist der Mann, der mir einen neuen Job anbieten wollte«, sagte sie zu Müller. »Schauen wir uns den an?«

»Den schauen wir uns an«, sagte Müller. »Ein Glas Bier war sowieso fällig.«

Sie gingen also in Bens Kneipe und setzten sich auf zwei getrennte Plätze, damit nicht der Eindruck entstand, Svenja habe einen Freund und Bewacher. Der dicke, listige Ben begriff das sofort, goss Svenja einen kleinen Kelch Sekt ein und murmelte: »Rechts von dir, der an der Bar.« Dann ging er zu Müller. »Und was willst du, großer Fremder?«

»Ein Bier«, forderte Müller. »Falls es so was gibt in dieser Kaschemme.«

»Der Mann mit dem roten Schal«, verkündete Ben im Flüsterton.

Svenja nahm den Sekt und steuerte einen kleinen Tisch an, der unmittelbar hinter Müller stand. »Ich brauche einen Happen, Ben. Forellenfilet, wenn du hast.«

»Hab ich. Kommt gleich.«

Es war noch früh am Tag, und die meisten Tische waren noch leer. Bens große Zeit kam am Abend, wenn seine Gäste ihre Schreibtische vergessen wollten und einen Ort brauchten, an dem sie lustvoll damit angeben konnten, wie sie ihren Chefs mal wieder die Meinung gegeigt hatten.

»Noch ein Pils, der Herr?«, fragte Ben den Mann mit dem roten Schal.

»Ja, ja«, antwortete der. »Ist das nicht die Dame, über die wir mal geredet haben?« Dann hatte er plötzlich ein Handy in der Rechten und fotografierte damit in den Raum.

»Ja«, sagte Ben. »Das ist sie.«

»Na, so was. Das nenne ich Glück.«

»Soll ich das Bier dorthin tragen?«, fragte Ben freundlich. »Ich kann die Dame ja fragen.«

»Das mache ich schon«, sagte der Mann und glitt von seinem Hocker. Er ging direkt zu dem kleinen Tisch, an dem Svenja saß, und fragte: »Haben Sie etwas dagegen, wenn ich mich dazusetze?«

»Aber nein«, sagte Svenja freundlich. »Setzen Sie sich, bitte. Der Wirt hat mir erzählt, Sie hätten eventuell einen Job für mich. Ist das richtig?«

»Das ist richtig«, sagte der Mann. Er war etwa dreißig Jahre alt, hatte sehr breite Schultern und machte einen etwas ungehobelten Eindruck. Seine Stimme war ungewöhnlich hoch.

»Was muss ich denn machen in dem Job?«, fragte Svenja.

»Bei dieser Figur?«, fragte der Mann mit einem kurzen Lachen. »Modeln, was denn sonst?«

»Und wo?«

»Überall. Wo eben die Shows laufen. Manchmal machen wir auch Fotoshootings für Magazine.«

»Und was verdiene ich dabei?«

»Oh, das ist sehr anständig, wirklich anständig. Du kommst nach den Steuern auf gut einen Tausender in der Woche.« Er lispelte leicht und konnte seine Hände nicht ruhig halten. »Ich habe einen Vertrag bei mir, da steht schon dein Name drin«, sagte er. »Glaub mir, Mädchen, das wäre eine gute Entscheidung.«

»Und wie ist mein Name?«, fragte Svenja.

»Na ja«, sagte er und grinste sie an. »Svenja Takamoto, nehme ich doch stark an. So steht es jedenfalls auf dem Klingelschild.«

»Auf meinem Klingelschild steht gar nichts«, sagte Svenja sehr ruhig.

»War auch nur ein Scherz. Komm, wir gehen zu dir und regeln das mit dem Vertrag. Und dann können wir es uns ja noch ein bisschen gemütlich machen.« Er war ein Macho, und er gab sich keine Mühe, das zu verbergen.

»Trottel!«, sagte Müller plötzlich laut und drehte sich nicht einmal um.

Der Mann stand auf und trat sehr dicht an Müller heran. »Halt du dich da raus, klar?« Seine Stimme klang wütend.

Müller schaute ihn an. »Du behältst jetzt mal deine Hände bei dir und erzählst uns, wer dich geschickt hat.«

»Ach, du lieber Gott!«, sagte Ben furchtsam. Ein langes Leben hinter dem Tresen hatte ihn gelehrt, wann es Zeit wurde, den Raum zu verlassen.

Der Mann lächelte und hatte nicht die geringste Ahnung, was ihn erwartete. Er zeigte Mut und sagte zu Müller: »Gleich wirst du furchtbare Kopfschmerzen haben.«

»Nicht schon wieder!«, stöhnte Svenja. »Denk an die Wunde.«

»In Ordnung«, sagte Müller.

»Hallo, ich bin hier!«, sagte Svenja hinter dem Rücken des Mannes. »Du hast einen Vertrag für mich.« Dann war sie mit einem Schritt bei ihm, fasste das Jackett am Kragen und riss es mit aller Gewalt nach unten. Der Mann konnte sich nicht mehr rühren. Er wollte etwas sagen, aber Svenja schlug eine leichte Doublette in seine Halsbeugen, und er sackte wortlos zu Boden.

Es gab einen besetzten Sechsertisch. Die Leute schauten aufmerksam zu ihnen herüber, mischten sich aber nicht ein.

»Schau mal nach, wer er ist«, sagte Müller. Dann sah er Ben an und sagte: »Keine Sorge, wir schaffen ihn raus und zahlen auch sein Bier.«

Svenja griff in das Jackett des Mannes und zog eine Brieftasche heraus. Sie blätterte darin. Sah sich Papiere an, Visitenkarten, Spesenzettel. Sie sagte: »Er kommt von SURE, und er heißt Kurt Fendrich. Und hier, zwei Fotos. Von mir und dir. Sie haben ihm wahrscheinlich nicht gesagt, dass wir seinen Boss verprügelt haben. Was soll das heißen, was will der Mann?«

»SURE hat laut Goldhändchen bis jetzt einhundertfünfzigtausend Euro für die ganze Arie kassiert. Ich wette, dieser Mann gehörte zu denen, die meine Wohnung verwüstet haben. Sie tun alles, um dem Dienst zu schaden, und sie stellen unsere Fotos ins Netz. Wir nehmen sein Handy mit.«

»Und was macht ihr jetzt mit dem?«, fragte Ben beunruhigt.

»Keine Sorge, den lassen wir hier nicht so einfach liegen«, sagte Svenja beruhigend. »Das wäre zu unordentlich. Komm, wir schmeißen ihn raus, da hat er frische Luft.«

Also schleiften sie den taumelnden Kurt Fendrich hinaus, transportierten ihn zehn Meter weiter, lehnten ihn an ein Haus, kümmerten sich nicht um die neugierigen Blicke der Passanten. Dann gingen sie zu Ben zurück, um zu zahlen.

»Ich habe immer gewusst, dass mit euch was nicht stimmt«, sagte Ben hell begeistert. »Ich gebe einen aus.«

Krause rief in seiner Not den Giftkopf an.

»Ich bin in einer Klemme«, erklärte er. »Ich habe es mit einer Frau zu tun, die ich nicht ganz begreife. Ich muss sie aber begreifen, weil sie eine enorme Bedrohung darstellt. Können Sie uns helfen?«

Der Giftkopf fragte vorsichtig: »Wann denn, bitte?«

»Heute Abend«, sagte Krause. »Tut mir leid, aber es ist für das Vaterland.«

Er war Psychiater und hatte einen Lehrstuhl. Giftkopf wurde er genannt, weil er immer bereit war, das Schlechteste von den Menschen zu denken. Mit Krause verband ihn die Überzeugung, dass dieser Staat es wert war, sich um ihn zu kümmern, wenn er in Gefahr geriet.

»Ruf sie zusammen!«, befahl er Esser. »Wir sehen uns um einundzwanzig Uhr in Konferenzraum drei. Keine Ausnahme.«

»Du hast Giftkopf gebeten?«, fragte Esser ahnungsvoll.

»Es geht nicht ohne ihn«, sagte Krause. »Wir brauchen eine Entscheidung. Soweit ich es verstanden habe, hat Goldhändchen eine interessante Vermutung. Er sagt, dass wir Madeleine Wagner nur verstehen können, wenn wir sie in engem Zusammenhang mit Jongen Truud betrachten, also im Zusammenhang mit Drogen und Drogenmilieu. Ist das so richtig?«

»Das stimmt«, sagte Esser. »Die Frage ist nur, ob wir das riskieren können.«

»Fragen bleiben immer, Risiken auch«, entschied Krause. »Ich brauche die Fakten, die wir über diese Frau haben. Nicht mehr als eine Seite. Wer macht das?«

»Ich«, antwortete Esser seufzend. »Ich habe sowieso nichts zu tun.«

Krause ließ sich nach Hause fahren und bat den Fahrer, sein Gepäck aus der Klinik ins Haus zu tragen. Er war fröhlich und guter Dinge.

Wally empfing ihn an der Tür. »Vermutlich hast du in der Klinik eine Erklärung unterschreiben müssen, dass du auf eigene Verantwortung gehst.«

»Nein, habe ich nicht.«

»Ist das nicht trotzdem furchtbar riskant?«

»Nein, ist es nicht.«

»Wie soll das jetzt weitergehen?«

»Normal. Ich will nur schnell baden. Danach muss ich noch mal zu einer Konferenz.«

»Und das Badezimmer wird wieder schwimmen.«

»Das mag sein.« Er marschierte die Treppe zum Badezimmer hinauf und sang: »Schenkt man sich Rosen in Tirol«. Er sang eindeutig falsch, lag immer einen halben oder Viertelton daneben. Aber es bedeutete eine unendliche Erleichterung für ihn, einen Entschluss gefasst zu haben. Das allein zählte.

Wally stand unten am Treppenabsatz und war glücklich, dass er wieder zu Hause war. Aber das würde sie auf keinen Fall zugeben.

Sie waren alle pünktlich, wussten aber nicht genau, was sie erwartete. Für Thomas Dehner war es eine Premiere. Am Kopfende des Tisches saß ein kleiner, dicklicher Mann von Mitte fünfzig mit einem silbergrauen Bart und hielt den Blick konzentriert auf ein Blatt Papier geheftet. Offensichtlich las er langsam, denn es dauerte sehr lange.

Krause saß da wie ein Buddha, schweigsam und in sich gekehrt.

Also sagte niemand etwas, und Dehner empfand die Szenerie als zunehmend lächerlich.

Dann hob der Mann den Kopf und sagte mit einer sehr leisen, dunklen Stimme: »Guten Abend. Ich will Sie nicht langweilen und deshalb sofort zu der Frage kommen, ob diese Frau gefährlich und böse ist. Meine Antwort: Das kann durchaus sein. Zuweilen treffen wir im wahren Leben auf solche Menschen, dann können wir das Böse in einer Person mühelos in seinem ganzen Umfang erkennen. Und es erfüllt uns mit großem Schrecken, wenn keinerlei andere, also positive Seiten zu erkennen sind. Aus den Fakten auf diesem Blatt Papier kann ich mühelos schlussfolgern, dass diese Frau gelernt hat, ihre unmittelbare Umgebung, also ihre Mitmenschen, zu instrumentalisieren, zu benutzen, zu manipulieren. Dann kommen Begriffe auf wie rücksichtslos, gnadenlos, brutal. Sie hat bereits getötet, und sie wird es wieder tun, also sollten wir kein Mitleid mit ihr haben, wenn wir sie irgendwo identifizieren.

Wenn sie überhaupt die Chance einer Therapie bekäme, dann müsste sie zuerst verstehen lernen, dass das Infragegestelltsein überhaupt kein Makel ist, dass man im Gegenteil viel daraus lernen kann. Ich gehe in diesem akuten Fall aber nicht davon aus, dass sie einer Therapie zustimmen würde, denn sie würde gar keinen Bedarf für sich erkennen.

Sie hat eine Omnipotenzvorstellung von sich. Sie kann alles, sie ist der absolute Chef, was soll man da korrigieren? Sie ist in ihrer eigenen Wahrnehmung geradezu übermächtig.

Es handelt sich um eine Frau mit einer narzisstischen Störung, gepaart mit einer schizoiden Persönlichkeitsstruktur.

Mit absoluter Sicherheit kann ich aufgrund Ihrer Schilderungen sagen, dass die Mutter als schützende und liebende Instanz für dieses Mädchen niemals präsent war. Sie musste schon als Kind lernen, allein zurechtzukommen.

Auf der anderen Seite muss man begreifen, dass diese Frau enorm zielstrebig ist und eine geradezu exzessive Energie mobilisieren kann. Sie besitzt Kreativität, Dynamik und verfügt über operatives Geschick, und irgendwann wird ihr in den Sinn kommen, dass sie erheblich besser ist als jener Mann, der ihr Aufträge zum Töten erteilte, dieser – ich habe den Namen vergessen.«

»Jongen Truud«, sagte Krause.

»Richtig, danke«, sagte der Giftkopf. »Menschen betrachtet sie aus einer Instrumentalisierungsmöglichkeit heraus, sie fragt immer: Wie kann ich den am wirkungsvollsten für mich einsetzen? Es ist wichtig zu wissen, dass sie fähig ist, einen Menschen zu töten, nur weil er für sie nicht mehr verwendbar ist. Menschenverachtung und eine maßlose Selbstüberschätzung sind von außen betrachtet ihre Leitthemen. Nun zu dem sexuellen Aspekt. Ich denke, dass sie ihre eigene Erotik als die Möglichkeit betrachtet, sich selbst zu erleben. Der Partner spielt dabei also keine wichtige Rolle, er ist nur das Instrument. Im Schizoiden gelingt dieser Frau eine perfekte Abspaltung. Mit links registriert sie reale Sexualität, mit rechts eine tiefe, vernichtende Verachtung des Partners. Das kann bis hin zum Hass gehen. Und das funktioniert so gut, weil sie eine panische Angst hat, mit diesem Partner zu verschmelzen, ihre Erfüllung zu finden, möglicherweise für Minuten abhängig von diesem Menschen zu sein.«

Er hob den Kopf, sah sie der Reihe nach aufmerksam an und lächelte leicht. »Sie wollen natürlich wissen, wie Sie dieser Frau begegnen können. Nun, eigentlich überhaupt nicht, eigentlich sollten Sie eine Begegnung mit ihr unter allen Umständen vermeiden. Sie ist das viel zitierte Spinnenweibchen, das den Partner nach der Befruchtung sofort tötet. Ich würde sagen, Sie sollten auf der Hut sein, sie wird immer versuchen, Sie für ihre Zwecke zu missbrauchen. Und noch etwas, Leute: Es kann sein, dass sie auf euch schießt, wenn ihr sie in der Menge noch nicht erkannt habt. Sie ist ein gnadenloser Gegner, und sie wird keinen Gedanken an euch verschwenden. Und sie hat keinerlei Skrupel, nicht die geringsten.«

Dann sah er Krause an und fragte: »Kann mir jemand ein Taxi rufen? Ich könnte vielleicht gerade noch passend zur Pause in der Oper sein.«

»Da unten steht schon ein Wagen für Sie«, sagte Krause. »Wir danken Ihnen von Herzen. Und Grüße an die Erwählte.«

Der Giftkopf nickte mit einem freundlichen Blick in die Runde und verließ den Raum.

Krause sagte in das Schweigen hinein: »Ich habe mich entschieden, einen schrecklich schmalen Weg zu gehen. Er ist mit hohen Risiken verbunden. Wir stellen uns vor: Da ist auf Befehl von Kiri ein Lkw in Deutschland unterwegs, der eine Ladung Sprengstoff an Bord hat. Gleichzeitig transportiert das Fahrzeug Drogen, um welche genau es sich handelt, wissen wir nicht. Er hat die Grenze nach Deutschland bei Passau überschritten. Wir gehen davon aus, dass die bisherigen Toten aus dem Drogenmilieu stammen. Im Klartext heißt das: Wohin auch immer dieser Lkw fährt, am Zielort wird die Frau den Fahrer töten und den leeren Laster einfach stehen lassen. Goldhändchen, danke für Ihre Überlegungen, die waren großartig. Jetzt geht schlafen, Leute, und sammelt Kraft.« Er lächelte wie ein gütiger Pfarrer, der seine Herde zur Eile antreibt.

EINUNDZWANZIGSTES KAPITEL

Goldhändchen machte den Anfang. Er stellte sich vor seine Leute und erklärte ohne Umschweife, was er von ihnen verlangte. »Lasst alles andere stehen und liegen«, sagte er. »Wir suchen einen Lkw mit Drogen und Sprengstoff. Wir kontaktieren alle uns bekannten Drogenspezialisten bei Polizei und Zoll. Wir fragen an, welche Stoffe in welchem Umfang vorhanden sind, ob es Abweichungen gibt, ob irgendetwas besonders auffällig ist, ob neue Stoffe angeboten werden. Wenn ihr Meldungen hereinbekommt, dann klinkt euch bei diesen Drogenleuten unverzüglich ein und fragt nach Einzelheiten. Wenn das erfolgreich ist, gebt es weiter an mich. Wir kennen die Route des Lkw nicht, es kann aber sein, dass er sich von Süden nach Norden bewegt. Wir nehmen an, dass der Sprengstoff die letzte Station der Reise darstellt, aber eindeutig ist auch das nicht. Und noch etwas: Wir haben nicht die geringste Vorstellung davon, wo der Lkw jetzt ist. Wir haben keine Nationalität des Fahrzeugs, wir haben keine Kennzeichen.«

»Das stimmt ja richtig hoffnungsfroh«, kicherte eine junge Frau.

»Da stimme ich zu«, sagte Goldhändchen.

Er hatte sie alle in einer persönlichen E-Mail gebeten, schon um sechs Uhr morgens anzutreten, und er hatte keine Absage kassiert. Die meisten sahen verschlafen aus, aber willig, und er liebte sie dafür.

Die ersten Antworten kamen ohne Verzögerung aus Garmisch und München. Zunächst hieß es lapidar, es habe im Markt noch niemals ein so verblüffend reines Kokain gegeben wie in den vergangenen vier Tagen. Es sei so rein, dass es im Lieferzustand bei etwa fünfundneunzig Prozent liege. Es folgten Friedrichshafen am Bodensee, dann Konstanz, dann Freiburg, dann Stuttgart. Immer verbunden mit der Bemerkung der Fahnder, das sei »ein unglaublich guter Stoff, die User jubeln«.

Müller sagte nachdenklich: »Das passt. Jongen Truud erobert neue Märkte, und Madeleine ist die Speerspitze dieser Bewegung. Sie füttern die Szenen an. Sie hat das geplant, und sie setzt es auch um. Und anschließend werden sie mit anderen Stoffen kommen, mit reiner Chemie, mit Speed und valiumähnlichen Stoffen, und den Markt damit überschütten. Sie planen das ganz große Ding, sie mischen die Szene auf.«

»Es werden schlimme Nachrichten folgen«, brummte Krause. »Das wird richtig krachen. Wir sollten sofort Standleitungen mit allen Landeskriminalämtern einrichten und mit den Drogenreferaten in allen größeren Städten und Ballungszentren. Es wird Stunk in der Szene geben und Tote. Sämtliche lokalen Größen werden vor Wut an die Decke gehen, wenn Madeleine nicht sie anruft, sondern die Konkurrenten.«

»Ich möchte zu gerne wissen, in welcher Luxusherberge sie sich eingemietet hat, um das zu verfolgen«, sagte Svenja. »Ich würde sie jetzt gerne beobachten können, wie sie mit ihrem Laptop spielt und begeistert registriert, wie ihre Saat aufgeht.«

»Niemals!«, widersprach Dehner scharf. »Sie sitzt nirgendwo im Hotel herum, sie geht mit, sie ist dabei. So etwas wird sie sich niemals entgehen lassen, das will sie live erleben.«

»Stimmt, sie wird dabei sein, Thomas hat recht«, lenkte Svenja ein.

Der erste Tote wurde aus Stuttgart gemeldet. Er sei gefunden worden auf einem Parkplatz in der Nähe von Waiblingen. Offensichtlich ein Lkw-Fahrer, denn der Volvo stand daneben, sei aber besenrein leergeräumt. Die Identität des Fahrers war noch nicht geklärt. Er sei mit einem Kopfschuss hingerichtet worden, Kaliber neun Millimeter. Das Fahrzeug habe deutsche Kennzeichen, aber die seien offensichtlich gestohlen und gehörten nicht zum Fahrzeug.

»Fliegen wir hin?«, kam Essers Stimme.

»Nein«, entschied Krause. »Das ist erst der Anfang. Wir fliegen erst, wenn der Tatort frischer ist als sechs Stunden.«

Es war verwirrend, weil Meldungen aus Nürnberg, Mannheim und Kaiserslautern beinahe gleichzeitig eintrafen. Und zu allem Überfluss zeitgleich schnelle Bestätigungen aus Leipzig, Zwickau und Chemnitz. Die Szene habe Grund zum Feiern, das Zeug sei fantastisch.

»Ruhe bewahren!«, mahnte Sowinski über Lautsprecher an. »Die Frau wäre verrückt, wenn sie sich auf einen einzigen Lkw konzentrieren würde. Sie muss schnell sein, schneller als die Fahnder und noch sehr viel schneller als alle die vielen kleinen und großen Dealer. Sie wird selbstverständlich mit mehreren Fahrzeugen operieren. Ich frage mich nur, wie sie den Überblick behält. Aber sie hat es eingerichtet, also wird sie wissen, wie es funktioniert. Und wenn sie einen Fehler macht, werden wir das sofort merken.«

»Moment«, warf Goldhändchen ein. »Drogen sind Bargeld, und Leute wie Truud und Wagner verschenken keinen

Cent. Und niemals werden Lkw-Fahrer Drogengelder kassieren. Wie machen sie das, wie genau kommen sie an ihr Geld?«

Eine Weile herrschte Schweigen.

Dann sagte Krause: »Sie liefert das Zeug an, aber sie fährt es dem Großabnehmer nicht vor das Eigenheim, sondern sie trifft den irgendwo. Wahrscheinlich auf einen Anruf hin. Und das Treffen wird niemals in der Nähe eines Lkw stattfinden, sondern in ihrem Auto, das sie jetzt fährt. Also irgendwo auf kleinen Nebenstraßen. Und alles läuft sehr schnell. Sie tauscht die Drogen gegen Bargeld und ist verschwunden. Sie braucht nicht mehr zu tun, den Rest erledigen die großen und kleinen Abnehmer, die sich darum prügeln werden, wenn unsere liebe Madeleine das nächste Mal auftaucht, in einem Monat, in einem Jahr, mit anderen Stoffen. Das ist teuflisch gut gemacht. Wie sagte unser Gutachter: Sie kann bei Bedarf jede Menge Energie freisetzen. Und genau das demonstriert sie jetzt.«

»Was heißt das jetzt genau?«, fragte Esser. »Sie dreht das Ding mit verschiedenen Lkws. Und was, so frage ich, macht sie mit dem Lkw, der den Sprengstoff geladen hat? Tuckert der gemütlich irgendwo durch die Landschaft?«

»Ja«, sagte Krause. »Wahrscheinlich wird auch dieser Lkw Drogen an Bord haben, aber nur wenige, für maximal zwei, drei Zielgebiete, wenn überhaupt. Wenn ich richtig verstanden habe, wie sie tickt, wird die Frau es niemals riskieren, diesen Sprengstoff-Lkw auch nur eine Stunde lang in einer Risikosituation zu belassen. Der Fahrer hält brav die Ruhepausen ein, er überholt niemals, er liefert sich kein Elefantenrennen, er fällt durch nichts auf. Madeleine wird ihn hüten wie ihren Augapfel. Ich nehme an, er ist ihr Trumpf und der Abschluss ihrer Reise.«

»Wie groß ist ihr Vorsprung, gemessen an unseren Recherchen?«, fragte Müller.

»Wir sind noch immer etwa anderthalb Tage zurück, ungefähr dreißig Stunden. Das wird sich allerdings schnell ändern«, sagte Goldhändchen und lachte kurz auf. Er brabbelte irgendetwas Unverständliches vor sich hin, das dauerte etwa zwei Minuten. Dann legte er plötzlich an Lautstärke zu. »Und jetzt ein Tusch! Chef, Ihre Anfrage betreffend Sylt. Wir haben Kontakt, wir wissen jetzt, dass gestern Abend in der Suite einer Nobelherberge und in einem privaten Haus eine Party mit diesem wunderbaren Stoff gelaufen ist. So die Meldung eines Informanten der Kripo, der aus lauter Begeisterung das Zeug ebenfalls probierte. Was mich wundert, ist eigentlich, dass Bremen und Hamburg den neuen Stoff noch nicht gemeldet haben.«

»Das ist ziemlich einfach zu erklären.« Müller klang sehr nüchtern. »Unser Chef weiß, dass erstklassige Drogen hoch im Norden immer zuerst aus Sylt gemeldet werden. Das hängt damit zusammen, dass einige Sylt-Freaks über ein Flugzeug samt Piloten verfügen. Ist das richtig?«

»Stimmt«, sagte Krause. »Und im hohen Norden gilt nach wie vor die Regel: Wenn neuer Schnee fällt, ist alles andere unwichtig, und Sylt ist das Ziel.«

»Leute«, kam Goldhändchens Stimme dazwischen. »Bremen meldet sich. Madeleine Wagner hat getankt und ist von einer Kamera eingefangen worden. Sie trägt ihre Haare in einem sanften Rotton, und sie fährt einen Opel Zafira. Ich schicke euch den Filmschnipsel auf die Schirme und bitte um Nachricht, ob sie das ist oder nicht.«

Nach etwa zwei Minuten sagte Thomas Dehner entschieden: »Sie ist es, ich habe keinen Zweifel.« Er hatte sie gesehen, beim Frühstück im Hotel erlebt, hinter dem Steuer eines Autos, auf den Straßen Tiranas.

»Sie nähert sich«, sagte Krause tonlos. »Irgendetwas übersehen wir, aber ich weiß nicht genau, was es ist. Irgendetwas stimmt doch bei der ganzen Sache nicht. Empfindet ihr genauso?«

Keine Antwort.

Erneut Goldhändchen: »Leute, es wird das Beste sein, die Schleifen, die die Dame durch Deutschland zieht, zu vergessen. Wir können davon ausgehen, dass sie ihr Ziel in jedem Fall erreichen wird, weil wir immer hinterherhinken, auch wenn es jetzt nur noch ein paar Stunden sind. Ich sage meiner Mannschaft, sie soll jetzt alle Drogenfahnder bundesweit kontaktieren, egal, wo die sitzen. Und wir geben ihnen unsere Erkenntnisse und warnen sie. Ist das okay?«

»Ja«, sagte Krause. Dann fügte er etwas rätselhaft hinzu: »Ich frage mich, wo die Dame wieder Asphalt betritt.«

Niemand bat um Aufklärung, jeder wusste, dass der Alte zuweilen seine ganz eigene Sprache hatte.

Goldhändchen kam erneut über die Lautsprecher. »Wir haben in München zwei Tote. Dealer, die erschossen wurden. Also haben wir Stunk in der Szene. Und wir haben erneut einen toten Fahrer neben seinem leeren Lkw. Diesmal südlich von Kassel, auf einer Nebenstrecke in Richtung Hannover.«

»Fliegen wir hin?«, fragte Esser.

»Nein«, entschied Krause. »Wir warten, bis der Segen aus dem Norden kommt.«

Wieder so eine kryptische Bemerkung. Wieder fragte niemand nach.

Krause unterbrach das Schweigen und fragte: »Was würde die Frau im Rahmen der Operation denn an Rätseln einbauen?«

Thomas Dehner zuckte zusammen, hatte ganz schmale Augen. »Sie hat ein Muster vorgegeben: Ein Lkw strandet irgendwo, daneben liegt ein toter Fahrer. Sie muss dieses Muster beibehalten, weil sie weiß, dass wir oder die Polizei sie auf genau dieser Fährte suchen. Also können die Lkws in Deutschland eine gut durchdachte Finte sein. Die Laster waren geklaut, aber sie hatten mit dem Drogentransport überhaupt nichts zu tun. Madeleine Wagner wollte nur nicht das Erscheinungsbild zerstören und uns täuschen.«

»Ja, gut«, kam Krause zufrieden über Lautsprecher. »Ich stimme zu. Aber was bedeutet das letztlich?«

»Wir können die geklauten Lkws vergessen. Sie erledigen die gesamte Logistik mit normalen, schnellen Autos. Sie kassieren, packen das Geld in den Kofferraum und fahren weiter.« Dehner war nicht mehr sicher und ließ eine lange Pause folgen. Dann setzte er schnell hinzu: »Das kann Madeleine Wagner unmöglich allein erledigen. Das schafft sie nicht einmal, wenn sie vier Tage ohne eine Minute Schlaf am Steuer sitzen kann, pausenlos Drogen verteilt und Bargeld einsammelt.«

»Herzlichen Glückwunsch!«, sagte Krause trocken, und Müller schickte ein »Verdammt gut gemacht!« über den Tisch, woraufhin Dehner tatsächlich errötete.

»Das ist also richtig«, stellte Krause fest. »Aber wer könnte das sein?«

»Irgendjemand, dem Jongen Truud blind vertraut und der einschlägige Erfahrungen hat«, sagte Svenja.

»Hallo!«, meldete sich Sowinski. »Da kenne ich jemanden. Mit dem war Truud bei der Mohnernte in Afghanistan. Da war schließlich nicht nur Madeleine, da gab es auch diesen Pawel Sostelic, ungefähr fünfundzwanzig Jahre alt, ein Killer. Herkunft unbekannt.«

»Gibt es ein Foto?«, fragte Goldhändchen.

»Ja«, sagte Esser. »Die CIA hatte eins im Angebot.«

»Bin schon dabei!«, murmelte Goldhändchen. Nach drei Minuten: »Foto kommt, ein Kindergesicht.«

Es war tatsächlich ein weiches Gesicht unter einer langen blonden Mähne, sehr feminin, beinahe unnatürlich sanft.

»Hat er eine Geschichte?«, fragte Krause.

»Er wird mit internationalem Haftbefehl gesucht«, sagte Sowinski. »Er mordet mit einer Neun-Millimeter-Waffe. Truud hat ihn sogar einmal nach Mexiko ausgeliehen, weil es dort mal wieder einen heftigen Führungsstreit gab und jemand unbedingt gewinnen wollte. Er gilt als Einzelgänger, wir sollten ihn verdammt ernst nehmen.«

»Wo ist er stationiert?«, fragte Krause weiter.

»Bei Jongen Truud in Tirana. Er passt da auf den Chef auf.«

»Ich erwarte übrigens bald eine Nachricht aus Rostock«, sagte Krause.

»Wieso denn das?«, fragte eine junge Stimme.

»Weil das Unheil aus dem Norden kommen wird«, antwortete Esser.

Eine halbe Stunde später brandete plötzlich Hektik auf, es wurde vorübergehend chaotisch. Zu viele hatten die neue Nachricht auf dem Schirm und sprachen aufgeregt durcheinander und meldeten sich bei Goldhändchen.

»Kinderchen«, reagierte Goldhändchen sanft. »Wir können doch alle lesen, oder? Trude, sag mir, was los ist.«

»Ein Toter neben einem Auto, das völlig zerschossen ist. Im Süden der Stadt, ziemlich viel Natur und auf einer Nebenstrecke. Die Polizei weiß nichts, sie bittet um Hinweise.«

»Wie lange ist das her?«, fragte Krause.

»Eine Stunde«, sagte Goldhändchen.

»Müller, Svenja, Sie fliegen!«, entschied Krause. »Und Sie beeilen sich bitte, es gibt noch viel zu tun.«

Der Flug unter einem sehr grauen, wolkenbedeckten Himmel mit massiven Querwinden war kein Ausflug. Der Hubschrauber war sehr schnell unterwegs und furchtbar laut, obwohl sie Ohrschützer trugen. Pilot und Kopilot waren zurückhaltend, sprachen wenig miteinander.

Nur einmal fragte der Pilot: »Setzen wir Sie in der Stadt ab, oder wollen Sie direkt zum Tatort?«

»Direkt zum Tatort bitte«, sagte Svenja. »Und dann ganz schnell wieder nach Hause.«

»Da sind Sie aber optimistisch«, bemerkte der andere Mann.

Die Szene war aus der Luft sehr gut zu erkennen. Es war eine schmale Landstraße, an der viele große Ulmen standen. Von oben sah das Ganze nach einem schweren Autounfall aus. Der Wagen lag auf der Seite, ziemlich weit in einem abgeernteten Feld, ungefähr dreißig Meter von der Straße entfernt. Er musste mit unheimlich hoher Geschwindigkeit von der Straße abgekommen sein, vielleicht hatte er einen der Bäume gestreift.

»Ich lande da auf dem Wiesenstreifen, wenn es recht ist. Der Erde traue ich nicht, zu viel Matsch.«

Es hatte sanft zu regnen begonnen.

Sie stiegen aus und froren sofort.

Drei Männer und eine Frau standen verloren um den verunglückten Wagen herum.

»Krause hat ihnen verboten, irgendetwas zu verändern, sie mussten auf uns warten«, sagte Müller. »Also erlösen wir sie mal.«

Sie gingen auf die Gruppe zu, die missmutig grüßte.

»Tut mir leid«, sagte Svenja. »Ging nicht schneller.« Sie stellte sich nicht vor, und die Kripoleute schienen das auch nicht zu erwarten. Es war ein Verhalten genau nach den uralten Riten der Beamtenwelt: Irgendwer Wichtiges kommt, und du siehst streng dran vorbei.

»Landmann«, sagte schließlich ein hagerer, schmaler Mann um die fünfzig. »Kripo Rostock, Mordkommission. Willkommen. Tja, wir können noch nicht viel sagen. Also, der Tote liegt hinter dem Wrack. Wenn Sie mir bitte folgen wollen.«

Sie gingen mit ihm, rutschten immer wieder auf dem aufgeweichten Boden aus, und der Nieselregen ließ sie frösteln.

»Mir ist der ganze Vorgang unerklärlich«, sagte Landmann. »Und ich kann mir auch keine Vorstellung davon machen, wie es zu diesem Trümmerhaufen gekommen ist. Ich weiß nur aus Erfahrung, dass diese Einschusslöcher auf der jetzt oben liegenden Seite des Wagens und die auf der Kühlerhaube aus einer automatischen Waffe mit einer hohen Taktzahl stammen müssen. Schnurgerade Reihen, die einzelnen Einschläge dicht nebeneinander.«

»Könnte stimmen«, sagte Müller.

»Und wir sollten ja noch nichts tun«, sagte Landmann deutlich sauer. »Man denkt dann immer, dass wir unseren Job nicht machen können und ...«

»Nein, nein, nein«, unterbrach Svenja ihn freundlich lächelnd. »Es geht überhaupt nicht darum, dass wir irgendetwas besser können als Sie. Wirklich nicht. Es ist einfach nur so, dass wir den Fall inzwischen sehr gut kennen. Aber ich weiß, dass unsere Vorgesetzten Sie auf eine Art informieren, als seien Sie nicht in der Lage, zwei und zwei zusammenzuzählen. Wir kennen das, das ist peinlich. Und wo ist jetzt der Tote?«

»Der liegt fünf Meter weiter, da, in der tiefen Ackerfurche.«

Sie gingen zu dem Mann, der auf dem Bauch lag. Sein Rücken war vollkommen zerschossen, die Wunden zogen sich vom Hals bis zu den Oberschenkeln.

»Das sind Ausschüsse!«, sagte Müller sofort. »Es hat ihn von vorne erwischt.«

»Glauben Sie, wir können ihn umdrehen?«, fragte Landmann.

»Selbstverständlich«, sagte Svenja. »Warten Sie, ich helfe Ihnen, damit wir eine stabile Lage finden.«

Gemeinsam drehten sie ihn um.

»Es ist Pawel Sostelic«, sagte Müller.

Sie standen da im Regen und wischten sich von Zeit zu Zeit über das nasse Gesicht.

»Sie kennen ihn also«, sagte Landmann erleichtert.

»Ich erzähle Ihnen die ganze Geschichte«, sagte Müller. »Aber Sie sollten unbedingt Ihren besten Drogenfahnder hierherbitten. Sofort. Das ist im Grunde eine Drogenkiste, und der Tote hier ist ein Killer. Er wird international gesucht. Haben Sie Kokain in der Stadt?«

»Das weiß ich nicht«, sagte Landmann unsicher.

»Ich rufe zu Hause an«, sagte Svenja zu Müller. »Dann kannst du inzwischen Herrn Landmann informieren.«

Sie ließ sich Krause geben: »Also, wir sind angekommen. Die Frau hat Sostelic erschossen. Mit einer Maschinenpistole. Ich nehme an, sie konnte ihn einfach nicht mehr brauchen.«

»Und andere Täter kommen nicht infrage?«

»Ich glaube nicht«, sagte Svenja. »Warum sollte irgendjemand aus Dealerkreisen in Rostock den Sostelic umbringen? Das würde voraussetzen, dass irgendwelche Rechnungen offen wären. Und was hat Sostelic mit Rostock zu tun? Er war doch unserer Kenntnis nach noch nie hier im Land.«

»Wie kann das abgelaufen sein?«

»Ich stelle mir das so vor, dass Wagner hier auf der Straße auf Sostelic warten sollte. Es war bestimmt ein ganz normales Treffen, Rostock war beliefert und kassiert. Er kam also angefahren, sie stand wahrscheinlich hinter einem Baum, trat dann hervor und nahm ihn frontal unter Beschuss. Sie hat die Frontscheibe vollkommen pulverisiert. Wahrscheinlich hat er dann das Steuer verrissen. Er kam nach links von der Straße ab, streifte einen Baum, flog ein Stück in die Luft und landete auf der linken Wagenseite. Er muss aber noch aus dem Wagen herausgekrochen sein, denn er liegt draußen auf der bloßen Erde. Und sie muss weiter geschossen haben, denn der Wagen wurde auch auf der rechten Flanke getroffen.«

Krause schwieg einen Moment und bedachte das. Schließlich sagte er: »Und möglicherweise wird sie Jongen Truud berichten, dass irgendeiner der wichtigen Dealer ihn einfach erschossen hat. Aus einem Missverständnis heraus, weil irgendetwas schiefgelaufen ist. Truud wird ihr das nicht glauben. Und Sostelic ist kein Mann, den man leicht ersetzen kann. Truud wird schäumen vor Wut.«

»Aber für uns spielt das doch keine Rolle, oder?«

»Das sehe ich anders«, antwortete Krause. »Wir haben es jetzt im Finale mit ihr allein zu tun. Sie muss auf keinen Partner mehr Rücksicht nehmen. Kommen Sie nach Berlin zurück.«

ZWEIUNDZWANZIGSTES KAPITEL

»Etwas kommt auf uns zu, und wir haben nicht die geringste Vorstellung, was es sein könnte. Das ist deprimierend.« Krause saß mit ihnen in einem Konferenzraum, und sein Gesicht war grau.

»Ist anzunehmen, dass der Sprengstoff immer noch auf dem Lkw ist?« Esser warf einen Kugelschreiber auf die Tischplatte, dass es schepperte. »Das ist, verdammt noch mal, keine Arbeitsvorlage, das ist weniger als das Stochern im Kaffeesatz.«

Svenja und Müller kamen herein. Sie trugen Trainingsanzüge. Sie waren klatschnass aus Rostock zurückgekehrt und hatten den schönen Hubschrauber des Dienstes mit Lehmklumpen von ihren dreckigen Schuhen versaut. Sie setzten sich still dazu.

»Ich stelle mal die Frage«, sagte Dehner gerade, »was denn eine Frau wie Madeleine Wagner an Berlin so hassenswert finden kann, dass es zerstört werden müsste. Sie muss irgendeinen Grund haben, mit diesem C4 hier aufzutauchen. Sie ist böse, das wissen wir, sie ist kreativ und verfügt über die Möglichkeit, eine beinahe unbegrenzte Energie abzurufen. Also, verdammt noch mal, was kann sie tun?«

»Ich würde sagen, dass der Sprengstoff auf dem Lkw nicht unser Problem sein sollte. Wir müssen einfach den Mut haben, das zunächst einmal zu akzeptieren. Wir haben nicht mehr.« Müller fuhr sich durch das feuchte Haar. »Wenn wir anfangen, diese Prämisse zu zerstören, haben wir gar nichts mehr. Die Wagner hat, Thomas zufolge, in Tirana gesagt, sie bringt das Zeug nach Deutschland. Wenn wir jetzt auf die Idee kommen, dass sie den Sprengstoff auch in vier kleine Schnelltransporter verteilen kann, um damit jeweils ein Ministerium in die Luft zu jagen, dann haben wir keine Grundlage mehr, dann können wir genauso gut annehmen, dass jeweils fünfzig Kilo eine Luxusvilla pulverisieren. Ich rate also dringend: Bleiben wir bei tausend Kilo im Block. Was will sie damit kaputtmachen? Liegt irgendwo in Frau Wagners Geschichte die Antwort auf die Frage, was sie denn unbedingt zerstören müsste?«

»Da sehe ich nicht den geringsten Anhaltspunkt.« Sowinski schüttelte den Kopf. »Diese Dame ist unglaublich politikfern. In diesem Berlin hat sie nichts zu suchen, hier kennt sie sich nicht aus, hier ist sie fremd. Das ist auf keinen Fall ihr Spielfeld.«

»Aber ist genau das nicht ein Punkt, der sie reizen könnte?«, fragte Krause schnell.

»Wieso das denn?« Sowinski schien verblüfft. »Sie hat in ihren dreißig Lebensjahren alles Mögliche angerichtet, aber mit Politikern hatte sie niemals etwas am Hut. Das wüssten wir, das hätten wir herausgefunden.«

»Ja«, gab Krause ihm recht. »Das stimmt wohl.«

»Fragen wir weiter!«, drängte Svenja. »Politiker sind es nicht. Sind es vielleicht Geldmenschen? Geld mag sie doch, oder?«

»Wir können davon ausgehen, dass sie genug Geld verdient hat. Sie könnte sicher ein paar Jahrzehnte locker von den Zinsen leben. Truud wird sie gut bezahlt haben.« Thomas Dehner war unruhig, er hatte keine Geduld mehr. »Ich möchte nicht wissen, was ihr Jongen Truud für Afghanistan zahlte, oder für Venezuela oder für Südkorea oder Mogadischu. Vielleicht ist sie auch deswegen hier, aber das steht deutlich an zweiter Stelle. Sie will hier etwas demonstrieren, verdammt noch mal. Sie will akzeptiert und gefragt werden, sie will die Heldin aus der Provinz sein, in der sie so beschissene Erfahrungen machte. Aber wobei will sie die Heldin sein?«

»Ja, ja«, sagte Krause. »Vielleicht haben Sie recht, vielleicht ist es ein Spiel.«

»Ein Spiel mit eintausend Kilogramm C4? Habt ihr den Verstand verloren, Leute?« Esser war wütend, er hatte einen hochroten Kopf.

»Nehmen wir an, es ist ein Spiel.« Krause beugte sich weit über den Tisch und schloss die Augen. »Wie sieht denn ein Spiel mit dieser Frau aus? Sie verkauft sich doch in der Branche als beste Killerin, die die Welt jemals sah. Oder ist das falsch? Sie sagt also: Ich bin die absolut Beste! Und ihr Herausforderer sagt: Aber das Ding in Berlin, das schaffst du nicht! Und sie sagt: Ich mache es, ich beweise es dir!«

»Möglich«, stimmte Müller zu. »Aber was ist das? Will sie der Bundeskanzlerin die Toilette in die Luft jagen? Will sie dem Wirtschaftsminister zu einem Flug in die Stratosphäre verhelfen? Will sie im Reichstag die Kuppel zertrümmern? Was muss sie machen, um das Spiel zu gewinnen?«

»Irgendetwas, was ihr keiner zutraut«, sagte Krause. »So einfach ist das.« Dann grinste er süffisant. »Ich weiß, ich bin ein Spielverderber.«

Gillian kam über Lautsprecher: »Ich habe neuen Kaffee, und ich habe neue Puddingteilchen. Ist jemand interessiert?«

Als niemand sonst sich meldete, bemerkte Goldhändchen leise: »Ich hätte gerne einen Kaffee.«

Eine junge Frauenstimme sagte plötzlich über die Lautsprecher: »Also, das ist wirklich komisch, Chef. Wir hatten doch Suchbegriffe eingegeben. Geklaute Lkws und so. Und jetzt kriege ich hier eine Meldung aus Bremen-Lilienthal. Da ist jemand überwältigt worden, ein Mann. Gefesselt und Klebeband über dem Mund. Das ist der Fahrer von dem Lkw der Firma. Und der ist geklaut worden. Hier steht, dass die Kripo Bremen zuständig ist.«

»Ja, und?«, fragte Goldhändchen genervt. »Was soll das jetzt?«

»Die Firma heißt SOLIDE TISCHE, Chef. Der Gefesselte ist der Fahrer des Firmen-Lkw. Aber das Fahrzeug ist weg. Ich sag ja bloß, damit wir das nicht vergessen. Das hatten wir doch so vereinbart, damit wir nichts aus den Augen verlieren.«

»Moment!«, sagte eine zweite Frauenstimme. »Da war was, Chef. Aber ich weiß nicht mehr genau, was. Da muss ich mal nachschauen. Als wir die Gerüchte erzeugt haben, da sind wir doch – also, Sie haben gesagt, dass wir auch mal im Bundeskanzleramt reinschauen sollen, weil die doch auch bei den Gerüchten mitgemacht haben. Von wegen ›der Bundesnachrichtendienst ist auch nicht mehr das, was er mal war‹ und all die anderen falschen Behauptungen, die wir so gefunden haben. Und dabei ist mir SOLIDE TISCHE aufgefallen. Ich wusste doch, dass da was war, also das …«

»Millie!«, unterbrach Goldhändchen. »Du hast sicher recht, und ihr seid alle verdammt gut gewesen. Aber das ist jetzt vorbei, das ist gelaufen. In Bremen mag ja ein Lkw geklaut worden sein, aber das hat mit uns hier nichts zu tun.«

Die Stimme namens Millie klang tief beleidigt. »Das stimmt doch alles gar nicht. Sie können das doch nachlesen, Chef. Diese Firma SOLIDE TISCHE aus Bremen liefert heute Möbel an das Bundeskanzleramt. Neue Möbel für die Kantine. Das können Sie im Internet nachlesen. Vielleicht sind die schon da. Da müssen wir uns kümmern, Chef.«

»Das Spiel!«, sagte Krause lächelnd. »Das Spiel!« Dann sackte er auf seinem Stuhl förmlich zusammen, faltete die Hände und schloss die Augen. »Das Bundesverdienstkreuz für Sie, Goldhändchen!«, sagte er.

»Zu viel der Ehre!«, sagte Goldhändchen bescheiden. »Und was jetzt?«

»Jetzt gucken wir einfach nach!«, sagte Müller. »Wir haben ja sowieso nichts zu tun.«

»Augenblick, Leute!«, sagte Krause. »Ich gebe mich auf keinen Fall der Hoffnung hin, dass Frau Wagner mit eintausend Kilogramm C4 auf dem Hof des Bundeskanzleramtes steht. Das wäre ja zu viel des Guten. Aber wir sollten wenigstens eine Arbeitsteilung vornehmen. Wer spricht mit der Kriminalpolizei in Bremen?«

Sowinski hob die Hand.

»Wer geht in die Rechner im Kanzleramt?«

»Bin schon drin«, sagte Goldhändchen, der mit schnellen Fingern auf seinem Laptop spielte. »Hier steht, dass der Pächter der Kantine sich aufrichtig freut, die neuen Tische und Stühle endlich aufstellen zu können. Damit es schöner wird und gemütlicher. Dann meldet sich noch ein gewisser Peter, die Küchenhilfe. Er schreibt, dass die Stühle weicher sind und irgendwie arschgenau. Er schreibt wirklich arschgenau, Leute, der hat sogar Humor.«

»Müller, Svenja, Thomas. Sie nehmen jeder einen Wagen mit Fahrer. Sie kriegen feste Telefonverbindungen. Können wir uns auf die Kameras am Bundeskanzleramt schalten?«

»Können wir«, sagte Goldhändchen. »Ich verschwinde hier, ich gehe in mein Paradies, hier ist mir zu wenig los. Ich würde gerne wissen, wie die Frau das gedeichselt hat.« Er klappte den Laptop zusammen, stand auf und rannte buchstäblich aus dem Raum.

»Vielleicht hat die Frau gar nichts gedeichselt?«, bemerkte Esser. »Vielleicht kriegt die Kantine tatsächlich nur neue Möbel.«

»Die Hoffnung stirbt zuletzt, sagt man«, bemerkte Sowinski.

»Ist Arthur Schlauf noch bei seinem Vater?«, fragte Krause.

»Wahrscheinlich«, sagte Esser. »Da wollte er jedenfalls hin.«

»Dann sollten wir ihn holen«, sagte Krause. »Das muss schnell gehen.«

»Wir nehmen den Hubschrauber«, sagte Esser bestimmt.

»Bei näherem Hinsehen«, sagte Svenja, »bekommt das alles seinen Sinn.«

»Vielleicht«, nickte Krause. Dann stand auch er auf, um den Raum zu verlassen. Er hob die Arme an und sagte: »Ich bin richtig steif, ich habe es schon wieder in den Lenden. Wir sitzen einfach zu viel.« Er machte ganz kleine Schritte und bewegte sich sehr langsam. »Lasst euch ausrüsten. Und dann ab die Post.«

Dann fiel die Tür hinter ihm zu.

»Wie bei den drei Musketieren«, sagte Svenja. »Eigentlich sind sie zu faul, um für den König zu sterben.«

Sie bekamen ein Headset und hatten ein Mikrofon dicht am Unterkiefer. Sie wurden ausgerüstet mit jeweils zwei Neun-Millimeter-Glock 17, und Müller moserte, dass er lieber die Walther PPK hätte, sie sei wesentlich präziser.

»Jetzt stell dich nicht so an«, sagte der Ausrüster scharf. »Du sollst nicht schön schießen, sondern zweckmäßig. Diese Waffe ist ein klassischer Killer, das weißt du.«

Als sie mit den Autos den Dienst verließen, kam die Sonne hinter den Wolken hervor. Ihre Fahrer trugen schusssichere Westen und sahen um den Bauch herum grotesk dick aus.

»Was machen wir denn, wenn Madeleine Wagner bereits irgendwo unterwegs ist, um den nächstbesten Flieger zu erreichen?«, fragte Svenja.

»Dann wünschen wir gute Reise und gehen in die neue Kantine essen!«, bemerkte Thomas Dehner.

»Wenn es das ist, was ich denke, wird sie auf jeden Fall zugucken«, sagte Müller. »Wir fahren einfach mal vor und schauen, was ist. Thomas, du sicherst nach hinten. Svenja rechts in Fahrtrichtung, ich links. Ist das okay? Chef, wissen die Bescheid?«

»Sie erwarten euch«, sagte Krause kühl. »Aber sie glauben uns nicht, sie denken, wir spinnen.«

»Das kennen wir ja«, murmelte Svenja. »Das denken sie doch immer.«

»Wir parken links vor dem Eingang für Kaiser und Könige, da wo das rostige Metallding steht, die Kunst«, legte Müller fest. »Da bleiben die Wagen stehen. Dann nach vorne zum Arbeitseingang.«

»Der Lkw steht tatsächlich da. Ganz weit vorn«, sagte Krause. »Sieht eigentlich nicht so aus, als hätte er C4 an Bord. Richtig friedlich.«

»Wie schön!«, sagte Dehner.

»Eine Ladung friedliches C4«, ergänzte Svenja.

Sie stiegen aus und gingen hintereinander her.

Am Tor zum Arbeitseingang stand neben dem Glasbau des Pförtners ein Uniformierter und sah ihnen entgegen. Er wirkte nervös. Hier lief etwas ab, von dem er absolut nichts wusste, das aber auf keinen Fall in seine Planung passte. Hinter ihm standen seine weiblichen und männlichen Kameraden, zusammengedrängt und höchst misstrauisch. Dass drei Unbekannte sie einfach verscheuchen konnten, hätten sie nie gedacht.

Der Uniformierte sagte etwas beleidigt: »Ich nehme an, Sie sind die Herrschaften, die nachsehen wollen.«

»Das ist richtig«, antwortete Müller. »Die Herrschaften sind wir.«

»Der Lkw steht da hinten, am Eingang vorbei. Sehen Sie ihn?«

»Wir sehen ihn. Und wo ist der Fahrer?«

»Der hat die Kiste abgestellt, kam hier zum Wachhaus und hat gesagt, er müsse eben seiner Frau Bescheid sagen, die sei in seinem Pkw hinter ihm hergefahren. Von Bremen her.«

»Wann war das?«, fragte Müller.

»Vor etwa einer halben Stunde. Der wird gleich wieder hier sein.«

»Wer soll den Lkw abladen?«, fragte Müller.

»Ein paar Leute vom Hausmeister und der Fahrer. Die Kantine ist heute ja geschlossen wegen der neuen Möbel. Ist da wirklich irgendwas faul?«

»Das wissen wir noch nicht«, sagte Müller freundlich. Er starrte auf den Laster. Auf der rückseitigen blauen Plane stand in Weiß SOLIDE TISCHE. »Also, dann sehen wir doch mal nach.«

Sie gingen jetzt nebeneinander.

»Ich habe das ausgerechnet«, kam Esser über Funk. »Wenn die Paletten hintereinanderliegen, dann sind sie nicht auf dem Hänger, sondern auf dem vorderen Teil.«

»Was sagt denn die Kripo in Bremen?«, fragte Svenja.

»Die findet das Ganze sehr komisch«, erwiderte Sowinski. »Der Fahrer jedenfalls ist heute Morgen von der Geschäftsführerin aufgefunden worden. Gefesselt und geknebelt. Er sagt, er wäre gestern Abend noch einmal gucken gegangen, ob der Wagen richtig beladen ist. Reine Routine. Alles wäre okay gewesen. Dann sei er niedergeschlagen worden und erst wieder aufgewacht, nachdem sie ihn gefesselt und seinen Mund mit Klebeband zugepflastert hätten. Der Fahrer hat gehört, dass sie etwas an der Ladung verändert haben. Aber was, das hat er natürlich nicht mitgekriegt. Heute Morgen ganz in der Früh, so gegen fünf Uhr vielleicht, sei der Lkw dann vom Hof gefahren.«

Sie kamen jetzt an dem Eingang vorbei, den die Minister benutzten, alle Mitarbeiter und alle Besucher. Alles war ruhig.

Sie erreichten das Fahrzeug.

»Wie machen wir es?«, fragte Dehner.

»Wir rollen die Plane hinten nach oben«, entschied Müller. »Und sobald sie hoch genug ist, krieche ich rein. Svenja links, du rechts.«

Sie rollten die Plane wie einen Teppich hoch und konnten schon nach einer Minute die Ladung sehen.

»Es sieht nach einem Riesenhaufen Pappe aus«, sagte Müller. »Sie schützt die Möbel.«

»Das ist richtig«, kommentierte Esser. »Die Möbel sind aus Buchenholz, jedes Teil ist von zwei Pappen geschützt.«

»Dann bleibt mal da unten stehen«, bemerkte Müller gelassen. »Ich reiche euch die Teile an. Okay?«

»Klar«, sagte Svenja. »Mach mal.«

Es waren Stühle, sechs hintereinander. Svenja und Dehner stellten sie einfach auf den Asphalt.

»Moment mal«, sagte Müller aus dem Inneren. Er hatte die Bretter einer Palette gesehen und legte sich flach auf den Bauch, dann schob er sich vorwärts.

»Svenja«, keuchte er angestrengt, »falls ich hier hochgehe, könntest du dich bitte um Anna-Maria kümmern?«

»Würde ich ja gerne«, sagte Svenja trocken, »aber du vergisst, dass ich dann ebenfalls draufgehe. Und Thomas ist auch nicht geeignet.« Sie lächelte Dehner an, der überhaupt nichts verstand und etwas dümmlich schaute.

Müller sah etwas, das tiefblau war. Es handelte sich um Plastiksäcke, die auf der Palette gestapelt waren. Er packte einen und bewegte sich damit auf dem Bauch rückwärts, sodass seine Schuhe als Erstes wieder zu sehen waren. Dann stand er auf und wandte sich ihnen zu. »Auf dem Sack hier steht: Humus aus Finnland! Für prächtige Blumen in Ihrem Garten!«

Dehner nahm das Paket an und legte es ganz vorsichtig auf den Asphalt. »Und jetzt?«

»Jetzt gucken wir rein«, sagte Svenja.

Müller sprang von der Hängergabel. »Da liegt ziemlich viel von dem Zeug«, sagte er völlig ruhig. »Chef, Sie müssen gleich eine Entscheidung treffen. Moment noch.« Er griff in eine Tasche seiner Weste, holte ein kleines Messer heraus und klappte eine Klinge auf. Er kniete sich neben das Paket und stach in die Plastikverpackung und schnitt sie auf.

»Es sind zwei Taschen, die äußere ist der Humus aus Finnland, die zweite ist weiß und trägt die Aufschrift EARTHCARE. Ich hole jetzt die Masse aus der Verpackung.«

Er nahm eine Handvoll heraus. Es war eine braungrüne Masse, und sie sah aus wie Plastilin. »Nach meiner Kenntnis ist das eindeutig C4. Chef, wir müssen evakuieren.«

»Müssen wir!«, bestätigte Krause.

»Wie sieht so ein Zünder aus?«, fragte Thomas Dehner.

»Ziemlich klein«, sagte Müller. »Du brauchst ja auch nur einen Funken, das reicht schon. Ein Zünder ist ungefähr so klein wie die untere Hälfte eines Kugelschreibers. Irgendjemand drückt auf sein Handy, und *Bumm!*«

»Steht da nicht herum!« Sowinskis Stimme klang schrill. »Haut da ab!«

»Keine Aufregung!«, sagte Krause. »Das liegt jetzt in Gottes Hand. Ganz ruhig.«

Noch nie hatte jemand von ihm einen solchen Spruch gehört.

»Das ist doch jetzt wohl nicht dein Ernst!«, brüllte Esser.

»Nun mal langsam«, sagte Müller. »Wenn der Zünder den Befehl kriegt, kriegt er den Befehl. Daran ändern wir doch nichts.«

»Sie evakuieren«, sagte Krause. »Sie fangen jetzt an. Die Kanzlerin und ihr Stab müssen zuerst raus.«

»Sie ist da?«, fragte Svenja verblüfft. »Mein Gott, die ist doch sonst fast nie da.«

»Heute schon«, sagte Esser, und er schien sich wieder etwas beruhigt zu haben.

»Was glauben Sie, Müller?«, fragte Krause. »Kann man die Ladung bewegen?«

»Kann ich nicht genau sagen. Ich müsste nachsehen.«

»Dann tun Sie das bitte«, sagte Krause.

»Das geht doch nicht, verdammt!«, fuhr Svenja dazwischen. »Du hast doch gar keine Übung.«

»Dazu brauche ich keine Übung, dazu brauche ich Glück«, sagte Müller lakonisch.

»Kann ich das machen?«, fragte Dehner. »Ich habe solche Teile in einem anderen Leben schon gefahren.«

»Dann mach du das«, sagte Müller. »Aber mach es langsam. Chef, ist es okay, wenn er fährt?«

»Das ist okay«, bestätigte Krause.

»Ich hoffe, der Schlüssel steckt«, sagte Dehner leise. Er wirkte gelassen und ging an dem Lkw vorbei nach vorn zum Fahrerhaus.

»Svenja, was siehst du jetzt, wenn du zum Pförtnerhaus guckst?«, fragte Esser.

»Ich sehe drei, nein, vier kleine Gruppen. Eine steht vor der Schweizer Botschaft. Sehen alle wie Touristen aus. Da rauschen dauernd Taxis vom Hauptbahnhof vorbei, da ist die Kontrollgruppe des Hauses, sechs Leute vorne an dem kleinen Gebäude an der Einfahrt, wenn ich richtig zähle. Alles in allem friedlich. Nichts Auffälliges.«

»Dehner«, kam Sowinskis Stimme. »Schlüssel da?«

»Kein Schlüssel«, antwortete Dehner seufzend.

»Welches Fabrikat hat der Lkw?«

»Volvo«, sagten Müller und Dehner gleichzeitig.

»Dann greif an der Steuersäule nach unten, dann senkrecht nach oben. Du müsstest jetzt einen Kabelbaum finden. Hast du?« Sowinski klang nervös.

»Habe ich«, sagte Dehner trocken.

»Okay. Verfolge den Kabelbaum nach oben zum Zündschloss.«

»Habe ich«, sagte Dehner. »Vier Drähte, ist das okay?«

»Völlig okay!«, sagte Sowinski. »Den roten und den schwarzen reißt du raus. Kräftig ziehen.«

»Okay, habe ich.«

»Jetzt legst du das Metall frei, damit du zünden kannst. Müsste einfach sein.«

»Ist einfach. Moment noch.« Er lachte kurz auf. »Ich habe zwar schon einen Lkw gefahren, aber noch nie einen geklaut. Ich zünde jetzt.«

Es klang, als würde der Motor husten. Dann sprang er an.

»Moment«, sagte Müller scharf. »Die da am Einlass! Die müssen verschwinden.«

»Aber ja«, sagte Krause. »Ich habe eine Verbindung dorthin. Ich lasse ihnen Bescheid geben.« Es gab einige Geräusche, dann Wortfetzen, dann brüllte jemand etwas Unverständliches.

Müller sah, wie die Uniformierten aus dem kleinen Gebäude kamen und nach rechts hinter der nächsten Mauer verschwanden.

»Okay«, sagte Müller. »Thomas, alles klar?«

»Ja. Aber ich habe einen Vorschlag. Ich drücke den Hänger gegen den schweren Sicherungszaun rechts von mir. Dann koppeln wir ihn ab, und ich kann leichter zurücksetzen.«

»Sehr gut!«, kam Sowinskis Stimme. »Mach das, aber mach es schnell.«

»Okay.« Dehner gab Gas, dann schaltete er sehr hart und lenkte nach rechts. »Kann ich los?«

»Fahr los«, sagte Svenja. »Du müsstest mich jetzt im rechten Außenspiegel haben.«

»Ich sehe dich«, antwortete Dehner.

»Dann los. Ich kopple den Hänger ab, wenn du stehst.« Svenja lachte und erklärte: »Und dass du mir eng am Körper bleibst, damit wir auch ordentlich zusammen in die Luft fliegen.«

»Mach ich!«, sagte Dehner etwas zittrig.

Er gab Gas, zu viel Gas.

Müller vermutete, dass Dehner herausfinden wollte, wie die Kupplung reagierte.

Tatsächlich wurde der Motor nach einigen Sekunden leiser, und dann begannen sich die Räder langsam zu drehen. Der Anhänger wurde nach hinten gedrückt, beschrieb eine steile Kurve nach links, bis er gegen den Zaun stieß.

»Das reicht«, sagte Svenja. »Ich häng das Ding ab. Karl, kannst du mal helfen?«

»Aber ja«, sagte Müller völlig ruhig.

»Mann, das dauert, das dauert!« Sowinskis Stimme klang nicht gut.

»Du kannst vorziehen«, sagte Müller.

»Okay«, sagte Dehner.

Das Fahrzeug bewegte sich langsam nach vorn, bis es etwa nach fünfzehn Metern wieder stoppte.

»So ist es gut«, sagte Müller. »Jetzt kommt die Rolle rückwärts. Alles klar?«

»Alles klar«, sagte Dehner. Er klang etwas nuschelig, die Nerven machten sich bemerkbar.

»Das Gebäude ist geräumt«, sagte Krause. »Das Bombenräumkommando kommt. Sie sagen, es dauert noch acht Minuten.«

»Sollen wir verschwinden?«, fragte Müller.

»Nein«, sagte Krause. »Weitermachen.«

»So ein Scheiß!«, sagte Sowinski schrill.

»Okay, Thomas.« Das war wieder Müller. »Setz zurück. Nicht mehr als Schrittgeschwindigkeit. Ich gehe im Blickwinkel deines linken Außenspiegels.«

»Ich sehe dich«, sagte Dehner.

Der Lkw setzte sich langsam in Bewegung.

»Ich muss es langsam machen«, sagte Dehner leise, als müsse er sich entschuldigen. »Sonst ecke ich irgendwo an.«

»Wir haben ja Zeit«, murmelte Svenja.

Nur die ersten Meter waren stockend, dann wurde die Fahrt gleichmäßiger.

»Gut so«, sagte Müller. »Keine Korrekturen. Wenn du so bleibst, kommst du glatt durch. Langsam, langsam. Weiter so, komm schon, Junge, du bist gut.«

»Das hat meine Mutter auch immer gesagt«, entgegnete Dehner trocken. In seiner Stimme war jetzt keine Nervosität mehr. Dann fragte er unvermittelt: »Stehen da etwa noch Touristen rum?«

»Ja, viel zu viele«, sagte Esser. »Ich sehe mindestens dreißig. Scheucht die weg, verdammt noch mal.«

»Mache ich«, sagte Svenja ruhig. Sie ging schnell und entschlossen auf das Wachhäuschen zu und dann weiter auf der Straßenseite der Schweizer Botschaft. »Bitte, verschwinden Sie!«, schrie sie. »Das ist ein Alarm!« Die Menschen sahen sie verwirrt an. »Hauen Sie ab!«, schrie Svenja.

Die nächste kleine Gruppe stand auf dem großen Wiesengelände, und eine sehr dicke Frau erklärte ihnen etwas, wahrscheinlich eine Stadtführerin. »Das ist ein Alarm! Verschwinden Sie!«, rief Svenja.

»Komm, Junge, komm schon. Gleich bist du durchs Tor, komm schon. Das machst du wirklich gut.« Müller dirigierte Thomas Dehner mit leiser, ruhiger Stimme. »Du hast jetzt noch acht Meter, um neben das Wachhäuschen zu kommen.«

»Ich sehe dich«, sagte Dehner. »Das klappt schon, das ist wie Baggerfahren.«

»Ich habe noch nie einen Bagger gefahren«, sagte Müller.

»Stopp! Stopp, verdammt noch mal.« Es war Krauses Stimme.

»Was ist?«, fragte Müller.

»Bleiben wir sachlich«, sagte Krause. »Svenja! Bewegen Sie sich zurück zu Müller und Dehner.« Er wartete geduldig, bis Svenja schnell an dem Wachhäuschen vorbei auf das Gelände des Kanzleramtes gelaufen war. »Ich wundere mich, dass ihr immer noch am Leben seid. Kann Dehner mal den Motor abstellen?«

»Kann ich«, sagte Dehner.

Es wurde sehr still.

»Also«, sagte Krause. »Wenn es stimmt, dass der Fahrer eine halbe Stunde vor Beginn der Aktion den Lkw verließ, dann ist bis jetzt etwa eine Stunde vergangen. Warum ist die Ladung dann noch nicht hochgegangen? Entweder ist kein Zünder eingebaut, oder er ist nicht gezündet worden, weil er durch einen technischen Defekt nicht mehr mit irgendeinem Auslöser in Verbindung steht.«

»Verstanden«, sagte Müller.

»Passt das zu Madeleine Wagner? Ist das unsere Kiri?«

»Auf keinen Fall«, sagte Svenja. »Sie will sehen, was sie anrichtet.«

»Sehr richtig«, stimmte Krause zu. »Meiner Überzeugung nach steht sie irgendwo nahe bei Ihnen. Sie will das erleben, sie hat sich richtig Mühe gegeben, sie hat etwas Sensationelles auf die Beine gestellt. Und sie braucht auf jeden Fall einen Beweis, nicht wahr? Sie wird filmen, denke ich. Suchen Sie. Aber bitte so, dass sie erst im letzten Moment bemerkt, dass wir sie geortet haben.«

»Okay«, sagte Müller. »Wird gemacht. Thomas, steig aus.«

Es war gespenstisch ruhig, keine Sirene heulte, niemand ging auch nur einen Schritt schneller. Es gab keine Bewegung, die auf Eile hindeutete.

Sie gingen gemächlich nebeneinander zum kleinen Bau der Wachhabenden zurück.

Der Uniformierte, der sie empfangen hatte, machte zwei, drei Schritte und bemerkte beunruhigt: »Wir haben den Befehl zu gehen. Was ist denn?«

»Sprengstoff!«, sagte Svenja.

»Ach, du lieber Gott!«, sagte der Mann erschrocken.« Dann lächelte er etwas verkrampft. »Sie machen einen Scherz, nicht wahr?« Er war blass.

»Kein Scherz«, sagte Dehner.

»Ja«, bestätigte Müller. »Bringen Sie Ihre Ärsche in Sicherheit. Das ist nichts für einen Heldentod.«

Sie gingen an dem kleinen Wachhaus vorbei und blieben stehen. Sie sahen sich aufmerksam um, hoben aber nicht einmal die Köpfe.

»Sie wird also fotografieren oder filmen«, sagte Svenja. »Sie kann da vor der Schweizer Botschaft stehen, da sind immer noch drei Leute. Oder irgendwo bei den Leuten auf dem Rasen vor dem Parlament. Sollen wir die Autos aktivieren?«

»Noch nicht«, sagte Müller. »Ich nehme an, dass sie immer noch rote Haare hat, oder?«

»Stimmt, sie hatte keine Zeit, die Farbe zu ändern«, sagte Svenja.

»Sie steht da in der Gruppe dieser drei Leute vor der Schweizer Botschaft.« Dehner sprach ohne jede Betonung und fast, ohne die Lippen zu bewegen. »Die Frau ist meine Obsession, die würde ich überall erkennen. Seht ihr sie? Sie trägt einen leichten, dunklen Mantel. Sie steht neben einem großen Mann in einem Trenchcoat. Sie trägt ein Kopftuch, ein rotes. Und sie filmt.«

»Wie machen wir das?«, fragte Svenja und sah auf den Asphalt zwischen ihren Füßen.

»Schnell«, sagte Müller. »Nicht hinsehen. Ich sage los, und dann geht es ab.«

Sie standen jetzt zusammen wie drei Leute, die sich einfach nur miteinander unterhielten.

»Chef, wir sehen sie. Wir holen sie«, sagte Müller.

»Das ist gut«, sagte Krause. »Denkt daran, sie wird schießen.«

»Wir denken immer an alles!«, sagte Svenja.

»Los!«, sagte Müller. Er startete am schnellsten, weil er den Befehl gegeben hatte, aber nach den ersten Schritten lagen Svenja und Dehner mit ihm auf gleicher Höhe.

Die Frau reagierte viel zu spät. Sie hörte auf zu filmen und ließ die Kamera einfach fallen. Sie klappte den Mantel auf und hielt plötzlich irgendetwas in der Hand, etwas Großes, Klobiges.

»Waffe!«, schrie Müller.

Sie lief an der Fassade der Botschaft entlang, hielt inne und drehte sich um.

Svenja schrie: »Waffe!«

Dann feuerte die Frau. Es war eine Kette von Blitzen.

Dehner war am schnellsten. Er schoss noch im Laufen. Svenja kam von rechts in einem leichten Bogen und feuerte ebenfalls. Müller gab keinen einzigen Schuss ab, rannte einfach, bis er bei der Frau war. Die Frau versuchte aufrecht stehen zu bleiben, aber das gelang ihr nicht. Langsam sackte sie auf die Betonplatten und blieb dort reglos liegen.

Dann hob Müller die Hand.

»Sie ist tot«, sagte er schwer atmend.

»Eine Maschinenpistole«, keuchte Svenja.

»Ja«, sagte Dehner.

Müller gab den Fahrern in ihren Autos ein Handzeichen. »Wir ziehen ab, Krause erledigt den Rest.«

»Kann man Zünder eigentlich orten?«, fragte Svenja.

»Kann man«, sagte Müller. »Das Metall kann man orten.«

Sie stiegen in der Tiefgarage des Dienstes aus und fuhren im Lift nach oben. Esser und Sowinski standen wartend da und lächelten ihnen stolz entgegen.

»Es war ziemlich einfach«, sagte Müller knapp.

»Wie immer«, sagte Dehner.

»Wo ist Atze?«, fragte Svenja.

»Er sitzt bei Krause auf dem Sofa«, sagte Esser. »Und er heult wie ein Schlosshund. Gehen wir rein.«

Svenja nickte.

Krause hockte an seinem Schreibtisch und hatte einen roten Kopf. Er blickte kurz auf, als Esser und Sowinski das Zimmer betraten und Müller, Svenja und Dehner den beiden in kurzem Abstand folgten.

Auf dem schwarzen Ledersofa saß Atze. Er trug einen Jeansanzug, wahrscheinlich um zu demonstrieren, wie normal er aussehen konnte, wenn er Ferien hatte.

»Das sind die Leute, die Sie fast getötet hätten!«, stellte Krause fest und nickte in Richtung seiner Agenten.

Atze hatte ein graues Gesicht, und seine Augen waren tränenblind. Er stotterte irgendetwas Unverständliches.

»Verdammt noch mal«, sagte Krause. »Sie haben dem Deal zugestimmt! Ihretwegen wären viele Menschen gestorben. Mann, nun stehen Sie doch endlich dazu. Es war Ihr Geschäft, Ihr Deal. Und Sie behaupten, das sei alles nur ein Spaß gewesen?«

»Und darf ich jetzt bitte auch mal wissen, warum er mich beinahe getötet hätte?«, fragte Müller mit ruhiger Stimme.

»Erzählen Sie es ihm noch einmal«, sagte Krause mit einem Seufzer. »Mein Mitarbeiter hat schließlich das Recht, zu erfahren, weshalb er fast gestorben wäre.«

Atze sah die drei traurig an und wartete, bis sie sich alle gesetzt hatten.

»Es begann in Mogadischu. Kiri war da, und ich habe ihr ein wenig von mir erzählt. Weshalb ich aus Deutschland verschwunden bin und dass mein Vater nach dem viel zu frühen Tod meiner Mutter immer einsamer wurde und keinen mehr sehen wollte. Und sie erzählte mir von ihrer Kindheit und von dieser schrecklichen Mutter und von dem Leben in diesem Kaff und dass sie einfach nie eine Chance bekommen hatte. Und dann sagte sie: Du zahlst mir eine Million, wenn ich der Kanzlerin was vor die Nase setze, damit sie endlich merkt, dass sie mit uns nicht so umgehen kann. Ich habe doch nicht gedacht, dass Kiri das wirklich tut. Ich habe das doch nicht ernst genommen. Okay, habe ich gesagt, mach das, und du kriegst eine Million! Das war alles nur Spaß, nichts Ernstes. So was würde mir im Traum nicht einfallen. Ich bin ein friedlicher Mensch, das müssen Sie mir einfach glauben.«

»Das müssen wir Ihnen durchaus nicht glauben«, sagte Krause wütend. »Aber auf jeden Fall sind Sie der einzige Mensch, mit dem die Frau etwas verband, sie war eine echte Leidensgenossin. Esser, tu mir den Gefallen und schaff ihn raus, ich will ihn nicht mehr sehen.«

Esser stand auf, Atze folgte ihm schluchzend. Sie gingen hinaus.

Krause sah Dehner an und sagte: »Danke fürs Lkw-Fahren. Ich habe Sie gestoppt, weil ich dachte, die Frau wird nicht nur filmen, sondern auch schießen. Und wenn sie den Lkw beschossen hätte, wäre es sicher recht ungemütlich geworden.«

Einen Augenblick lang herrschte völlige Stille, dann sagte Sowinski: »Gillian hat Puddingteilchen.«